W0179081

SCIENCE FICTION

Herausgegeben
von Wolfgang Jeschke

Von **RUDY RUCKER** erschien in der Reihe
HEYNE SCIENCE FICTION & FANTASY:

Weißes Licht · 06/4221
Software · 06/4498
Wetware · 06/4802
Hohlwelt · 06/5887

Rudy Rucker

Hohlwelt

Roman

Aus dem Amerikanischen von
KURT BRACHARZ

Deutsche Erstausgabe

WILHELM HEYNE VERLAG
MÜNCHEN

HEYNE SCIENCE FICTION & FANTASY
Band 06/5887

Besuchen Sie uns im Internet:
http://www.heyne.de

Titel der amerikanischen Originalausgabe
THE HOLLOW EARTH
Deutsche Übersetzung von Kurt Bracharz
Das Umschlagbild ist von Romas B. Kukalis,
mit freundlicher Genehmigung von
William Morrow & Company, New York

Umwelthinweis:
Dieses Buch wurde auf
chlor- und säurefreiem Papier gedruckt.

Redaktion: Wolfgang Jeschke
Copyright © by Rudy Rucker
Amerikanische Erstausgabe 1990
by William Morrow & Company, Inc., New York
Mit freundlicher Genehmigung des Autors
und Mohrbooks, Literary Agency, Zürich
Copyright © 1997 der deutschen Übersetzung
by Wilhelm Heyne Verlag GmbH & Co. KG, München
Printed in Germany September 1997
Umschlaggestaltung: Atelier Ingrid Schütz, München
Technische Betreuung: M. Spinola
Satz: Schaber Datentechnik, Wels
Druck und Bindung: Ebner Ulm

ISBN 3-453-12663-7

INHALT

Abschied von der Farm

Gestern ging ich zu Poes Begräbnis. Ein Priester, vier Trauergäste und ein Totengräber waren da. Der Totengräber nannte mich einen verdammten Nigger und verscheuchte mich. Otha hätte dabei sein sollen, um das zu sehen.

Eddie wollte einen Bericht über unsere ›beispiellose Reise‹ schreiben, aber jetzt ist er tot, ganz gleich, wie man es betrachtet, und Otha ist bei den Massenseen. Seela und ich bleiben zurück als mittellose, freie Baltimore-Neger. Der Winter 1849 wird bald hereinbrechen. Ich schreibe, so schnell ich kann.

Mein Name ist Mason Algiers Reynolds. Ich bin ein Weißer, ein Gentleman aus Virginia. Meine beispiellose Reise begann vor dreizehn Jahren, als ich die Farm meines Vaters in Hardware, Virginia, verließ. Wir lebten zu fünft auf dieser Farm: Pa, ich, Otha, Luke und Turl.

An diesem letzten Tag daheim erwachte ich im Dunkeln. Ich hatte davon geträumt, lebendig begraben zu werden. Der Traum war eher langweilig als angsterregend. Ich konnte nichts sehen, nur hören und fühlen. Zuerst war da das Geräusch der Leute, die über mir beteten, und dann das Poltern der Sarges, der zur Grube getragen und hinabgesenkt wurde. Man sang ein paar religiöse Lieder, dann schaufelten sie die Erde auf mich herunter und völlige Dunkelheit umgab mich.

Unmittelbar nach dem Erwachen war alles wie ein Sarg – mein Bett, mein Zimmer, Pa's Farm. Aber dann fühlte ich mich froh, als ich mich daran erinnerte, daß ich fünfzehn war und an diesem Morgen mit dem Wagen in die Stadt fahren sollte.

Ich stand auf, um aus dem Fenster zu pissen. Der Mond stand niedrig, und die übliche Brise vor dem Morgengrauen brachte den Geruch regennasser Felder herüber. Wir hatten es wieder geschafft, einen Winter durchzustehen, wir Reynolds, und morgen war eigentlich schon heute. Pa schickte mich und Otha nach Lynchburg, um drei Fässer Whisky zu verkaufen. Wir brauchten Saatgut, einen neuen Pflug, ein paar Bücher für mich und eine Frau für Otha, wenn wir eine auftreiben konnten. Den ganzen Winter lang hatte ich nichts anders zu lesen gehabt als die angesammelten Exemplare des von uns abonnierten *Southern Literary Messenger*, aus dem, nebenbei bemerkt, die Vorstellung, lebend begraben zu werden, stammte: aus Edgar Poes Erzählung *Der Atemverlust* nämlich.

Unter der Oberfläche beschäftigten sich meine Gedanken immer noch mit diesem Alptraum und mit den Würmern, die Leichen verzehren. Waren diese Leichenwürmer von derselben Sorte wie die purpurnen Kriecher, die Otha und ich beim Fischen verwendeten? Oder waren Leichenwürmer diese dicken weißen Larven mit dem harten Kopf, die beißen konnten? Ich hatte mal im *Messenger* gelesen, daß ein Engel von einem anderen Stern, der hier eine Zählung aller Wesen durchführen würde, die Erde für einen Planeten der Würmer halten müßte, weil es von ihnen mehr als von jeder anderen Art Lebewesen gibt. Wenn ich mich recht erinnere, kamen Käfer an zweiter Stelle.

In der Scheune grunzte warm und anhaltend unsere Sau, die frisch geferkelt hatte. Ich sprach ein Gebet und legte mich wieder schlafen.

Turl weckte mich dann endgültig, als sie die Stiege heraufschrie, das Frühstück sei fertig. Sie war eine ansehnliche gelbhäutige Frau, die nie müde wurde, uns allen zu versichern, daß sie zu gut sei, um eine Sklavin

zu sein. Laut Turl war ihre Großmutter eine Hottentot-
tenprinzessin gewesen und ihr Großvater ein spani-
scher Freibeuter. Es war auch kein Geheimnis, was sie
über uns dachte: Pa war ein Trunkenbold, ich ein Träu-
mer, Otha ein Kind, und Luke ein Muli. Der einzige aus
ihrer ganzen Verwandtschaft, über den sie jemals etwas
Nettes sagte, war der kleine Junge ihrer Schwester,
Purly, bei den Perrows in Lynchburg. Wir stimmten ihr
alle zu, denn seit Ma'o Tod war Turl die einzige Frau,
die sich um uns Männer kümmerte. Wenn sie gut gelaunt war, konnte sie kochen und nähen und putzen
bis zum Gehtnichtmehr.

Aber heute war keiner von Turls guten Tagen. Das
Frühstück war ein kalter Matsch aus wäßriger Grütze
und ranziger Schwarte. Turl klatschte je eine Portion in
die Schalen für mich und Pa und nahm den Rest mit
zur Sklavenhütte, alles mit gespitztem Mund und vorgewölbten Lippen. Ich war froh, daß ich hier wegkam.

»Was macht der Junge, Mason?« sagte Pa, als er von
der Scheune kam. Er hatte schon die Tiere gefüttert. Pa
war groß und stark und hatte einen schwarzen Bart.
Manchmal fragte ich mich, wie Ma es ausgehalten
hatte, ihn zu küssen – in dem Bild, das wir von ihr hatten, sah sie so zart aus, als müßte ein rauher Bart ihr
die Haut zerreißen. Ich schlug ihr nach, war blond und
kleingewachsen, mit hellbraunen Augen. Ma starb bei
meiner Geburt. Manchmal fürchtete ich, daß Pa mich
deswegen haßte; nicht, daß er jemals auch nur barsch
zu mir gewesen wäre – ganz im Gegenteil. Pa konnte
sehr rauh sein gegenüber anderen Männern, aber er
war auch freundlich, und zwar meistens zu mir.

Er trat neben mich und legte mir seine schwielige
Hand auf den Nacken. »Alles fertig für die Reise,
Sohn?«

»Meine Güte, Pa, ja! Ich hab seit zwei Tagen gepackt!
Sobald wir unser Frühstück aufgegessen haben, helfe
ich dabei, die Fässer auf den Wagen zu laden.«

»Das können Luke und Otha und ich tun, Mason. Mein Junge ist zu fein, um sich die Hände zu verhunzen. Er wird mal die Universität besuchen!«

»Ach, Pa. Setz dich auch hin und iß.«

Wir saßen und aßen eine Weile, aber bald begann Pa zu grinsen. »Schmeckt so, als ob Turl schlecht gelaunt sei.«

Ich streckte die Lippen vor, um Turls böses Gesicht nachzuahmen, und Pa lachte laut, mit einem tiefen rumpelnden Geräusch wie ein Bär. Ich stellte meine Schale auf den Boden und ließ Wuff fertigfressen. Er hatte wartend unter dem Tisch gelegen, wie immer.

»Sieht aus, als wolle Turl keine Frau für ihren Sohn«, sagte Pa. »Aber nachdem ihr Körper völlig ausgetrocknet ist, gibt's keinen anderen Weg, ein paar Niggerkinder zu beschaffen.«

»Otha hat Angst«, sagte ich.

»Er wird nicht lange Angst haben, ein junger Hupfer wie er.« Pa wischte sich den Mund ab und starrte mich an. »Hättest du Angst vor einer Frau, Mason?«

»No, Sir. Zumindest glaube ich das. Nicht, wenn sie so freundlich und so schön wäre wie Ma.«

»Hüte dich vor den Frauen im Liberty Hotel, Mason. Die sind schön, aber sie sind nicht freundlich. Nachdem du Mr. Sloat den Whisky verkauft hast, gehst du direkt zu Richter Perrow und bleibst bei seiner Familie. Ich lege dir für ihn eine Korbflasche von meinem besten *Mash* auf den Wagen.«

»Yessir. Ich werde sie ihm überreichen.« Das einzig Gute an Richter Perrow war seine Tochter, Lucy, ein unbekümmertes blondes Mädchen, das etwas älter war als ich. Letztes Jahr war ich mit Pa zu Weihnachten in die Stadt gefahren, und Lucy hatte mir ein Kußspiel gezeigt.

»Gut. Und, Mason, es wäre keine schlechte Idee, wenn du Otha ein Mädchen aus dem Haushalt des Richters oder von einem seiner Freunde kaufst. Diese armen Nigger auf der Sklavenauktion haben möglicherweise schon alles mögliche durchmachen müssen. Wenn ich mich recht erinnere, hat der Richter ein nettes kleines Mädchen namens Wawona. Schau dir diese Wawona an, bevor du was Überstürztes unternimmst.« Ich zuckte zusammen beim Gedanken, mit dem alten Richter Perrow Geschäfte machen zu müssen. Es war kein Geheimnis, daß er mich für einen unmännlichen Bücherwurm hielt. Als ich beim letzten Weihnachtsessen über eine von Edgar Poes Geschichten im *Messenger* hatte reden wollen, war der Richter in eine lange Tirade ausgebrochen, erst gegen Poes Charakter im besonderen und dann gegen Literatur im allgemeinen. In unserer Familie wußten alle, daß ich ein guter Leser und Schreiber war; tatsächlich kamen Pa und Onkel Tuck immer zu mir, wenn sie einen Brief geschrieben haben wollten. Als ich dem Richter damals widersprach, nannte er mich einen ›Hühnerhund‹ und fragte mich, ob ich ein Wörterbuch gefressen hätte. Schwer zu begreifen, wie er und ein nettes Mädchen wie Lucy aus derselben Familie stammen konnten. Pa sah meinen Gesichtsausdruck und seufzte. »Schau jedenfalls, daß das neue Mädchen breite Hüften hat und gesund ist, Mason, und zahl nicht mehr als sechzig Dollar für sie. Laß Otha nicht zuviel dreinreden; er ändert sowieso alle zehn Minuten seine Meinung.«

Draußen gab es Lärm, und dann stand Otha unter der Tür. »Gemma, Mistah Mason. Fahrn wa inne Stadt!« Er trug seine Sonntagskleider, die Turl sorgfältig aus Pa's abgelegten Sachen zusammengenäht hatte. Otha war drei Jahre älter und einen Kopf größer als ich. Er war schlaksig wie Turl und kohlschwarz wie Luke. Sein Kopf war klein und rund, und sein Mund nahm ein Drittel des Gesamtumfanges ein. Gestern hatte er Angst gehabt, aber heute brannte er darauf, loszuziehen.

Luke wartete draußen im Hof mit dem Wagen und den drei Fässern voll Whisky, den Pa in diesem Winter destilliert hatte. Im Sommer bauten wir Mais an und im Winter machte Pa ihn zu Whisky. Das lag nicht nur daran, daß Pa Whisky liebte, es war auch die angenehmste Art, unsere Ernte auf den Markt zu bringen. Ein Faß Whisky hatte denselben Wert wie fünf Zentner Mais.

Otha half Pa und Luke, die Fässer über ein paar Bretter auf den Wagen zu rollen. Wuff begann, vor Erregung loszubellen. Er hatte das schöne Profil und an den Beinen das seidige Fell eines Apportierhundes. Seine Beine und der Hals waren weiß, aber Kopf und Körper waren so lohfarben wie bei einem Collie. Während meiner Kinderjahre hatte ich mit ihm gesprochen wie mit einem Menschen. Er hatte eine Art, seine Augenbrauen und seinen Schwanz so ausdrucksvoll zu bewegen, daß ich oft das Gefühl hatte, er verstehe jedes Wort von mir. Jetzt zeigten seine Augen und sein Schwanz, wie glücklich er war, während er da auf dem Hof stand und zum Himmel hinauf bellte. Von Turl war nichts zu sehen. Pa ging ins Haus, um die Korbflasche für Richter Perrow zu holen.

»Wer'n Se uns ein feines Mädel bringen, Mistah Mase?« sagte Luke. Er war ein starker Mann mit einer Aura von Stumpfsinn um sich. Er wirkte, als hätte er das Denken vor Jahren aufgegeben.

»Nicht für *uns*, Pa!« kreischte Otha. »Für *mich*! Ich bin derjenige, der mit dem neuen Mädchen über den Besen springen wird!« In unserem Teil von Virginia verheiratet ein Farmer seine Sklaven, indem er beide zusammen über einen Besen springen läßt, der in geringer Höhe über den Boden gehalten wird.

»Klar bist du's«, sagte Luke. »Nich' ich oder deine alte Mam.« Er warf einen Blick hinüber zur Sklavenhütte und senkte die Stimme. »BringenSe keine dünne, gemeine, gelbe Schlampe mit, Massa Mase, ich beschwörSe bei Gott. BringenSe mir ein schwarzes Girl mit 'nem dicken Aasch.«

»Es iss kein Mädel für dich, Daddy«, sagte Otha nochmals. Er versuchte zu lachen, aber es gelang ihm nicht so recht. Ich wußte, daß er ebenso dringend wie ich weg wollte. Es war alles zu eng auf unserer kleinen Farm.

Ich ging in die Scheune und holte das Maultier. Es heißt Dammit. Pa hatte ihm ein außergewöhnlich umfangreiches Maisfrühstück verpaßt, und so war es in Stimmung loszuziehen. Otha und ich befestigten Dammit an der Wagendeichsel und zerrten es ein wenig vorwärts, um zu sehen, wie die Fässer sich verhielten. Sie waren so schwer, daß Otha und ich zu Fuß gehen mußten, aber das spielte keine Rolle. Es würde ein sonniger Apriltag werden, und der Schlamm auf der Straße würde einigermaßen trocknen und steif werden.

Endlich kam Pa mit der Korbflasche für den Richter zurück. Ich roch an seinem Atem, daß er davon probiert hatte. Ohne mich, der auf ihn aufpaßte, würde er wahrscheinlich eine Woche lang betrunken sein. Armer Pa. Ich umarmte ihn zum Abschied und Otha zog Dammit zum Tor. Wir wußten aber alle, daß Turl noch ihren Senf dazugeben mußte, und jetzt stand sie in der Hüttentür, das Gesicht tränenüberströmt.

»Otha!«

»Mam?«

»Otha, willste dich nich' verabschieden?«

»Leb wohl, Mam.« Otha sah vor Unglück schon ganz verzweifelt aus.

»Otha, warum willste deine Mam verlassn?« Sie setzte sich zu Otha hin in Bewegung. Wenn ich Manns genug war, den Wagen in die Stadt zu fahren, war ich auch Manns genug, Turl einzubremsen. Ich versperrte ihr den Weg, indem ich zwischen sie und Otha trat.

»Wir sind doch in ein paar Tagen wieder zurück, Turl. Leb wohl.«

»Aus'm Weg, du Welpe!«

Sie hob die Hand, als wolle sie mich schlagen, und

ich fragte mich, was ich dagegen tun sollte. Bevor es so weit kam, rief Pa: »Turl!«

Sie stand für einen Moment unbeweglich, eine schlanke gelbe Frau, die fürchtete, ihren Sohn zu verlieren. Otha zerrte Dammit durchs Tor, und dann war ich auch draußen aus dem Hof. Wuff schlüpfte hinter uns durchs Tor, den Schwanz demütig zwischen die Hinterbeine geklemmt. Ich warf ihm einen scharfen Blick zu, und er duckte sich, lief uns aber weiter nach. Luke und Pa und Turl standen dort und schauten uns nach, Turl immer noch mit erhobener Hand. Schließlich begann sie zu winken. Ich betete lautlos, daß wir nicht stecken blieben auf dem schlammigen Farmweg, der über den Hügel hinauf zur Überlandstraße führte – nicht, daß diese Straße mehr gewesen wäre als ein drei Wagenspuren breiter dreckiger Weg. Wenn wir nur endlich den Erwachsenen aus den Augen gekommen wären!

Otha dachte genau dasselbe wie ich, und wenn Dammit gerade jetzt gestreikt hätte, würden wir ihm, glaube ich, die Rippen eingedroschen haben. Aber Dammit zog an, und der Wagen rollte, und in wenigen Minuten verschwanden wir über die Hügelkuppe, die unsere Farm von der Landstraße trennte. Wir schauten nochmals zurück und winkten unseren Eltern ein letztes Mal, ohne in Betracht zu ziehen, daß wir sie vielleicht niemals wiedersehen würden – nicht, daß wir innegehalten hätten, wenn uns das klar gewesen wäre. Das Leben auf der Farm hing uns einfach zum Hals heraus.

Es war ein schöner Tag, dieser letzte Apriltag. Der Boden war noch so naß, daß die Sonne weich und wäßrig aussah. Die Landstraße war feuchter, als ich erwartet hatte, deshalb mußte Otha immer wieder hinter den Wagen und anschieben, während ich Dammit vorne zusetzte. Wuff war es am liebsten, wenn Dammit störrisch war und ich am Zaumzeug ziehen mußte.

Dann half er mit, bellte und schnappte und kam so nahe, wie es ging, ohne getreten zu werden, während er mir ständig beifallheischende Blicke zuwarf. Wenn es abwärts ging, sprangen Otha und ich auf den Wagen und drückten die Bremshebel gegen die Räder. Es war eine harte und dreckige Arbeit, besonders für Otha, aber unsere Lebensgeister gingen höher und höher, je näher wir Lynchburg kamen. Otha begann, mich wegen Lucy Perrow aufzuziehen – ich hatte niemand anderen gehabt, dem ich hätte anvertrauen können, daß sie mich geküßt hatte, als eben Otha – und ich weihte ihn in Pa's Pläne bezüglich Wawonas ein.

»Wie schautse aus?« wollte Otha wissen.

Ich konnte mich nur an Zöpfchen und das breite Grienen erinnern, aber ich redete sie Otha ein in der geheimen Hoffnung, nicht zur Auktion gehen zu müssen. Es würden dort üble Hinterwäldler sein, und ich so gut wie sicher betrogen werden.

Die grünen Wälder waren voll Hartriegel, dessen weiße Blüten aus dem Grün vorsichtig herauslugten wie scheue Jungfern. Es gab auch große Redbuds und – was mir am besten gefiel – die großen purpurnen Glocken der Paulownien, die nur alle paar Jahre blühten.

Ich kannte den Weg nach Lynchburg, weil ich ihn mit Pa schon einige Male zurückgelegt hatte. Die Landstraße schlängelt sich ungefähr acht Meilen neben dem Rucker Run Creek her, bis man sich auf einem hohen Kliff wiederfindet, von dem man auf den James River und die Stadt Lynchburg am anderen Ufer hinuntersieht. Der Fluß stürzt einfach über die Klippe hinab, aber als Mensch muß man sich links halten und einen großen Bogen machen, um an der Klippe vorbei hinunter an den James zu kommen.

Bevor wir auf den Wagen kletterten, um die Bremsen für die Fahrt um die Kurve nach unten zu drücken, legten Otha und ich eine kleine Pause ein. Ich nahm Dammit das Geschirr ab und wir führten ihn zur letzten Wasserstelle des Rucker Run zum Trinken. Das Maultier schlürfte ein bißchen Wasser und begann dann, die frühen Pflänzchen, deren Grün aus dem Schlamm hervorgebrochen war, abzufressen. Wuff plantschte durch das Wasser und verschwand auf der Suche nach kleinen Tieren im Unterholz am anderen Ufer. Wenn er jagte, kontrahierte er seine Ohrmuskeln so, daß seine Schlappohren einen Extrazentimeter weiter vom Kopf abstanden. Das verlieh ihm ein besonders wachsames und jagdmäßiges Aussehen.

Otha und ich wuschen uns ein bißchen von dem Straßenschmutz ab und hingen dann am Ufer um den Teich herum und schlenderten bis hinauf zum Kliff, von dem der Bach hinabstürzte. Man hatte von hier aus einen schönen Blick auf Lynchburg, das ganz vom Wasser und von blühenden Bäumen eingefaßt war. Die kleine Stadt lag auf einem Hügel, der zum Fluß hin abfiel.

»Ich bin ein Vogel«, sang Otha laut. »Ich seh alles, und paßt auf, wenn mir einer auskommt!« Er zeigte über den Fluß auf die Hügelspitze. »Sieh mal da, Mase, siehste die Kutsche auf dem Hügel mit den zwei Hunden, die hinter ihr herrennen? Ich wette, daß das der Richta Perrow ist. Wawona, ich komme! Und, Gottogott, siehste die vielen Leute da unten auf dem Markt, Mase? Glaubste, daß Samstag ist? Uiii! Da schau zum Fluß hin, die laden ein Boot ab! Wie wär's, wenn du mich und das neue Mädchen für die Flitterwochen nach Richmond schickst?«

Das Boot, auf das Otha zeigte, war von der Sorte, die man hier Bateau nennt. Diese Bateaus waren keine Segelyachten, sondern niedrig gebaute Kähne, deren Zweck es war, den Tabak über den seichten, felsigen James River nach Richmond zu transportieren. Sie waren grob gezimmert und unbequem. Sklavenmannschaften stakten sie flußauf und flußab.

Die Tabaklagerhäuser lagen ebenso wie die Zigarrenfabriken und Mühlen in der vordersten Straße zum Fluß hin. In der nächsten waren die Großhandelsbetriebe: die Lagerhäuser, die Sklavenhändler und so weiter. Einen Block weiter verlief die Hauptstraße mit ihrem Marktplatz, den Luxusgeschäften und dem Liberty Hotel. Noch höher kam man schließlich auf die Kuppe des Hügels, auf dem Lynchburg erbaut war, und da droben sah man den großen Kuppelbau des Landgerichts, umgeben von Banken und Rechtsanwaltsfirmen, die vom städtischen Handel dick und fett wurden.

Das Geheul von Wuff brachte uns in die unmittelbare Gegenwart zurück. Heftig zappelnd und jaulend brach er durchs Unterholz und kam auf uns zugerannt. Die Ohren hatte er flach angelegt. Hinter ihm her rannte ein schmutziger halbnackter Zehnjähriger.

»Ein Inniana!« rief Otha aus.

Wuff plantschte durch den Teich und warf sich neben mir auf den Boden. Er hechelte mit weit geöffnetem Maul. Jetzt, als er nicht mehr rannte, sah er sofort völlig entspannt aus. Hatte ihn der Indianerjunge bedroht? Oder anders herum?

»He«, sagte ich zu dem schmutzigen roten Jungen. Er trug kurze Hosen. Übrigens war er weniger dreckig als eher gezeichnet. Damit meine ich, daß die schwarzen Flecken auf seiner Brust und seinem Gesicht eher richtige Streifen als zufällige Muster bildeten. »Warum jagst du meinen Hund?«

Der Junge machte eine Geste und verschwand wieder im Wald.

»Inniana fressen Hunde«, sagte Otha. »Besonders im Frühling.«

»Was bedeutete seine Handbewegung?« fragte ich. »Hat er uns zum Abschied zugewinkt?«

»Er wird uns wohl eher behext haben. Gemma lieba, Mason.« Otha nannte mich nicht Mister oder Massa, wenn wir allein waren.

Als Otha und ich endlich über die Klippen zur Fähre hinuntergelangten, war es spät am Nachmittag. Das Fährhaus war eine abgetakelte Hütte nahe am Flußufer. Da der James alle paar Jahre über die Ufer trat, waren alle Gebäude an seinem Rand nur provisorischer Natur. Es freute mich zu sehen, daß der Fluß an diesem Tag klar und langsam dahinfloß. Ich lenkte Dammit und den Wagen hinunter auf das mit Kopfstein gepflasterte Uferstück, das als Dock diente. Der Fährmann und seine Frau wohnten in dem baufälligen Fährhaus; die Frau verkaufte Kekse und Schinkenscheiben.

»Kauf uns was zu essen«, drängte Otha.

»Kann ich nicht«, sagte ich wahrheitsgemäß. »Wir haben keinen Groschen Geld, bevor wir nicht diesen Whisky an Mr. Sloat verkauft haben.«

Ein Kabel führte von einem Ring, der in den Fels eingelassen war, hinüber über den Fluß. Das andere Ende war dort auf ähnliche Weise befestigt. Die Trosse diente zur Führung des Fährschiffes über den Fluß. Jetzt eben war es auf der anderen Seite, oberhalb der Kais für die Lastkähne. Ich winkte dem Fährmann, und schließlich setzte er langsam sein Gefährt in Bewegung. Die Fähre hatte einen Bügel, der die Trosse umfaßte und somit verhinderte, daß es stromabwärts trieb. Der Fährmann hatte zwei Sklaven, von denen jeder mit einer langen Stange zum Staken ausgestattet war.

Als er näher kam, trat seine Frau aus dem Haus an den Zaun und begann, mir eine Menge Fragen zu stellen. »Wer bist du? Ich weiß, daß ich dich schon mal vorher gesehen habe, aber du bist seither gewachsen!« Sie verzog den Mund zu einem Lächeln.

»Ich bin Mason Reynolds, aus Hardware.«

»Ich wußte es!« rief sie mit schriller Stimme. »Wollen Sie und Ihr Boy nichts zu essen, Mister Reynolds? Ich kann Ihnen einen gedämpften Katzenwels auf einem schönen kleinen Brotlaib anbieten.«

»Ich habe noch kein Geld«, erklärte ich ihr. »Nicht bevor wir diese drei Fässer Whisky verkauft haben.«

»Du meine Güte! Und wie wolltet ihr meinen Mann bezahlen?«

Es war nichts Freundliches oder Nettes an dieser Alten. Sie erinnerte mich an einen abgebrochenen und mit Flußschmutz überkrusteten Ast. Sie sah weich aus, aber darunter war sie eiskalt. Über die Fährgebühr regte sie sich so auf, daß sie einen Schritt auf uns zu machte, was Wuff zum Losbellen brachte. Er verwendete sein ganz besonders tief aus der Brust kommendes Bellen für Fremde, das völlig anders klang als das helle ganz vorn am Schnauzenende, wenn er nur einfach aufgeregt war.

»Ich werde ihn auf dem Rückweg bezahlen«, sagte ich. »Sicher vertrauen Sie dem Wort eines Gentlemans.« Pa sagte immer gerne, daß er und ich Gentlemen seien, aber diese Alte hielt nichts davon.

»Schmutzbauern-Whiskyhändler-Gentlemen! Wie wär's, wenn ihr mir diese Korbflasche als Pfand da laßt?« Die alte Hexe hatte den mit Weidengeflecht umgebenen Glasballon für Richter Perrow entdeckt.

»Sie würden ihn leertrinken«, behauptete ich.

»Zwei Dollar«, warf der Fährmann ein, der gerade ans Ufer getreten war. »Fünfundzwanzig Cent für das Muli und den Neger, fünfzig für den jungen Gentleman, und einen Dollar für den beladenen Karren. Hier geradeaus, und zieht die Bremsen an für die Überfahrt.«

»Er sagt, er hat überhaupt kein Geld«, schrie die Frau. »Der Karren ist voller Whisky!«

Der Fährmann lächelte breit. »Hol einen Krug, Helen, und der Gentleman wird uns eine Gallone abzapfen.«

»Wir kriegen drei Dollar pro Gallone«, protestierte ich.

»Und ich krieg' drei Dollar für die Überfahrt«, erwiderte er ruhig.

»Bin mächtig hungrig«, erinnerte mich Otha.

»Geben Sie uns zwei Fischbrote«, rief ich der alten Frau ins Haus nach, wo sie zweifellos nach dem größten Krug aller Zeiten suchte. Sie kam bald zurück mit dem Essen in der einen und dem Krug in der anderen Hand. Sie hatte für jeden von uns einen kleinen Brotlaib geteilt und einen ganzen Katzenwels hinaufgelegt, der noch warm war vom Dämpfen und ganz weiße Augen hatte. Ich legte meinen auf den Wagen, aber Otha zog aus seinem die Gräten heraus und aß ihn sofort. Ich hob die Korbflasche vom Wagen und füllte den Krug der Fährleute. Der Mann sah mit einem erfreuten Lächeln zu, wie sein Krug die Hälfte von dem schluckte, was der Richter hätte bekommen sollen. Als ich die Flasche wieder auf den Wagen stellte, fiel mir mein Fischbrot in den Dreck. Wuff schnappte sich den schlüpfrigen grauen Fisch mit einem häßlichen Schmatzen. Niemand bemerkte es, und ich war zu angeekelt, um etwas zu sagen. Ich zerrte Dammit in Richtung Fähre, wobei er den Wagen über die Planken ziehen mußte, die zu diesem Zweck aufgelegt worden waren. Dammit schaffte es nicht ganz, und als ich Otha sagte, er solle hinten anschieben, ließ er sich Zeit. Ich verlor die Geduld und nannte ihn einen faulen schwarzen Trottel. Tatsächlich mißbrauchte ich meinen Kameraden, um vor dem Fährmann und seiner Frau gut auszusehen. Sklavenhalter Mason Reynolds! Otha warf mir einen überraschten Blick zu und drückte mit aller Kraft gegen den steckengebliebenen Karren.

Schließlich waren wir alle an Bord und glitten über den grünen James River hinüber nach Lynchburg. Stromaufwärts gab es mächtige Stromschnellen, von denen kühle Dunstschwaden in der frischen Abendbrise herübertrieben. Der Fährmann nahm einen langen Zug aus seinem frisch gefüllten Whiskykrug, seufzte erfreut auf und schaute zur hereinbrechenden Dämmerung hinauf.

»Gefällt es dir hier draußen auf dem Fluß?« fragte ich Otha.

Er betrachtete mich mißtrauisch, immer noch verletzt von meiner harschen Bemerkung vorhin. »Wir sin' hier draußen, Mase, und keiner von uns kann nicht auch nur ein bißchen schwimmen.« In Lynchburg gingen Lichter an. Je näher wir der Stadt kamen, desto größer sah sie aus.

»Ich bleib bei dir, Otha, du kannst auf mich zählen. Ich hab dich vorhin bloß angeschrien, weil Wuff meinen Fisch gefressen hat.«

»Wuff ist nicht der Trottel«, murmelte Otha. »Und ich bin's auch nicht. Du bist ein Arschl...« Er verschluckte das letzte Wort halb, aber die beiden Sklaven des Fährmanns kriegten seine Antwort so ungefähr mit und grinsten mich auf eine Weise an, daß ich keine Lust hatte, zu protestieren. Ich war nur ein fünfzehn Jahre alter Junge vom Land, und sie waren erwachsene Männer aus der Stadt. Ich schwieg also, biß mir auf die Lippe und streichelte Wuff. Das alles war ein Beispiel für das, was Sklavenhalter immer schon gesagt haben: Gib einer Krähe ein Körnchen, und ihre Verwandtschaft frißt deine Ernte auf.

Die Fähre legte an der Rampe in Lynchburg an. Ich redete Dammit gut zu, anzuziehen, Wuff und Otha folgten, und da waren wir nun in voller Lebensgröße am Ufer von Lynchburg, sechs Uhr abends am 30. April 1836, einem Samstag.

Otha kam zu mir, und da standen wir nebeneinander und starrten all die Leute an. Es gab einen Haufen Schwarze, ganze Arbeitsgruppen mit ihren eigenen schwarzen Bossen. Eine von diesen Gruppen belud einen Lastkahn mit großen Fässern voll Tabak. Andere schleppten Dinge herum und standen nur müßig da. Zwischen ihnen sah man nervöse kleine weiße Bankangestellte und Kaufleute herumtapsen, und einen Haufen Hinterwäldler gab's auch. Das waren auf ein

Mal mehr unterschiedliche Leute, als ich einen ganzen Winter lang in Hardware gesehen hatte. Ich stand da und glotzte; atmete die Gerüche ein (die meisten davon üble) und lauschte auf das Stimmengewirr auf dem Pier, das Geräusch der Wellen, das Knarzen von Holz, das Rumpeln der rollenden Fässer und die Rufe der Scheuerleute. Hinter all diesem Lärm konnte ich das Summen von Lynchburgs tausend Stimmen und das pausenlose Mahlen seiner tausend Räder hören.

Jemand berührte meine Hand. Ich blickte hinunter und sah einen vier Fuß großen weißen Mann, der eine schwere Pistole im Gürtel trug.

»Hallo«, sagte er. Er hatte eine aufgestülpte Nase, die die Innenseite seiner Nasenlöcher zeigte.

»Hallo«, erwiderte ich.

»Was habt ihr geladen?« fragte der Zwerg, als könne er nicht den Duft unseres guten Maiswhiskys riechen, der durch die Faßdauben drang. Ich hielt ihn für einen verdammten Dieb. Seine Waffe bedeutete, daß er für eine von diesen Diebsbanden arbeitete, die sich selbst als Regierung bezeichneten. Vereinigte Staaten, Virginia Commonwealth, Stadt Lynchburg – das war alles dasselbe, wenn man auf Pa hörte – sie wollten alle nichts anderes, als einen ehrlichen Mann fertigmachen. Pa hatte mich gewarnt, keine der Fragen des Zwergs zu beantworten, oder wir würden damit enden, daß wir unser Geld jedem Dieb aushändigen mußten, der glaubte, er hätte ein Recht, danach zu fragen.

»Das Geschäft eines Gentlemans geht Sie überhaupt nichts an«, sagte ich mit erzwungener Ruhe. »Mein Boy und ich fahren jetzt in die Stadt. Guten Abend, mein Herr. Otha, steig hinten auf und achte auf die Ladung.« Ich sprang auf den Kutschbock und klatschte Dammit mit dem Zügel eines auf. Wir klapperten die Kopfsteinpflasterstraße hinauf. Der Zwerg schrie hinter uns her, aber Wuff bellte und knurrte, so daß der kleine Dieb sich nicht getraute, uns zu folgen. Hin und wieder war Wuff wirklich zu etwas zu gebrauchen.

Nach der langen Tagesarbeit war Dammit geneigt, in der Kurve zur Main Street das Tempo sehr zu verlangsamen. Ich blieb hinter ihm, schlug das Maultier mal, versprach ihm mal Hafer. Glücklicherweise lag das Liberty Hotel direkt an der Ecke, wo wir auf die Main Street stießen. Wir fuhren an der Hinterseite in den Hof. Ein Bediensteter kam aus dem Stall heraus, ein blonder Junge mit scharf geschnittenen Zügen, nicht viel größer als ich. Er schien recht sorgfältig seine Umgebung zu beobachten und hatte auch eine Pistole zur Hand, die in einem Holster an der Wand hing. Ich bat ihm, Dammit etwas Wasser zu geben und einen halben Eimer Maiskolben. Das Bürsten des Mulis konnte warten, bis wir zu den Perrows kamen.

Otha ging hinüber zur Küche und begann mit den Köchen zu plaudern. Wenn man ihn hier so frei und fröhlich sah, hätte man denken können, er habe sein ganzes Leben in Lynchburg verbracht. Ich meinerseits fühlte mich klein und belanglos. Wie ich so im Hof stand, konnte ich durch ein schmales offenes Fenster in den Salon des Hotels sehen. Da war eine ganz nette Gesellschaft drinnen, kein Zweifel! Männer sangen und fluchten, und hübsche Frauen lachten laut und ungeniert. Dieser Anblick hob meine Stimmung sofort. Das waren die Frauen, vor denen mich Pa gewarnt hatte! Sobald ich meinen Handel mit Mr. Sloat abgeschlossen hätte, hoffte ich einen näheren Blick auf diese berühmtberüchtigten Frauen werfen zu können. Ich hob Wuff in den Wagen, damit er auf den Whisky aufpassen konnte, und ging durch die Hintertür ins Hotel.

Diese Hintertür führte in eine mit dunklem Holz ausgekleidete Diele. Zu meiner Linken führte eine Treppe nach oben, rechts war die Wand mit rauchgeschwärzten Bildern in dicken Rahmen verziert. Nach ungefähr zehn Schritten endete die Diele in einer Lobby mit Polsterstühlen und einem kleinen Orientteppich auf dem Boden. Pa hatte mich zwar noch niemals hierher mitgenommen, aber er hatte mir von diesem Teppich erzählt. Er sah wundervoll aus, zur Gänze in Rot und Blau eingefaßt und mit zwölf Rechtecken gemustert, jedes von einer anders geformten Zick-Zack-Explosion durchzogen. Ich beugte mich darüber, um durch genauere Betrachtung zu begreifen, wie er gemacht war.

»Leg dich noch nicht schlafen, mein Vetter vom Land«, sagte eine Stimme. »Die Zimmer sind oben. Würde es dir was ausmachen, dich einzutragen?«

Ich fuhr herum und errötete. Ein dicker Mann saß an einem Schreibtisch in der hintersten Ecke der Lobby. Er trug eine graue Hose und einen glänzenden Frack. Die Röte auf meinem Gesicht vertiefte sich, als mir klar wurde, daß ich mit meinen groben Schuhen, einfacher blauer Arbeitshose und loser weißer Bluse nicht anders aussah als der Stalljunge draußen.

»Sind Sie … sind Sie Mr. Sloat?«

»Ich stehe zu Ihrer Verfügung, Sir.« Sloat reckte fragend den Hals. Seine Augen waren dunkel und leuchteten aus seinem talgweißen Gesicht.

»Ich bin Mason Algiers Reynolds aus Hardware, Virginia.«

Sloat ergriff einen Federhalter und begann, an seinem Ende zu kauen. »Von den Whisky-Reynolds?« Ich hatte erwartet, daß er erfreut sein würde, aber er sah eher verwirrt aus.

»Ich habe drei Zwanzig-Gallonen-Fässer auf meinem Wagen draußen im Hof. Pa sagte, Sie würden vier Dollar für eine Gallone zahlen, was dann zweihundertundvierzig Dollar machen würde, nicht wahr?«

»Würde es nicht.« Sloat schüttelte den Kopf und stieß ein kurzes, freudloses Lachen aus. »Gott schütze mich vor engstirnigen Gentlemen aus Virginia mit Dung an den Schuhen. Komm näher, mein Sohn, und tritt nicht auf den Teppich.« Pa hatte mich gewarnt, daß Sloat ein harter Bursche sei. Das Minimum, das ich für den Whiskey nehmen konnte, waren zwei Dollar, aber letztes Jahr hatte Sloat zwei-fünfzig gezahlt und dieses Jahr hofften wir auf drei.

»Die Maische war dieses Jahr außergewöhnlich gut«, sagte ich. »Letzten Sommer wurde der Mais ganz besonders süß.« Ich dachte an Richter Perrows ohnehin schon geöffnete Korbflasche. »Möchten Sie mal probieren, Mr. Sloat?«

»Eure Maische mag schon besser sein als die letztjährige ... Mason, nicht wahr?«

Ich nickte, obwohl ich gewünscht hätte, er würde mich Mr. Reynolds nennen. »Eure Maische mag besser sein, aber mein Geschäft geht schlechter. Die Preise sind im Keller. Das äußerste, was ich pro Gallone zahlen kann, ist ...« Er starrte mir in die Augen, und ich hätte schwören können, daß er meine Gedanken las. »Zwei Dollar pro Gallone.« Er wußte, daß er mich erwischt hatte, und er machte noch Dampf dahinter. »Lassen Sie meine Männer den Wagen entladen, und Sie können hier wohnen als mein persönlicher Gast ... Mr. Reynolds.« Noch ein scharfer Blick direkt in meine Augen. »Für einen wichtigen Lieferanten wie Sie ist alles in meinem Hotel umsonst: Zimmer, Service und ...« – er winkte mit seinen leuchtenden kleinen Augen hinüber zur Salontür auf der andern Lobby-Seite – »... und Gesellschaft für eine Nacht.«

Eine der Frauen lachte wieder, lang und wild, als gäbe es kein Morgen. Niemand würde es erfahren. Ich konnte morgen zu den Perrows gehen und sagen, ich sei gerade erst angekommen. Otha würde mich decken ... Aber wo würde Otha schlafen? Nicht in meinem Zimmer, nicht mit einer Frau darin! »Was ist mit meinem Diener?« fragte ich Mr. Sloat.

Er zuckte die Achseln. »Der Stallbursche soll frisches Stroh in die Koje des Maultiers werfen. Da ist genug Platz für beide.«

Ich wußte, daß ich das Otha nicht antun konnte. Er war hier, um eine Frau zu finden, und ich sollte ihn zum Muli stecken, damit ich in Ruhe herumhuren konnte? Das würde er sicher Pa erzählen. Ich folgte in Gedanken versunken Mr. Sloat den Gang entlang zum Hof.

Ein paar von seinen Männern rollten unsere Fässer in den Hotelkeller, dann nahm mich Mr. Sloat mit in sein Privatbüro, einen kleinen düsteren Raum hinter seinem Schreibtisch in der Hotellobby. In der Tür war ein Guckloch, so daß Mr. Sloat immer ein Auge auf alles haben konnte. Ein weiteres Guckloch war in der linken Wand angebracht.

Mr. Sloat hatte einen großen Rollschreibtisch und einen Metallsafe mit einem Schloß. Die Safetür stand angelehnt. Er sah mich scharf an und beugte sich dann über den Safe, bis er die 120 Dollar beisammen hatte, die er mir schuldete: sechs goldene Double-Eagle-Münzen. Sie waren so schwer, daß ich mir Sorgen machte, daß sie meine Tasche zerreißen würden.

»So«, sagte er und schloß die Safetür beinahe. »Das war also unser Geschäft, und ich danke Ihnen, Mr. Reynolds. Wollen Sie das Abendessen auf dem Zimmer oder in der Bar?«

»Ich ...« Ich hatte schon darüber nachgedacht, was ich jetzt sagen wollte, aber es war nicht leicht auszusprechen. »Ich muß heute nacht noch zu Richter Perrows, Mr. Sloat. Aber wenn ... falls es Ihnen wirklich ernst war mit der ... der ... Gesellschaft ...« Die Frauen hinter der Tür lachten hell und laut. »Bloß für eine Stunde«, sagte ich schließlich. »Nur um zu sehen, wie es so ist mit einer Frau.«

Mr. Sloat lächelte milde, als ob ich ihn sehr glücklich gemacht hätte. Vielleicht machte es ihm Vergnügen, die Jugend auf Abwege zu bringen. »Geh in die Bar und such dir eine aus«, sagte er, wobei er sich zurücklehnte und mit seiner dicken Hand auf die Tür wies. »Es gibt vier davon, alle saftig und frisch und zu allem bereit.«

Ich scharrte mit den Füßen und schüttelte den Kopf. Die Frauen würden nicht glauben, daß ich Mr. Sloats Genehmigung hatte, und die Betrunkenen würden mich auslachen. Sie würden es allen ihren genauso rohen Freunden erzählen. Pa und Richter Perrow würden es herausfinden. *Lucy* würde es herausfinden. Ich konnte nicht in die Bar gehen und einer Frau sagen, daß sie nach oben mitkommen solle.

»Schau durch das Guckloch, wenn du Angst hast«, sagte Mr. Sloat beruhigend. Er wies auf die kleine Glaslinse, die in seine Bürowand eingelassen war. »Schau hinein und triff deine Wahl, und ich sende Sie dir hinauf.« Er war ungewöhnlich freundlich. Ich war so ein Bauerntrottel, daß ich nicht begriff, warum.

Ich schaute lange durch das Guckloch. Zuerst war schwer etwas zu erkennen, aber dann sah ich deutlicher und begann, auszuwählen. Es waren zwei ältere und zwei junge Frauen, zwei blonde und zwei dunkelhaarige. Ich wollte wegen Lucy nicht die junge Blonde, also sagte ich Mr. Sloat, daß das dunkelhaarige Mädchen das richtige wäre. Er schickte mich ins Zimmer Nr. 3.

Es war ein sehr einfacher Raum mit einem Fenster mit geschlossenen Läden in Richtung Hof. Ich saß eine Weile auf dem Bett, und nichts geschah. Schließlich öffnete ich die Läden und blickte in den Hof hinunter. Es war das allerletzte Licht der Dämmerung. Unser Wagen stand noch da, Wuff lag darauf und leckte seine Eier, Dammit stand schlafend neben einem der Räder. Ich fragte mich, wohin Otha verschwunden war.

»Willkommen in Lynchburg, Mason«, sagte eine süße Stimme hinter mir.

Ich fuhr herum und der Laden schlug zu. Es war das dunkelhaarige junge Mädchen. Sie trug eine Kerze und lächelte mich an. Jetzt, als sie mir so nahe war, sah ich, daß ihre Haare ein bißchen gekräuselt waren. Eine Viertelnegerin, dachte ich mir, aber sie sah weißgott sauber aus und roch gut. Sie stellte die Kerze hin und kam zu mir her, bevor ich mir noch Gedanken machen konnte, was ich tun sollte. Ihr Name war Sukie.

Pa hatte mir niemals Einzelheiten über Sex erzählt, aber nach einer Stunde wußte ich alles darüber, wie man Kinder macht und ich hatte auch ganz genau gesehen, wo sie herkamen – was dazu führte, daß einiges Kerzenwachs auf dem Leintuch zurückblieb. Ich trieb es dreimal mit Sukie, um ganz sicherzugehen, daß ich alles verstanden hatte. Das machte mich so müde, daß ich prompt einschlief. Es war Otha, der mich aufweckte, als ich ihn im Hof rufen hörte.

»Mistah Maaaason?«

Im Zimmer war es stockdunkel, und die Frau war weg. Ich stand auf und rannte gegen die Möbel, bis ich die Läden geöffnet hatte.

»Mistaaah Maaaaason?« Ich konnte ihn als dunkeln Fleck gegen das helle Kopfsteinpflaster sehen. Rechts brannten die Feuer in der Küche.

»Psst, Otha, ich komme.«

»Was tuste denn da oben?« fragte er, ganz vorgetäuschte Unschuld, bis er vor Lachen fast zerplatzte. Die Schwarzen wußten immer, was die Weißen taten. Ich ließ die Läden offen und zog mich im schwachen Licht der Stadt draußen an. Es war mir klar, daß ich mein Gold hätte verstecken sollen, aber – gottseidank – meine Tasche war immer noch gleich schwer wie zuvor. Als nächstes machte ich mir Sorgen, daß die Perrows das schwere süße Parfum von Sukies Körper an meinen Lenden würden riechen können, also zog ich nochmals meine Hose aus und wusch mich am Waschbecken. Wie spät war es denn schon?

Ich eilte hinunter und fand Otha an den Karren gelehnt. Er sah lockerer als sonst aus und sehr zufrieden mit sich selbst.

»Wie spät ist es, Otha?«

»Ich hab keine Uhr, Mase. Alles war ich weiß, is', daß Essenszeit war. Ich hab ein paar Schlucke Whisky beim Koch gegen ein Abendessen eingetauscht. Huii, war das gut! Beefsteak von einer Kuh, Kartoffeln und Zwiebeln, und alles mit einem in der Stadt gebrauten Bier runtergespült. Ich will nie mehr zurück auf die Farm.«

Aus der Hotelbar drang heftiger Lärm – mir kam es vor, als hörte ich Sukie singen. Warmes Licht füllte alle Fenster. Es konnte nicht später als acht oder noun sein.

»Wir schauen besser, daß wir endlich zu den Perrows kommen, Otha. Ich bin hier fertig.«

»Das sehe ich«, grinste Otha. »War sie süß?«

Mord

Ich bemerkte nicht vor dem nächsten Morgen, daß Sukie mein ganzes Gold durch bleierne Schrauben ersetzt hatte.

Der Klang der Kirchenglocken und das Geräusch des Regens weckten mich. Lucy hatte gesagt, wir würden heute in die St. Paul's Episkopalkirche in der Unterstadt gehen. Ich wußte, daß die Perrows eine Kutsche hatten, so daß der Regen keine Rolle spielte. Die Idee, mit Lucy zur Kirche zu gehen, berührte etwas tief innen in mir. Ich war jetzt ein Mann, kein Zweifel, und in nicht allzu langer Zeit würde ich mich verheiraten. Natürlich mußte ich erst noch die Universität besuchen, aber dann ...

Ich blieb eine halbe Stunde im Bett liegen, lauschte dem Regen und gab mich den glücklichen Erinnerungen an mein großartiges Zwischenspiel mit Sukie hin. Ich fragte mich, ob ich eine Chance hatte, sie wiederzusehen. Schon jetzt waren die Empfindungen während des Akts nicht mehr ganz präzise erinnerbar. Weich war es in ihr gewesen, weich und warm.

Die Fahrt zu den Perrows war kein Problem gewesen – mit vollem Bauch und leerem Wagen machte Dammit keine Zicken. Otha hatte daran gedacht, den verbliebenen Whiskey für den Richter in einen kleinen, engen Krug aus der Hotelküche umzufüllen. Der Richter hatte ihn dankbar entgegengenommen ohne jede Ahnung, daß doppelt soviel abhanden gekommen war. Mrs. Perrow war aufgeregt und gastfreundlich wie immer, und glücklich für jede Ablenkung vom ewigen

Geschwafel des Richters über Politik. Man hatte das Sklavenmädchen Wawona gebracht, damit ich es inspizieren konnte: Sie war stramm und kregel und an Otha interessiert, der sich mit den anderen Sklaven der Perrows schlafen gelegt hatte. Der Richter sagte, wir könnten sie für sechzig Dollar haben. Vor allem Lucy schien ganz aufgeregt, mich zu sehen. Im Stiegenhaus hatte sie mir vor dem Zubettgehen mehr als einen Kuß aufgedrängt. Ich war glücklich zu Bett gegangen und ebenso glücklich erwacht. Jeder war nett zu jedem.

»O Maaason!« Lucys Stimme flötete über die Küchenstiege herauf. »Aufstehen, Schlafmütze! Heut ist der Erste Mai! Du hast versprochen, mit Ma und mir zur Kirche zu gehen!« Richter Perrow war ein Freidenker, und die Frauen waren glücklich, diesmal einen Mann beim Kirchenbesuch dabeizuhaben.

»Bin gleich fertig, Süße!« Die galanten Worte flossen mir nur so von den Lippen. Was für einen Wandel hatte Sukie in mir ausgelöst, die Ruhe ausstrahlende Sukie, Göttin der Nacht!

Wirklich, was für ein Wandel. Nachdem ich mich gewaschen hatte, griff ich in die Tasche der Hose, die ich gestern getragen hatte, und zog ... sechs graue Bleischrauben heraus.

Es regnete weiter, als ob nichts passiert wäre, und Lucy rief mich nochmals, genau wie zuvor. Ich stand dort wie vom Blitzschlag getroffen und starrte im grauen Sonntagslicht durch das Fenster auf das graue Metall. Natürlich hatte Sloat gewollt, daß Sukie zu mir hinaufging. Sukie hatte mich beraubt, und sie hatte es nicht einmal für sich selber getan.

»Mason! Muß ich hinaufkommen und dich holen?«

Mit langsamen Bewegungen nahm ich Pa's gute Kleider aus dem Klappkoffer. Es war ein weißes Leinenhemd, dazu schwarze Hosen und ein Frack. Ich hatte mich auf das Tragen dieser tollen Kleider gefreut, als Turl die Ärmel und Hosenbeine für mich kürzer gemacht hatte, aber jetzt war alles zu Asche zerfallen. Nicht einmal die rote Krawatte, die mir Pa gegeben hatte, hob meine Lebensgeister. Ich steckte die Bleistücke in die Seitentasche meines Fracks und ging benommen hinunter zur Küche. Lucy saß am Tisch, Wawonas Mutter Baistey stand am Herd.

»Schinken und Ei, Mason?« sagte Lucy. »Du solltest dich beeilen mit dem Essen, es ist nicht mehr viel Zeit. Walloon hat deine Schuhe geputzt.« Sie sprach mit einer herrschsüchtigen Schärfe, die ich nie zuvor an ihr bemerkt hatte.

»Schinken und Grütze«, sagte ich und betastete immer noch das Blei in meiner Tasche. »Wie lange dauert der Gottesdienst?« Ich würde Sloat aufsuchen müssen.

»Er beginnt um zehn«, sagte Lucy. »Und jetzt ist es schon neun. Siehst du meine Uhr, Mason? Leutnant Bustler hat sie mir zu Weihnachten geschenkt.« Sie streckte den Arm aus, um mir die kleine goldene Uhrenbrosche zu zeigen, die sie in der Hand hielt. Es war die kleinste Uhr, die ich jemals gesehen hatte – nicht größer als einen Zoll Durchmesser – und hatte doch einen schnellen dünnen Zeiger, der die Sekunden zählte.

»War das nicht lieb von ihm?« fuhr Lucy fort, drehte die Uhr um und öffnete ihren Deckel. »Siehst du? Leutnant Bustlers Bild.« Die Kamee zeigte einen Mann mit einem runden Gesicht, Koteletten und hohem Kragen.

Baistey stellte Schinken und Grütze vor mich hin und goß mir ein großes Glas Milch ein. Es gab Butter und Heidelbeermarmelade zur Grütze. Ein paar Minuten lang aß ich ohne nachzudenken. Als ich meine Aufmerksamkeit wieder auf Lucy richtete, betrachtete sie Leutnant Bustlers Bild und warf mir hin und wieder einen schnellen Blick zu. Ich hatte den Eindruck, als ob sie erwartete, daß ich etwas sagte, aber ich wußte nicht was.

»Wird Bustler in der Kirche sein?« erkundigte ich mich schließlich.

»Nein«, trillerte Lucy. »Leutnant Bustler dient bei der Marineabteilung in Norfolk, Virginia. Mason, ich hatte gedacht, er würde mich mit sich nehmen, aber die Parzen entschieden anders.« Sie warf mir einen Blick zu, der besagte, daß sie noch viel mehr zu erzählen hatte.

»Ich würde ihm nicht trauen«, platzte ich heraus. Der Verlust von Pa's ganzem Geld hatte mich außer Fassung gebracht. »Dein Leutnant Bustler sieht zu dämlich aus, um irgend etwas anderes als Soldat zu sein. Was für ein Narr ist doch ein Militarist, Lucy? Ein Narr, der gegen andere Narren kämpft, weil die Obernarren es ihm befehlen.« Ich hatte das Pa oftmals sagen gehört.

Plötzlich brach Lucy in Tränen aus. »Du hast so recht, lieber Mason. Ich habe ihm zu sehr vertraut. Er... er brachte mich zu Fall, und, o Mason, *jeder weiß es!*« Mit ihrem roten, verzerrten Gesicht sah sie im Morgenlicht weniger hübsch aus, als ich sagen kann. Mein Herz verschloß sich ihr.

»Rede nicht mehr davon, Lucy. Du wirst bald genug einen Ehemann finden. Warte nur ab. Pah, wenn du wartest, bis ich von der Uni komme, kann es gut sein, daß ich dir den Hof mache.« Das implizierte natürlich, daß ich das *eben jetzt* nicht tat, und das machte alles noch schlimmer. Sie weinte lauter, und Baistey verließ die Küche, zweifellos, um mit den anderen Sklaven zur Afrikanischen Baptistenkirche zu gehen.

Ich ging zur Küchentür hinüber und starrte in den Regen hinaus. Turls Schwester Calla ging vorbei. Sie trug Turls zwei Jahre alten Neffen Purly, ein süßes kleines Negerbaby mit Zügen so fein ziseliert wie eine frisch geschlagene Münze. Das Blei in meiner Tasche zog nach unten. Etwas kratzte an der Tür. Ich öffnete sie einen Spalt, und Wuff schlüpfte tropfnaß herein. Ich fing ihn ein, aber nicht bevor er sich geschüttelt hatte, was Lucys hellblaues Kleid mit einer Anzahl schmutziger Flecken überzog.

»Sei verdammt«, schrie sie in einem Wutausbruch. »Blöder Bücherwurm mit deinem blöden Hund! Ich brauch deine Herablassung nicht, Mason Reynolds!« Bevor ich reagieren konnte, war sie die Stiege hinaufgestürmt. Ich gab Wuff eine große Scheibe Schinken, trocknete ihn mit einem Küchentuch ab und brachte ihn hinauf in mein Schlafzimmer.

»Guter Hund«, sagte ich. »Du bleibst hier.« Er sah mich an und zwinkerte zweimal, wie er es immer tat, wenn er vorgab, mich zu verstehen. Ich drückte ihn nieder und hoffte, daß er schlafen würde.

War der Kirchenbesuch überhaupt noch angesagt? Und was würde ich Sloat eigentlich sagen? Zu schade, daß ich keine Pistole hatte. Richter Perrows Waffensammlung fiel mir ein. Ich eilte hinunter und durch die Küche zu den Gewehrschränken in der Diele. Sie waren versperrt, aber ich hatte Glück und fand den Schlüssel in der ersten Schublade, die ich aufmachte. Wundervoll! Ich öffnete den Kasten mit den Pistolen und nahm mir eine vierschüssige Pfefferbüchsenpistole, die klein genug war, in die Innenseite meines Fracks zu passen. Man hörte jetzt im ganzen Haus Getrappel; die Frauen waren fast fertig. Ich beeilte mich, auf dem Gang die Pistole zu laden. Das dabei verschüttete Pulver wischte ich unter einen Teppich, verschloß den Kasten wieder und legte den Schlüssel zurück in die Schublade.

»Da bist du ja, Mason!« flötete Mrs. Perrow, die plötzlich hereinkam. »Lucy hat sich umgezogen, und wir sind fertig zum Ausgehen! Zieh deine Schuhe an!«

Das Gewicht der richterlichen Pistole glich sich mit dem Gewicht von Sloats Blei aus. Ich saß während des ganzen Gottesdienstes gleichmütig da und genoß den seltenen Eindruck, Teil einer Masse zu sein.

Die St. Paul's Episkopalkirche von Lynchburg, Virginia, hatte einen Priester namens Spickett. Er war ein älterer Mann mit dünner werdendem Haar und einem kriecherischen Tonfall. Seine Predigt handelte von unserer Hüterschaft der Negerrasse. Es war noch nicht sehr lange her, daß der schwarze Prediger Nat Turner und seine Gefolgschaft mehr als fünfzig Weiße umgebracht hatten, und die Leute zerrissen sich noch immer das Maul darüber. Wir waren uns alle darüber im klaren, daß im Falle eines tatsächlichen Sklavenaufstands die Hölle los sein würde. Vielleicht sollten wir ihnen vorher die Freiheit geben. Aber was würden sie dann tun, und was würde aus dem Süden werden? Wir schauten hinauf zu Reverend Spickett und warteten auf seine Antwort.

Seine Predigt beruhte auf Jesu Satz »Lasset die Kindlein zu mir kommen«. Die Schwarzen waren danach unsere Kinder, die Gott der Obsorge der Weißen übergeben hatte. Wir sollten bestimmt, aber freundlich mit ihnen sein und immer im Auge behalten, daß der Neger unser Mündel war, eine untergeordnete Art Mensch, die für immer hinter der Entwicklung der ständig klüger werdenden weißen Rasse nachhinkte. Hier brachte es der Pfarrer auf den Punkt: Obwohl *irgendwann* vielleicht einmal ein Zeitpunkt kommen mochte, an dem es richtig sein würde, ganz bestimmte Neger das Lesen zu lehren, war jetzt jedenfalls noch nicht die Zeit dafür. *Kein Neger sollte lesen, ob er es nun konnte oder nicht.* Nichtsdestoweniger sollten alle Kinder Gottes durch die göttlich inspirierten Worte der Bibel zu Jesus Christus finden können. Deshalb erklärte die Gemeinde St. Paul's die Afrikanische Baptistenkirche zu ihrer Mission und hatte damit begonnen, einen Diakon zu ihren Gottesdiensten als Vorleser abzustellen. Die Mitglieder der Kirchengemeinde wurden aufgefordert, heute mehr zu spenden, um dieses heilige Werk der Fürsorge zu unterstützen.

Es waren eine ganze Anzahl reicher Plantagenbesitzerfamilien in der Kirche, die die herumgereichte Platte reichlich mit Geld bestückten. Die unausgesprochene Pointe der Predigt war, daß Nat Turner ein Negerprediger gewesen war, der Bücher gelesen hatte. Meine Gedanken wanderten, und ich begann darüber nachzudenken, wie es wohl wäre, wenn ich Sukie besäße. Schließlich war sie ja doch auch schwarz, nicht wahr? Aber war ich denn soviel klüger als sie, wenn sie mein Gold in Blei verwandelte? Und wieso konnte mich eigentlich Otah im Damespiel jedesmal schlagen, wenn er nur wollte? Diese vagen Vorstellungen versetzten mich in eine Art Trance, während ich dasaß und auf die hübschen Farben des Glasbildes hinter dem Altar starrte. Es war ein Bild von Jesus, der auf einer Kugel stand, umgeben von Wolken und mit einem hellen Licht über ihm.

Wir nahmen die Kommunion und sangen Kirchenlieder. Ich machte mir ein Vergnügen daraus, die einzelnen Stimmen aus dem Chor herauszupicken und mich dann umzusehen, wem sie jeweils gehörten. Es kam mir vor, als kennte ich am Schluß des Gottesdienstes eine Menge Leute, aber nicht einer davon kam vorbei, um »Wie geht's?« zu sagen. Offensichtlich war etwas dran an Lucys Meinung, daß ihre Affäre mit Leutnant Bustler sie zur sozialen Außenseiterin gemacht hatte. Aber Mrs. Perrow hatte eine gute Beziehung zu Reverend Spickett, und so zerrte sie mich hinüber zu ihm, um mich vorzustellen.

»Das ist Mason Reynolds aus Hardware.«

»Ah, ja. Ich kenne deinen Vater. Ein richtiger Mann.« Spickett betrachtete mich, als sei ich ziemlich enttäuschend, verglichen mit Pa. Ich war schließlich noch nicht erwachsen. »Geht's ihm gut?«

»Bei meiner Abreise ging's ihm gut. Er schickte mich, unseren Whisky in die Stadt zu bringen.«

»Ich bin mir sicher, daß Lynchburg mehr Whisky braucht!« sagte Spickett entgegenkommend und drehte sich weg, um dem nächsten die Hand zu schütteln.

»Da fällt mir etwas ein«, sagte ich zu Lucy und Mrs. Perrow, als wir aus der Kirche hinausgingen. »Ich muß beim Liberty Hotel vorbei und mit Mr. Sloat reden.«

»Du kannst nicht von uns erwarten, daß wir da hingehen!« rief Lucy aus. Sie machte den Eindruck, gleich wieder einen ihrer Anfälle zu kriegen. »Wirklich, Mutter, kannst du glauben, was Mason für Manieren hat?«

»Kann dieses Geschäft nicht bis morgen warten, Mason?« fragte Mrs. Perrow.

»Nein, Ma'am, ehrlich gesagt, das kann es nicht.« Von der Treppe der Kirche aus sah ich das Hotel. »Ich denke, ich gehe allein hinüber und treffe Sie alle später zu Hause.«

»Und läßt uns unbegleitet?« jammerte Lucy. Ich mochte sie immer weniger.

»Wenn du schnell bist, Mason«, schlug Mrs. Perrow vor, »fahren wir mit der Kutsche zum Marktplatz und warten dort auf dich.«

»Wunderbar.« Ich half ihnen in die Kutsche, die von ihrem schwarzen Boy Walloon gelenkt wurde. Ich fuhr auf dem Vordersitz bis zum Hotel mit und sprang dort ab, um mich um mein Gold zu kümmern.

Die Lobby war leer. Ich ging hinter Mr. Sloats Schreibtisch und stieß seine Bürotür auf. Er war tatsächlich da. Seine Miene war gemein und überrascht, aber er verzog es schnell zu einem geilen Grinsen.

»Was für Ferkeleien hast du mit meiner Sukie gemacht, Mason? Sie ist einfach abgehauen! Hat sie irgend etwas zu dir gesagt, daß sie weg will?«

»Sie sind ein verdammter Lügner, Sloat!« Ich zog die Bleistücke aus meiner Tasche und warf sie ihm auf den Schreibtisch. »Geben Sie mir mein Gold zurück!«

Seine Augenbrauen hoben und senkten sich ein paarmal, dann zwang er sich zu einem Lachen. »Sie hat dich auch beraubt, tatsächlich? Sie hat einen Koffer voll Besteck mitgenommen! Aber wir werden sie erwischen, mein Junge, da brauchst du dir keine Sorgen zu machen!«

Sloat war ein verdammt schlüpfriger Bursche. Er hatte Sukie befohlen, mich zu berauben, und jetzt log er auch noch, daß sie verschwunden sei, da hätte ich darauf gewettet. Aber wer würde mir helfen, das zu beweisen? »Haben Sie das Gesetz eingeschaltet?« fragte ich schließlich.

»Nur auf informeller Basis. Sheriff Garmee ist ein Freund von mir. Ich glaube, du kennst ihn ohnehin schon, Mason. Ein kleiner Bursche, der eine Kanone trägt?« Sloat blinzelte mir zu und kicherte spöttisch. »Der Sheriff sagt, du warst ziemlich kurz angebunden mit ihm, gestern am Kai.«

Ich seufzte so schwer, daß es wie ein Stöhnen klang. Diese Stadtfräcke hielten mich zum Narren. Wenn ich meine Pistole zog und auf Sloat richtete, würden sie mich ins Gefängnis werfen. Es hatte keinen Sinn, dazustehen und zuzusehen, wie er mich angrinste, deshalb verließ ich sein Büro.

Nur so aus einem Gefühl heraus ging ich leise hinter das Hotel und blickte aus dem Hof hinauf zu den Fenstern. Die meisten waren geschlossen, aber – bei Gott, ja! – zwei der Fenster im obersten Stock standen offen, und an einem von ihnen saß Sukie, betrachtete sich in einem Handspiegel und kämmte ihr krauses schwarzes Haar. Ich beeilte mich, wieder auf die Main Street zu kommen, bevor sie mich entdeckte.

Ungefähr ein Dutzend Kutschen umkreiste langsam den kopfsteingepflasterten Marktplatz. Die Wolken waren aufgerissen und die Sonne schimmerte in den Pfützen. All diese feinen Pferde und Kutschen machten ein prächtiges Bild. Es sah immer noch nach dem 1. Mai aus. Lucy entdeckte mich und winkte lachend aus dem Kutschenfenster. Ich sprintete hinüber und sprang flink auf das kleine Trittbrett an ihrer Tür.

»Guten Abend, schöne Lady!« Ich versuchte wiedergutzumachen, was ich am Morgen verpatzt hatte. Bald würde ich die Dinge mit Otha besprechen, und dann würden wir tun, was getan werden mußte. Ich hatte schon einen ungefähren Plan. Es kam nicht in Frage, daß Sloat mit dem Geld für den Reynolds'schen Whisky davonkommen sollte. Sloat wußte noch gar nicht, worauf er sich eingelassen hatte. Nein, wirklich nicht.

»Sprichst du mit dir selbst, Mason?« sagte Lucy. »Was ist denn los?«

»Aber gar nichts.« Ich setzte ein Lächeln auf.

Wie sich herausstellte, hatte Otha schon einen Blick auf Wawona geworfen. Nach dem Mittagessen ging ich in die Küche und sagte ihm, er solle mit mir nach draußen kommen. Das Haus der Perrows lag am oberen Ende eines langgestreckten Feldes auf einem sanften Abhang hinab zum Fluß. Auf dem Feld gab es Gemüsebeete und ein paar Morgen Tabak. Jetzt, wo zerrissene graue Wolken über den blaßblauen Himmel trieben, bot es einen hübschen Anblick. Otha konnte überhaupt nicht aufhören, von ›diesem klein' Mädchen‹ zu reden.

»Ich werde sie für dich kaufen«, sagte ich. »Aber du mußt mir helfen, das Geld zurückzubekommen.«

»Was hassu mit dem Geld gemacht, dassu bekommen has, Mason? Wawona kostet sechzig Dollar und Mist' Sloan hat dir hunnertzwanzig gegebn.«

»Ich sage es dir. Dieses Mädchen letzte Nacht, diese Sukie, die hat das Gold aus meiner Tasche genommen und es Mr. Sloat gegeben. Ich bin hingegangen und habe ihn deswegen zur Rede gestellt, aber er tut so, als sei sie weggelaufen. Dabei ist sie immer noch dort im Liberty Hotel. Ich habe sie durch das Fenster gesehen. Aller Wahrscheinlichkeit nach befindet sich unser Geld wieder genau dort in Sloats Safe, wo er es am Anfang hergenommen hat.«

»Hölle un' Verdammnis!« Othas längliches Gesicht

zuckte vor Schreck. »Du hältst mich zum Narren, Mason! Was war denn das, was letzte Nacht in deiner Tasche geklimpert hat?«

»Blei.«

»Verdammt und verflucht. Ich will Wawona, Mason, ihr Weißen schuldet sie mir. Es iss nicht meine Schuld, daß du das Geld an diese Nutte verloren hast. Sag dem Richter, du bezahlst ihn später. Dieses kleine Mädchen kommt morgen mit uns!« Seine Stimme wurde weicher. »Sie iss so süß, wie se nur sein kann. Hab inner Kirche ihre Hand gehaltn.«

»Hat da ein Weißer aus der Bibel gelesen?«

»Hab nich' darauf geachtet. Die Seiten der Bibel sind weiß, aber die Tinte iss schwaaz. Nat Turner sagt, Gott iss schwaaz, sag, waste willst.«

Ich schaute mich unsicher um. »So darfst du nicht reden, Otha. Wir sind hier nicht auf der Farm. Wir sind in Lynchburg, und wenn du glaubst, Richter Perrow sei damit reich geworden, daß er Sklaven auf Kredit verkauft hat, dann träumst du. Du mußt mir helfen, das Geld zurückzustehlen.«

»Und erwischt werden, un' ausgepeitscht un' verkauft werden auf der Auktion, um die Kaution für dich zu kriegen? Du wirst das dann alles auch Turl beibringen, kleiner Messymess?« Das war ein Spitzname aus meiner Kindheit, mit dem Otha mich immer noch von Zeit zu Zeit neckte. Ich haßte das, wie er sehr wohl wußte.

Damit ich nicht unangenehmerweise zu Otha aufsehen mußte, blickte ich in die Weite. »Wenn du mich so anquatschst, Nigger, können wir ebensogut unseren Verlust einstecken und heimgehen. Du und ich und Dammit und Wuff. Ich glaube, es gibt Arbeit beim Pflügen.«

Otha machte ein hohes, schrilles Geräusch hinten in seiner Kehle und starrte aus seinen großen gelben Augen auf mich herunter. »Erzähl mir deinen Plan, dussliger Trottel.«

Bei Einbruch der Dämmerung gingen wir beide in die Stadt. Ich trug immer noch Pa's Hose und seinen Frack. Das war die längste Zeit, die ich die Sachen jemals angehabt hatte. Sie flatterten an mir, aber seit dem vergangenen Abend wußte ich, daß das immer noch besser war als meine kurzen Hosen. Otha folgte mir mit drei Schritt Abstand, und Wuff folgte Otha.

Wir schlenderten am Eingang des Liberty Hotels vorbei und sahen, daß Mr. Sloat auf seinem Posten am Schreibtisch in der Lobby war. Otha nahm Wuff und rollte ihn in einer großen Schlammpfütze herum, wobei er dafür sorgte, daß auch seine eigenen Füße völlig verdreckt wurden. Ich eilte zum Hintereingang des Hotels und schlüpfte hinein. Als ich von dort aus die Lobby erreichte, hatte der Wirbel schon begonnen.

»Nein, Söah«, sagte Otha. »Ich wer' nich' gehen, bevor ich nich' Mistah Bustler gesehn hab.« Er stand mit Wuff mitten auf dem Orientteppich, Wuff schüttelte sich und Otha scharrte mit den Schuhen. Natürlich gab es hier keinen Bustler, aber es amüsierte mich, Otha den Namen von Lucys teiggesichtigem Verführer gebrauchen zu lassen. »Miz Bustler iss mächtig aufgebracht, isse. Tut mir furchtbar leid, euch hier zu stören, Leute, aber ...«

»Geh von dem Teppich runter!« kreischte Sloat. »Bist du taub?«

»Tut mir schrecklich leid, Söah, aber Miz Bustler hatt mir gesagt, dassich nich' gehen soll ohne daß ...«

Sloats Stuhl prallte gegen die Wand und der Mann sprang prustend durch den Raum. In seinem leidenschaftlichen Ausbruch sah er mich nicht am anderen Ende des Gangs. Ich witschte um die Ecke und, mit fliegenden Frackschößen, in sein Büro. Draußen in der Lobby brüllte Sloat, Wuff bellte wie ein Wahnsinniger, und Otha quatschte weiter stupiden Sklavenstuß.

Ich stürzte mich auf den Safe und zog an seiner Tür – sie war offen! Ich zog Schublade um Schublade heraus, bis ich die richtige fand. Eine kleine Metallschublade ganz unten enthielt einige Handvoll goldener Zwanzig-Dollar-Münzen. Sollte ich alle nehmen? Verführerischer Gedanke! Aber war ich nicht ein Gentleman? Ich nahm die sechs mir zustehenden Münzen und flitzte zurück in die Lobby, hoffte auf die Sicherheit des langen dunklen Gangs …

Es wäre alles so glatt gegangen wie Rotz auf der Türschnalle, wenn Wuff nicht herübergerannt wäre, um mir nachzulaufen. Sloat war immer noch eifrigst damit beschäftigt, Otha von seinem kostbaren Teppich zu vertreiben, aber Wuffs begeistertes Losrasen veranlaßte ihn, sich umzudrehen. Er sah mich gerade, als ich hinter seinem Schreibtisch vorkam – sah mich und das Leuchten des Goldes in meiner Hand.

»Mr. Mason Reynolds«, sagte Sloat mit ruhiger Stimme, obwohl sein Gesicht puterrot war. »Das hier ist *Ihr* Boy, glaube ich.« Er erhob seine Stimme zu einem Schrei. »Sheriff Garmee! Nehmen Sie die beiden fest!«

Kaum hatte Sloat ihn gerufen, stand der verdammte Zwerg von gestern in der Salontür. Seine aufgestülpte Nase bildete zwei schwarze Löcher in seinem humorlosen kleinen Gesicht. Ich rannte durch den Gang davon, so schnell ich konnte, Wuff und Otha dicht hinter mir.

Der blonde Stallbursche draußen auf dem Hof griff nach mir, aber Otha stieß ihn weg. Ich warf einen Blick zurück und sah, daß der Junge eine Pistole aus dem Halfter zog, das an der Stallwand hing. Die Waffe in meiner Innentasche schlug gegen meine Brust. Ich zog sie heraus und feuerte einen Schuß in Richtung Hotel ab, und in genau demselben Augenblick schoß der Stallbursche auf mich. Ich weiß genau, daß er geschossen hat, weil die Kugel an mir vorüberpfiff, was ein Jaulen in der Luft erzeugte. Jemand schrie. Wir rannten um die Ecke zur Main Street und die erste Straße zum Fluß hinunter. Leute drehten sich um, als wir vorbeirasten. Wir bogen um die nächste Ecke und fielen in normales Tempo zurück, um nicht weitere Aufmerksamkeit auf uns zu ziehen. Beim nächsten Seitensträßchen schlugen wir wieder den Weg hinunter zum Fluß ein.

Hier unten war es dunkel und ruhig. Hinter uns in der Stadt hörten wir Leute rufen ... lauter rufen, als dem Anlaß angemessen schien.

»Du has' da 'ne Menge Mist gebaut, Mason.«

»Wir überqueren besser den Fluß und gehen heim. Glaubst du, daß wir versuchen sollten, hinüberzuschwimmen? Verdammt, Hunde können schwimmen, Otha, ich traue mich wetten, wir können es auch.«

»Wassis mit dem Wagen und dem Muli?« fragte Otha kopfschüttelnd. »Wassis mit dem klein' Mädchen?«

»Wir können nicht zurück zu den Perrows, Otha. Gestern habe ich Sloat erzählt, daß ich dort wohne. Das ist der erste Ort, an dem sie nach uns suchen.«

»Deinem Vatta wird's aushängen wegen dieser Sache.«

Ich wußte, was Otha meinte. Wenn alles schieflief, wurde Pa immer sehr ruhig und betrank sich tagelang. Aber man konnte alles noch hinkriegen!

»Hör zu, Otha, wenn Sloat nicht ein Papier kriegt, mit dem er den Wagen beschlagnahmt, kann ihn Walloon zu uns fahren. Und, Otha, Walloon kann dann auch Wawona bringen. Diese Stadtgesetze gelten nicht auf der Farm. Alles, was wir tun müssen, ist den Fluß überqueren und heimgehen. Ich habe das Geld zurückbekommen, stimmt's?«

»Ich weiß nich', Mason. Hassus?«

Plötzlich in der Nähe ein Stimmengewirr! Sheriff Garmee!

»Hier entlang, Leute!« rief er mit seinem ekligen Tenor. »Wir suchen einen kleinen blonden Burschen, einen langen Nigger und einen Hund.« Sie hatten Fackeln, aber sie waren ein paar hundert Fuß entfernt.

»Hssst!« sagte Otha. »Spring ins Schiff!«

Der Schleppkahn, den die Sklaven mit Tabak beladen hatten, lag vertäut in der Nähe. Wir beeilten uns, auf ihn zu kommen.

Wuff stand am Ufer und glotzte auf uns herunter. »Komm schon«, zischte ich. »Komm herunter, Wuff.« Er schnüffelte und zuckte zurück. Ich streckte meine Hand aus und erwischte ihn an der losen Haut über seinem Genick. Des Menschen bester Freund mußte da natürlich ein Jaulen ausstoßen, was sofort einiges Hallo bei des Sheriffs Fackelbande hervorrief. Ich warf Wuff in das Schiff, und ein paar Sekunden später hatten wir drei uns unter der Persenning zwischen einigen Ballen Tabak und einigen Proviantsäcken versteckt. Es war da eng und unruhig, aber wir wagten nicht, uns zu bewegen. Zwei der Männer waren drauf und dran, die Persenning hochzuheben, aber dann führte ein Lärm oben in der Straße dazu, daß sie hinaufliefen.

Die Persenning roch nach Teer und Fluß, und das Boot wiegte sich auf den leichten Wellen. Nach kurzer Zeit waren wir alle drei eingeschlafen.

Auf dem Fluß

Füße. Jemand trat auf meinen Rücken, und ich wachte auf. Das erste, was ich sah, waren Othas schmutzige Zehen, genau vor meinem Gesicht. Überall hörte ich Stimmen und Fußgetrappel: schwarze Stimmen und bloße Füße. Licht fiel durch nadelkopfgröße Löcher in der Persenning. Es war die Morgendämmerung, und die Bootsmannschaft war zum Aufbruch nach Richmond bereit.

Ich verhielt mich ruhig, bemühte mich, dem Fuß auf meinem Rücken konstanten Widerstand entgegenzusetzen. »Mach schon, Custa!« schrie jemand. »Nimm dein' Stock und lehn dich dagegen, Sohn! Das is' kein Dampfboot, und segeln könn' wir auch nich'!« Widerwillig hob sich der Fuß von meinem Rücken. Wuff stieß seine Schnauze nach vorn und leckte mir über den Mund. Ich drückte seinen Kopf nieder auf die feuchten Schiffsplanken. Otha und ich lagen, jeder den Kopf an den Füßen des anderen, eng zusammengedrängt, Wuff zwischen uns. Es war in den blassen Lichtsprenkeln und nur mit seinem Fuß zur Begutachtung schwer zu sagen, aber es sah so aus, als schliefe Otha immer noch. Er pennte ja gern.

»Aufgepaßt, Richmond, hier kommen wieder die Garlands!« jodelte dieselbe Stimme wie zuvor. Mit heftigem Schaukeln, Spritzen und dem Klang der Stöcke gegen die Bordwand schien sich unser Schiff den Weg hinaus auf den James River zu suchen.

»Dreht es herum, Jungs, und dann dort entlang!« Füße rannten hin und her auf den beiden langen

Stegen, die den Bootswänden entlang liefen. Der Schiffsrumpf knarzte, drehte sich und nahm Geschwindigkeit auf.

»Links, links, liiiiinks – Custa, paß auf!« Wir streiften etwas mit einem lauten, schabenden Geräusch. Noch eines, dann noch mal, dann Rufe und Gelächter. Othas Fuß zuckte: Ich zwickte ihn kräftig. Er dachte eine Weile nach, dann faßte seine unsichtbare Hand meinen Knöchel und tätschelte ihn beruhigend.

Noch ein paar Minuten lang stieß das Schiff gegen Felsen, dann waren wir in einem Streifen freien Wassers. Die Staker bewegten das Schiff mit gleichmäßigem Rhythmus vorwärts. Als ich für sicher hielt, daß wir außer Sichtweite von Lynchburg waren, begann ich mich aufzurichten. Das brauchte eine Minute, mit Wuff und meinem Frack und Othas Füßen auf mir. Ich war auch von dem starken Tabakgeruch ein bißchen benommen. Als ich schließlich den Kopf und die Schultern unter der schweren Persenning herausgewühlt hatte, zeigte die ganze Bootsmannschaft mit den Fingern auf mich und quasselte durcheinander. Mein Kragen hing schief, und der Knopf meiner rote Krawatte war ziemlich aufgelöst.

»Hilf uns der Himmel!« kreischte einer aus der Mannschaft, ein untersetzt gebauter Junge in meinem Alter. »Dassis der verdammte Geist von dem Stallburschen!« Wuff steckte seinen Kopf neben dem meinen heraus, und der Junge kreischte im Falsett los. »Es iss ein Geist und der Deibel selber!« Mit diesem Ausruf fiel er über Bord.

»Hol Custa zurück, Marcus!« schrie ein kleiner drahtiger Mann, der am Steuerruder stand. Es war seine Stimme gewesen, die ich vorhin gehört hatte. Er hatte hohe Wangenknochen und leuchtende Augen, mit einem stechenden Blick. »Er kann nicht schwimmn! Luther, nimm die Axt! Das iss kein Geist, das iss der Mörder!«

Ein rundköpfiger blauschwarzer Mann mit einer Brust wie ein Faß trat aus der Runde einen Schritt zurück und griff sich eine Axt aus einem Werkzeugkasten. Er zog die Persenning von mir zurück und beugte sich über mich, die Axt zum Zuschlagen bereit. Wuff knurrte zornig.

»Da iss noch einer drunter!« rief der Steuermann. »Ich seh seine Haxn! Komm heraus, Bohnenstange!«

Während zwei von der Mannschaft den dicken Custa über die Bootswand zogen, befreite sich Otha von der Plane, um sich an meiner Seite aufzusetzen. Ich war froh, sein Gesicht zu sehen. Er würde diese Wilden beruhigen können.

»Beruhige den Hund, Mason«, sagte er leise zu mir. »Ich kenn diesen Mann.«

Ich legte meinen Arm um Wuff und drückte ihn beruhigend. Wuff kläffte bei meiner Berührung noch einmal auf, aber dann kauerte er sich hin.

»Wir sin' keine Mörder, Onkel Tyree«, sagte Otha und sah dabei den Steuermann an. Otha hatte diesen besonders treuherzigen Blick aufgesetzt, den er immer für Gespräche mit Erwachsenen bereithielt. »Du wirs' dich vielleicht nich' an mich erinnern, aber du bist ein Vetter meiner Mutter Turl, die draußen bei den Reynolds in Hardware arbeitet. Dassda is' Mist' Mason Reynolds. Wir ...«

»Ich kenn dich, Otha«, sagte Tyree. »Die ganze Stadt weiß Bescheid über dich und deinen jungen Master, daß ihr Mist' Sloat beraubt und seinen Stallburschen totgeschossen habt. Sheriff Garmee, der hat eine Hundert-Dollar-Prämie auf Mason Reynolds Kopf ausgesetzt, tot oder lebendig.«

»Und was ist mit mir?« fragte Otha.

»Du bist tot nichts wert, Bohnenstange. Wenn dein Master auf der Flucht ist, bist du auch ein durchgebrannter Sklave, und reif für die nächste Auktion. Außer du gehst zurück auf die Farm.«

»Wir wollen beide zurück zur Farm«, warf ich ein. »Ich habe den Stallburschen nicht umgebracht. Es war ein Unfall. Und es war mein eigenes Geld, das ich von Mr. Sloat geholt habe. Setz uns hier ab, Tyree, und wir machen uns sofort auf den Weg nach Hardware.« Ich setzte mich aufrechter hin. »Und sag deinem Boy, er soll die Axt hinlegen.«

»Wen nennst du *Boy*, Boy?« sagte der blauschwarze Mann namens Luther. »Der Sheriff wird mir hundert Dollar zahlen, wenn ich dir den Kopf abhacke. Das reicht für meine Freiheit und die meiner Missus.«

»Ich hab'n zuerst gesehen«, rief Custa, mittlerweile tropfnaß zurück an Bord. »Ich krieg die Belohnung!«

»Wird nach Köpfen aufgeteilt«, ließ ein Mann mit perfektem Körperbau seinen Baß ertönen. »Stimmt's, Moline?«

»Ich bin derjenige, der ihm den Kopf abhackt«, sagte der letzte der fünf Männer. »Einen weißen Jungen umzulegen macht mir überhaupt nix aus.« Er sah aus, als meinte er, was er sagte. Er war stark und gut gebaut wie Marcus, aber irgendein Unfall hatte ihn seiner Vorderzähne beraubt und seine Nase platt ins Gesicht gedrückt. Seine Augen waren klein und böse. »Verfüttert seinen Körper an die Welse, dann müssen wir weniger Gewicht staken!«

Otah verzog sein Gesicht zu einem Ausdruck tiefempfundenen Mitleids. »Ich bin ja vielleicht ein Landei, aber ihr Jungs seid Volltrottel. Glaubt ihr wirklich, daß ein weißer Sheriff jedem von euch einen goldenen *Double Eagle* gibt? Daß euer Master Garland dazu gar nichts zu sagen hat? Glaubt ihr wirklich, ihr könnt mit dem Kopf eines weißen Jungen in der Hand in Lynchburg antraben? Dann seht ihr bald alle so aus wie Molines häßliche Fresse.«

Darüber dachten alle eine Minute lang nach. Das Schiff trieb währenddessen den James hinab. Es war ein schöner Tag mit ein paar Schäfchenwolken am

Himmel. Das glatte grünbraune Flußwasser spiegelte perfekt die Wolken. Der James war hier nicht breiter als zwanzig Yards, und es wäre leicht gewesen, ans Ufer zu schwimmen, hätte ich schwimmen gekonnt. Aber bevor ich das Ufer erreicht hätte, würden mich diese Neger eingeholt haben. Außerdem war mir jetzt klar geworden, daß selbst dann, wenn ich ihnen entkäme und es zurück zu Pa's Farm schaffte, Kopfgeldjäger hinter mir her sein würden. Meine einzige Hoffnung war, die Unterstützung der Bootsmannschaft zu erlangen.

Ich stand auf. Da ich fühlte, daß mein kaputter Kragen und die wirre Krawatte meine Erscheinung verminderten, zerrte ich sie herunter und stopfte sie in die Tasche meines Fracks. Ich spürte meine Pistole durch den Stoff. Kugelkopf Luther machte eine bedrohliche Geste mit der Axt, aber ich warf ihm einen Blick zu, der ihn zurückweichen ließ. »Ich mache euch Männern ein Angebot«, sagte ich und sah alle der Reihe nach an, den drahtigen Tyree, den großen Luther, den dicken Custa, den gutaussehenden Marcus und das zornige zerstörte Gesicht Molines. »*Ich* werde euch die Hundert-Dollar-Belohnung zahlen. Bringt mich und meinen Bediensteten Otha nach Richmond, und das Geld ist euer. Ich gebe euch mein Wort als Gentleman.«

»Hört euch das an«, sagte Tyreen. Er blies seine dünnen Backen auf und spuckte in den Fluß.

»Ihr kriegt alle nix, wenn ihr zurückfahrt nach Lynchburg«, sagte Otha. »Nix als blutige Rücken und eine Menge Ärger. Der Sheriff wird vielleicht glauben, daß ihr uns absichtlich mitgenommen und erst unterwegs die Meinung geändert habt. Vor allem, wenn es das ist, was ich ihm sage. Aber wenn ihr uns nach Richmond bringt, kriegt jeder von euch einen goldenen Double Eagle. Mist' Mason lügt nicht.«

»Laß das Gold sehen!« rief Marcus.

Ich griff in meine Hosentasche und fingerte die sechs

Münzen zusammen. Ich warf Otha einen fragenden Blick zu. Er nickte. Während ich mich besonders steif aufrecht hielt, zog ich die Münzen heraus und zeigte sie ihnen in meiner hohlen Hand. In der strahlenden Sonne über dem Fluß glänzten sie wundervoll. Ich drehte mich, so daß jeder sie sehen konnte.

»Sechs Münzen«, sagte ich. »Das ist alles, was ich genommen habe. Wenn ich jedem von euch Männern eine gebe, bleibt für mich und Otha gerade noch eine zu teilen übrig.«

Luther legte seine Axt hin und streckte die Hand aus, als wolle er eine der Münzen nehmen. Er sah aus wie ein Kind, das nach einem schönen Schmetterling greift.

»Nicht jetzt!« sagte Otha und schlug ihm die Hand weg. »Ihr alle kriegt die Münzen, sobald wir in Sichtweite von Richmond sind!«

»Sloat und der Sheriff sagen, daß dein Master tausend Dollar gestohlen hat, Otha«, maulte Tyree. »Wo iss der Rest davon?«

»Oh, eigentlich waren es zehntausend Dollar«, sagte Otha. »Und wir haben alles ausgegeben, um diesen gelbn Hund hier zu kaufn. Er ist so gescheit, daß er seinen eigenen Namen sagen kann.« Wuff reckte sich, machte einen Buckel und schüttelte sich dreimal.

»Sein Name ist Wuff«, sagte ich und steckte die sechs Münzen in die Tasche zurück. »Auf nach Richmond!«

»Haltet euch ran, Boys!« rief Tyree. »Damit wir bald dort sind und unser Gold kriegen!«

Die Reise dauerte fünf Tage, während sie normalerweise sieben in Anspruch nahm. Otha half ein bißchen beim Staken mit, aber meine Sache war das ganz sicher nicht. Ich verbrachte die Zeit damit, auf einem Faß in Bootsmitte zu sitzen und die hübsche Landschaft von Virginia zu betrachten. An den Flußufern wuchsen große Eschen und Ulmen, dickstämmige Riesen, deren Kronen weit über die Wasserfläche reichten. Hinter den

Ulmen gab es verfilztes Buschwerk und direkt am Ufer viele kleine Sandstreifen mit Felsen.

Das Buschwerk ergrünte gerade, und man konnte dahinter noch gut erkennen, wie wellig das Hügelland dahinlief. Von Zeit zu Zeit kamen wir an einer Plantage vorbei, wo große Felder das Herrenhaus umgaben. Es gab auch ärmere Farmen; die Kinder der weißen Bauern hörten uns kommen und rannten zum Fluß herunter, um zu winken. Wenn das geschah, legte ich mich mit Wuff flach auf den Schiffsboden.

Nachts kampierten wir am Flußufer auf den Lichtungen zwischen den Ulmen. Man machte ein Feuer, und Moline kochte eine Mahlzeit aus Rindfleisch und Trockenmais. Die Mannschaft aß sich bis zum Platzen voll, dann saß man um das Feuer herum und schwatzte eine Stunde lang und kaute dabei Tabak, bis man sich schlafen legte. Wuff und ich aßen dasselbe wie alle anderen, obwohl Moline zuerst immer so tat, als ob er mir nichts geben wollte.

Für mich war es interessant, ihren Liedern und Geschichten zuzuhören. Ich war vorher noch nie einer Gruppe Sklaven so nahe gekommen. Einer der Gründe, warum Tyree ihr Boss war, lag darin, daß er eine Menge Gesänge und Legenden kannte, die direkt aus Afrika kamen. Laut Tyree war sein Vater ein afrikanischer Medizinmann gewesen, der ihm seine Kraft und sein Wissen geradlinig weitergegeben hatte. Jeden Abend zeigte sofort nach dem Essen jeder, der im Laufe des Tages einen kleinen Schnitt, eine Hautabschürfung oder eine Prellung davongetragen hatte, die Verletzung Tyree, der Kräuter daraufrieb und einen afrikanischen Gesang intonierte. Nachdem ich dabei ein paar Mal zugesehen hatte, ließ ich ihn seinen Zauber an meinem Ellbogen tun, mit dem ich gegen die Bordwand gestoßen war. Seine Hexerei ließ den pochenden Schmerz wirklich ein bißchen abklingen.

Nach Tyrees Heilungszeremonien sangen sie üblicherweise ein paar Spirituals – aber mit geändertem Text, so daß die Lieder davon handelten, wie sie in den Norden davonliefen statt zu sterben und in den Himmel zu kommen. Und nachher fingen sie mit den Geistergeschichten an. Custa wußte Dutzende Geschichten über Morde und Geister. Wenn ich mir ein paar von diesen Gruselstories angehört hatte, verbrachte ich die ganze Nacht damit, das scharfgeschnittene kleine Gesicht des armen Stallburschen in der Luft über mir hängen zu sehen. In meinen Träumen sah der Junge mehr und mehr wie ich selbst aus. Wir hätten Freunde oder sogar Brüder sein können, und ich erschoß ihn ohne jede Notwendigkeit. Ich dachte daran, meine verdammte Pistole wegzuwerfen, aber ich konnte mich doch nicht so ganz von ihr trennen. Es bestand immer noch die Möglichkeit, daß einer der Männer mir in der Nacht mein Geld wegnehmen wollte.

Das Geld war ein anderes Hauptgesprächsthema. Zwanzig Dollar waren nicht genug für irgendeinen der Männer, um sich seine Freiheit legal zu erkaufen – was etwas war, das alle dringlichst zu wollen schienen, Luther am allermeisten. Das Gesetz verbot es Sklaven, Geld zu besitzen – ebensowenig, wie sie lesen durften –, also war nach dem Gesetz jeder Betrag unter den sechzig bis hundert Dollar Preis für einen Sklaven nur zum Horten gut. Aber – das auszusprechen, vermieden sie allerdings in meiner Gegenwart – wenn ein Sklave in Richtung Norden davonlief, konnten zwanzig Dollar eine große Rolle dabei spielen, den Kopfgeldjägern zu entkommen, diesen Burschen, die entlaufene Sklaven jagten. Und in Richmond gab es sicher Pfandleiher, die bereit waren, Geschäfte mit Sklaven zu machen. Ein Hausdiener mochte einen geklauten Silberlöffel zur Hintertür eines solchen Pfandleihers bringen und mit einem Springmesser oder einem Stoffballen oder einer Schachtel Pfefferminzkonfekt weggehen. Die Mannschaft verbrachte eine Menge Zeit mit dem Gespräch über die Verdienste von diesem oder jenem Pfandleiher, wobei das Haus von Abner Levy am häufigsten genannt wurde.

Das Geschnatter lief auf verschiedenen Verständlichkeitsebenen ab. Wenn sie wirklich wollten, daß ich sie nicht verstand, konnten sie ihren Akzent so dick auftragen, daß ich ebensogut dem Geschrei von Krähen hätte zuhören können. Ich sah die Landschaft vorüberziehen, blickte mal auf das Land, mal auf die Windungen des Flusses. Ich konnte mich nicht dazu durchringen, an das zu denken, was vor mir lag. Den ganzen Nachmittag des fünften Reisetages über bestand das Gespräch der Männer aus unverständlichem Gerede. Irgend etwas bereitete sich vor. An diesem Abend stakten sie das Boot auf eine Sandbank knapp vor den Untiefen und Stromschnellen von Goochland. Zwei weitere Schiffe waren schon da.

»Morgen fahren wir in den Kanal ungefähr eine Viertelmeile da oben ein, Mist' Mason«, sagte Tyree zu mir. »Dann sinds noch ungefähr zwanzig Meilen bis Richmond.« Der James floß hier schneller, und man sah in einiger Entfernung voraus im Dunkeln gischtumspritzte Felsen aufragen wie die Grabsteine eines Friedhofs. Links, wohin Tyree wies, war der Granitdamm, wo der James River und der Kanawha Kanal voneinander abzweigten. Dort würden Mauteinheber sein, Männer, die sich möglicherweise an meine Durchreise erinnern konnten, wenn der Sheriff seine Suche so weit ausdehnen sollte. »Es wär das beste für uns alle, wenn Wuff und du euch den ganzen Tag versteckt haltet.«

»In Ordnung«, erwiderte ich. Beim Gedanken, daß unsere Fahrt zu Ende ging, zog sich mein Magen schmerzhaft zusammen. Ich war nie zuvor in Richmond gewesen.

»Du kannst uns auch jetzt gleich auszahlen, Mist Mason«, warf Luther ein. »Später könnte es einen Wirrwarr geben.« Er lächelte glücklich, weil er an sein Geld dachte.

»Genau«, sagte Moline, indem er mir sein häßliches Gesicht zuwandte. »Laß mich das verdammte Gold haben, weißer Junge.« *Ihn* konnte kein Geldbetrag, wie hoch auch immer, glücklich machen.

»Ich sagte, ich werde euch in Richmond bezahlen«, erwiderte ich unsicher. Wollten sie mich jetzt noch hereinlegen?

»Gib uns jetzt das Geld«, sagte Tyree. »Statt in Richmond abzuhauen zu versuchen, wie du es vielleicht vorhast.«

Vertrauten sie mir nicht? Sie standen alle eng um mich herum in Bootsmitte. Ich warf einen Blick auf Otha, der die Achseln zuckte und nickte. Ich nahm die so bitter erworbenen Goldstücke aus meiner Tasche und gab je eines Tyree, Luther, Custa, Marcus und Moline. Damit waren fünf weg, und ein einziges blieb übrig für mich und Otha. Er schaute drein, als erwartete er, daß ich es ihm aushändigte, aber ich steckte es in meine Tasche zurück.

Der Ort hier war ein richtig niedergetrampelter Lagerplatz; die beiden anderen Bootsmannschaften hatten schon ihre Feuer brennen. Es gab eine Menge Hin und Her und gegenseitige Besuche und noch mehr unverständliches Gequassel. Ich war der einzige Weiße auf dem ganzen Lagerplatz. Als unser Feuer so weit war, setzte Moline die Speckseite und den Mais auf. Wie üblich bediente er dann später alle anderen zuerst, nur blieb diesmal wirklich nichts für mich übrig.

»Zu schade, Mason«, sagte er spöttisch, während er seinen eigenen großen Teller voll Essen wegtrug. Ich war zwar sehr hungrig, aber ich wollte verdammt sein, bevor ich diese Nigger um Essen anbettelte. Ab morgen würde ich ohnehin nichts mehr mit ihnen zu tun haben. Ein paar von ihnen – Custa, Moline und Marcus – grinsten über mich, aber ich gab ihnen nicht die Befriedigung, etwas zu sagen. Statt dessen suchte ich mir eine weiche Stelle und legte mich schlafen. Jemand mußte Wuff gefüttert haben, denn nach einer Weile kam er herüber und legte sich zu mir. So halb und halb erwartete ich, daß Otha mir etwas zu essen bringen würde, aber das tat er nicht.

Mitten in der Nacht wachte ich plötzlich auf. Wuff war weg. Die Feuer waren zu rotem Glosen herunter-gebrannt, der Mond stand hoch am Himmel. Mein Magen war so leer, daß ich an nichts anderes denken konnte als daran, ihn zu füllen. Ich beschloß, mir selbst etwas Mais aus dem Sack zu nehmen und ihn zuzube-reiten. Ich fand den Sack auch tatsächlich, drüben beim Feuer, wo Moline ihn zurückgelassen hatte. Ich ging mit dem Kessel zum Fluß hinunter und watete hinein, um einen Schluck klaren Wassers zu schöpfen. Ich stand eine Minute im Fluß, beobachtete, wie das Mondlicht auf dem leicht geriffelten Wasser glänzte und lauschte auf das ständige Rauschen der Strom-schnellen flußabwärts. Als ich so dastand, wachte ich endgültig auf und kapierte endlich, daß etwas nicht in Ordnung war.

Was nicht in Ordnung war: ich war völlig allein. Zwar lagen noch Fetzen und Kleidungsstücke herum, aber von unserer Mannschaft war niemand beim Feuer. Als ich hinüberspähte, wo die beiden anderen Grup-pen gewesen waren, sah ich, daß ihre Lagerstätten ebenfalls verlassen waren. Aber alle drei Schiffe lagen noch auf der Sandbank – ich hatte sie gerade eben ge-sehen.

Ich kochte mir ein bißchen Maisbrei und hielt dabei die Ohren offen. Tatsächlich konnte ich hinten im Ge-hölz etwas hören, ein ständiges Summen, das mit dem Geräusch des Flusses verschmolz. Hin und wieder wur-de das Summen zu einem lauten Schrei. Ich schlang meinen halbgaren Maisbrei hinunter und machte mich dann auf den Weg durch die Bäume, meinen Kopf lang-sam hin und her wendend, um die Geräuschquelle aus-zumachen. Der Boden wurde sumpfig und das Summen lauter. Etwas glühte orangefarben. Ich schlich mich zwanzig Yards weiter, versuchte, keine Geräusche im Unterholz zu machen, und dann, als ich durch die Zweige eines jungen Sassafrasbaumes spähte, sah ich es.

In der Mitte einer leicht erhöhten Lichtung brannte ein Lagerfeuer. Die Lichtung war naß und das Feuer flackerte in den kleinen Lachen und Rinnsalen. Jenseits des Feuers stand ein Zelt neben einem riesigen alten Eichbaum, den der Blitz gespalten hatte und dessen Inneres verrottet war. In die Höhlung des Baumes hatte sich ein riesenhafter Mann mit papierweißer Haut gezwängt. Er hatte weißes Kraushaar und dicke Lippen und konnte ein Albino-Neger sein. Aber das Weiß seiner Haut war so total und so außergewöhnlich, daß er eher wie das Mitglied einer anderen Rasse aussah.

Auf meiner Seite des Feuers standen fünfzehn oder zwanzig Sklaven, unter ihnen jene sechs, mit denen ich hergefahren war. Sie sangen wiederholt irgendwelche Reime, die ich nicht verstehen konnte. Hin und wieder winkte der Riese in dem Baum, und einer der Sklaven ging zu ihm hin.

Ein Mann von einem der anderen beiden Schiffe trug einen Sack Mais; als er ihn niedersetzte, streckte sich ein schneeweißer Arm aus dem Baum heraus und gab ihm einen Ledersack an einem Riemen. Der Mann band sich den Sack um die Hüfte und stellte sich lächelnd wieder zum Haufen der anderen. Er preßte den Sack gegen seine Geschlechtsteile; ich nehme an, es handelte sich um einen Fruchtbarkeitszauber. Weitere Austausche gingen der Reihe nach vor sich, und dann kam Tyree. Er hatte einen kleinen Beutel Tabak, den er aus einem der Fässer auf unserem Schiff gestohlen haben mußte. Der papierweiße Mann verzog seinen großen Mund zu einer freundlichen Grimasse, als er Tyree erkannte, es schien, als seien sie alte Freunde. Im Feuerschein sah es aus, als habe der seltsame Mann leuchtend rote Zähne. Er fummelte ein bißchen in seinem Baum herum und gab dann Tyree für den Tabak drei kleine Säckchen.

Ich fragte mich gerade, ob einer der Jungs dämlich genug sein würde, diesem Medizinmann eine meiner Goldmünzen zu geben, als Moline genau das tat. Er zog seine Münze heraus, hielt sie im Feuerschein hoch und marschierte geradewegs auf den Baum los, in dem der große weiße Mann lauerte wie eine Termite. Das nächste, was ich mitkriegte, war, daß Moline und der Zauberer zusammen um das Feuer tanzten. Es war ein furchterregender Anblick: Moline mit seinem dunklen, haßerfüllten, zerstörten Gesicht, und der große Baummensch, so weiß wie ein aufgeschnittener Pilz. Im Feuerschein konnte ich jetzt sein Gesicht deutlicher als zuvor sehen. Obwohl er die großen Lippen und gekräuselten Haare eines Negers hatte, waren seine Nase dünn und spitz und seine Stirne flach und hoch. Zuerst hatte ich ihn für fett gehalten, aber als er sich jetzt umherbewegte, erkannte ich, daß alle diese Schwellungen Muskeln waren. Er trug nichts als einen seltsam gescheckten Lendenschurz. Ich überlegte, ob er vielleicht von den Fidschi-Inseln gekommen sei, möglicherweise auf einem Walfänger nach Amerika. Er sah wirklich sehr eigenartig aus.

Er arbeitete sich in eine Raserei hinein, indem er immer und immer wieder etwas schrie – es klang wie »Lamalama tekelili«. Seine Zähne waren tatsächlich rot. Die Schiffsleute tanzten und kreischten ebenfalls »Lamalama«, und der gottverdammte Wuff war auch dabei, wie ich jetzt sah, hüpfte mit dem ganzen Kriegstanz herum, so aufgeregt, daß er praktisch die ganze Zeit auf den Hinterbeinen lief. Nach einer Weile Getanze und Gekreisch war Marcus auch so weit, daß er sein Gold dem großen Albino ablieferte, worauf der Bursche in sein Zelt lief und mit einem Schwert herauskam. Alle jubelten ihm zu und nannten ihn Elijah, und diesmal konnte ich nur zu gut verstehen, was er ihnen als Antwort zuschrie: »Tötet die Herren!«

Als er das schrie, sprang Wuff aus dem Kreis der Männer heraus wie Dreck, der von einem Wagenrad weggeschleudert wird, raste durchs Unterholz und voll in mich hinein. Ich war froh, daß er mich nicht biß.

Ich beschloß, zum Lagerplatz zurückzukehren. Wuff zeigte keine Neigung, die Führung zu übernehmen, aber der Mond und das Geräusch des Flusses leiteten mich, ich fand den Weg zurück zu meiner Schlafstelle. Als Wuff und ich eine halbe Stunde dagelegen hatten, kamen die Männer zurückgelatscht. Meine Hand umspannte die Pistole für den Fall, daß Marcus sich dazu entschlossen hatte, dieses große Schwert in mich zu stecken. Aber sie legten sich schlafen, ohne mich zu belästigen. Ich lag bis in den Morgen wach beim Nachdenken darüber, was ich gesehen hatte.

Am nächsten Morgen fehlte Moline, und Marcus hatte das Schwert, aber niemand gab mir irgendeine Erklärung dafür. Ich drang nicht ihn sie, weil ich mich auf das Ende der Reise eingestellt hatte. Wuff und ich versteckten uns unter der Persenning, und die Männer steuerten das Boot in den Kanal. Während der ganzen Flußfahrt war mein Geist ziemlich blankgefegt gewesen, aber jetzt gärte es in mir. Elijah, Pa, Sukie, Lucy, Sloat und das Gesicht des toten Stallburschen tauchten ständig vor mir auf. Sollte ich die Leute vor Elijah warnen? Wie bald konnte ich zurückkehren, um Hardware zu retten und was war mit Pa's stolzen Plänen für meine Zukunft? Was würde aus mir in der großen Stadt werden? Wovon sollte ich leben? Ich war erst fünfzehn Jahre alt!

Ich dämmerte den größten Teil dieses letzten Tages vor mich hin. Immer und immer wieder zeigte mir der Stallbursche das Loch in seiner Stirn, immer und immer wieder benützte ich eine Kerze, um die Stelle zwischen Lucys Beinen genau betrachten zu können, immer und immer wieder schrie Elijah: »Tötet!«

Auf dem Kanal war viel Verkehr, und jedesmal, wenn ich eine fremde Stimme hörte, zuckte ich zusammen, weil ich diesen bösen Zwerg, den Sheriff Garmee, zu hören glaubte. In meinen Träumen wurde er klein genug, um durch ein Spundloch kriechen zu können, und jede von den Kakerlaken, die mir übers Gesicht krochen, fühlte sich an wie er.

Bei Einbruch der Dunkelheit hatten wir das Kanalbecken erreicht. Wieder trat Custa auf mich, wieder leckte Wuff mein Gesicht. »Hier ist es genau richtig«, hörte ich Otha sagen. Und dann: »Komm heraus, Mason.«

Ich kroch unter der Persenning hervor. Wir waren im Kanalbecken, einer vom Land umschlossenen Lagune mitten in Richmond. Vor uns lag eine Werft mit einigen Dutzend Booten in verschiedenen Zuständen der Entladung. Aber direkt links von uns war eine niedrige Ufermauer aus Steinen, die auf einen beinahe völlig verlassenen Platz führte. Ich klammerte mich sofort an die Mauer und schwang mich aufs Land. Otha hob Wuff hoch und kam dann selbst nach. Die Mannschaft war begierig, endlich der Gefahr zu entgehen, mit Flüchtlingen gesehen zu werden. Wir verabschiedeten uns sehr hastig und sie stakten hinüber zu den anderen Schiffen.

»Was is' mit mei'm Geld, Mason?« Otha hielt seine blasse Handfläche nach dem letzten Goldstück ausgestreckt. Es war zuviel für ihn gewesen zuzusehen, wie die anderen Schwarzen gestern ihre Münzen gekriegt hatten.

»*Mister* Mason, bitte, Otha. Die Leute könnten uns hören. Vergiß nicht, daß du mein Sklave bist. Ich werde die Münze behalten. Du weißt, was mir gehört, gehört auch dir.«

»Klar. Machtse das zu *meiner* Münze? Ich glaube, ich bin jetzt so weit, daß ich sie kriegen sollte.«

»Fragst du mich, ob ich dich freilassen will, Otha? Warum, zum Teufel, sollte ich das tun? Kapierst du nicht, daß wir besser zusammenbleiben?« Es war nicht der richtige Moment, das zu sagen, aber ich hatte einen diffusen Plan, Otha als Fabriksarbeiter zu vermieten, wenn es notwendig werden sollte.

»Du bist derjenige, der Scheiße gebaut hat, Mase. Du hast meine Braut verloren und diesen Jungen gekillt. Ich kann dich immer noch ins Gefängnis bringen, wie du weißt.«

»Klar kannst du das. Bring mich hin, und laß dich von Sloat flußabwärts verkaufen. Vielleicht am besten nach 'bama, wo die Herren noch die Peitsche verwenden, statt nur zu schimpfen!« Ich war wirklich wütend. In den letzten fünf Tagen hatte ich für mein ganzes Leben genug schwarze Gesichter gesehen. Othas Gesichtsausdruck war hart und düster. Er streckte neuerlich die Hand aus.

»Gib mir das Geld, Mason. Wir trennen uns.«

Hinter Otha konnte ich eine Straße sehen, die an einigen Häusern vorbei den Hügel hinauf zu einem grünen Feld führte. Im unteren Teil der Straße gab es Büros, weiter oben waren schöne Häuser mit glänzenden Messingtürknöpfen und Spitzenvorhängen an den Fenstern. Die ganze weite Welt wartete auf mich. Würde ich nie mehr frei sein? Mit plötzlichem Ekel zog ich die Münze aus der Tasche und klatschte sie auf Othas Hand. »Dann hau doch ab, du blöder Nigger! Es kotzt mich sowieso an, dein Boss zu sein. Nimm's und hau ab! Schließ dich von mir aus dem verrückten Elijah an.«

Otha steckte die Münze ohne ein Lächeln ein. »Nenn mich nicht Nigger, du weißer Aasch.« Er machte auf dem Absatz kehrt und marschierte über den Platz in Richtung Werft, wo die Schiffe entladen wurden. Wuff trottete hinter ihm her.

»Hierher, Wuffi«, rief ich. »Komm schon her, Kleiner,

du bleibst bei mir.« Wuff blieb stehen und drehte sich nach mir um, wobei er eine Augenbraue hob. Otha ging einfach weiter. »Komm schon, Wuffi!« Wuff streckte mir die Zunge heraus und lief hinter Otha her. Ich hatte Wuff weiß aufgezogen und nun wurde er zu einem verdammten Nigger-Köter. Von mir aus konnten beide zur Hölle fahren!

Ich ging diese hübsche Straße hinauf, die ich mir vorhin angesehen hatte. Mein Herz klopfte so stark, daß ich sonst beinahe nichts wahrnahm. Ich war noch nicht zwei Blocks weit gekommen, als ich in jemand hineinrannte, einen gut angezogenen Mann in einem der modischen Gehröcke.

»Verzeihung«, sagte er scharf, wobei er mir einen Blick zuwarf, der mir klar machte, wie armselig ich aussah. Als er weg war, beugte ich mich über den blankpolierten Messingtürknopf eines der eleganten Häuser, um ihn als Spiegel zu verwenden.

Ich trug noch immer Pa's Frack und Hosen, aber nach fünf Tagen auf dem Schiff sahen sie reichlich scheckig aus. Ich war über und über mit Schmutz und Wasserflecken bedeckt. Hundehaare, tote Insekten und ein bißchen Grünzeug klebten an mir. Mein Hemd, meine Socken und meine Unterwäsche stanken so, daß sogar ich selbst es riechen konnte. Meine Schuhe waren unsichtbar unter einem Belag von getrocknetem Uferdreck; in meinem Haar fand sich grüner Algenschleim. Das einzige, was ich außer meinem Kragen und der Krawatte in der Tasche hatte, war diese dämliche Pistole, immer noch mit drei Schüssen geladen – aber nach den Tagen auf dem Fluß war das Pulver sicher zu feucht, um noch zu zünden.

Ich mußte eine Unterkunft in einem Gasthaus finden, wo ich baden und meine Kleider reinigen lassen konnte. Aber wer würde mir in meinem derzeitigen Aufzug Kredit einräumen? Ich wanderte weiter hügelaufwärts, bis die Straße bei dem Feld endete, das ich vorher schon gesehen hatte. Dieses Feld bedeckte die ganze Hügelkuppe und war von einem niedrigen schwarzen Eisenzaun umgeben, der das Publikum fernhalten sollte. Mitten in dem Feld, auf der eigentlichen Hügelkuppe, stand ein riesiges Gebäude mit Säulen. Ich kapierte, daß es das Kapitol sein mußte Mr. Jefferson hatte es nach dem Vorbild eines römischen Tempels, den er in Frankreich gesehen hatte, entworfen. Ich schwang mich über den Zaun und schlenderte über das Feld, um einen besseren Blick auf das Gebäude zu haben. Es war simpel gebaut: eine lange rechteckige Schachtel mit einem Dreiecksdach oben und großen Säulen an beiden Enden. Die Säulen waren so hoch, daß mein Atem stockte, als ich an ihnen entlang nach oben blickte. Selbst wenn die ganze Politik nur aus Diebereien und Lügen bestand, hatten diese Burschen wirklich eine großartige Bühne für ihr Schauspiel. Ich überquerte den Rest des Feldes, das der Capitol Square war, und ging noch einen Block weit, bis ich zu einer Straße kam, die Broad Street hieß. Hier gab es alle Arten von Läden, und eine Menge Leute und Fahrzeuge wuselten durcheinander. Es war knapp vor dem Einbrechen der Dunkelheit an einem Freitagabend. Ich mußte eine Unterkunft finden, bevor es finster wurde.

Rechts von mir lag eine Kirche namens Monumental Episcopal. Vielleicht konnte mir der Pfarrer helfen. Ich ging die Stufen der Kirchentreppe hinauf, aber noch bevor ich die Tür erreichte, tauchte eine fein gekleidete Frau auf, betrachtete mich stirnrunzelnd und fragte, was ich wolle. Sie hielt zusammengefaltetes Leinen in den Händen, als wollte sie eben den Altar schmücken. Ich fühlte mich nicht in der Lage, mich formgerecht vorzustellen, deswegen sagte ich nur, daß ich nach einer Unterkunft suchte.

»Kennst du dich mit Pferden aus?« fragte sie, während sie mich von oben bis unten betrachtete. Sie hatte eine spitze kleine Nase und trug eine Menge

Rouge. »Ich glaube, mein Bruder sucht einen Stallburschen.«

Stallbursche. Das Wort ließ mir kalte Schauer über den Rücken laufen. »Tut mir leid, Ma'am«, erwiderte ich. »Ich bin ein Gentleman.«

Sie lachte laut auf und schloß die Tür.

Ich folgte der Broad Street einen weiteren Block entlang. Die Burschen auf dem Schiff hatten etwas über diese Straße gesagt, und als ich an die nächste Ecke kam, fiel mir wieder ein, was es gewesen war. Die Läden der Pfandleiher mußten hier irgendwo sein, in der Nähe des Kapitols. Ich könnte meine Pistole versetzen und mich genügend säubern, um eine Stelle zu finden, die meiner gesellschaftlichen Position entsprach.

Ich nahm den Weg durch ein menschenleeres Gäßchen links von der Kirche, und dann ein anderes, rechtsab. Noch einmal links, und tatsächlich, da war ein Haus mit drei goldenen Kugeln über der Tür. ABNER LEVY stand auf einem Schildchen unter der Kugeln. Ich merkte, wie ich zum ersten Mal seit Tagen wieder lächelte.

Im Laden brannte Gaslicht, und ein Mann stand da, ein untersetzter Kerl mit dunklem Haar und dicken Lippen. Er lächelte mich bereitwillig an.

»Guten Abend«, sagte ich. »Würden Sie eine Pistole zum Pfand nehmen?«

Wir waren allein in dem Geschäft, und meine Bemerkung über die Pistole schien ihn ein bißchen aus dem Konzept zu bringen. Aber sobald ich sie ihm, Griff voraus, gegeben hatte, wurde seine Miene wieder fröhlich.

»Man sollte diese Patronen nicht hier drinnen lassen«, sagte er, während er sie aus der Kammer fallen ließ. »Nasses Pulver kann plötzlich losgehen, wenn es getrocknet ist. Ich hab deinen Namen nicht verstanden.«

»Leutnant Bustler«, sagte ich ohne Stottern. »Aus Norfolk, Virginia.«

Der dunkelhaarige Mann hob seine Augenbrauen angesichts dieser Vorstellung, schließlich war ich fünfzehn, blond und fünf Fuß zwei groß. Aber da niemand anderer meine Lüge hören konnte, sagte er nichts dazu.

»Ich kann dir drei Dollar für einen Monat geben«, meinte er. »Wenn du vor dem sechsten Juni zurückkommst, kannst du die Pistole für vier Dollar wieder einlösen.«

»Das ist in Ordnung«, sagte ich, weil ich nicht handeln wollte.

Er schrieb einen Pfandschein aus und zählte mir drei Dollar auf die Hand. Als er sich vorbeugte, um den Schein auszustellen, bemerkte ich, daß er eine kleine runde Kappe auf dem Hinterkopf trug.

Ich ging zurück zur Broad Street und dann den Weg, den ich vorher gekommen war. Irgendwo in der Nähe des Kapitols mußte ein Gasthaus sein. Auf dem Gehsteig waren alle möglichen Leute unterwegs: Gentlemen, Ladies, Bauern, Sklaven und freie Schwarze. In meinem heruntergekommenen Zustand wagte ich es nicht, einem von ihnen ins Gesicht zu blicken, damit sie mich nicht für einen Bettler oder einen Betrunkenen hielten. Ein paar Blocks weiter sah ich das Wirtshausschild des *Schwans*. Ich ging geradewegs darauf zu.

Glücklicherweise war es drinnen ziemlich dunkel, so daß die Frau am Empfang nicht sehen konnte, wie schäbig mein Aufzug war. Mit einem Minimum an Konversation brachte ich sie dazu, mir ein Zimmer zu geben, das Essen dorthinzuschicken und mir ein Bad zu ermöglichen, während meine Kleider zum Waschen heruntergeholt wurden. All das sollte mich zweieinhalb Dollar kosten, zahlbar im voraus. Ich bezahlte, und ein Dienstmädchen brachte mich hinauf. Eine Stunde später schlief ich satt und sauber in meinem Bett.

4

Eddie Poe

Ich wachte früher auf, als ich mir gewünscht hätte. Deshalb versuchte ich nochmals einzuschlafen, aber es klappte nicht. Heute war der erste Tag meines neuen Lebens in Richmond; davor konnte ich mich nicht drücken. Meine Kleider waren vor der Tür im Gang: gereinigt, gebügelt und ordentlich zusammengelegt. Meine Schuhe standen frisch gewichst daneben. Wenn ich überhaupt eine Stelle finden konnte, dann sollte es besser noch heute sein.

Ich zog mich sorgfältig an, wobei ich die Berührung der sauberen Wäsche mit meiner Haut genoß. Mein Zimmer wies einen schönen Spiegel auf; ich rückte meine Krawatte zurecht, um die Falten im Kragen zu verdecken und verbrachte dann ein paar Minuten damit, mich zu betrachten. Meine blonden Haare waren sauber und ordentlich, mein sonst blasses Gesicht hatte in den Tagen auf dem Schiff ein wenig Farbe bekommen, meine haselnußbraunen Augen waren klar und ausgeruht. Wenn ich nur ein bißchen größer gewesen wäre und Haare im Gesicht gehabt hätte! Ich versuchte ein Lächeln – nein, das sah schlampig aus. Ich preßte meine dünnen Lippen energisch zusammen – das war schon besser. Ein kompetenter junger Mann von guter Abstammung, bereit zum Erfolg.

Erfolg wobei? Ich ging hinunter und durch die Taverne hinaus, wobei ich dem Barkeeper versicherte, daß ich bald zurückkommen würde. Wenn ich es richtig anstellte, konnte ich hoffen, hier noch ein paar Tage auf Kredit zu verbringen. Meine Schritte lenkten mich zum Capitol Square. Heute bemerkte ich, daß das tempelartige Kapitol nicht das einzige Gebäude auf dem grasbewachsenen Feld war, es gab noch einen kleineren Bau mit einer Kuppel. Ein Passant sagte mir, daß es sich bei dem kleineren Gebäude um das Rathaus von Richmond handelte. Mir schien, daß ich dort eine Anstellung finden könnte. Schließlich konnte ich ganz ausgezeichnet lesen und schreiben, Fähigkeiten, die eine ländliche Gesellschaft wie die unsere kaum zurückweisen würde. Außerdem, wenn ich sowieso ein Dieb und Mörder war, würde dann nicht die politische Arena der richtige Platz für mich sein?

Im Rathaus waren nur ein paar Büros geöffnet, an diesem Samstagmorgen gegen neun Uhr. In einem davon döste ein rotgesichtiger Mann mit den Füßen auf dem Tisch. In einem anderen Zimmer kritzelte ein dünner Mensch äußerst heftig mit einem Federkiel. In einem dritten versuchte ein stämmiger junger Mann mit hochgekrempelten Hemdsärmeln einem Untergebenen irgend etwas bezüglich einer Straßenausbesserung klar zu machen. Das größte Büro enthielt drei Männer hinter Schreibtischen und fünf weitere, die auf einer Bank saßen, jeder im Frack mit entsprechender Beinkleidung. Ich schlüpfte auf das linke Ende der Bank, wo ein bißchen Platz frei war. Im Zimmer roch es angenehm nach Zigarrenrauch. Jetzt bemerkte ich einen vierten Schreibtisch, an dem niemand saß. Möglicherweise war das mein zukünftiger Arbeitsplatz!

Von Zeit zu Zeit sah einer der Männer an den Schreibtischen auf und rief: »Der Nächste!« Der Mann, der auf der Bank am weitesten rechts saß, stand auf und setzte sich in den Stuhl vor dem Schreibtisch, dann fingen er und der Mann hinter dem Schreibtisch an, in Papieren herumzuwühlen. Mit dem Fortschreiten der Zeit kam ich dem rechten Ende der Bank näher, während Neuankömmlinge eintrafen und sich auf die linke Seite setzten. Schließlich war ich an der Reihe.

»Der Nächste!«

Ich preßte die Lippen zusammen und marschierte zu dem Schreibtisch am Fenster, wo ich erwartet wurde. Der Mann war ein Glatzkopf mit einem fettigen grauen Haarkranz über den Ohren. Er trug eine Brille, die in der Sonne blitzte. Sein Mund war viel dünner und zusammengepreßter, als es mir mit dem meinen jemals gelingen würde.

»Geht es um einen Schuldschein oder um ein Akkreditiv?« erkundigte er sich.

»Ich bin Mason ... ah ... Mason Bustler«, erklärte ich ihm. »Ein Gentleman.«

»Sicher.« Er streckte die Hand aus. »Muß ein Papier notariell beglaubigt werden oder genügt die Beglaubigung durch den Sheriff?«

Ich tat so, als suchte ich etwas in meinen Taschen. »Angenommen, wir verwenden eines Ihrer Papiere. Ich kann lesen und schreiben. Besser noch, ich schreibe in einem *literarischen Stil.*« Das war's, was mein Onkel Tuck über einen zehnseitigen Brief gesagt hatte, den ich ihm schrieb, und es war die Wahrheit. Bei all dem, was ich schon gelesen hatte, konnte ich so blumig schreiben wie die Leute in den Magazinen.

Der Glatzkopf setzte sich zurück, als hätte er nicht verstanden, was ich zu ihm gesagt hatte. »Geht es um die Ausstellung eines Haftbefehls?«

»Ich suche eine Stellung.« Ich machte mit meinem Daumen eine lässige Bewegung zu dem leeren Tisch. »Sieht so aus, als ob ihr Leute eine helfende Hand brauchen könntet.«

Der Glatzkopf nahm die Brille ab, um mich besser betrachten zu können. Es schien nichts zu nützen. »Ein Affidavit bezüglich Besitzverhältnissen braucht eine Frist von neunzig Tagen«, sagte er. »Im putativen Fall.«

»Kann ich heute anfangen?«

»Trottel.« Er setzte seine Brille wieder auf und machte eine verscheuchende Geste mit der Hand. »Der Nächste!«

Was *Trottel* bedeutete, wußte ich. Beim Hinausgehen sah ich eine dicke zerwühlte Zeitung am Boden liegen, die ich aufhob und mitnahm.

Es war ein schöner sonniger Maientag. Aus allen Ecken und Ritzen in den schmutzigen Straßen und Plätzen von Richmond schoß das dicke grüne Gras in ganzen Büscheln hervor. Ich fragte mich, ob ich im Kapitol mehr Glück haben würde. Wahrscheinlich nicht. Ich setzte mich auf einen sauberen Grasfleck, um meine Zeitung zu lesen.

Zu meinem Vergnügen war es ein Exemplar der Aprilausgabe des *Southern Literary Messenger*. Diese Nummer hatte es noch nicht bis zu unserer Farm geschafft. Als ich das Inhaltsverzeichnis durchging, sah ich einen Artikel mit dem Titel *Maelzel's Schach-Spieler* von Edgar Poe. Er war mein neuer Lieblingsschriftsteller; fast jeden Monat erschien von ihm eine schreckliche oder eine humorvolle Geschichte im *Messenger*. Ich las *Maelzel's Schach-Spieler* auf der Stelle zur Gänze durch.

Es war eher ein Essay als die Horrorgeschichte, die ich erwartet hatte, ein Essay über eine schachspielende Maschine, die ein Mr. Maelzel überall im Land ausgestellt hatte. Edgar Poe bestritt, daß es sich wirklich um eine Maschine gehandelt hatte, weil *sie sonst immer hätte gewinnen müssen*. Statt dessen schrieb er, daß ein Zwerg sich in der Maschine versteckt hielte, und er hatte ein Diagramm gezeichnet, das die Vorgangsweise veranschaulichte. Ich beendete den Artikel mit einer gewissen Befriedigung und saß dann eine Weile da und dachte darüber nach, wie es wäre, den Job im Innern einer Schachmaschine zu haben. Ich wußte nicht, wie man Schach spielt, aber ich war ganz gut in Dame, wenn auch nicht so gut wie Otha.

Ich blätterte zurück auf die erste Seite des *Southern Literary Messenger* und stellte fest, daß sich das Büro des Herausgebers in 1501 Main Street, Richmond, befand. Beim Durchlesen des Impressums (das ich normalerweise überblättert hatte), sah ich etwas, das ich vorher nicht gewußt hatte: Edgar Poe war jetzt der Herausgeber des *Messenger!* So ein Glück! Edgar Poe würde meine mißliche Lage verstehen – er hatte selbst einiges erlebt. Laut Richter Perrow war Poe wegen Glücksspiel von der Uni geschmissen worden. Ich würde hingehen und ihn um eine Stellung bitten!

Ich schaffte es zur Kreuzung Fünfzehnte und Main Street, ohne jemanden nach dem Weg fragen zu müssen. Wie Edgar Poe sagt: Die vornehmste Eigenschaft des Menschen ist seine Fähigkeit zu rationalen Schlußfolgerungen.

Als ich an die angegebene Straßenkreuzung kam, war es Mittagszeit an einem ruhigen und staubigen Tag. Eine Schwein schlief in einer seichten Lache am einen Ende der Straße. Rundum standen Ziegelgebäude. Die Adresse 1501 Main Street war die Fassade eines Geschäfts, das Schmuck und optische Geräte verkaufte. Ein Schild am Seiteneingang wies darauf hin, daß sich hier drinnen die Büros von *The Southern Literary Messenger* im Eigentum von T. W. White befanden. Obwohl kein Mensch zu sehen war, öffnete sich die Tür, als ich die Klinke drückte. Ich befand mich in einem Raum mit Plankenboden, der mit tintenbeschriebenem Papier und Druckmaschinerie angefüllt war.

Die Presse dominierte den Raum; sie war eine massige Maschine aus schwarzem Eisen, wundervoll verschnörkelt und verziert, mit mächtigen Schrauben und Hebeln an jeder Seite. In der gegenüberliegenden Wand war eine große Doppeltür, von der ich annahm, daß sie auf ein Ladedock in einem Seitensträßchen führte. Neben der Tür waren Stapel von Papier und von fertigen Zeitungen – die Maiausgabe des *Southern*

Literary Messenger. An der Wand, hinter der die Fünfzehnte Straße verlief, standen mehrere Tische unter den
großen Fenstern. Staubpartikel tanzten im schräg ein-
fallenden Licht. Es war so ruhig, daß ich in dem Juwe-
lierladen jemanden sprechen hören konnte.

Auf manchen der Tische lagen unregelmäßig geschnit-
tene bedruckte Blätter zur Korrektur bereit, andere waren mit Metallstückchen bedeckt: Buchstaben und Satz-
zeichen. Es gab Schriftzeilen und Kästen mit Buchstaben
in Spiegelschrift, und Töpfe mit Pech, um die Buchstaben
an ihrem richtigen Platz zu fixieren. Ein langer, niedriger
Schrank, der auf den Tischen stand, enthielt reihenweise
kleine Schubladen – je eine Lade für jede Version jedes
Buchstabens. Da niemand herum war, steckte ich drei
hübsche Kursivbuchstaben ein: M, A und R.

Links neben der Tür, durch die ich hereingekommen
war, wies eine an die Wand gemalte Hand auf eine
Wendeltreppe nach oben. Ich stieg hinauf.

Oben fand ich mich in einem großen, hellen Raum mit
Fenstern auf zwei Seiten wieder. Hier gab es massenhaft
Gedrucktes in Regalen und einfach schlampig am Boden
aufgestapelt: Manuskripte, Magazine, Zeitungen und
Bücher. Auf einem einzelnen leeren Schreibtisch stand
ein Schild mit der Aufschrift ›T. W. White, Eigentümer‹.
Fliegenpapier, das seinen Zweck wohl erfüllt hatte, hing
von der Decke. Das ganze Gebäude roch nach Drucker-
schwärze.

»Hallo?« rief ich schließlich. »Ist hier jemand?«
Ich hörte ein leises, trockenes Husten.

In der rechten hinteren Ecke war ein kleines Büro mit
quadratischen Grundriß abgetrennt worden. Die Tür
dazu war halb offen, auf ihr stand in Goldbuchstaben:
›Edgar Allan Poe, Herausgeber, Allopath und Dichter,
Laßt alle Hoffnung fahren, die ihr hier eintretet.‹ Ich
lugte hinein. Ein junger Mann lag gemütlich auf einem
Saffianlederdiwan ausgestreckt. Er sah ohne besonderes Interesse zu mir auf.

»Ich nehme an, Sie sind Mr. Poe«, sagte ich. »Ich bin Mason Algiers Reynolds aus Hardware, Virginia.« Er nickte kaum merklich. Da es sich also tatsächlich um den phantastischen Mr. Poe handelte, konnte ich offen sprechen. »Ich habe unabsichtlich meinen Doppelgänger getötet. Ich bin ein Flüchtling, und ich brauche unbedingt eine Stelle.«

Seine Augen weiteten sich ein bißchen – Augen, die tiefe Teiche aus Dunkelheit waren unter seiner hohen und etwas zu sehr vortretenden Stirn. Wenn ich jemals alles vergessen sollte, was ich von Edgar Poe weiß, wird mir doch der Anblick seiner Augen immer unvergeßlich bleiben. Poes Augen schienen sowohl nach innen als auch nach außen zu blicken und jederzeit sowohl das Spiel der Phantasie in seinem Geist ebenso genau zu beobachten wie die Umstände der äußeren Welt. Seine Augen waren wunderbare Portale zwischen diesen beiden Welten. Was sein übriges Gesicht betraf: er hatte einen geraden Mund, eine angenehm geformte Adlernase, einen kleinen Schnurrbart und eine Woge schwarzen Haars, das an den Schläfen schon ein wenig dünn wurde. Aber seine Augen waren das Wesentliche: sie waren Leuchten für die flatternde Motte meiner Seele.

»Wie alt bist du?« sagte er. Seine Stimme klang tief und klar, und sein Mund drückte dabei eine erstaunliche Anzahl von Gefühlen aus: von Geringschätzung über Langeweile bis zu Amüsement, Interesse und echter Besorgnis. »Und warum sprichst du von einem Doppelgänger?«

»Ich bin fünfzehn Jahre alt, Mr. Poe. Ich sagte ›Doppelgänger‹, weil der Junge, den ich erschoß – durch einen Zufall, bitte ich zu bedenken – wie ich blond war und gleich groß. Ich fühle mich schrecklich deswegen, und Sheriff Garmee will mich tot oder lebendig. Ich hatte nur Pa's Whiskygeld von Mr. Sloat im Liberty Hotel in Lynchburg zurückhaben wollen. Ich sollte mit diesem Geld eine Frau für unseren Sklaven Otha kaufen, aber eins von Mr. Sloats leichten Mädchen hat es mir geklaut.«

»Herumhuren und Töten mit fünfzehn«, sagte Poe versunken. »Ein lebhafter Bursche. Ein typischer Virginier. Du hast deinen Afrikaner nicht mitgebracht in mein Büro, hoffe ich?«

»Nein, Sir. Otha hat sich davongemacht, als wir gestern in Richmond ankamen. Ich habe Ihre Stories im *Messenger* gelesen, Mr. Poe, und sie gefallen mir ganz hervorragend. Ich kann *Berenice* und *Eine Flaschenpost* praktisch auswendig. Ich kann besser lesen und schreiben als irgend jemand in Hardware, oder sogar in Lynchburg. Glauben Sie, ich könnte einen Job kriegen? Sie dürfen nur niemandem meinen richtigen Namen sagen. Nennen Sie mich Mason Bustler.«

»Dann komm rein, mein kleiner Bruder.« Er winkte mir mit seiner feingliedrigen weißen Hand. »Und mach die Tür zu.«

Ich trat in sein Büro und schloß die Tür hinter mir. Außer dem Diwan enthielt der Büroverschlag Bücherregale, zwei einfache Holzstühle und einen Schreibtisch, auf dem sich Papier stapelte. Weitere Bücher lagen in kleinen Stößen hier und dort auf dem Boden. Hinter Mr. Poes Schreibtisch war ein Fenster. Ich nahm einen der beiden Holzstühle und setzte mich. »Ich könnte beim Drucken helfen«, schlug ich vor.

»Ein richtiger Druckergehilfe«, sagte Poe. »Du heißt Mason? Gehört dein Vater der Erleuchteten Loge an?«

»Den Freimaurern? Nein, Sir. Wir sind Mitglieder der Episkopalkirche. Ma ist tot und Pa trinkt. Alles, was ich habe, ist ein Fünfzig-Cent-Stück und der Pfandschein für meine Pistole.«

»Du hast deine bäuerliche Gesundheit vergessen«, sagte Poe lächelnd. »Und das übergroße Gewand auf deinen Gliedern. Du hast dich treiben lassen, Mason, und die Gezeiten des Schicksals tragen dich in die See.

Ich kenne dieses Gefühl, ich kenne es sehr gut.« Er hielt inne und betrachtete mich eine Weile. Sein Gesichtsausdruck wechselte subtil mit dem raschen Fluß seiner Gedanken. »Ich werde dir helfen«, sagte er schließlich. »Aber vorher muß ich noch meine Morgengedanken niederschreiben. Ich habe heute meine verdammten Buchkritiken beiseite gelegt, um an einer neuen Erzählung zu arbeiten. Trinkst du Alkohol?«

»Nein, Sir. Ich möchte nicht wie Pa sein.«

»Auch ich möchte nicht ein wildäugiger Sklavenhalter sein, Mason, aber heute ist der biblische Sabbat und Mr. White ist in Petersburg. Wie ich schon sagte, gestatte mir, die Früchte meiner unterbrochenen Bemühung zu konservieren und dann werden du und ich ins Gasthaus gehen, junger Mörder, junger Teufel, junger Mason, geborener Reynolds, genannt Bustler. Bustler – der Name klingt nach einem hassenswerten, scheinheiligen Trottel. Du würdest besser bei deinem eigenen Namen bleiben. Ich bin eng befreundet mit Jeremiah Reynolds, einem brillanten Mann von umfassendem Geist. Er wird nächste Woche hierher kommen, was vielleicht dazu führt, daß wir ein Vermögen machen werden. Ich habe einen wundervollen Plan für eine Entdeckungsfahrt. Aber jetzt bitte Ruhe!«

Er schwang seine Füße auf den Boden und tappte zum Schreibtisch. Nachdem er die Feder ergriffen hatte, schrieb er sehr schnell fast eine Stunde lang. Während dieser ganzen Zeit warf er mir keinen einzigen Blick zu. Da ich seine Arbeit nicht stören wollte, verbrachte ich die Zeit damit, die Bücher aus dem Stapel neben meinem Stuhl durchzusehen. Ich fand ein Buch mit Briefen und Lebenserinnerungen des Dichters Coleridge, ein Büchlein, betitelt *Südseeexpedition*, von eben jenem Jeremiah Reynolds, von dem Poe vorhin gesprochen hatte, weiters Reisebücher über die Schweiz, Spanien und Pennsylvania, und zuunterst eine geographische Abhandlung, deren voller Titel lau-

tete: *Symmes' Theorie der konzentrischen Sphären. Eine De-*
monstration, daß die Erde hohl ist, innen bewohnbar, und
weit offen an den Polen. Von einem Bürger der Vereinigten
Staaten. Dieser seltsame Traktat erregte meine Neugier,
und ich vertiefte mich darin.

Symmes' Theorie begann mit einer ganzen Reihe von
Vorwörtern, Lobpreisungen und Anzeigen, die alle be-
sagten, daß Captain John Cleves Symmes, ›der Newton
der westlichen Welt‹, ein großes Genie war, das die
Welt zu wenig schätzte. Da stand so viel Lobhudelei
über Symmes, daß ich bald zum Schluß kam, er müsse
das Buch selbst geschrieben haben. Als dieses Aufplu-
stern und Räuspern endete, stellte sich heraus, daß
Symmes glaubte, unser Planet sei eine riesige Hohlkugel mit großen Öffnungen am Nord- und am Südpol.
Laut Symmes hatte jedes dieser Löcher einen Durchmesser von mehr als viertausend Meilen. Symmes hielt
es für möglich, daß ein Schiff über die Kante in eines
dieser Löcher segeln konnte, um das Innere der Hohlwelt zu erreichen. Diese Innenfläche sollte genauso wie
die Außenseite mit Kontinenten und Ozeanen bedeckt
sein. Symmes hatte noch ein paar weitere Theorien
über weitere hohle Kugeln, konzentrisch zur wichtigsten, aber diese Extrasphären kamen mir wie uninteres-
sante Garnierungen zum inspirierten Blödsinn seiner
grundsätzlichen Idee einer Hohlwelt vor.

Die Idee reizte mich so sehr, daß ich gierig weiterlas
und den eifrig an seinem Schreibtisch arbeitenden
Edgar Poe völlig vergaß. Symmes, oder sein Sprecher,
der Bürger der Vereinigten Staaten, hatte eine Reihe
von Gründen dafür, warum unser Planet eine hohle
Kruste sein sollte. Die Zentrifugalkraft führt dazu, die
ganze Masse eines rotierenden Planeten in eine sphärische Schale zusammenzuquetschen. Wenn man die
Pole eines Magneten mit einem Stück Papier bedeckt
und darauf Eisenfeilspäne streut, werden sich diese auf
natürliche Weise in Form eines hohlen Ringes arrangie-

ren. Weizenbündel und Vogelfedern sind hohl. Schwere Berge schwimmen auf leichter Unterlage. Die Materie um den Saturn ist in Ringform organisiert. Die Pole des Mars sehen dunkel aus, weil sie in Wirklichkeit große Öffnungen ins Innere des Planeten sind. Eine korrekte Interpretation der hebräischen Worte *theoo* und *beoo* zeigt, daß die Bibel statt »Die Erde war wüst und leer« tatsächlich »Die Erde hatte keine Form und war HOHL!« berichtete. Und schließlich, als das ausschlaggebende Argument von allen: Es war sinnvoll, daß die Planeten hohl waren, denn »das bewirkt eine große Materialeinsparung«.

Eine große Materialeinsparung! Ich mochte die Art, wie Symmes dachte. Ich verging geradezu vor Sehnsucht danach, etwas zu erforschen; was für ein Abenteuer würde es sein, eine ganz neue Welt zu entdecken, die Welt, die innen liegt! Wie würde es sein, über die große dicke Lippe ins Innere zu segeln? Welche Bedingungen würden im Erdinnern herrschen? Und warum hatten noch keine Reisenden Berichte von kontinentgroßen Löchern in den Ozeanen der Arktis und Antarktis zurückgebracht? Der Bürger der Vereinigten Staaten hatte darauf zwei Antworten. Erstens einmal wechselt das magnetische Feld der Erde im Innern seine Richtung, was bedeutet, daß an den großen runden Säumen der Löcher das Feld ost-westlich verläuft, was seinerseits zu einem Phänomen führt, das der Bürger ›sich windende Meridiane‹ nennt. Ein Forscher, der seinem Kompaß an den Nord- oder Südpol zu folgen versucht, wird unweigerlich damit enden, entlang der Mündung der großen Öffnung nach Osten oder Westen zu segeln. Und selbst wenn der Entdeckungsreisende Kompaßbestimmungen vermeidet und sich auf die verläßlichere Methode der Himmelsnavigation einläßt, wird sein Versuch, in das Loch zu gelangen, schwer behindert von den ›großen Eismauern‹, die beide Löcher in Nord und Süd ringförmig umgeben. Diese gewaltigen eisigen Ringe sind gelegentlich gesehen worden von vom Sturm vertragenen Wal- und Robbenfängern, aber keiner, von dem wir je erfahren haben, hat den Versuch überlebt, über sie hinauszugelangen. Symmes fand, der beste Weg, ins Innere der Hohlwelt zu gelangen, würde der über die Eisfelder der nördlichsten Strände Sibiriens sein.

»Gut so«, unterbrach Poe meine Träume über Forschungsreisen. »Mein Held ist in Bewegung gesetzt; ich dürste und bebe. Dank der Abwesenheit des krummbeinigen White darf ich die verbotenen Quartiere von Hoggs Taverne betreten.« Als er sah, welches Buch ich in der Hand hielt, lächelte er breit. »Wie gefällt dir Symmes' Theorie, Mason? Er ist ein noch verrückterer betrunkener Bauer als dein Vater.«

Das war typisch für Eddie Poe, wie ich nach und nach bemerken sollte; typisch, daß er sich an eine Kleinigkeit klammerte, die man ihm erzählt hatte, um immer wieder darauf zurückzukommen. Ich war momentan nicht in der Lage, für Pa einzutreten, also ignorierte ich den Spott und antwortete auf Poes Frage.

»Ich frage mich, wie es wohl im Innern einer Hohlwelt aussähe. Glauben Sie, daß sich eine Sonne oder so was da drinnen befindet?«

»Eine Sonne! Interessante Idee.« Während er sprach, rollte Poe seine eben beschriebenen Blätter zusammen und legte ein Band um die Rolle. »Ich hatte Symmes Theorie im Hinterkopf, als ich meine *Flaschenpost* schrieb. Natürlich habe ich das Loch, um der Sache ein Ende zu machen, mit einem großen schwarzen Malstrom gefüllt. Hast du jemals einen Malstrom gesehen?« Er starrte mich aus seinen dunklen Augen an.

»Einen gigantischen Wirbel? Nein. Aber es gab eine Menge kleiner Wirbel im James River, den ich heruntergefahren bin. Ich bin auf einem Kahn mit einer Sklavenmannschaft hergekommen.«

»Hast du dich mit ihnen unterhalten?«

»Natürlich. Sie sollten mal die Geschichten hören, die sich die nachts am Feuer erzählen, Mr. Poe. Manche von diesen Stories kommen direkt von Afrika.«

»Absit omen«, sagte Poe und machte eine Geste mit zwei Fingern zu mir hin. »Erspar mir die Gesellschaft von Pa und den Sklaven. Und nenn mich nicht Mr. Poe, kleiner Bruder, nenn mich Eddie. Ich bin kein Mr. So-und-so, ich bin ein internationaler Genius von fünf-undzwanzig Jahren.«

Wir verließen das Büro, wobei Eddie zweimal zu-rückging, um sich zu vergewissern, daß er die Schlös-ser versperrt hatte. Draußen überquerten wir die Main Street und gingen zu Hoggs Taverne.

»Ich habe die Nacht im *Schwan* verbracht«, berichtete ich Eddie, als wir eintraten. »Vielleicht sollten wir da hingehen, und wenn die mich mit einer so bedeuten-den Persönlichkeit wie Ihnen sehen, geben sie mir Kre-dit.«

Eddie war jetzt sehr fröhlich, und dieser Vorschlag von mir brachte ihn dazu, daß er sich vor Lachen schüttelte. »Glaubst du, Schriftsteller seien reiche Leute, Mason? Säulen der Gesellschaft? Ich habe kei-nen Penny, obwohl ich versuche, das zu ändern.« Den letzten Satz flüsterte er nur, denn wir waren jetzt in der Taverne. Das Lokal war fast leer. Eddie machte eine herrische Geste, gerichtet an den Wirt. »Ho, Hogg, zwei Portionen Tabak bitte.«

Eddie betrachtete den Tabak kurz und legte ihn dann zurück auf die Theke. »Diesen Tabak mag ich nicht sehr gern, Hogg. Bring uns statt dessen Rum und Was-ser.« Wir setzten uns auf eine Bank an einer Wand. Sie war mit Pferdehaar gepolstert. Es war nett, da zu sit-zen. Hogg brachte uns einen Krug Wasser und einen Schoppen Rum mit zwei Gläsern. Als Eddie den Schoppen hob, legte ich meine Hand auf mein Glas.

»Bitte«, sagte ich. »Für mich keinen harten Drink. Ich habe mein Teil von Pa's Whisky ein paarmal probiert und mochte ihn nicht. Das Zeug macht mich benommen und mir wird übel.«

»Glücklicher Bursche«, sagte Eddie. »Nüchterner, lästiger Bauer. Dann sprichst du eben, während ich trinke. Erzähl mir dein Mißgeschick mit jedem dramatischen Detail.«

Ich erzählte ihm also die ganze Geschichte, wie ich die Farm verlassen und ein Durcheinander in Lynchburg angerichtet hatte und nach Richmond geflohen war. Während seines ersten Glases blieb er fröhlich und amüsant, beim zweiten Glas wurde er tiefsinnig und nachdenklich, beim dritten nervös und rührselig, und das vierte brachte ihn dazu, große Reden über Symmes' Hohlwelttheorie zu schwingen. Nun, da ihm der Rum die Zunge gelöst hatte, gab er freimütig zu, daß er aus tiefstem Herzen Anhänger von Symmes' Theorie war.

Erst letzten Monat hatte Eddies Freund Jeremiah Reynolds vor dem Kongreß eine Rede gehalten, in der er eine Expedition in die Südpolregion forderte. Obwohl Reynolds ein Gefolgsmann von Symmes gewesen war, hatte er nicht gewagt, zum Kongreß von der Hohlwelt zu sprechen. Statt dessen hatte er die Dringlichkeit einer Polarexpedition mit so trivialen Gründen wie besseren Karten und besserem Handel begründet.

Eddie war enttäuscht, daß Reynolds die Gelegenheit, den Kongreß über die Hohlwelt zu belehren, vorübergehen hatte lassen, und ich entnahm seiner jetzt heftig hervorsprudelnden Rede, was *er*, Edgar Allan Poe, glaubte, daß Jeremiah Reynolds hätte sagen sollen. Eddies Gründe für den Glauben an die Theorie waren alles andere als wissenschaftlich. Sie hatten eher mit dem zu tun, was er eine ›poetische Notwendigkeit‹ nannte.

»Der Leib und der Schädel«, dröhnte er, indem er sich aufrecht hingesetzt hatte und mit dem Zeigefinger wackelte, »der Leib und der Schädel und die Hohlwelt.

Wenn der Kopf eines Menschen nichts als ein Ball aus hohlem Knochen ist, warum sollte es unsere Erde dann nicht auch sein? Was ist der Leib anderes als eine Höhle aus Muskeln und Gewebe? Ist es nicht überaus zutreffend, wenn dieser Bauer Symmes unseren grünen Erdkreis in ein grinsendes Memento mori verwandelt? Aber wer oder was hat das Gehirn oder den Fötus verzehrt, die sich einst in seinem Innern aufhielten? Ein Held muß zum Pol fahren und den Wurm suchen, der niemals schlummert! Es könnte sein, junger Mason, daß du derjenige bist, der das durchführen muß.« Seine dunklen Augen waren magnetisch auf mich fixiert; in ihren Tiefen schienen sich Wirbel zu drehen.

Ein Moment verging in Stille. Eddie zwinkerte und trank den Schoppen aus. Es waren nur noch ein paar Tropfen drin gewesen.

»Die große Eismauer ist die letzte Barriere zwischen uns und dem Südpol. Wie eine tugendhafte Frau verbirgt die Erde ihr tiefstes Geheimnis hinter einem keuschen Korsett aus Eis. Der Eisring liegt zwischen uns und dem Loch, Mason, aber ist dies nicht das Zeitalter der Luftschiffer? Kann nicht ein kühner Ballonflug die höchst bedrohliche Mauer überwinden? Ich habe all das Reynolds geschrieben, und er kommt am nächsten Samstag, um meinen Plan zu realisieren. Nenn mich ruhig einen Scharlatan, aber ich bin auf meine Art ein Mann der Wissenschaft. Nur Wissenschaft kann mich vor den melancholischen Gleichnissen retten, die mein Gehirn überschwemmen.« Er starrte düster die letzten Rumtropfen an.

»Verrottet«, seufzte er dann. »Geburt und Tod sind beide über alle Vorstellungskraft hinaus verrottet – eingeschlossen zu sein im Fleisch eines anderen, in eine Kiste eingenagelt zu werden! Ich ersticke! Ich brauche Luft!« Er leerte den Becher bis auf den letzten Tropfen, kam auf die Beine und trottete zur Tür, während ich wie ein Hündchen hinter ihm herlief.

»Sirs«, rief Hogg, »ich glaube, Sie haben vergessen, Ihren Rum und das Wasser zu bezahlen!«

»Zahlen für Rum und Wasser!« rief Poe aus, den Mund ärgerlich verzogen. Er stand plötzlich vollkommen gerade und ruhig. »Habe ich dir denn nicht etwa den Tabak für Rum und Wasser gegeben? Was willst du denn noch alles?«

»Aber, Sir«, sagte Hogg ein bißchen unsicher, »ich kann mich nicht erinnern, daß Sie für den Tabak gezahlt hätten.«

»Was willst du damit sagen, Schurke? Ist das nicht dein Tabak, der dort liegt? Muß ich etwa für etwas zahlen, das ich gar nicht genommen habe?«

»Aber, Sir ...«

»Spar dir deine Tricks für die Doofen!« herrschte Eddie ihn an und marschierte zur Tür hinaus. Er ging so schnell den Block entlang, daß ich kaum Schritt halten konnte. Seine Schultern schüttelten sich; als ich endlich neben ihm herging, sah ich, daß er kicherte und mit sich selbst sprach.

»... ganz ausgezeichneter Schwindel«, murmelte er. »Höchst geeigneter Schwindel, tatsächlich. Sehr gut, daß der achtsame White meinen ersten Besuch bei Hogg versäumt hat. Heute habe ich das Grinsen des Schwindlers aufgesetzt!« Er warf seine Lippen in einer unnatürlichen Grimasse des Mißtrauens auf und wandte sich mir zu, um mich anzustarren.

Ich war verwirrt. »Ich ... Sie haben ... ich meine, Hogg hatte recht! Sie schulden ihm was für den Rum. Der Tabak hat damit überhaupt nichts zu tun.«

»Der Tabak hat alles damit zu tun, Mason, so sicher, wie ein Zauberer etwas mit seinen Hasen zu tun hat. Bin ich nicht pleite? Habe ich keinen Durst? Ich bin pleite, ich habe Durst, ergo ist es mein gutes Recht, Hogg übers Ohr zu hauen. Versenke deinen Geist in die ersten beiden Prämissen dieses Syllogismus: Ich arbeite; ich bin pleite. Mr. Whites Magazin, Mason, das

Magazin, bei dem du Beschäftigung suchst, dieser *Sou-thern Literary Messenger* begann mit einer Auflage von fünfhundert Stück und hat es unter meiner editori-schen Hand zu einer Auflage von zweitausend ge-bracht. Und ich bin doch noch immer pleite. Meine be-sten Kräfte habe ich verschwendet im Dienst an einem ungebildeten und vulgären Mann, der nicht einmal die Fähigkeit hat, meine Mühen zu schätzen, noch sie zu belohnen. Ich wandere betrunken durch die Straßen des allzu gerissenen Richmond mit keinem anderem Zeugen meiner Erniedrigung als einem fünfzehnjähri-gen Bauernjungen.«

Poe stöhnte theatralisch und bog um eine Ecke hin-unter zum James River. Unten war ein Hafen, in dem ein Dampffrachtboot und mehrere große Segelboote vor Anker lagen. Eine kühle frische Brise wehte herauf. Der Tag war immer noch schön, die Nachmittagssonne warm. Ich hatte vorher noch nie Segelschiffe gesehen; der Anblick ihrer sich sanft wiegenden Masten traf mich bis ins Herz.

»Die Taverne bei Rockett's Landing ist unsere näch-ste Haltestelle«, sagte Poe. Sein Gang war schwankend, aber er war nicht annähernd so betrunken, wie er ge-wirkt hatte, als wir beim Hogg's weggingen. »Die ken-nen mich zu gut, dort klappt der Trick nicht. Ich muß dich dringend bitten, mir den halben Dollar zu leihen, den du erwähnt hast. Ich verspreche dir als Gegenlei-stung eine vernünftige Unterkunft und die Stelle als Druckerlehrling. Ich habe seit vierzehn Tagen nichts getrunken, und jetzt möchte ich den Wahnsinn des Bacchus bis zur Neige auskosten. Allopathie, junger Mason, ist die wissenschaftliche Behandlung einer Krankheit durch ein Gift, dessen Symptome jenen der Krankheit genau entgegengesetzt sind. Trinken ist das allopathische Heilmittel für den Mahlstrom des Wahnsinns, auf dessen wäßrigen Kreisen ich dahin-treibe. Die lange Meeresgeschichte, die ich heute begonnen habe …« Er fuchtelte mit dem zusammenge-rollten Papier vor meinem Gesicht herum. »Diese Er-zählung sollte mir ein Vermögen einbringen, Mason, aber falls die blöden Verleger mir nicht helfen wollen, muß ich einen anderen Weg finden, ein reicher Mann zu werden. Eine Banknote ist nichts als Papier und Tinte.«

Ich gab Eddie meinen halben Dollar. Wenn er mir wirklich Unterkunft und Anstellung verschaffte, war es diesen Preis allemal wert. Aber warum mußte er sich an einem so schönen Tag und in einer so aufregenden Stadt sinnlos betrinken?

»Ich werde außerhalb der Taverne warten«, schlug ich vor. »Ich möchte mir die Schiffe ansehen.«

»Kluger Junge«, sagte Eddie. »Tu folgendes für mich – komm hinein und bring mich vor Sonnenuntergang heraus. Sorge dafür, daß ich heimkomme zu Mrs. Yar-ringtons Pension in der Bank Street beim Capitol Square. Dort wohne ich mit meiner lieben Tante und der süßen Sis. Wenn ich in dieser Kneipe einschlafen und irgendwann erwachen würde, könnte das meinen Selbstmord nach sich ziehen.«

»Kann ich auch in der Pension wohnen?«

»Du wirst unter meine Traufe schlafen, unruhiger Geist.« Er salutierte noch einmal mit seiner Papierrolle und verschwand in der Rockett's Landing Taverne.

Ich verbrachte ein paar angenehme Stunden damit, im Hafengebiet herumzuschlendern. Nachdem ich zu-gesehen hatte, wie der Raddampfer nach Norfolk und Baltimore den James River hinunterdampfte, fand ich mehr über die Segelschiffe heraus. Es gab einen kleinen Schoner, eine zweimastige Brigg und eine etwas grö-ßere dreimastige Bark, die *Grampus* hieß. Ich schaffte es, an Bord der *Grampus* zu gehen. Die Matrosen waren freundlich, behielten mich aber im Auge. Sie hatten am Morgen einen entlaufenen Sklaven an Bord gefunden. Ich half ein bißchen beim Verladen, und einer der Männer gab mir ein Stück Brot und Pökelfleisch. Das war meine erste Mahlzeit an diesem Tag, und mir folglich sehr willkommen. Ich hoffte, daß es bei Mrs. Yarrington gutes Essen geben würde; mehr noch, ich hoffte, dazu eingeladen zu werden.

Während ich mit den Matrosen arbeitete, dachte ich darüber nach, wie Eddie den Wirt um den Rum betrogen hatte. Wenn das der Lauf der Dinge in der Welt war, dann war ich ein Trottel, daß ich nicht mehr Goldstücke aus Sloans Safe genommen hatte. Wenn Eddie recht hatte, war T. W. White ein Knauser. Nichtsdestoweniger freute mich die Aussicht, ein Druckerlehrling zu werden. Ich konnte das Handwerk in wenigen Jahren erlernen. Ein Drucker konnte überall hingehen und Arbeit finden. Auch wenn ich heute Richmond mit seiner Flußlände und dem Kapitol darüber wundervoll fand, würde ich doch eines Tages weiterziehen wollen, vielleicht nach Baltimore und nach New York, vielleicht auch nach Europa, oder möglicherweise in irgendwelche wilden neuen Länder an Bord einer Bark wie der *Grampus*.

Der Matrose, der mir das Essen gegeben hatte, zeigte mir unter Deck ihre Back. Die Kojen der Matrosen waren eng wie Särge. Es kam mir seltsam vor, daß man die weitesten Reisen unter allerengsten Verhältnissen machen mußte. Ich wollte die Welt sehen, nun, da ich endlich Pa's Farm entkommen war, aber ich war nicht bereit, mich dazu in eine Matrosenkoje zu zwängen.

Bei Einbruch der Dämmerung ging ich in die Kneipe an Rockett's Landing. Ich fand Eddie blaß vor einem halbgefüllten Glas mit dunklem Rum, das er umklammerte. Ich setzte mich neben ihn, aber der Alkohol hatte ihn jetzt wirklich in seinen Klauen, und Eddie erkannte mich kaum. Er saß mit zwei anderen Männern am Tisch, von denen einer der sonnengebräunte Schotte war, der als erster Maat auf der *Grampus* fuhr. Er hatte den ganzen Tag Drinks spendiert.

»Ich nahm ein Zwanzig-Dollar-Goldstück einem Sklaven weg, den ich heute morgen versteckt fand«, erzählte mir der Schotte. Er hatte lange Haare und ein bereitwilliges Lächeln. »Der Gauner wollte für seine Fahrt bezahlen. Kannst du dir das vorstellen? Hättest du auch gern ein Glas Rum, junger Freund?«

»Nein danke«, sagte ich und fühlte, wie mir übel wurde. »Welcher war es? Ich meine, wie hieß der Sklave?«

»Das wollte er uns nicht sagen«, sagte der Maat lachend. »Ein großes schwarzes Vieh von einem Nigger war er. Wir hatten allerdings die Antwort bald aus ihm herausgepeitscht. Er hieß Luther Garland.«

Als ich dies hörte, senkte sich ein schwerer Stein auf mein Herz. Ich dachte daran, wie Luther am ersten Tag auf dem Fluß nach dem Gold gegriffen hatte mit dem unschuldigen Wunsch eines Menschen nach Freiheit. Jetzt war er ausgepeitscht und gefesselt worden und auf dem Rückweg nach Lynchburg.

»Hat er gesagt, woher er das Geld hatte?« hörte ich mich selbst fragen.

»Nichts hat er gesagt außer seinem Namen«, erwiderte der Maat. »Er schluchzte so, daß sogar der kaum zu verstehen war. Eddie, trink aus, und halt uns noch eine Rede!«

»Eddie muß jetzt heimgehen«, sagte ich zu dem Maat. »Ich bin hier, um ihn wegzubringen.«

»Er hat mir ein Gedicht versprochen«, wandte der Maat ein und reichte über den Tisch, um Eddie in die Brust zu pieksen. »Er sagte, er würde für die Drinks bezahlen mit einem Gedicht für meine Frau Helen.«

»Für Helen«, murmelte Eddie. »Schreib es auf.«

Auf den Ruf des Maats hin brachte der Wirt Feder und Papier. Eddie rezitierte ein Gedicht, und ich schrieb es nieder. Es war ein schönes Gedicht, aber während ich es niederschrieb, erinnerte ich mich daran, es schon früher im *Messenger* gelesen zu haben. Dem

Maat gefiel es auch, vor allem, nachdem ich ihm erklärt hatte, was all die Wörter bedeuteten.

Für Helen

Deine Schönheit, Helen, sie gleicht für mich
der nikäischen Barke mit stolzem Bug,
die einst sanft über duftende Seen strich
und den weg-wunden Wanderer gleichwie im Flug
ans Heimatgestade trug.

Von lange durchirrter Meere Gefahr
dein klassisches Antlitz mich heimwärts wies,
Najade, dein hyazinthenes Haar,
zu der Glorie, die Hellas hieß,
und der Größe, die Rom einst war.

Sieh! auf der prächtigen Galerie
stehst du, wie nur je ein Standbild stand,
die achatene Lampe in marmorner Hand!
Ah, Psyche, aus Regionen, die
sind heiliges Land!

Eddie kippte den Rest in seinem Glas hinunter und schüttelte sich. Ich machte mich daran, ihn nach Hause zu schaffen. Dazu legte ich meine Arme um ihn und steuerte ihn aus der Kneipe hinaus. Auf der Straße legte ich mir seinen Arm um meine Schulter, und wir stiegen langsam den Abhang zum Capitol Square hinauf.

Eddie ließ seinen Kopf ständig zurückfallen, so daß er in den Sternenhimmel hinaufsehen konnte. Mir schien, er hätte besser laufen können, als er es tat, aber er begnügte sich damit, mich die Arbeit tun zu lassen. Er wußte schon, was vorging, der Scherzkeks. Er wußte, daß ich seine Fürsprache brauchte, und erinnerte sich gut genug an die Unterhaltung am Morgen, um ein oder zwei Bemerkungen à la ›betrunken wie Pa‹ zu machen, aber das war er nicht. Ganz gleich, wieviel Pa trank, er konnte immer noch gerade gehen.

Schließlich fand ich die Bank Street an einer Ecke der Hügelspitze, die Capitol Square hieß. Eddie hob seine Füße nun etwas sorgfältiger, und wir kamen zur Tür der Pension. Sobald wir in den Vorraum traten, flog oben eine Tür auf.

»Eddie?« rief eine Frau. »Bist du's?«

»Ich bin's, Tante Maria«, sagte Poe mit tiefer und zerknirschter Stimme. »In den Armen des Teufels. Ich bin gefallen. Ein reuiger Sünder, werde ich bei den Schweinen Schoten essen.« Er schüttelte mich ab und stand unsicher da. »Ich danke dir für deine Hilfe, junger Mann. Gehab dich wohl.«

»Du hast mir eine Unterkunft versprochen!« protestierte ich. »Und eine Stelle!«

Schritte kamen die Treppe herunter. Eine streng aussehende Frau mit einem Mondgesicht baute sich vor mir auf. »Geh jetzt, junger Spitzbube! Hast du nicht schon genug Schaden damit angerichtet, den armen Eddie betrunken zu machen?«

»Ich habe ihn nicht betrunken gemacht!« protestierte ich. »Ich habe mich um ihn gekümmert! Gestatten Sie mir, mich vorzustellen.« Ich verbeugte und räusperte mich. »Ich bin Mason Algiers … Bustler. Ich traf Eddie im Büro des *Messenger*, und er sagte mir …«

»Geh endlich, Teufel«, sagte Eddie, mich mit der Papierrolle wegscheuchend. Die hatte er also immer noch, daran hing er. »Komm am Montag wieder.«

»Er schuldet mir fünfzig Cents, Tante Maria«, wandte ich mich an die Frau.

»Mein Name ist Mrs. Clemm«, sagte sie scharf. »Du hast einen Fehler gemacht, wenn du Eddie Geld zum Trinken gegeben hast.«

»Bitte!« flehte ich. »Haben Sie Mitleid mit mir! Ich brauche einen Platz zum Schlafen. Wenn Eddie wieder zu sich kommt, wird er sich daran erinnern, daß er mir versprochen hat …«

»Wir haben sicher keinen Platz für dich in unseren Zimmern«, sagte Mrs. Clemm. Sie beugte sich vor und schnüffelte an meinem Atem. »Wenigstens bist du nüchtern. Du solltest mit Mrs. Yarrington sprechen.«

Während wir aufeinander einredeten, war Eddie um uns herumgegangen und hatte begonnen, die Stiege zu erklettern. Er hielt sich dazu mit beiden Händen am Geländer. Jetzt öffnete sich oben wieder die Tür, und eine Stimme drang heraus.

»Eddie! Mama hat mir ein neues Kleid genäht! Ich werde für dich singen in meinem neuen Kleid!« Die Stimme war höher als hoch, und krankhaft süßlich. Ich spähte über Poes zusammengekrümmte Gestalt hinauf, um einen Blick auf die Sprecherin zu erhaschen. Sie hatte ein ebenso rundes Gesicht wie ihre Mutter, aber während diese hager war, zeigte die Tochter sanfte Rundungen. Als sie jetzt Eddies Zustand erkannte, schluchzte das Mädchen los in einem wortlosen Strom flüssiger Laute. Ich starrte fasziniert ihre zitternde Kehle an und fragte mich, wie sie so ein Geräusch produzieren konnte. Eddie löste seine Hände vom Geländer, um sie nach ihr auszustrecken. Prompt verlor er das Gleichgewicht und fiel rückwärts.

Ich machte einen schnellen Schritt, um ihn aufzufangen, und als ich ihn jetzt wieder im Griff hatte, führte ich ihn den Rest seines Weges bis zu seiner Tür.

Das schrille Geräusch des Mädchens begleitete unseren langsamen Fortschritt. Es klang ungefähr so, wie ich mir eine Oper vorstellte. Als Eddie die Tür erreicht hatte, brach sie den Ton unvermittelt ab. Sie knickste und bedachte mich mit einem Lächeln, das auf ihre Wangen und ihr Kinn ein Dutzend Grübchen zauberte. »Sie sind zu gut«, sagte sie, als Eddie in ihre ausgestreckten runden Arme fiel.

Ich drehte mich um und fand Mrs. Clemm unmittelbar hinter mir. »Leg ihn auf das Bett, Virginia«, sagte sie zu dem Mädchen. »Leg ihn auf den Rücken und stell eine Schüssel hin, falls ihm übel wird.« Virginia brachte Eddie weg.

»Ich bin froh, daß er sicher zu Hause ist«, sagte ich zu Mrs. Clemm. »Werden Sie mir dabei helfen, hier eine Unterkunft zu bekommen? Bitte glauben Sie mir, daß ich aus einer guten Familie komme, gemäßigt bin in meinen Gewohnheiten und ein großer Bewunderer der Schriften Ihres Neffen. Wo ist diese Mrs. Yarrington, von der Sie vorhin sprachen?«

»Mrs. Yarrington wohnt nicht hier. Ich führe das Haus für sie.« Sie sah mich noch einmal von oben bis unten an und traf ihre Entscheidung. »Also gut, Mr. Bustler. Sie können die Dachkammer haben. Miete und Essensgeld sind drei Dollar pro Woche. Für das Abendessen sind Sie heute zu spät dran, das Frühstück ist um acht.«

»Ich danke Ihnen, Mrs. Clemm«, sagte ich. »Ich werde Sie jeden Samstagmittag bezahlen.«

5

Die Bank von Kentucky

Meine Dachkammer war eigentlich nur eine halbe. Meine Hälfte war von der, die als Lagerraum diente, durch eine Reihe aufgestellter Schrankkoffer abgetrennt. Wände und Decke bestanden aus rohen Latten und Sparren. Mein Bett war eine strohgestopfte Matratze auf dem staubigen Boden. Jeden Morgen mußte ich drei Treppenfluchten zum Hof hinuntersteigen, um mein Schmutzwasser wegzuschütten und Waschwasser zu holen. Aber ich war glücklich in dieser Kammer.

Mrs. Clemms Essen war einfach, aber nahrhaft, und die anderen Pensionsgäste waren angenehme Leute. Meine Kammer hatte ein kleines Giebelfensterchen, aus dem man auf die Dächer von Richmond hinabsah; ich vergnügte mich in der Nacht mit dem Anblick der beleuchteten Stadt. Das Beste von allem war: Statt auf Pa's Farm mit Arbeit und Trinken und Sklaverei zu tun haben, war ich hier in der weiten Welt und erlernte einen modernen Beruf.

Eddie blieb an diesem ersten Sonntag den ganzen Tag im Bett. Ich hatte die Damen der Familie zur Kirche begleiten wollen, aber Mrs. Clemm informierte mich beim Frühstück, daß sie nicht religiös seien. Da ich also niemanden begleiten konnte, strich ich selbst den Kirchenbesuch und verbrachte die Zeit bis zum Mittagessen damit, in Richmond herumzuspazieren. Ich ging sogar bis Screamertown, das Viertel, in dem die freien Schwarzen lebten. Viele von ihnen waren Handwerker, die in den winzigen Höfen ihrer kleinen

Läden arbeiteten. Ich hielt Ausschau nach Wuff und Otha, hatte aber kein Glück.

Nach dem Mittagessen, das aus gekochtem Schinken und Kraut bestand, spielte Virginia im Salon der Pension Klavier und sang. Sie hatte eine außergewöhnlich kräftige Stimme für ein vierzehnjähriges Mädchen. Es war ganz bestimmt etwas Seltsames an den Muskeln in ihrer Kehle. Das Geräusch erinnerte mich an Schweineschlachten und an das große Messer, das Luke immer benützte, um die Kehlen unserer Schweine durchzuschneiden. Virginia hatte keine Ahnung von meinen Gefühlen; tatsächlich schien sie eine Zuneigung zu mir gefaßt zu haben, und schenkte mir in jeder Atempause ein Lächeln. Wenn sie das tat, wölbten sich ihre vollen Backen so vor, daß ihre Augen zu Schlitzen gepreßt wurden. Das Singen schien kein Ende nehmen zu wollen, aber ich fühlte, daß es nicht die Art eines Gentlemans wäre, aufzustehen und wegzugehen. Schließlich war es vorbei. Ich ging mit Kopfweh zu Bett.

Am Montagmorgen war ich der erste am Frühstückstisch vor Angst, daß Poe ohne mich zur Arbeit gehen könnte. Es gab Tee, warme Milch, Hafergrütze und Zuckersirup. Ich aß beharrlich, bis Eddie erschien. Obwohl ich als einziger noch am Tisch war, glitt sein Blick über mich hin, als sei ich irgendein Pensionsgast.

»Guten Morgen, Eddie«, sagte ich. Er fuhr zusammen und verschüttete Tee auf den Tisch.

»Du mußt mich Mr. Poe nennen.«

»Sie erinnern sich an mich, nicht wahr, Mr. Poe? Mason Bustler?«

»Ich dachte, du hießest Reynolds«, sagte er und verrührte verdrossen ein Klümpchen Zuckersirup in seinem Tee. »Jeremiah Reynolds kommt nächste Woche zu Besuch. Bist du mit ihm verwandt?«

Ich schüttelte den Kopf. Reynolds Südseebroschüre besagte, daß er aus Pennsylvania kam, aber meine Familie lebte seit 1710 in Hardware. »Sie müssen mich nicht Mr. Reynolds nennen, Mr. Poe, weil …« Da ich es nicht aussprechen wollte, tat ich mit Daumen und Zeigefinger so, als schösse ich eine Pistole ab. »Mein Doppelgänger?«

»Wirre Phantasien«, sagte er und trank mit angeekelter Miene seinen Tee. »Du bist ein Alptraum, der hier übernachtet.«

»Bitte, Mr. Poe, Sie sagten, Sie würden mich Mr. White empfehlen, für die Stellung als …«

»Als Lehrling.« Er starrte mich mit seinen dunklen Augen zornig an. »Habe ich nicht schon genug Sorgen, die mich plagen?«

»Ich muß Ihrer Tante drei Dollar pro Woche zahlen«, sagte ich. »Und ich werde alles tun, was ich kann, um Ihnen zu helfen – Botengänge, Kopieren, alles.«

Er dachte eine Weile nach und nickte schließlich kurz und grimmig. »Also gut, Mason. Du gehst mir erst auf die Nerven, bis ich halbverrückt bin, und dann machst du mir das Angebot, alles zu tun? Du sollst tatsächlich etwas tun, und früher, als du glaubst.« Er starrte mich noch eine Weile an und stand dann auf, um zu gehen. »Lauf hinauf und sag meiner Tante, sie soll dir die Papierrolle geben, die ich vergessen habe.«

Im Büro des *Messenger* stellte mich Eddie Mr. White und Glendon, dem Drucker, vor. White war rotgesichtig und wabbelig, während Glendon ein hagerer, langhaariger Mann mit einem dicken Schnurrbart war, der mit dem breiten Akzent des Südens sprach. Als Prüfung meiner Geschicklichkeit sahen mir White, Glendon und Eddie zu, wie ich eine Kolumne korrigierte und eine Zeile setzte. Aus irgendeinem Grund fiel es mir ganz leicht, die Buchstaben in die korrekte spiegelbildliche Reihung für das Drucken zu setzen. Ich wurde als Glendons Gehilfe zu einem Salär von sechs Dollar pro Woche angestellt, mit dem Zusatz, daß ich auch als Bürojunge arbeiten mußte, wenn Glendon mich einmal nicht brauchte.

Die ersten Arbeitstage gingen schnell vorbei. Glendon erledigte die meiste aktuelle Setzarbeit; ich erhitzte das Pech und legte die gebrauchten Buchstaben in ihre kleinen Fächer zurück. Ich half auch mit bei der Bedienung der großen Eisenpresse, einem Biest von Maschine, das bockiger war, als Dammit jemals hatte sein können.

Es war nicht weit bis zur Pension, und ich ging jeden Mittag zum Essen hin. Eddie zog es vor, in den Räumen des *Messenger* zu bleiben, wo er sich mit seiner neuen Seegeschichte und mit seiner Arbeit an Briefen und Kritiken beschäftigte. Virginia saß beim Essen immer neben mir; sie hatte herausgefunden, daß ich auf einer Farm aufgewachsen war, und liebte es, mir Fragen nach Jungtieren zu stellen. Ich ließ ihr den Willen, obwohl die hohe quietschende Stimme, die aus ihrer dicken Kehle drang, mir immer einen Schmerz an den Zahnkanten verursachte.

Am Samstag hörten wir mittags zu arbeiten auf. Glendon sagte, meine Arbeit sei in Ordnung, und Mr. White gab mir sechs Silberdollar. Ich fühlte mich prächtig. Gerade als ich gehen wollte, steckte Eddie den Kopf aus seinem Büro und rief nach mir. Er hielt einen handgeschriebenen Brief in der Hand, an dem ihn etwas aufgeregt zu haben schien. Während er hin- und herging, verlangte er, daß ich ihm die drei Dollar geben sollte, die ich Mrs. Clemm für die Unterkunft schuldete.

»Das würde ich lieber nicht tun, Mr. Poe«, sagte ich. »Ich würde mich besser fühlen, wenn ich sie ihr selbst geben könnte.«

»Tante Maria vertraut mir bei ihren Geschäften in jeder Weise«, sagte Eddie und streckte ungeduldig die Hand aus. Er war die ganze Woche über nüchtern gewesen, aber jetzt fragte ich mich, ob das Trinkfieber ihn wieder überkommen hatte. Mr. White zahlte ihn nicht so wie mich wöchentlich aus. Eddie bekam sein Geld

nur an jedem letzten Samstag im Monat, was bedeutete, daß er im Moment so blank war wie vorige
Woche. Wenn ich ihm die drei Dollar gäbe, würde er sie
vielleicht in der Taverne auf den Kopf hauen und die
Schuld auf mich schieben. Ich schloß meine Faust in
der Tasche um das Geld.

»Ich gehe ohnehin jetzt gleich nach Hause«, sagte ich
und ging rückwärts aus dem Büro hinaus. »Es ist Essenszeit. Warum kommst du nicht mit mir, Eddie? Du
willst doch nicht so enden wie letzten Samstag.«

Mürrisch begleitete er mich zur Pension. Mrs. Clemm
hatte eine Blumenkohl-Suppe gemacht, die man schon
vom Gehsteig aus riechen konnte. Ich ging in das Spei-
sezimmer und setzte mich auf den Platz neben den
alten Dr. Custer, einen pensionierten Arzt. Virginia
schlüpfte auf den Stuhl neben mir und fragte mich, wie
lange es brauchte, bis so ein winzig-pitzlig kleines
Babyhühnchen seinen Weg durch die Schale gepickt
hatte, und ob jemals eins der süßen Kleinchen erstickte,
bevor es herauskroch. Eddie, der am Tischende saß,
starrte uns an, während wir miteinander sprachen. Ich
wünschte, er hätte mit mir Platz getauscht. Mrs.
Clemm saß am anderen Ende des Tisches, und gegenüber von Virginia und mir saßen die mittelalte Witwe
Boggs und die zwei Reddle-Brüder. Die Reddles waren
eineiige Zwillinge namens Rice und Brownie. Beide arbeiteten in der Kautabak-Fabrik. Ich hatte ein paar
Leute ihres Schlages in Hardware gekannt.

Als Mrs. Clemm die Suppe schöpfte, neigte sich
einer der Reddles zur Seite und ließ einen mächtigen
Furz. Schnell wie ein Peitschenschlag sagte der andere:
»Du mußt dich nicht entschuldigen, Brownie. Riecht
ohnehin gleich wie das Essen.« Sie lachten wie Hyänen,
worauf auch Virginia zu kichern begann. Niemand
sonst fand es komisch, insbesondere Eddie nicht. Er
sprang so heftig auf, daß sein Stuhl umfiel. Er packte
Virginia bei der Hand und zog sie aus dem Speisezim-

mer die Treppe hinauf. Ich machte einfach weiter und aß meine Suppe. Es war immerhin eine Mahlzeit, und es gab dunkles, grobes Brot zum Stippen.

Nach dem Essen gab ich Mrs. Clemm meine drei Dollar für Zimmer und Pension und ging dann hinaus und setzte mich auf die Veranda. Ich überlegte, ob ich nach Screamertown gehen sollte, um nach Otha zu sehen, oder hinunter zum Kanalbecken, um ein bißchen herumzufragen, was aus dem Rest der Jungs vom Schiff geworden war. Ich konnte nicht aufhören, darüber nachzudenken. Waren sie alle wie Luther abgehauen? Und wußte man, daß ich nach Richmond geflohen war? Wie mochte es Pa ohne mich ergehen? Vielleicht sollte ich mir von Eddie Papier geben lassen und Pa einen Brief schicken.

Gerade als ich an Eddie dachte, tauchte er auf. Bevor ich ein Wort sagen konnte, stand er über mich gebeugt da, so nahe, daß ich nicht aus dem Schaukelstuhl aufstehen konnte. Sein Gesicht war vor Zorn und Bosheit verzerrt. »Du bist ein richtiges wendiges Wiesel, nicht wahr?« Er gab mir einen Stoß, daß der Stuhl zu schaukeln anfing. »Du Mörder. Du zerrst mich in Tavernen, du nutzt mich in jeder erdenklichen Weise aus, du wurmst dein vipernhaftes Ich in meinen verzauberten Garten, und jetzt bemühst du dich auch noch, meine süße Sis gegen mich aufzubringen.« Er hob drohend die Hand. »Wenn du nicht so ein niedriges Stinktier wärst, würde ich dich auf dem Feld der Ehre fordern.« Er schlug nach meinem Kopf, aber ich duckte mich weg. Das machte ihn noch zorniger. Er stieß mir in die Rippen. »Du brauchst die Pferdepeitsche, du faules, stinkendes Landschwein! Steh auf, wenn du dich traust!«

Eddie war nicht gerade die Art Mensch, die einen körperlich einschüchtern konnte, aber es gab trotzdem keine Möglichkeit aufzustehen, da der Stuhl heftig schaukelte und Eddie so nahe stand, daß sich unsere

Knie berührten. Er sah das für einen Sieg an und stolzierte davon, über den Capitol Square, wobei er sich umdrehte und mir einen letzten glühenden Blick zuwarf. »Tu das Allerverdammteste, was dir einfällt, Bubi, aber *ich* bin derjenige, der ihre Hand kriegt!«

Ich saß da und fragte mich, was los war. An Eddies seltsamem Verhalten kam mir irgend etwas unaufrichtig vor. Mrs. Clemm trat auf die Veranda. »Ist er weg?« fragte sie.

»Ja, er ist da hinüber gegangen«, berichtete ich ihr. »Er war ganz aufgeregt.«

Mrs. Clemm streckte den Kopf nach vorn und betrachtete mich nachdenklich. »Gefällt dir meine Virginia?« fragte sie mich schließlich.

»Nein, Ma'am.«

Sie seufzte. »Das habe ich mir schon gedacht. Virginia unterhält sich gern mit dir, Mason, weil du ein Junge in ihrem Alter bist. Aber sie gehört Eddie. So ist es vorherbestimmt. Ich hatte meine Träume, Virginia in die Gesellschaft einzuführen, aber Eddie ist ein Genie und braucht uns so dringend. Sie werden gleich heiraten. Das ist die einzige Möglichkeit für ihn.«

»Die heiraten wegen mir? Glauben Sie mir, Mrs. Clemm, ich habe wirklich keine Absichten, Virginia betreffend.«

»Es geht nicht nur um dich, mein Lieber«, sagte Mrs. Clemm. »Ich dachte mir schon immer, daß es Gerede geben könnte, weil Eddie und Virginia unter einem Dach wohnen. Es ist besser, sie zu verheiraten, und wenn Eddie solche Leidenschaft empfindet, kann es genausogut heute sein.«

Sie ging hinein, und Rice und Brownie Reddle kamen heraus, auf dem Weg zur Taverne. Sie fragten mich, ob ich mitkommen wolle, aber ich sagte nein. Brownie gab mir ein Stück Kautabak, und dann waren sie weg. Daheim in Hardware hatte ich mich ans Nichtstun gewöhnt, so fühlte ich mich ganz wohl, als ich einfach nur auf der Veranda saß mit meinem Priem und das Gefühl der drei Silberdollars in meiner Tasche genoß.

»Entschuldige, junger Sportsfreund, ist das das Heim von Eddie Poe?«

Da stand ein mittelgroßer Mann und sah mich an. Er hatte eine kurze Nase, ein breites Gesicht und Haut, die tief gebräunt und vom Wetter gegerbt war. Ich wußte, daß Eddie böse Schulden hatte, deswegen gab ich keine direkte Antwort.

»Wie heißen Sie, Sir?« erkundigte ich mich.

»Jeremiah Reynolds«, sagte er. »Komme von Washington, um Mr. Poe zu besuchen. Ich habe ihm einen Brief geschickt, in dem ich meine heutige Ankunft avisierte.«

Ich stand auf und begrüßte ihn. »Eddie hat von Ihnen gesprochen. Er ist weggegangen, aber ich glaube, daß er bald zurückkommen wird. Mein Name ist Mason Bustler. Ich... ich kenne ein paar Reynolds in Hardware, Virginia.«

»Ich bin von überall, bloß nicht von Virginia«, sagte Reynolds, während er seinen Koffer abstellte und Platz nahm. Wenn er lächelte – was er häufig tat –, kräuselte sich seine Lederhaut in viele Fältchen. »Na, Mason, was machst du so? Und was hat Mr. Poe über mich erzählt? Nur Gutes, hoffe ich?«

»Mr. Poe hat mich als Druckerlehrling beim *Southern Literary Messenger* untergebracht«, erzählte ich. »Und was Sie betrifft ... er glaubt an Symmes' Theorie, daß es große Löcher am Nord- und am Südpol gibt, die ins Erdinnere führen. Er war enttäuscht, daß Sie nicht den Kongreß bei Ihrer Rede letzten Monat über die Hohlwelt informiert haben.«

»Zehn Jahre früher war ich auch ein Feuerkopf wie unser Eddie«, sagte Reynolds und kicherte dabei. »Ich reiste von Stadt zu Stadt mit Mr. Symmes, der Vorträge hielt. War schon ein komischer Vogel, unser Symmes.

Er ist jetzt tot, weißt du; sein Grab in Ohio ist mit einer großen Hohlkugel geschmückt. Symmes und ich haben einige Konvertiten erzeugt, und der Kongreß hat einer Expedition zugestimmt, aber es ist nichts dabei herausgekommen. Zuletzt mußte ich meine eigene Expedition in die südlichen Breiten führen. Wir schafften den siebenundsechzigsten Breitengrad, tausend Meilen südlich der Falklands. Sicher hast du von der Südsee-Pelzhandel- und Forschungsexpedition gehört?«

»War nicht diese Reise das Thema Ihrer Broschüre?« frage ich höflich.

»Tatsächlich.« Reynolds strahlte. »Es ist ein wahres Vergnügen, einen jungen Mann von solcher Belesenheit kennenzulernen! Du hast sehr profitiert von deiner Bekanntschaft mit Mr. Poe! Ja, ich führte meine eigene Expedition zum südlichen Loch, aber sehr bald rebellierte die Crew – unwissende geldgierige Robbenjäger – und zwang uns zur Umkehr. Um nicht ganz mit leeren Händen zurückzukommen, ließ ich mich in Chile aussetzen, wo ich einige Jahre umherzog. Ich brauchte beinahe fünf Jahre zur Rückkehr in das, was man Zivilisation nennt. Zivilisation, ha! Dieser Haufen pavianärschiger Jackson-Anhänger, die den Kongreß unserer armen jungen Nation darstellen! Das Symmes-Loch existiert, junger Mason. Ich habe Belegstücke und Berichte, die das beweisen. Was hältst du davon?«

Er zog einen daumengroßen weißlichen Brocken aus seiner Tasche und gab ihn mir. Es war ein Tierzahn, über und über mit Linien bedeckt, in die ein Eingeborener Tinte gerieben hatte. Den Zahn entlang lief eine schmale Karte – die Karte von Chile mit all seinen vorgelagerten Inseln. Weniger detailliert war die östliche Küste von Südamerika, Patagonien und noch skizzenhafter die zerrissenen Gestade des südlichen Eiswalls. Das Bemerkenswerte an diesem kruden Globus war ein Loch, das in die Zahnspitze gebohrt worden war und durch das man das Zahninnere bis zu einem gewissen

Grad ausgehöhlt hatte. In die Innenseite war eine mythische Landschaft mit Früchten und großen Tieren eingekratzt.

»Die Eingeborenen sprechen von einer Hohlwelt?« sagte ich und gab Reynolds den Zahn zurück.

»Natürlich.« Er nickte, während sein heiteres Gesicht ernst wurde. »Sie nennen es das Land von Tekelili und sagen, ihre Götter lebten dort. Wenn ein Vulkan ausbricht, sind es die Götter, die aus Tekelili hervorbrechen. Ich habe mehr als nur die Berichte der Eingeborenen, Mason, viel mehr. Ich zögere, offen über diese Dinge zu sprechen – ich suche nicht die Lächerlichkeit des armen Symmes –, aber du als Freund von Eddie wirst es verstehen. Wußtest du schon, daß in den südlichsten Gegenden von Chile die Seehunde und Zugvögel sich in Richtung Pol wenden, wenn es kälter wird? Und daß es dort einen gigantischen weißen Wal namens Mocha Dick gibt, der wegtaucht und nicht zurückkehrt, bevor nicht drei Tage vergangen sind? Er schwimmt durch ein Loch tief im Ozean, um in den Seen von Tekelili wieder aufzutauchen, Mason. Ich wünschte, ich könnte in seinem Magen dorthin gelangen.«

»Wird der Kongreß nicht für eine Forschungsexpedition stimmen?«

Reynolds lachte verdrossen. »Ich glaube mittlerweile, daß sie schließlich das Geld für eine ordentliche U.S.-Forschungsexpedition bewilligen werden, aber diese Expedition wird, wie auch Mr. Poe fürchtet, von wenig Nutzen sein. Ein intriganter pockennarbiger Feigling namens Captain Wilkes zieht jetzt schon alle Fäden, um das Kommando dieser Expedition zu erhalten; da besteht keine Hoffnung, daß er über siebzig Grad südlicher Breite zu den Achtzigern oder schließlich zu den Neunzigern am Pol vorstößt, wo das große Mysterium zu finden wäre. Die hohen südlichen Breitengrade sind wunderbar über alle Vorstellung hinaus.

Da gibt es eine ganze neue Welt für Männer mit dem Mut, die Eismauern zu erstürmen!« Er machte eine Pause und schüttelte den Kopf, dann sah er mich mit seinen blauen, zwinkernden Augen an. »Ich bin darüber hinaus, nur davon zu sprechen, Mason. Die Zeit zum Handeln ist gekommen. Du sagst, du bist ein Drucker?«

»Ja, Sir. Ich erlerne das Handwerk gerade. Ich möchte in der Lage sein, zu reisen, wohin ich will. Der *Messenger* hat eine dieser neuen Eisenpressen, das ist eine ordentliche Maschine.«

»Ja, ja, Mr. Poe hat mir davon geschrieben.« Reynolds verwitterte Wangen röteten sich vor Erregung. »Und du genießt völlig das Vertrauen von Mr. Poe? Dann weißt du also, warum ich gekommen bin?«

Bevor ich eine Antwort geben konnte, tauchte Eddie auf, der zornig über den abfallenden Hang des Capital Square heruntergelaufen kam. Es stellte sich heraus, daß er für eine Heiratslizenz ein temporäres Pfand von 150 Dollar hätte erlegen müssen – ein Pfand, das sofort zurückgezahlt würde, wenn die Hochzeit stattgefunden hatte. Da eine ganze Anzahl Forderungen von Gläubigern des Mr. Edgar Allen Poe vorlag, genügte seine Unterschrift nicht als Ersatz für die reale Summe. Um seine Heiratslizenz zu bekommen, würde er tatsächlich Gold oder Banknoten im Wert von 150 Dollar dem Beamten aushändigen müssen, wenn auch nur für vierundzwanzig Stunden.

»Das ist mehr, als mir dieser Geizkragen White in zwei Monaten bezahlt!« schäumte Eddie. Jetzt, wo seine Heiratspläne voll im Gange waren, hatte er die Vortäuschung fallengelassen, daß ich sein Erzrivale sei. Der Standesbeamte konnte als neuer Buhmann dienen. »Der wirklich komische Aspekt der Sache ist der, daß ich das Geld sofort zurückerhalte, sobald ich verheiratet bin. Für die bescheidene Weisheit dieses kleinlichen, lästigen Maulwurfs von einem Amtsmann können nichts anderes als Scheibchen von selt'nem Gold oder Fetzen von einer Bank bedruckten Papiers als wirkliche Garanten für Ehrlichkeit und Wert gelten! Wäre es nicht weitaus passender, wenn ich ihm das Manuskript meiner *Geschichten aus dem Folio Club* überreichen würde? Ich habe das Manuskript von Harper and Brothers zurückbekommen, Jeremiah. Jede Tür wird mir ins Gesicht zugeschlagen.« Eddie stöhnte und ließ sich in einen Stuhl fallen. »Jeremiah, ich weiß, daß du gekommen bist, um meinen Ballon-Plan zu besprechen, aber woher sollen wir das Geld nehmen?«

»Wir werden es einfach drucken«, sagte Reynolds seelenruhig. »Ich habe einen deiner früheren Vorschläge verwirklicht.«

Eddie sprang elektrisiert auf und schaute sich um. Außer ihm, mir und Jeremiah Reynolds war niemand auf der Veranda. Drinnen in der Pension spielte Virginia Klavier und sang leise. Sie klang einsam und verängstigt. Vor uns lag die Bank Street mit ihrem ständigen Verkehr zu Fuß und zu Pferd. Eddie huschte ins Haus und sprach kurz mit Virginia, dann kam er voll Energie zurück und führte uns in die leeren Büros des *Messenger*.

Sobald wir drinnen in Sicherheit waren, öffnete der ledergesichtige Reynolds kichernd seinen Koffer und zog zwei stahlgravierte Druckplatten heraus, die Vorder- und Rückseite eines 50-Dollar-Goldzertifikats der Staatlichen Bank von Kentucky zeigten.

»Wie sind Sie an die herangekommen?« fragte ich Reynolds. »Sind sie gestohlen, oder sind es Fälschungen?«

»Weder noch.« Eddie grinste, während er eine der Platten in die Hand nahm und die feinen Details der Gravierung aus der Nähe betrachtete. »Es gibt überhaupt keine Staatsbank von Kentucky. Es war meine Idee, daß wir den Virginiern einiges an Gütern herauslocken könnten, bis sie draufkommen, daß eine sol-

100

che Institution gar nicht existiert. Aber ich hatte kaum Hoffnung, daß mein Plan wirklich Früchte tragen würde. Jeremiah, das sind Prachtexemplare der Stecherkunst!«

»Dank dir, Edgar. James Eights hat sie für mich gemacht, unter der Voraussetzung, daß das Geld ausschließlich für die Ausstattung der Polarexpedition mittels Ballon, die du vorgeschlagen hast, verwendet wird.«

»Überwältigend«, sagte Poe. »Kannst du sie in die Druckerpresse stecken, Mason?«

Ich nahm die Platten und betrachtete sie im Licht dieses späten Nachmittags. Es waren etwa einen Viertel Inch dicke Platten aus gutem Hartstahl, in die eine überzeugende Anzahl von Verzierungen und legalistischem Rahmenwerk eingeätzt war. Der Hauptaufdruck waren die Wörter STATE BANK KENTUCKY, FÜNFZIG DOLLAR und IN GOLD. Die eine Seite der Banknote zeigte groß das Bild eines Pioniers, der mit einem Jagdgewehr auf einen schwarzen Bären schoß; die andere Seite zeigte ein Dampfschiff, eine Herde von Wildpferden und ein Hanffeld. Die Bilder waren sehr überzeugend. Sie würden sich gut drucken lassen.

»Hast du andere Druckerfarbe als schwarze?« fragte Jeremiah Reynolds.

»Zum Teufel!« rief Poe. »Haben wir nicht. Grün oder gelb wär' das richtige, hm? Mason! Lauf rüber zum Richmond *Whig* und schau, ob John Pleasants uns ein bißchen grüne Farbe überläßt. Seine Weihnachtskarten waren heuer ganz in Grün gedruckt, wie ich mich sehr gut erinnere.«

»Moment mal«, sagte ich und gab die Platten Reynolds zurück. »Willst du wirklich, daß ich die Farbe für diese Drucke in aller Öffentlichkeit erwerbe? Wenn es gar keine Staatsbank von Kentucky gibt, wird kein Monat vergehen, bevor jedermann weiß, daß diese Noten Fälschungen sind. Die Leute beim *Whig* werden sich an mich erinnern. Und was dann, Eddie?«

»Du wirst ohnehin schon wegen Mordes gesucht, Mason *Reynolds*«, sagte Eddie eiskalt. »Wenn du schon ein Krimineller sein mußt, warum dann nicht einer mit Kompetenz? Gib Pleasants einen anderen falschen Namen an, Tölpel. Sag ihm, du arbeitest für Thomas Ritchie vom *Enquirer*.«

»Was?« fragte Jeremiah Reynolds und starrte mich verblüfft an.

Ich war ein Idiot gewesen, Eddie mein blutiges Geheimnis zu verraten; insgeheim schwor ich mir, mich niemals wieder zu solchen Vertraulichkeiten hinreißen zu lassen. Der tote Stalljunge war ein Gewicht, das ich allein zu tragen hatte.

»Mason hat einen Jungen umgebracht während eines verpfuschten Raubüberfalls in Lynchburg«, erklärte Eddie kühl. »Sein wirklicher Name ist Reynolds, aber er hat ihn in Bustler umgeändert. Er ist nur auf Durchreise hier. Er wird die Noten für uns drucken und dann wird er seiner eigenen Sicherheit wegen abreisen.«

»Abreisen wohin?« wollte ich wissen. »Mir gefällt meine Stellung hier!«

»Mason«, sagte Eddie ruhig. »Du bist ein auserwähltes Kind des Schicksals. Du bist zart gebaut. Ich denke, du und Jeremiah, ihr solltet unseren Ballon über den Eiswall und in die Hohlwelt lenken. Ich wollte ebenfalls mit, aber …« – seine Stimme schwankte einen Moment – »ich werde bald verheiratet sein, und ich habe nicht das Herz, meine junge zitternde Frau zu verlassen.«

»Kein Grund zum Erröten, Eddie«, warf Jeremiah ein. »Es genügt, ein Genie zu sein – du mußt nicht auch noch zum Entdecker werden. Der junge Mann wird deinen Platz sehr gut einnehmen können. Und wie passend, daß sein richtiger Name Reynolds lautet! Sicher sind wir verwandt! Ist das nicht wunderbar?« Er zog eine goldene Zehn-Dollar-Münze aus seiner Tasche und gab sie mir. »Geh, Vetter Mason, und kauf die Druckfarbe. Edgar und ich müssen uns unterhalten.«

Das Gebäude des *Whig* war zehn Blocks entfernt. Ich legte die Strecke mit wirren Gedanken zurück. Zusammen mit meinem eigenen Geld hatte ich dreizehn Dollar in der Tasche. Ob ich die Farbe nun besorgte oder nicht, Edgar Poe wollte mich in einer Woche aus Richmond draußen haben. Ich fragte mich, ob es nicht das beste wäre, zum Rockett's Landing hinunterzugehen und das nächste Frachtschiff nach Norfolk zu nehmen. Der Tod des Stalljungen war ein Unfall gewesen, aber Geldfälscherei war ein kaltblütiges Verbrechen!

Trotzdem lenkte ich meine Schritte widerwillig zum *Whig*. Ich war verblüfft von der schieren Unverfrorenheit von Eddies Plan. Das Geld einer nichtexistierenden Bank zu fälschen! Das paßte nun wirklich zu Edgar Allan Poe: Poe, der arme, halbgebildete Waise, der als amerikanischer Homme de lettres posierte; Poe, der hochstapelnde Priester unserer nichtexistenten Kultur. Als ich ihn während der vergangenen Woche bei der Arbeit im Büro beobachtete, hatte ich schnell gelernt, ihn zu durchschauen. Die Manuskripte, die er an New Yorker Verleger schickte, kamen regelmäßig zurück. Die Kritiken, die er für den *Messenger* schrieb, waren schlichte Tiraden, in die er großzügig Zitate aus den fraglichen Werken einbettete. Die polyglotten Sprüche in seinen Essays waren zur Gänze aus ausländischen Sprachbüchern abgeschrieben. Es war nicht ein ehrlicher Knochen in seinem Körper, und außerdem schuldete er mir noch fünfzig Cents.

Als ich zum Gebäude des *Whig* kam, blieb ich stehen und schaute zum Hafen hinunter. Die Dämmerung brach herein, aber ich konnte sehen, daß eine neue Bark anstelle der *Grampus* vor Anker lag. Die *Grampus* war auf See! Ich stellte mir das Schiff in New York, auf den Marquesas und zwischen den unbekannten Kannibaleninseln der Südsee vor. Wenn ich Eddie und Jeremiah recht verstanden hatte, planten sie in der Nähe des großen südlichen Eiswalls einen Ballon steigen zu lassen.

Was für ein Abenteuer würde das sein, insbesondere wenn Symmes' Theorie stimmte! Erst zu segeln, dann zu fliegen! Die Expedition würde gefährlich sein, war aber in jeder Hinsicht der kümmerlichen Existenz in Hardware oder Lynchburg vorzuziehen, vorzuziehen sogar Richmond und meinem Erlernen der Drucker-kunst. Mein Herz machte einen Sprung, und ich stieß einen Schrei aus, als ich mich ein für allemal entschloß, weiterzumachen.

Auf den Klang meiner Stimme hin kam ein Hund aus dem Sträßchen neben dem *Whig*-Gebäude gerannt und sprang mich an. Er hatte weiße Füße und einen braunen Kopf und Körper. Er stemmte seine Vorder-beine gegen meinen Magen und reckte seinen Kopf zu meinem Gesicht herauf. Sein buschiger Schwanz we-delte eine Meile pro Minute. Ich brauchte meinerseits eine Minute, um zu begreifen, daß es mein lieber alter Wuff war.

»Wuffie! Was machst du hier, Wuffie-Boy?«

Wuff leckte und winselte und rollte sich auf den Rücken. Ich kniete hin und streichelte und tätschelte ihn lange. Er wälzte sich und hielt die Vorderpfoten ab-geknickt wie ein toter Hase. Als ich aufhörte, ihn zu streicheln, sprang er auf und schüttelte heftig den Kopf. Das tat er, indem er ihn weit nach vorn streckte und dann so heftig hin und her schlenkerte, daß seine Ohren wie die Flügel einer aufflatternden Taube schlappten. Dieses Kopfschütteln war Wuffs Art, einen Wechsel seiner Stimmung anzudeuten. Jetzt, wo wir uns begrüßt hatten, war es Zeit für etwas anderes. Er stand neben mir und ließ die Zunge heraushängen.

Ich ging in das dunkle Sträßchen, aus dem Wuff ge-kommen war. Die großen Seitentüren des *Whig*-Gebäu-des standen offen; die Männer beluden gerade einen Wagen mit den Ballen der morgigen Sonntagsausgabe.

»Wo ist der Boss?« fragte ich einen der Männer auf der Laderampe.

Der Mann wies mit dem Daumen zu den Türen. Ich hob Wuff hinauf und ging in die Druckereiräume des *Whig*. Ein fleischiger, langhaariger Mann mit einer hängenden Unterlippe fragte, was ich wolle. Er war für den Abend angezogen und offensichtlich am Weggehen.

»Zwei Dinge. Ich brauche ein bißchen grüne Druckfarbe, und ...« – ich bückte mich zu Wuff hinunter und streichelte ihn, damit der Mann mich nicht so gut sehen konnte – »ich wüßte gerne mehr über diesen Hund.«

»Der Köter schmeichelt sich gleich ein, nicht wahr? Er ist ein hündisches Eponym, dieser Wuff, ein Tier von solchem Scharfsinn, daß seine ganze Rasse seinen Namen sagt.« Er sprach amüsiert, mit vornehmem Akzent. »Ich glaube nicht, daß du und ich schon das Vergnügen hatten, einander kennenzulernen, junger Mann. Mein Name ist John Pleasants.«

»Ich bin Jeremiah Allan. Ich arbeite für Mr. Ritchie drüben beim *Enquirer*. Mr. Richie braucht die Farbe für ein besonderes Poesie-Heft.«

»Der alte Sabberer Richie druckt grüne Poesie?« rief Pleasants aus. »Ich glaube, jetzt habe ich alles gehört. Sind es pastorale Poeme, demnach, und werden sie auf Papier aus Gras gedruckt? Bovine Rhythmen, um eine brüllende Kuh zu füttern? Grüne Farbe! Ich hab drei Dollar für eine Dose bezahlt, also wird mir der alte Trottel zehn dafür löhnen müssen. Versäume es nicht, deinem Mr. Ritchie zu berichten, daß ich ihn betrogen habe, junger Allan.«

»In Ordnung«, sagte ich, immer noch den Hund streichelnd. Es war mir gleich, was für Streitereien Pleasants mit Ritchie hatte, und wenn ich die Druckfarbe kriegte, kam es mir auch nicht auf die zehn Dollar an. Aber was tat Wuff hier? »So, das ist also Wuff, eh? Wie sind Sie nur auf so einen Namen gekommen, Mr. Pleasants?«

»Ach, ein derartiger Geniestreich ist zu afrikanisch für meinen blassen Geist. Der noble Wuff, komplett mit Flöhen und Räude, war ein Liebesgeschenk für die Ebenholzvenus, die in unseren Räumen den Staub gleichmäßig verteilt, wenn es kein Silber zu stehlen gibt. Sie ist Juicita, er heißt Otha, und Wuff ist das Symbol ihrer zärtlichen Bande. Ich hoffe, er folgt dir auf dem Heimweg.«

Natürlich folgte mir Wuff. Als ich zum *Messenger* zurückkam, war es zu dunkel zum Arbeiten, und Eddie hielt es für unklug, die Aufmerksamkeit durch das Anzünden der Lampen auf uns zu ziehen. Reynolds und Eddie gingen hinunter zur Taverne am Rockett's Landing, und ich nahm Wuff heim zu Mrs. Clemm. Dort verfütterte ich ihm ein paar Speiseabfälle und ließ ihn mit mir das dicke Strohbett teilen. Ich fragte ihn, wo er gewesen war, aber er schnüffelte nur an meinen Fingern und flappte mit den Ohren.

Ich verbrachte den ganzen Samstag mit dem Drucken von 50-Dollar-Gold-Zertifikaten der Staatlichen Bank von Kentucky – zehntausend Dollar insgesamt. Wir hatten einen Stapel Lumpenpapier im *Messenger* gefunden, und die Noten sahen gut aus. Immer noch betrunken von der Nacht zuvor, brachte Eddie mit roter Tinte die Unterschrift des Bankpräsidenten eigenhändig auf jeder Note an, wobei jede Unterschrift ein anderes Anagramm seines Namens war: Peale O. Garland; A. Prodegal Lane; Learn A. Godleap; E. Apalled Groan; Loan A. A. Pledger; Gaol Pan Dealer; undsoweiter, zweihundert Variationen. Jeremiah, der selbst etwas von einem Kritzler hatte, staunte, mit welchem Tempo Eddie die Anagramme produzierte; Eddie sagte, es handle sich um eine simple Anwendung von kryptographischen Prinzipien. Mir kam Eddies Unverschämtheit völlig sinnlos vor.

Je besser die Noten aussahen, um so mehr Sorgen machte ich mir. Die Leute würden sie akzeptieren, und wir würden Fälscher sein. Würde es wirklich so schwierig sein, die Noten zurückzuverfolgen zu der grünen Farbe, die ich gekauft hatte, zu jenem Edgar Allan Poe, dessen Anagramm auf jedem Exemplar stand, und zur Presse des *Southern Literary Messenger?* Wir waren einer Meinung, daß es unklug wäre, auch nur ein paar von den Dingern in Richmond in Umlauf zu bringen, wo man Eddie und mich kannte. Schwieriger war schon zu entscheiden, wer das Geld mit sich tragen sollte. Zuletzt machten wir drei Bündel, und jeder steckte eines davon ein. Kaum hatte Eddie seinen Anteil versorgt, bekundete er schon seine Absicht, drei von den Noten morgen im Rathaus dem Standesbeamten auszuhändigen. Jeremiah und ich protestierten heftig, aber Eddie beharrte darauf, daß es zwar der Hauptzweck der Fälschungen sei, die Polarexpedition mittels Ballon zu finanzieren, daß es aber gleich wichtig sei, daß er und Virginia heirateten. Damit du eine Entschuldigung fürs Nichtmitkommen hast, mußte ich denken. Drei von unseren frischen Banknoten mußten als sein Pfand dienen.

»Dieser Blödian von einem Beamten wird die Scheine nicht genau anschauen«, erklärte Eddie und trank aus einer Flasche, die er irgendwoher gezaubert hatte. »Er wird dreimal die Zahl fünfzig lesen, kurz nachrechnen und zufrieden sein. Der Priester Asa Converse wird mir meine Virginia am Montag antrauen, und am Dienstagmorgen unternehmen der junge Ehemann und seine Gattin eine Hochzeitsreise. Ich werde ausstreuen, daß wir mit der Kutsche nach St. Petersburg fahren, tatsächlich aber nehmen wir das Boot nach Norfolk. Und natürlich kriege ich die Gebühr vor unserer Abreise zurück.«

»Ich werde noch heute nach Norfolk abreisen und ein Haus als Versteck mieten«, sagte Jeremiah. »Ich werde mein letztes ehrliches Geld für die Miete verbrauchen. Mason, willst du mit mir kommen?«

Es geschah alles so schnell. Heute schon abreisen?

»Nein, nein«, sagte Eddie schnell. »Mason muß beim bräutlichen Paar bleiben. Er ist unser kesser Junggeselle; obwohl klein und jung, ist unser Mason ein Mann von Welt. Er beginnt die Flitterwochen mit Virginia und mir. Schau nicht so bestürzt, junger Killer!« Ich runzelte die Stirn und überlegte, was Eddie eigentlich im Sinn hatte. Seine wahren Absichten waren immer schwer zu erkennen. Er quasselte weiter. »Jeremiah und ich haben den Plan in jedem Detail ausgearbeitet. In Norfolk werde ich auftreten als … Colonel Embry, ein Pferdezüchter aus Kentucky, und dort kaufe ich alle notwendigen Dinge für unsere Expedition – die Seide, den Kautschuk, den Korb, den Brenner, die dicken Kleider, die Instrumente etc. Diese Sachen transportieren wir heimlich zu unserem Versteck, das Jeremiah dann schon besorgt hat, und bevor man herausgefunden hat, daß die Banknoten falsch sind, wird sich Colonel Embry in durchsichtige Seeluft aufgelöst haben. Il est disparu.« Eddie legte eine Pause ein und trank aus seiner Flasche. »Was macht das Vieh hier?«

»Das ist mein Hund Wuff. Ich habe ihn gestern wiedergefunden.«

Eddie stolzierte hinüber zur Ecke, wo Wuff lag. Wuff drückte sich flach gegen den Boden und rollte die Augen, nervös Eddies zuckendes Gesicht beobachtend. Wuff war den ganzen Tag mit uns in der Druckerei gewesen, aber Eddie hatte ihn erst jetzt zur Kenntnis genommen. Das lag am Alkohol, nahm ich an, und daran, daß er wegen seiner Hochzeit und wegen des Geldes, das wir gedruckt hatten, so aufgeregt war. Mehrere Male während des Tages hatte er große Bündel von unseren Geldscheinen genommen und sich damit das Gesicht abgerieben, wobei er nachher darauf bestand, er habe es nur getan, damit die Scheine nicht so neu aussähen.

»Gottlob ist es keine Katze«, sagte Eddie und stieß Wuff vorsichtig mit der Schuhspitze in die Rippen. »Ich kann Katzen nicht ausstehen – sie kratzen und miauen. Eine Katze hat mich mal attackiert. Ich hab zurückgeschlagen, und die böse Kreatur versenkte ihre Zähne und Klauen so tief in meine Hand, daß ich mich nicht losreißen konnte.« Er schaute zu mir herüber, ballte die Faust und schob seinen Ärmel hoch, um seinen Unterarm zu zeigen. »Siehst du?« Man erkannte tatsächlich ein paar fast unsichtbare Narben am dünnen weißen Arm Eddies. »Ich drosch das Monster auf den Gehsteig«, fuhr Eddie fort und zeigte, wie er es gemacht hatte. »Sie kreischte, als ihre Rippen brachen, und ich lachte über das Geräusch. Ich schlug die verformte Knochenmasse immer wieder auf den Boden, bis ihr Blut rann und sich mit meinem vermischte. Aber das elende Biest ließ nicht los! Ich konnte tun, was ich wollte, die nadelspitzen Zähne und die langen Krallen steckten fest. Die Messer ihres Körpers fühlten sich an, als hätte jemand mein Fleisch vernäht. Gesegnet sei die kühle Rationalität, die mich gerettet hat, sonst würde ich das Vieh heute noch mit mir herumtragen.«

»Was hast du gemacht?«

»Ich tauchte meinen Arm in ein Regenfaß. Bing bong bölle, Pussy fuhr zur Hölle.«

Am Montagmorgen war Eddie zwar immer noch betrunken, aber nicht mehr ganz so schlimm. Ich ging in das Büro des *Messenger* und sagte Mr. White, daß Eddie dieser Tage seine Flitterwochen in St. Petersburg verbringen würde. White sah zweifelnd drein und fragte mich, ob Eddie betrunken sei. Ich verneinte das und sagte beiläufig, auch ich hätte gern ein paar Tage Urlaub. Ich wollte nicht direkt kündigen, obwohl meine Rückkehr sehr unwahrscheinlich war. White gab meiner Bitte sofort nach; er und jeder andere beim *Messenger* war sowieso heftig mit den neuesten Nachrichten des Tages über einen Sklavenaufstand in Goodland County, westlich von Richmond, beschäftigt.

Während ich mit Mr. White sprach, begleitete Jeremiah Reynolds Eddie zum Rathaus und fälschte eine Unterschrift auf einer Heiratsurkunde, die besagte, daß die vierzehn Jahre alte Virginia einundzwanzig sei. Nachmittags kam Reverend Asa Converse und verheiratete Eddie mit Virginia. Eddie war offensichtlich betrunken, obwohl ich mir sicher war, daß er lieber nüchtern gewesen wäre. Er war mitten in einer Sauferei wie denen, die ich von Pa so gut kannte, aus der kein Weg außer einem Wunder oder einem Kollaps herausführte. Nach der Zeremonie gab es ein Festmahl. Zuerst dachte ich, Virginia hätte nicht mehr Ahnung davon, was eine Hochzeit wirklich bedeutete, als ein Kind, das mit Puppen spielt. Aber da sah ich Blicke, die sie und Mrs. Clemm austauschten, und dann, direkt nach der Torte, kam dieser Kuß, den sie Eddie gab. Sie legte die volle Stärke ihres bemerkenswert muskulösen Nackens in diesen Kuß und preßte ihr Gesicht so eng an das von Eddie, wie sich der Eber an die Sau preßt. Eddie trat der kalte Schweiß auf die Stirn.

Ich ging früh zu Bett und wachte bald wieder auf, weil mir Wuff direkt ins Ohr bellte. Das Fenster war pechschwarz, aber von der Stiege kam Licht. Ich gab Wuff einen Klaps und lauschte. Ein winziges Geräusch ertönte von der Treppe, ein hoher Ton, der mir Gänsehaut machte. Eddie kam herein, immer noch voll angezogen und mit merkwürdigen Bewegungen. Die Pupillen seiner Augen waren riesig und tiefschwarz. Irgendwie brachte er es zustande, eine brennende Kerze vor sich hinzuhalten. Gleich hinter Eddie kam ... Virginia. Sie trug ein weißes Nachthemd, und ihr dunkles Haar war geöffnet und hing ihr über die Schultern. Ihr Mund war zu einem Lächeln verzogen, das gleichzeitig frech und ängstlich wirkte.

Eddie kam wie ein Automat die Stufen herauf; er ging langsam in meinem Zimmer herum und stellte sich dann neben meiner Matratze auf. Da stand er wie

erstarrt, ein menschlicher Kandelaber. Schließlich nickte er mit dem Kopf. Virginia, immer noch mit starrem
Lächeln, zog ihr Hemd aus, legte sich auf meinem Bett
auf den Rücken und spreizte die Beine.

Es war klar, was von mir erwartet wurde. Ich mit
meinen fünfzehn Jahren war geil genug, um mich darauf einzulassen.

Während ich sie gierig rammelte, ignorierte mich
Virginia völlig, sie starrte ganz hingerissen Eddies Gesicht an, der an der Bettkante stand und uns mit unbe-
wegter Miene zusah. Als es mir schließlich kam,
keuchte Virginia und bewegte sich heftig. Das Kerzen-
licht flackerte, dann fiel die Kerze zu Boden, und es
wurde ganz dunkel.

Virginia Clemm

Die Tatsache, daß weder Eddie noch Virginia noch ich
in dieser Nacht ein Wort gesprochen hatten, machte
einen wesentlichen Unterschied. Ohne ein Wort, mit
der man sie hätte in Zusammenhang bringen können,
driftete unsere Einmal-und-nie-wieder-Orgie schnell an
die Grenze zwischen Realität und Traum.

Wir begrüßten einander beim Frühstück ganz normal, wobei Eddie ziemlich wacklig und Virginia fröhlich wirkte. Ich trug meinen Frack, den Kragen und die
Krawatte für die Reise. Da sonst niemand anwesend
war, sagte mir Eddie, ich solle zu *Rockett's Landing* hin-
untergehen und mit einer Note der Staatsbank von
Kentucky drei Fünf-Dollar-Passagen nach Norfolk kaufen. Er blieb beharrlich bei der Meinung, es werde
keine Probleme geben. Schließlich war ich ein sozialer
Niemand. Mittlerweile würde er zum Rathaus gehen
und die drei Noten zurückverlangen, die er tags zuvor
hinterlegt hatte. Virginia sollte derweil packen. Ich
würde ihnen ihre zwei Fahrkarten geben, wenn sie auf
das Boot kämen, aber wir würden dabei nicht miteinander reden. In Norfolk würde Jeremiah sie zu unserem Versteck führen, und ich sollte ihnen folgen.

»Warum ist das alles so geheimnisvoll, Eddie?«
fragte Virginia.

»Fang nicht an zu quengeln, Sissy. Hättest du nicht
gern ein paar neue Kleider? Und ein Piano mit einem
Kerzenhalter darauf? Und ein eigenes Haus samt Garten?«

»O ja!« Sie schlug vor Freude die Hände zusammen.

»Also dann«, sagte Eddie mit einem matten Lächeln. »Die Geheimnisse kommen daher, daß ich eine Menge Geld gemacht habe und die Regierungsleute nicht wollen, daß ich es ausgebe. Wir werden die alten Knauser hereinlegen. Auch wenn wir in Wirklichkeit mit Mason nach Norfolk fahren, werden wir doch jedem erzählen, daß du und ich allein nach Petersburg gehen.«

»Ich darf Mama niemals anlügen.«

»Bitte lüg doch einmal ein kleines bißchen, Sissy.«

Sie warf den Kopf zurück und ließ mich ein schnelles Aufblitzen jenes gezwungenen Lächelns sehen, das ich aus der Nacht zuvor kannte. Sie war weder so einfältig noch so unschuldig, wie sie sich benahm. »Also gut, Eddie, aber ich will, daß Mason seinen netten knuddeligen Hund mitnimmt.«

»Du magst Wuffi, Virginia?« Meine Stimme blieb mir beinahe in meiner trockenen Kehle stecken. Es tat mir mittlerweile leid, daß ich mich überhaupt mit ihr eingelassen hatte. Der entgegenkommende Sukkubus der letzten Nacht war wieder umschlossen von Virginias Tageslicht-Persönlichkeit mit dichten, fettigen Haarflechten, fleckiger weißer Haut und gepreßter hoher Stimme. Unter dem Tisch klopfte Wuffi mit dem Schwanz auf den Boden. Er bemerkte es immer, wenn jemand seinen Namen nannte.

Virginia kicherte schrill. »Großes lautes Hundeschwänzchen!«

Draußen regnete es, ein anhaltender Frühlingssprühregen. Ich nahm Dr. Custers Schirm vom Haken und verließ das Haus durch die Hintertür. Unter Eddies Einfluß verlor ich jeden Sinn für Ethik. Mein dickes Bündel neuer Banknoten knisterte in der Brusttasche über meinem Herzen. Wuff trottete hinter mir her; ihn störte der Regen nicht. Die Straßen waren voller Leute, die geschäftig umherliefen. Das war für einen Dienstagmorgen ungewöhnlich, und ein paar Blocks weiter stellte ich etwas noch Ungewöhnlicheres fest: Man sah nirgendwo Schwarze. Ich hielt einen da-hereilenden Mann in zerrissener Kleidung an und fragte ihn, was los sei.

»Die Nigger sind los«, keuchte er und wischte sich den Regen aus den Augen. Er war unrasiert und hatte Zahnlücken. Normalerweise hätte ich nicht mit ihm gesprochen. »Sie sind total übergeschnappt! Haben in Goochland gestern zwei weiße Familien abgemurkst und letzte Nacht fünfzehn weitere in Richmond! Ein paar von unseren Jungs haben drei von ihnen heute morgen am Eingang zu Screamertown aufgehängt und hätten noch mehr erledigt, wenn nicht die verdammten Soldaten gekommen wären, um uns daran zu hindern! Auf wessen Seite stehen die eigentlich, zum Teufel noch mal?«

»Ich verstehe nicht. Warum gab es diese Morde?«

»Rebellion! Diese mörderischen Wilden wollen haben, was uns gehört! Unsere Häuser und unser Kleider und unsere Frauen und unseren geräucherten Schinken! Es war ein verdammter Niggerpriester, der sie aufgehetzt hat, ein riesiger weißer Niggerkrüppel namens Elijah! Die Soldaten haben ihn und seine Leutnants gefangen und bringen sie zum Rathaus! Komm mit, mein Sohn, holen wir sie uns!« Er atmete jetzt wieder normal und rannte gleich los, Richtung Capitol Square.

Elijah! Seit ich in Richmond angekommen war, hatte ich kaum mehr an die seltsame, vom Feuerschein erhellte Zusammenkunft gedacht, deren Zeuge ich in Goochland geworden war. Tatsächlich hatte ja Elijah »Tötet die Herren!« gerufen, aber es hatte mehr wie Schauspielerei als nach einem wirklichen Plan geklungen, selbst als Moline bei ihm geblieben war. Aber jetzt hatte Elijah einige Sklaven zum Aufstand und zum Töten aufgehetzt, genau wie Nat Turner im Jahr '31. Die ganze Idee schien so unvorstellbar wie ein Hund, der seinen Herrn attackiert. Wuff stupste mich mit der Nase am Bein, und ich schaute zu ihm hinunter.

»Du hast auch um Elijahs Feuer getanzt, Wuffi. Du bist ein böser Hund.« Er sah zu mir herauf mit den drei schwarzen Flecken seiner dunklen Augen und der Nase. Wir setzten unseren Weg hinunter fort.

Eine lange Menschenschlange stand um Fahrkarten für das Mittagsboot nach Norfolk an. Sie hatten Angst, die Sklavenrevolte würde sich über ganz Richmond ausdehnen. In der allgemeinen Aufregung achtete der Kartenverkäufer überhaupt nicht auf den ungewöhnlichen Charakter meiner Banknote aus Kentucky. Er gab mir fünfunddreißig Dollar Wechselgeld in soliden Goldstücken. Kein Zweifel, wir hatten am Sonntag eine sehr profitable Arbeit getan.

Jetzt war es halb elf, und ich konnte einfach nicht stillsitzen. Ständig mußte ich an den merkwürdigen weißen Elijah denken und daran, wie sich Virginias blasses, schauderndes Fleisch angefühlt hatte. Die Erinnerung an diesen Geschlechtsverkehr war wie eine offene Stelle am Gaumen – krank und schmerzhaft, aber man mußte sie ständig mit der Zunge betasten.

Ich griff in meine Tasche, um zu sehen, ob der Pfandschein für die Pistole immer noch da war. Er war da. Ich beschloß, in die Stadt zurückzulaufen, um meine Pistole bei Abner Levy zu holen und vielleicht einen Blick auf Elijah auf den Stufen des Rathauses werfen zu können.

Vor dem Rathaus hatte sich eine ganz ansehnliche Menge versammelt, die hauptsächlich aus Pöbel wie dem Burschen, mit dem ich gesprochen hatte, bestand. Eine Doppelreihe bewaffneter Soldaten stand von den Stufen zum Rathaus bis zur Broad Street. Ich kletterte auf einen Baum, um etwas sehen zu können. Es dauerte nicht lange, und zwei Wagen mit Soldaten und Schwarzen tauchten auf. Es sah aus, als hätten sie jeden herumlaufenden Neger eingefangen, der ihnen vor Augen gekommen war. Der Mob in seinen nassen, lumpigen Kleidern drängte auf die Wagen zu, aber die

Soldaten hielten ihn zurück, und dann kamen zwei weitere Karren voll potentieller Rebellen. Der Pöbel stellte das Drängeln ein. Niemand wollte sich mit so vielen Schwarzen auf einmal anlegen. Ein letzter Wagen traf ein; auf ihm befanden sich eine Gruppe Soldaten und zwei Männer in Ketten. Der eine war der große mächtige Elijah, der aufrecht stand und brüllte. Der andere war ein schwarzer Mann mit zertrümmertem Gesicht. Es war Moline, der den Mantel eines Armee-Colonels trug. Er schrie etwas, worauf sowohl die Sklaven als auch der Mob antwortete.

Die Soldaten stießen Elijah vom Wagen, und dann brach die Hölle los. Ich konnte es nicht genau erkennen, aber es sah so aus, als ob Elijah mit den Ketten, mit denen seine Hände und Beine zusammengefesselt waren, um sich schlug. Im einen Moment wurde er zur Rathausstiege gestoßen, im nächsten war er wie ein blasses wütendes Mühlrad, das in jede Richtung um sich trat und schlug, wobei seine roten Zähne wie Rubine glänzten. Der Mob drängte zu ihm hin, Schüsse fielen, dann leerten sich die Wagen mit den anderen Gefangenen. Der ganze Capitol Square war plötzlich wie ein aufgestörter Ameisenhaufen, in dem Weiße und Schwarze durcheinanderrannten und auf dem regennassen Pflaster ausglitten und herumrutschten. Ein schwarzer Junge wollte auf den Baum klettern, auf dem ich saß. Als er mich sah, traten ihm fast die Augen aus dem Kopf, und er kletterte rechts an mir vorbei zum Wipfel.

Ich konnte Elijah in dem allgemeinen Getümmel nicht mehr ausmachen, aber es war klar, daß die Sache schieflief. Die Zeit wurde knapp, und ich hatte genug gesehen. Wuff hatte unter dem Baum gewartet. Er folgte mir über die Broad Street und durch die schmalen Sträßchen zu Abner Levys Pfandleihe.

Levy hatte gerade die Rollos heruntergezogen – ich konnte das erkennen, weil sie noch schaukelten. Ich klopfte heftig, bis er die Tür einen Spalt breit öffnete. Er war außer Atem. Ich sagte ihm, daß ich das Geld hätte, um mein Pfand einzulösen, und er ließ mich hinein. Wuff schlüpfte mit mir durch die Tür.

Ich legte meinen Pfandschein und eine Fünf-Dollar-Münze auf Levys Theke. »Ich habe eine vierschüssige Pepperbox-Pistole bei Ihnen gelassen«, erinnerte ich ihn. Er nahm das Geld und wandte sich ab, um in einem Regal herumzuräumen.

Währenddessen schüttelte sich Wuff einmal ordentlich und begann dann herumzuschnuppern. Im Laden gab es ein Regal für getragene Kleidung, Schränke mit Uhren und Juwelen, eine Anzahl hübscher kleiner Tische und mehrere große Koffer. Einer von diesen Koffern erregte Wuffs besonderes Interesse. Er roch an ihm, kratzte daran, dann stellte er die Vorderfüße darauf und begann zu jaulen.

»Schaff diesen Hund hier hinaus«, schrie Levy wütend. »Warum muß auch alles auf einmal passieren? Bring ihn dazu, daß er zu jaulen aufhört, sag ich dir!«

Ich zog Wuff von dem Koffer weg, aber er sprang wieder hin und bellte jetzt ganz laut. Ich sah, daß das Schloß offen war, und beschloß, einen Blick hineinzuwerfen. Levy schrie mich an, ich solle das bleibenlassen, aber er stand auf der anderen Seite der Theke. Ich öffnete den Kofferdeckel und sah den im Koffer seitlich zusammengerollten Otha. Er sah mich aus weitaufgerissenen Augen an und erkannte mich.

»Marse Mase!« Otha setzte sich auf und streckte seine langen Arme aus. »Du siehst mächtig gut aus!« Er sprang aus dem Koffer und legte einen kleinen Tanz hin, um seine langen Glieder auszuschütteln. In seinen Taschen klimperte es. Obwohl er tropfnaß und ein biß-chen schmutzig war, sah er scharf aus: gelbe Leder-schuhe, schwarze Samthose, ein seltsam geschnittenes purpurfarbiges Jackett und ein Seidenhemd mit grüner Brokatkrawatte.

»Steckst du schon lang in dem Koffer, Otha?«

»Überhaupt nicht. Bin direkt vor dir hier reinge-
rannt, Marse Mase. Ich wär schon früher dagewesen,
aber das verzögerte sich durch ein paar Soldaten, die
mich fingen, weil ich auf freiem Fuß und gut angezogen ohne Freilassungsurkunde war.« Er warf seine
Arme um mich und drückte mich an sich. »Aber ich
brauch kein Papier, wenn ich meinen kleinen Master
wieder hab!« Ich konnte mir nicht helfen, ich mußte
seine Umarmung erwidern. In seinen Taschen spürte
ich eine Menge harter Gegenstände. Wuff lief kläffend
um uns herum.

»Du bist hier herein geflohen?« frage ich schließlich.

»Soldaten brachten mich auf einem Wagen zum Rathaus, aber als Elijah sich losriß, bin ich abgehauen.
Levy hier hat mir versprochen, mich nach Baltimo' zu
senden im Austausch für'n paar Sachen.« Er sprang
über die Theke. »Ich brauche keine Fahrt mehr, Mist'
Levy, deshalb hätt ich jetzt gern Bargeld für den Silber-
teetopf, den ich Ihnen gegeben hab.«

»Ich fürchte, das geht nicht«, erwiderte Levy mit zu-
sammengepreßten Lippen. »Das Risiko bin ich meinerseits bereits eingegangen. Ihre Unschlüssigkeit ändert
daran nichs mehr.«

»Wollen Sie den leeren Koffer nach Baltimo' schik-
ken?« kreischte Otha. »Nein, das wollen Sie sicher
nicht. Sie schulden mir fünfzig Dollar!« Er hatte sich in
den letzten elf Tagen offensichtlich städtische Manieren
angeeignet. Und woher stammten die teuren Kleider
und der Teetopf, den er Levy offenbar gerade vorhin
gegeben hatte? »Ich will mein Geld!« wiederholte er.

Levy wandte sich zu mir. »Hier ist Ihre Pistole, Mr.
Bustler. Danke für den Handel. Und … in Zukunft
würde ich es vorziehen, wenn Sie keine Tiere und Skla-
ven in mein Geschäft bringen.« Er gab mir die Pistole,
Lauf voraus. Sie war ungeladen. Die Uhren an Levys
Wand zeigten ein Viertel vor zwölf.

118

Otha griff über die Theke nach Levys Genick. Ich stieß ihn scharf in die Seite. »Das Geld zählt nicht, Otha, glaub mir.« Ich zog Otha auf die Seite und ließ ihn einen Blick auf das Banknotenbündel in meiner Brusttasche werfen.

»Du bleibst bei mir«, sagte ich mit einem gewissen Stolz in der Stimme. »Du hast gut für dich gesorgt, aber ich noch besser für mich.«

»Wenn du schon so viel besser gesorgt hast, dann sorg jetzt für mich. Sag Levy, er soll mir ein großes altes Bowiemesser geben.«

»Was du willst, wenn wir nur endlich weiterkommen.« Ich gab Levy noch ein Fünf-Dollar-Goldstück – allmählich kam mir sowieso alles wie Spielgeld vor – und er holte ein ausgezeichnetes großes Messer aus seinem Waffenschrank. Ich gab es Otha, als wir den Laden verließen.

Eine Minute vor zwölf waren wir unten bei *Rockett's Landing*. Es regnete immer noch ein bißchen. Der Bootssteg war voller Leute, die auf das Schiff wollten. Alle Plätze waren ausverkauft. Ich erblickte Eddie und Virginia, ihn mit dem Kopf unter einen Schirm gesteckt und sie hinter einem dicken Schleier mit aufgenähten Perlen. Ich ging knapp an ihnen vorbei und drückte Eddie unauffällig seine Karten in die Hand. Als wir an Bord gingen, gab ich dem Zahlmeister fünf Dollar Trinkgeld für meinen Sklaven und meinen Hund.

Eddie und Virginia drückten sich in die überfüllte Passagierkabine, aber Otha und ich blieben an Deck. Wir fanden einen trockenen Platz unter einem Überbau und lehnten uns an einen Sparren, Wuff gegen unsere Beine gekuschelt. Die Pfeife schrillte, die Schaufeln schlugen, und unser Dampfer bewegte sich auf den regenpockigen James hinaus.

»Na, Otha, woher kommt dein plötzlicher Reichtum? Du hast dich nicht mit Elijah eingelassen, oder?«

Er gab mir keine direkte Antwort. »Moline blieb bei

Elijah in Goochland, und Marcus brachte das Wort zu den Rebellen in Richmond. Luther rannte nach Norden. Custa verlor seine zehn Dollar beim Spielen, und Tyree hat seinen Anteil versoffen. Das waren die einzigen zwei, die mit Garlands Schiff zurück nach Lynchburg sind.«

»Luther ist erwischt worden«, berichtete ich Otha. »Sieht nicht so aus, als ob die Goldstücke irgend jemandem etwas genützt hätten.«

»Mir hat es eine Menge genützt«, widersprach Otha und richtete seine Krawatte. »Ich hab' mir diese feinen Kleider gekauft und mich an die Mädchen aus den reichen Häusern herangemacht. Hab drei Mädchen aufgerissen wie nix, Mase. Die ham sich total in mich verknallt und brachtn mir eine Menge Silber, das ich aufbewahrn sollte, um sie damit freizukaufn.« Er klingelte mit dem Inhalt seiner Manteltaschen und tätschelte den rostigen Schiffswulst über meinem Kopf. »Nenn mich keinen Gauner, bevor du erzählt hast, wieso deine Taschen so voll sind.«

Ich schaute mich um. Niemand war in Hörweite, trotzdem streckte ich mich, um in Othas großes Ohr wispern zu können. »Ich habe es selbst gedruckt, Otha. Im Wert von Tausenden von Dollar. Zwei weitere Männer und ich werden es in Norfolk ausgeben.«

»Wofür?« fragte er mit großen Augen.

Ein Bootsmann kam um die Ecke und lehnte sich an die Schiffswand, um eine Pfeife zu rauchen. Ich lächelte und nickte Otha ruhig zu. Ich fand es gut, ihn wieder dabeizuhaben, und er sollte sich ruhig fragen, was ich vorhatte. Mit einem großen schlauen Sklaven wie Otha fühlte ich mich nicht mehr so klein.

Als wir in Norfolk ankamen, regnete es in Strömen. Reynolds stand tatsächlich am Dock. Er stieg mit Eddie und Virginia in eine Kutsche, und ich nahm mit Wuff und Otha die nächste. Unsere Straße lief an der Küste entlang. Im Hafen lagen Dutzende Schiffe vor Anker, und noch viel mehr Leichter und Fischerboote an den Docks. Nachdem wir um eine Landzunge gefahren waren, sahen Otha und ich zum ersten Mal das offene Meer.

An einem Sandstrand mischten sich Regen und Wellen. Ich hatte nicht gewußt, daß die Gischt so weiß war. Die Formen der Wellen faszinierten mich; ich konnte nicht begreifen, wie sie sich so weit vorwölben konnten, bevor sie zerflossen.

»Seh'n die nich' wie Klauen aus, Mase?« sagte Otha. »Die alles rausziehen in das Meer?«

»Für mich sehen sie wie Pferde aus«, sagte ich. »Sich bäumende weiße Pferde, auf denen wir davonreiten können.«

»Wohin fahren wir, Mase?«

»Ans Ende der Welt.«

Jeremiah Reynolds hatte einen scheunenartigen Holzbau an einer sandigen Stelle gleich hinter der Landzunge für uns gemietet. Verkrüppeltes Holz lag im Hof verstreut wie die Rippen von totem Vieh. Auf dem verwitterten grauen Gebäude gab es ein Schild, auf dem mit kaum noch erkennbaren Buchstaben BURRIS BOOTE stand – es hatte also früher einem Schiffsbauer gehört. Der Hauptraum des Gebäudes war ein großer leerer Saal mit einem Ofen am einen Ende. Eine Stiege führte zu einem Dachboden, der mit zwei Schlafzimmern ausgestattet war. Hier hatte der Schiffsbauer Burris mit seiner Familie gewohnt, bis die Cholera sie alle vor zwei Jahren hinweggerafft hatte. Die abergläubischen Anrainer hatten das Gebäude leer stehen gelassen, so daß Reynolds es sehr billig hatte mieten können.

Gottseidank war der Eisenofen gut geheizt. Otha und ich zogen unsere Jacken aus und begannen uns abzutrocknen. Wuff warf sich neben dem Ofen auf die rechte Seite. Einen Moment lang kam es mir vor, als wären wir zurück in der Küche auf unserer Farm.

121

»Also was denn«, schrie Eddie, der vom Dachboden herunter kam, Virginia auf seinen Fersen. »So geht's nicht! Wer hat dich hereingelassen, Nigger?«

»Sprich nicht so mit ihm«, warnte ich Eddie. »Er heißt Otha. Er ist aus Hardware, und wir sind von Richmond zusammen hergekommen.«

»Er ist dein Sklave?« erkundigte sich Eddie.

»So ist es.«

»Dann sag ihm, er soll sich verziehen nach …« Eddies Stimme erstarb, als er durch das rückwärtige Fenster blickte. Außer einer waren die Hütten da draußen alle zusammengebrochen; das einzige noch stehende Außengebäude war ein Klo. »Er kann jedenfalls nicht mit uns hier drinnenbleiben«, sagte Eddie. »Schließlich ist eine Dame anwesend.«

Das reichte. Otha, der mit uns auf der Farm aufgewachsen war, hatte nie viel Zurückweisung von Weißen erfahren müssen. Und jetzt, nachdem er in Richmond den Geschmack der Freiheit gekostet und Elijahs Aufstieg gesehen hatte … packte er eine Faustvoll von Eddies Hemdbrust und schüttelte ihn.

»Ich bin genauso ein Mann wie du, du kleiner Schwellkopp.« Schüttel. »Und wenn du dir schon so in die Hosen scheißt« – schüttel – »dann würde ich sagen, du bist derjenige, der aufs Scheißhaus sollte!«

Ich drängte mich zwischen die beiden, aber Eddie hatte bereits eine winzige Pistole aus seinem Hosenbund gezogen. »Steck die Knarre weg, Eddie«, sagte ich, während ich meine eigene Pistole aus der Rocktasche fummelte und ihm den Lauf in die Rippen stieß. »Ruhig jetzt!«

Eddie wurde leichenblaß. Er hatte Schweißtropfen auf der Stirn. »Bist du bereit, mir die Genugtuung eines Gentlemans zu geben, junger Reynolds? Bist du bereit, für die unglaubliche Attacke deines Sklaven einzustehen?« Obwohl ich ihm die Pistole in die Rippen drückte, rammte er mir seine unter das Kinn. Der große Unterschied dabei war, daß seine Waffe vermutlich geladen war. Virginia schaute uns in gespanntem Schweigen zu. Würde ich mich mit Eddie duellieren für das, was Otha gesagt hatte?

Jeremiah brach den Bann. »Otha wird hier neben dem Ofen schlafen, Eddie, während du und Virginia oben bleibt. Mason und ich nehmen den anderen oberen Schlafraum. Es sind für uns alle genug Betten da. Laßt uns nicht aus dem Auge verlieren, wofür wir eigentlich hier sind, Leute! Nur noch ein paar Wochen, und wir werden unsere Reise ins Innere der Erde ausführen! Kommt, kommt – wenn zwei Rassen hier in Norfolk nicht miteinander auskommen, wie sollen wir in Tierra del Fuego und noch weiter unten zurechtkommen? Entschuldige dich bei Mr. Poe, Mason, das wäre das beste für alle.«

Obwohl es ja eigentlich nichts gab, wofür ich mich hätte entschuldigen müssen, tat ich es. Nach dem, was vergangene Nacht passiert war, schuldete ich ihm doch etwas. »Tut mir leid, was Otha gesagt hat, Eddie. Und Otha, ich würde es schätzen, wenn du mich hier die Konversation machen läßt.«

Eddie spreizte sich noch ein bißchen, aber eigentlich war die Krise vorbei. Otha ging zum anderen Ende des großen Saals und begann mit heftigen Übungen im Messerwerfen, bei denen das Bowiemesser in der dicken Holztür stecken bleiben sollte. Ich half Jeremiah bei der Zubereitung einiger der von ihm eingelagerten Lebensmittel. Er hatte seine Bank-of-Kentucky-Banknoten verwendet, also konnten wir ein ziemliches Gelage veranstalten. Es gab Gurken, zarte neue Kartoffeln, Schinkenscheiben und ein Bündel lebender Hummer. Obwohl Eddie vorgab, alles über Hummer zu wissen, bin ich mir sicher, daß nur Jeremiah vorher schon einmal welche gekocht hatte. Auf seine Anweisung hin warf ich die großen grünen Seeviecher in kochendes Wasser. Wuff stellte die Ohren auf, und auch mir kam vor, daß ich sie aufschreien hören konnte.

Während die Hummer kochten, benützte Virginia ein Stückchen Kohle, um eine rechteckige Tischfläche auf den Holzboden des Hauptraums zu zeichnen. Als sie mit dem Tisch fertig war, zog sie Kreise für die Teller und setzte einen großen wolkigen Klecks in die Mitte als Blumenarrangement. Sie wusch sich die Hände in dem Faß mit Regenwasser, das wir hereingebracht hatten, und trat dann zurück, um mit strahlender Miene die Früchte ihrer Haushaltstätigkeit zu betrachten.

Jeremiah briet Kartoffeln und Schinken, während ich die Gurken schälte. Eddie öffnete eine Flasche Champagner aus einer von Jeremiah gekauften Kiste. Als Otha Eddie nach einem Schluck aus seiner Flasche fragte, empfahl er ihm, sich eine eigene Flasche zu öffnen, was Otha auch tat. Als Otha eine Unmenge von Tafelsilber aus seiner Kleidung zog und damit den »Tisch« deckte, begann Eddie zu lachen. Es dauerte nicht lange, und die beiden prosteten einander zu.

Das Fleisch der Hummer war saftig und kochendheiß. Mit zwei Kerzen auf unserem ›Tisch‹ und dem Geräusch des Regens draußen fühlte ich mich wie ein romantischer Prinz bei einer Zigeunerbande. Eine ähnliche Stimmung überkam auch die anderen. Jeremiah nahm sich auch eine eigene Flasche Champagner, worauf er, Eddie und Otha bald sehr fröhlich wurden. Die ganze merkwürdige Szene war ganz nach Virginias Geschmack; sie sang für uns nach dem Essen, ihr Gesicht blühte auf vor Jugend und Schönheit. Hier auf dieser Landzunge in unserem dunklen, sturmgepeitschten Bankettsaal war Virginias Stimme, die in Mrs. Clemms Pension so schrill und gepreßt geklungen hatte, von Schmelz und Glanz erfüllt. Als sie den Gesang beendet hatte, lief sie hinaus, um im Regen zu baden. Ich beschloß, wieder mit ihr zu vögeln, und drückte Eddie eine weitere Flasche Champagner in die Hand.

Bevor wir zu Bett gingen, machte Jeremiah Reynolds ein paar Bemerkungen über die Reise, die er und Eddie planten. Die Grundidee war, daß wir einen großen Ballon herstellen sollten, der mit einem außerordentlich tragfähigen Kohlengas gefüllt würde, erzeugt von einem Kohlenbecken, auf das bestimmte Salze geträufelt wurden. Ballon, Kohlenbecken und Ballonkabine sollten in einem großen Verschlag untergebracht werden, den wir auf einem Schiff so weit transportieren konnten, wie die Eisbarriere das gestattete.

»Wer alles fährt mit dem Ballon?« fragte Otha. »Fährst du, Mason?«

»Ich glaube schon.«

Virginia kam mit triefenden Kleidern aus dem Regen zurück und trippelte zum Dachboden hinauf. Ich hatte sie noch nie so sauber und frisch gesehen. Sie blieb auf der Stiege stehen, um Eddie einen Blick zuzuwerfen. Er lächelte und warf ihr eine Kußhand zu, machte aber keine Anstalten aufzustehen.

»Natürlich wirst du mitfahren, junger Reynolds«, sagte Jeremiah und tätschelte meine Schulter. »Das ist *die* Gelegenheit deines Lebens! Du und ich und Otha werden fahren. Eddie käme gern mit, aber seine Pflichten liegen hier beim Schreiben und bei seiner jungen Frau. Du und Otha seid Seeleute par excellence, weil ihr gesucht werdet.« Er streckte sich und stand auf. »Du wirst das rauhe Leben und das Durcheinander auf einem Schiff mögen, Otha. Vor dem Meer sind alle gleich. Du kannst Mr. Poe beim Einkaufen der Ausrüstung helfen, und Mason kann mir helfen, sie zusammenzubauen. Wenn du ein richtiger Reynolds bist, Mason, wirst du jede Chance ergreifen, unsere Ausrüstung zu benützen, wenn du sie erst einmal fertig vor dir siehst. Das Ingenieurswesen hat seine eigenen Imperative.« Er gähnte wieder. »Aber jetzt werde ich zu Bett gehen.«

Eddie warf mir in diesem Augenblick einen durchdringenden Blick zu. Mir wurde sofort klar, daß er nicht ins Bett zu Virginia wollte. Der Ton einiger Bemerkungen, die ich ihn früher machen gehört hatte – seine Furcht vor Augen, Mündern, Katzen, Wasserwirbeln – ließen die Annahme zu, daß er auch Angst vor dem weiblichen Geschlechtsteil hatte. Es war wohl unwahrscheinlich, daß ein solcher Mensch den Wunsch haben sollte, in das große Symmes-Loch in den untersten Landstrichen von Mutter Erde vorzustoßen. Vielleicht hatte Eddies überstürzte Heirat mit Virginia überhaupt nichts mit seiner Eifersucht auf mich zu tun, sondern eher mit seinem Bedürfnis nach einer ehrenvollen Ausrede für seinen Rücktritt von der mit Reynolds vereinbarten Reise. Erst sollte ich Virginia erforschen und dann das Innere der Hohlwelt – und alles in Vertretung Eddies.

Indem er seine Aufmerksamkeit ausdrücklich auf mich richtete, zog Eddie eine Pfeife aus Metall und eine kleine Glasphiole aus der Tasche. »Hast du schon einmal Opium geraucht, mein junger Teufel? Das ist äußerst stimulierend für das innere Auge.«

»Nein, danke«, sagte ich. »Ich werde auch zu Bett gehen.« Ich fragte mich, ob Eddie das Pulsieren des Blutes in meinen Venen und die zunehmende Versteifung meines Glieds irgendwie wahrnehmen konnte, die mit nächtlichen Vorstellungen von Virginias frischem glatten Körper einhergingen. Aber nein! Wenn er die Nacht hier unten mit Trinken und Opiumrauchen verbringen wollte, würden Virginia und ich freie Bahn haben.

»Nun denn, schwarzer Otha«, sagte Eddie und ließ einen dünnen blauen Rauchfaden aus seiner Pfeife aufsteigen. »Wie steht's mit dir?«

Otha nickte mehrmals langsam, wobei ein Lächeln seine Lippen umspielte. Ich wußte von unseren Experimenten mit Pa's Schnaps, daß er einen besseren Kopf für Drogen hatte als ich. »Ich hatte eine ausgefüllte Woche, Mist' Poe«, sagte er. »Hab drei Mädchen mitgenommen zu Elijahs Ju-ju in Richmond, habe heut nacht mit Weißen Champagner getrunken, da denk ich mir, ich bin langsam reif für Ihre süßen Träume.« Er rollte seine Augen und zwinkerte mir zu. »Hab dir nicht von Elijah erzählt, stimmt's, Marse Mase? War'n nich' nur mein gutes Aussehen und meine Versprechungen, die mir die drei Mädels verschafft haben, es ging mehr drum, daß ich den Propheten selbst kannte. Unsere ganze Schiffsmannschaft verfiel ihm mit Haut und Haaren.«

»Ich hab dich ja mit ihm in Goochland um das Feuer tanzen gesehen«, sagte ich.

»Weiß ich doch. Wuff hat dich uns gezeigt. Elijahs Ju-ju gilt für Menschen und für Tiere. Er kommt von weit her. Geben Sie mir das O, Mist' Poe.«

Ich verließ die beiden, die jetzt miteinander rauchten, und ging hinauf. Jeremiah schnarchte, aber Virginia hatte ihre Tür abgeschlossen. Ich rief nach ihr, so laut, wie ich mich getraute, aber es kam keine Antwort.

Die nächsten beiden Wochen gingen mit lawinenartiger Geschwindigkeit vorüber. Eddie und Otha gingen jeden Tag weg, um mit dem Geld der Bank of Kentucky weitere Güter zu kaufen. Jeden Tag arbeitete ich mit Jeremiah an der Zusammenstellung des Forschungsgeräts. Jeden Abend hatten wir ein Gelage, und jede Nacht träumte ich von der süßen Virginia und fingerte frustriert an meinem Steifen herum.

Bei ihren Auftritten als Colonel Embry aus Kentucky und seinem Diener Oscar waren Eddie und Otha ein überzeugendes Paar, selbst wenn sie, wie es gelegentlich vorkam, noch leicht benommen und verwirrt vom Opiumrauch oder der Einnahme von Laudanum-Opiumtinktur waren. Ihre anfängliche Antipathie war einem Ton gegenseitiger Offenheit gewichen; damit und mit den Drogen lief das Ganze sehr gut. Eddie mietete ein Zimmer im Hotel Norfolk und ließ sich die Waren dorthin liefern. Otha schaffte die Kisten und Schachteln in der Dunkelheit zu unserem Bootshaus. Trotz seiner Angst vor dem Meer war er begeistert von der Aussicht, die Hohlwelt zu erforschen. Er glaubte, sein bleicher Prophet Elijah sei vielleicht von dort hergekommen.

Die Ausstattung für unsere Reise war genau durchdacht. Erst einmal mußten wir unseren großen Seidenballon zusammennähen. Die Seide kam in Ballen, die wir in große Streifen zerschnitten, halb schwarz, halb weiß. Diese Streifen wurden zu langen, spitz auslaufenden Keilen geformt, und die Keile der Länge nach zu einem riesigen birnenförmigen Sack zusammengenäht. Virginia war eine große Hilfe beim Nähen. Als der große gestreifte Sack fertig war, bestrichen wir seine Oberfläche mit vier Schichten jenes flüssigen Gummis, den man als Kautschuk bezeichnet. Danach verfertigten wir ein umfangreiches Netzwerk aus Seidenseilen, die wir am Ballon befestigten und die die Gondel hielten.

Die Gondel selbst war aus Flechtwerk. Natürlich konnte man so etwas wie eine fertige Ballonkabine aus Flechtwerk nicht einfach kaufen; statt dessen besorgten wir uns eine Anzahl großer geflochtener Körbe (die man hierorts für den Transport von gefangenen Fischen verwendete), zerlegten sie und verwendeten ihre Teile für die benötigte Kabine. Unsere Ballongondel hatte eine Schwingtür, zwei verschließbare Fenster und ein Loch in der Decke für den Gasstrom aus dem Brenner. Navigationsinstrumente wurden an den Wänden befestigt, vor allem zwei sehr genaue Uhren, die eine mit einem Pendel, die andere mit einer Feder.

Der Brenner war ein leichtgewichtiges Ding aus Messing. Ein Schlosser verfertigte ihn für ›Colonel Embry‹ nach Jeremiahs Angaben. Am Brenner war ein rundes

Kaminrohr befestigt, das durch das Kabinendach die Gase, die leichter als Luft waren, in das Balloninnere befördern sollte. Zum Brenner gehörte auch ein Krug mit den Spezialsalzen, von denen Eddie behauptete, daß sie die Tragkraft unseres Kohlengases erheblich erhöhen würden.

Da es sich um eine Expedition handelte, bei der zunächst einmal die Eiswüste der Antarktis überquert werden mußte, kauften wir eine Anzahl Quilt-Decken, um die Korbwände zu tapezieren. Jeremiah zeigte uns, wie man die Isolationsfähigkeit der Quilts erhöhen konnte, indem man ihre Säume öffnete und sie mit Gänsedaunen füllte. Als weitere Vorsichtsmaßnahme brachten wir zwei stählerne Kufen am Boden unserer Gondel an, so daß wir sie wie einen Schlitten über das Eis ziehen konnten, falls unser Ballon vorzeitig landen sollte. Jeremiah ging so weit, aus Seidenschnüren Geschirre für die Mannschaft, also ihn, mich, Otha und Wuff, zu verfertigen.

Unsere gemeinsamen Essen waren immer noch verschwenderische Gelage. Eddie schien eine Art Fieber befallen zu haben, unsere restlichen Dollars mit Einkäufen oder beim Spielen loszuwerden, bevor sich ihr wahrer Charakter herausstellte. Ich versuchte, ein paar von meinen Scheinen zurückzuhalten, aber er nahm mir alle weg. Wir hatten immer Champagner, Wild, Kalb, Meeresfrüchte und alle möglichen Sorten von Obst. Mich beschlich immer mehr das Gefühl, daß sich die Schlinge um uns zusammenzog. Norfolk war nicht eine so große Stadt, daß niemand Eddies Ausgaben mit den Aktivitäten in unserem Hinterhof zusammenbringen würde; ebensowenig war Kentucky so weit entfernt, daß das Fehlen einer dortigen Staatsbank nicht bald einmal bemerkt werden mußte.

Während dieser zwei Wochen versuchte ich oft, Virginia einmal allein zu erwischen und mit ihr sprechen zu können, aber sie war so ausweichend wie eine wilde

Katze und entwischte mir einmal in ihr Zimmer, ein anderes Mal war sie verschwunden, um allein am Strand herumzuwandern. Selbst als es mehr und mehr Nächte wurden, in denen Eddie überhaupt nicht heimkam, blieb ihr Zimmer für mich immer verschlossen. Als wolle sie mich zusätzlich quälen, machte sie sich immer an Wuff zu schaffen, streichelte ihn oder fütterte ihn mit Delikatessen. Ich wurde allmählich so liebeskrank, daß ich mir schon wünschte, Eddie würde mich noch mal als sein Glied verwenden... aber Virginias Beziehungen zu Eddie waren ja mittlerweile auf ein Minimum geschrumpft. Eddie trank eine Menge und zockte heftig.

Seine ursprüngliche Rechtfertigung für sein mittlerweile jede Nacht stattfindendes Spiel war der Versuch gewesen, einen Teil unserer Noten der Staatsbank von Kentucky in Gold einzutauschen. Aber wie bei allem anderen kannte Eddie auch hier kein Maß. An den ersten beiden Tagen gewann er so viel, daß Jeremiah tatsächlich genug Gold für drei Schiffsreisen in den Süden abzweigen konnte. Aber dann begann Eddies Pechsträhne. Er blieb ständig die ganze Nacht weg. Otha begleitete ihn nicht mehr, sondern steckte seine Energie in die Beschaffung verschiedener weiterer Gegenstände für die Reise: Munition und Pulver für meine Pistole, Extrakleidung, Fruchtsäfte, Trockenfleisch und so weiter. Eddie schlief allein im Norfolk Hotel – wenn er überhaupt schlief – und tauchte abends in unserer Werkstatt auf, bleich und zittrig, aber eisern bemüht, ein nonchalantes Verhalten zur Schau zu stellen.

Es war offensichtlich, daß der Anblick seiner vernachlässigten Sissy Eddie mit Scham und Selbstekel erfüllte. Diese Gefühle waren so stark, daß er oft streng zu ihr war und sie sogar mit haßerfüllter Stimme anschrie. Obwohl seine Tiraden nicht immer ganz verständlich waren, begriff jeder, daß Eddie seine Entscheidung zur Heirat statt zum Mitkommen auf unsere Reise zum Pol bereute. Unter dem Stress seiner Nichtachtung und seiner Attacken nahm Virginia wieder das fettige, unattraktive Aussehen an, das sie in der Pension gehabt hatte. Und ihre Stimme wurde wieder angespannt und schrill und füllte unseren Hinterhof mit dem kummervollen Miauen ihrer Lieder.

Schließlich gelangten unsere Vorbereitungen an ein Ende. Wir verstauten Zwieback und Trockenfleisch in der Korbkabine, ebenso die Instrumente und den zusammengelegten Ballon. Wenn die Türen und Fenster geschlossen waren, sah die Kabine aus wie eine massive Kiste, sechs mal sechs mal zehn Fuß groß. Otha, Eddie, Jeremiah und ich schafften es gemeinsam, sie Zentimeter für Zentimeter den Fußboden des Raumes entlang zur großen Seitentür zu ziehen. Mit der Hilfe zweier zusätzlicher Männer und einem Wagen würden wir sie zum Schiff bringen können.

Jeremiah Reynolds hatte für unsere Reise einen schnellsegelnden Schoner namens *Wespe* ausgewählt. Die *Wespe* war eine Veteranin aus verschiedenen Reisen in die See um die Antarktis, war für den Robbenfang vermietet worden und würde Norfolk am 1. Juni verlassen. Indem Jeremiah den Kapitän an seine Verpflichtungen gegenüber der amerikanischen Wissenschaft erinnerte – und ihm zusätzlich versprach, ihm als erstem von eventuellen Robbeninseln zu berichten, die wir überflogen –, überzeugte er ihn davon, daß er uns und unsere Korbkabine bis zum Eiswall mitnehmen mußte.

Am Dienstag, dem 31. Mai 1836, also am Tag vor der Abfahrt, gingen Jeremiah, Otha, Wuff und ich zu den Docks hinunter, um uns unser Schiff anzusehen. Ich bat Virginia, mit uns zu kommen, aber sie bestand weinend darauf, daß sie in ihrem Zimmer auf Eddie warten müsse. Sie meinte, er müsse sie noch am selben Tag zu ihrer Mutter zurückbringen. Als ich sie zu trösten versuchte, nannte sie mich einen blöden Bauernlackel und sagte, es tue ihr leid, daß sie mir jemals gestattet hatte, sie zu berühren. Sie warf mir ihre Probleme mit Eddie vor und sagte, wenn sie nur mit ihm und ihrer Mama allein sein könne, würde alles wieder *paradiesisch* werden.

Es war ein wunderschöner Tag mit strahlendem Himmel und einer leichten Brise. Jeremiah wies auf den Dunst am Horizont hin; er meinte, dies bedeutete, daß am nächsten Tag ebenso gutes Wetter sein werde. Wir trieben einen Mann auf, der bereit war, uns zur *Wespe* zu rudern, die im Hafen von Norfolk ein paar hundert Meter westlich von Town Point vor Anker lag. Wuff gefiel die Bootsfahrt, aber Otha verging fast vor Angst.

»Wir müssn unbedingt schwimmen lernen, Mase!«

»Wenn die Wespe wirklich sinkt, wird beten mehr helfen als schwimmen!« sagte Jeremiah lachend. »Verdammt noch mal, Mann, wir werden später mit einem Ballon fahren, ohne daß wir *fliegen* können!«

Der Kapitän der *Wespe*, ein Mann namens Guy, war zu beschäftigt, um uns zu empfangen, aber einer der Maate, ein großer, gutaussehender Virginier namens Bulkington, sagte uns, daß die *Wespe* morgen mit der Ebbe auslaufen würde, eine halbe Stunde vor Tagesanbruch. Wir sollten am besten samt unserer Fracht noch heute an Bord kommen. Ja, auch der Hund war willkommen, vor allem, wenn er Ratten töten konnte. Bulkington lieh uns eine große Jolle und drei Männer, die uns zu den Docks zurückruderten.

Während Jeremiah, Otha und die drei Leute von der Mannschaft mit einem flachen Rollwagen zu unserer Unterkunft fuhren, ging ich zum Hotel Norfolk, um Eddie aufzuscheuchen. In dem Bestreben, Eddies Identität als Colonel aus Kentucky nicht mit unseren Expeditionsvorbereitungen in Verbindung zu bringen, hatte ich bisher nie das Hotel besucht. Es war ein hübscher Sandsteinbau, einige Blocks von der Werft entfernt. Als ich dem Mann am Empfang sagte, daß ich mich mit Colonel Embry treffen wolle, pfiff er durch die Zähne.

»Sie sind auch ein Kartenspieler? Dann gehen Sie einfach mit Leutnant Bustler, der ist gerade hinauf. Eine Stiege und dann rechts.«

Ich stieg die mit einem dicken Teppich bedeckten Stufen hinauf und nahm den rechten Gang. Gesprächfetzen drifteten aus einer offenen Tür. Drinnen fand ich drei Männer in Marineuniformen vor. Einer von ihnen hatte die Koteletten und das Tortengesicht, an das ich mich von Lucys Medaillon her erinnerte... wie lang war das her? Nur einen einzigen Monat? Ich widerstand einem verrückten Impuls, mich als Leutnant Bustler vorzustellen.

»Mein Name ist Mason Bulkington«, sagte ich. »Wo ist Colonel Embry?«

»Sind Sie ein Freund von ihm?« fragte Bustler, zu eingebildet, um sich vorzustellen. Ich beschloß, mein Mütchen an ihm zu kühlen.

»Jeder verehrt den Colonel«, sagte ich, »aber ich habe nicht das Vergnügen, ihn meinen Freund nennen zu dürfen. Ich komme vom Konditor, um eine Rechnung zu überbringen. Der Colonel hat heute morgen einer Lady ein Pfund Schokolade schicken lassen.«

»Was für einer Lady?« fragte einer der Uniformierten. »Wohin?«

»Eine Schönheit namens Lucy Perrow«, erwiderte ich gewandt. »Sie ist mit ihrem Vater hier im Hotel. Harter Bursche, dieser Richter Perrow. Als ich die Schokolade vorhin abgegeben habe, sagte er, er würde den Colonel mit der Bullenpeitsche behandeln, sobald er einen Zuhälter namens Lieutenant Bustler windelweich geprügelt hätte.« Ich kicherte und tat so, als bemerkte ich die Veränderung von Bustlers Gesichtsausdruck nicht. »Der Richter meinte das tatsächlich ernst, kann ich Ihnen sagen. Er hatte einen Pistolengürtel umgeschnallt und eine Bullenpeitsche über der Schulter. Kennt ihr Leute einen Leutnant Bustler?«

»Stell uns keine Fragen, Junge«, polterte Bustler. »Dein feiner Colonel bescheißt beim Kartenspiel!« Im nächsten Moment waren er und seine Freunde den Gang hinaus, die Stiege hinunter und aus dem Hotel verschwunden.

Ich schaute in Eddies Zimmer. Ein paar leere Flaschen lagen herum, aber seine Reisetasche war verschwunden. Ich hoffte mit aller Kraft, daß Eddie Bustler eine Menge Gold abgeknöpft hatte und daß er und Virginia auf der Rückreise ins sichere Richmond seien. Bustler war nicht mehr in der Lobby, dafür aber der Sheriff. Er unterhielt sich eindringlich mit dem Hotelangestellten; sie hatten die Köpfe über einem Bündel Noten der Bank of Kentucky zusammengesteckt und stocherten darin herum.

»Gefälscht?« sagte der Angestellte ungläubig. »Wirklich, gefälscht?«

»Gibt keine solche Bank!« prustete der Sheriff. »Wir haben's gerade herausgefunden!«

Eddie war wirklich im richtigen Augenblick abgereist.

Ich rannte den ganzen Weg zu unserem Haus. Otha, Jeremiah und die drei Männer vom Schiff verluden gerade mit großer Mühe unsere Korbkabine auf den Wagen, während Wuff heftig kläffte. Ich fügte meine Kräfte den allgemeinen Anstrengungen hinzu, und der Kutscher stieg vom Wagen und half auch mit. Die Kabine war schwerer, als ich gedacht hatte, aber schließlich hatten wir sie doch auf dem Rollwagen.

Ich flüsterte Jeremiah zu, daß sich unser Lügengespinst auflöste, und rannte in unser Heim der vergangenen zwei Wochen, um nachzusehen, ob Eddie und Virginia da wären. Der große Raum unten war leer, und die Zimmer oben genauso. Virginias Sachen lagen aber immer noch überall herum. Ich suchte nach einer Botschaft von ihr, aber es war keine da. Vielleicht hatte sie zu schnell aufbrechen müssen, um packen zu können. Ich flehte zum Himmel, daß Eddie und sie gut auf der Heimreise seien und lief dann hinter dem langsam davonrollenden Wagen her.

7

An Bord der Wespe

Die Niederschrift dieses Berichts meiner Abenteuer dauert länger, als ich erwartet hatte. Ginge es nicht um all die Tekelili, die ich mit Eddie Poe drunten in der Hohlwelt teilte, wäre ich dazu gar nicht in der Lage, glaube ich. Zum ersten Mal setzte ich die Feder am 10. Oktober auf das Papier, am Tag nach Eddies Begräbnis, und jetzt ist es Christtag 1849. Meine Haut ist sehr dunkel geblieben; ich habe einen Job als Kellner in einem Negerrestaurant gefunden. Seela und ich haben einen Weihnachtsputer und einen Herd, um ihn darin zu braten. Dafür müssen wir sehr dankbar sein.

Als ich mit diesem Bericht begann, glaubte ich, einfach eine simple Aufzählung meiner nacheinander ablaufenden Erinnerungen verfassen zu können, aber während des Schreibens habe ich herausgefunden, daß das Gedächtnis ein sich stark verzweigender Baum ist. Nehmen wir nur den Wagen, der unsere Kiste beförderte – soll ich erwähnen, daß seine Räder eisenbeschlagen waren, daß sie schrecklich laut auf dem Kopfsteinpflaster ratterten und daß dieser Lärm mich an die erste Maschine erinnerte, die ich jemals sah: einen kurbelbetriebenen Maisschäler, der Cornelius Rucker, dem Besitzer der Nachbarsfarm in Hardware, gehörte? Habe ich genug Zeit, um den Strandspaziergang mit Otha am Tag davor zu erwähnen und von dem lederartigen, unterteilten Objekt zu erzählen, das wir da fanden, den Eierbehälter eines Weichtiers, mit einer Ansammlung winziger, aber perfekt geformter Schalen in jeder der Abteilungen? Soll ich berichten, daß Virginias

letzte Worte zu mir *Ich bin auch bloß ein Mädchen* lauteten?

Ich muß vieles weglassen und zügig weitermachen.

An Bord der *Wespe* wurde unser Ballon im Laderaum
verstaut, Jeremiah und mir zeigte man eine Kabine,
Otha wurde bei der Mannschaft untergebracht, Wuff
durfte auf dem ganzen Schiff herumlaufen. Am 1. Juni
1836 setzten wir Segel.

Auf Grund der vorherrschenden Windverhältnisse
führt der natürliche Kurs einer Schiffsfahrt in die Antarktis südöstlich zur Überquerung des Äquators nahe
der afrikanischen Küste, dann südwestlich, wo man bei
Rio de Janeiro auf die südamerikanische Küste stößt.
So machten wir das auch. Die *Wespe* kreuzte den Äquator am 12. Juli beim 26. westlichen Längengrad und erreichte am 4. August Rio. Die Stadt war eine Offenba-
rung, eine wirklich gemischtrassige City. Ich schlief
hier wieder mit einer Prostituierten und schrieb Pa
einen Brief, daß ich zur See fahre. Obwohl in Rio Winter war, blühten die Blumen; mehr als alles andere be-
eindruckten mich die Kolibris, die aus den Blüten saug-
ten. Otha und ich nützten das gute Wetter und das ruhige Meer, indem wir endlich schwimmen lernten.

Wir füllten unsere Vorräte auf und segelten dann die
Küste hinunter über den Rio Negro, wobei wir den 40.
südlichen Breitengrad überquerten. Die wilde südamerikanische Küste dieser Region heißt Patagonien und
wird von einer scheuen, grauhäutigen Menschenrasse
bewohnt. Unsere Segeljolle landete in einigen Buchten
und kehrte mit eher wenigen Robbenfellen zurück.

Diese Beute war bei weitem nicht zufriedenstellend,
weil einige tausend Felle gebraucht wurden, um die
Reise der *Wespe* zu einem Erfolg zu machen. Bulkington erzählte mir, daß Kapitän Guy plante, eventuell unseren Kurs so zu ändern, daß wir die unberührten Robbeninseln fanden, die man unter dem 65. südlichen
Breitengrad vermutete, an dem die Antarktis beginnt.

Für jene, die hinsichtlich Navigation so wenig wissen, wie ich am Beginn dieser Reise wußte, sollte ich vielleicht erklären, daß jeder Punkt am Äquator Null Grad Breite hat und der Südpol der einzige Punkt mit 90 Grad südlicher Breite ist. Diese 90 Grad symbolisieren die Tatsache, daß vom Zentrum der Erde ein neunziggradiger Winkel zwischen einer Linie zum Äquator und einer zum Südpol besteht. Eine Bewegung zum Pol hin ist also eine zu immer höheren Breitengraden.

Wie ich nun hinzufügen muß, ist die geographische Länge die Winkelabweichung östlich oder westlich vom Null-Grad-Meridian, der in Nord-Süd-Richtung durch Greenwich in England läuft. Südamerika liegt auf westlichen Längengraden, der größte Teil Afrikas auf östlichen. In Polnähe führen die Längengrade so eng zusammen, daß man seine Position in bezug auf sie leicht verändern kann. Aber die Änderung des Breitengrades ist immer noch gleich schwierig.

Am 19. September erreichten wir die Falklandinseln auf 52 Grad südlicher Breite und 57 Grad westlicher Länge, nahe der Südspitze Südamerikas. Die Falklandinseln haben guten Boden und bringen deshalb strotzende Wiesen und massenhaft wilde Viehherden hervor. Obwohl es keine Bäume gibt, liefert das Unterland vorzüglich brennbaren Torf. Hier leben keine Menschen, aber die Stämme der Gefiederten sind sehr zahlreich, insbesondere die Pinguine und die Albatrosse.

Diese beiden so unterschiedlichen Vögel formen zusammen riesige Kolonien – gemeinsame Lager auf Zeit zur Aufzucht ihrer Jungen. Die größte Kolonie auf den Falklands war beinahe größer als unsere Farm daheim in Hardware. Sie befand sich auf dem felsigen Untergrund nahe dem Wasser. Die Vögel hatten den Untergrund geglättet, indem sie alle losen Steine entfernt und an drei Seiten der Kolonie zu Mauern aufgeschichtet hatten. Der große dadurch entstandene Platz war wie ein Schachbrett gemustert, abwechselnd jeweils mit Pinguin- und Albatros-Nestern. Dieses Arrangement kam mir plötzlich vor wie ein Symbol dafür, wie zwei Rassen, schwarz und weiß, hier im Süden friedlich zusammenlebten.

Wir blieben bis zum 26. September auf den Falklands: setzten Segel und Takelung instand, sammelten Regenwasser zum Trinken und nahmen achtundzwanzig Fässer mit Albatroseiern in Salz an Bord. Wir wollten nun mit dem Wind bis zum 60. Breitengrad südöstlich segeln, und dann zurück in westliche Richtung und so weit südlich, wie es die Eismauer erlauben würde. Kapitän Weddell von der englischen Flotte hatte im Februar 1822 eine südliche Breite von 74 Grad erreicht, und Kapitän Guy war der Ansicht, daß wir das auch schaffen könnten. Wenn wir ein neues, unberührtes Robbengebiet fanden, konnten wir möglicherweise fünftausend Pelze einsammeln.

Obwohl Jeremiah ein freundlicher, gutmütiger Kabinengenosse war, hatte er die ärgerliche Angewohnheit, mir ständig Ratschläge zu geben. Ich war seiner ewigen Predigten bald müde. Mir schien, er hielt mich für einen Kleinkriminellen, der es nicht ganz wert war, den Namen Reynolds zu tragen. Er dinierte jeden Tag mit Kapitän Guy, während ich in der Matrosenmesse essen mußte. Von allen Männern kam ich mit Stuart Bulkington am besten aus.

Wie ich war er auf einer Farm zwischen Lynchburg und Charlottesville aufgewachsen. Er hatte ein dunkel gebräuntes Gesicht und blitzende weiße Zähne. Es war eine Freude, ihn lachen zu sehen. Aus Gründen, die er nicht bekanntgeben wollte, war er seit sieben Jahren ununterbrochen auf See. Er erzählte mir von den Ländern, die er gesehen hatte, und obwohl ich dem nur wenig selbsterlebte Abenteuer entgegensetzen konnte, schien er damit zufrieden zu sein, daß ich ihm willig zuhörte und seine Geschichten kommentierte. Ich fühlte, daß wir verwandte Geister waren: zwei Männer mit schwieriger Vergangenheit.

Da Otha nicht ausdrücklich zur Arbeit verpflichtet war, stand er abseits von der Mannschaft. Außerdem waren die Handvoll schwarzer Mannschaftsmitglieder Halbwilde: Tasmanier und Fidschianer mit spitzgefeilten Zähnen und tätowierten Gesichtern. Othas bester Freund auf der *Wespe* war ein Halbblut namens Dirk Peters, der Sohn einer Indianersquaw und eines Trappers. Wenn Otha nicht bei mir war, übte er meistens mit Peters Messerwerfen. Peters war bemerkenswert gut darin, ein Bowiemesser aus seinem Stiefel zu ziehen und auf das Ziel zu werfen. Auf den Falklands hatte er einen Pinguin auf diese Weise getötet, indem er ihn mitten ins Herz traf, was Otha mächtig beeindruckte.

Dieser Dirk Peters war kleingewachsen und sah wild aus. Hinter seinen dünnen, geraden Lippen hatte er höchst unregelmäßig gewachsene Zähne. Der harte Mund gab ihm einen Anflug von Traurigkeit, während die tanzenden Zähne wirkten, als sei er fröhlich. Tatsächlich war er, soweit ich das beurteilen kann, ein hohlköpfiger Herumtreiber, der ausschließlich für den Augenblick lebte. Nicht nur Otha, auch Wuff hatte einen Narren an Peters gefressen, der den Hund gern an den Ohren zog und in einem Dialekt mit ihm sprach, von dem er behauptete, er käme vom Stamm der Upsarokas in Missouri. Trotz meines lauten Protests verbrachten Peters und Otha einen müßigen Nachmittag damit, ein spiralenförmiges Upsaroka-Glückssymbol um Wuffs Nabel zu tätowieren, direkt auf den Bauch über der Hautfalte, in der der Penis steckte. Von Peters Gemurmel oder von dem Opium, das Otha immer noch bei sich zu haben schien, in Trance versetzt, erduldete Wuff diese Behandlung ohne Protest.

Wir verbrachten eine Woche südlich der Falklands

auf der Suche nach den verschollenen Aurora-Inseln. Diese kleinen runden Inseln waren 1774, 1779 und 1794 gesichtet worden, aber niemand war seither in der Lage gewesen, sie wiederzufinden. Auch wir hatten keinen Erfolg, und am 18. Oktober erreichten wir die Insel Südgeorgien auf 53 Grad südlicher Breite und 38 Grad westlicher Länge. Sie ist ein steiles Bergeiland mit Gipfeln in ewigem Eis und Tälern voll starkblättrigem Gras. Kapitän Guy schickte die Robbenschlächter mit zwei Booten auf den Strand, um sich nach Robben umzusehen, aber sie kamen nach drei Tagen mit leeren Händen zurück. Wir umkreisten die ganze Insel, ohne eine einzige Robbe zu Gesicht zu bekommen.

Wir nahmen Kurs genau in Richtung Osten, vorwärtsgetrieben von den ständigen machtvollen Westwinden, und hatten Sturm und schwere See, Schnee und Hagel. Oft sahen wir die frei treibenden Eisinseln, die man als Eisberge bezeichnet. Am 24. Oktober erreichten wir die Bouvets Insel auf 54 Grad südlicher Breite und 3 Grad östlicher Länge. Ein Boot landete und kehrte am nächsten Tag mit achtzig Robbenfellen zurück. Die Matrosen hatten doppelt so viele Tiere erschlagen, aber nicht die Zeit gehabt, allen die Felle abzuziehen. Wuff und ich ruderten am nächsten Tag in Bulkingtons Boot mit, um zuzusehen, wie die Männer die übrigen Robben abzogen. Die Prozedur bestand darin, Flossen und Schwänze abzuschneiden, einen Einschnitt um das Genick und entlang dem Bauch zu machen, und dann das Fell wie eine Jacke abzuziehen. Wuff beschnupperte die Kadaver mit Interesse, war aber weder mutig noch hungrig genug, um ein Stück des Fleisches abzubeißen.

Es war ein melancholischer Anblick, der sich an diesem Strand bot, zweitausend Meilen von Kap Hoorn und tausend vom Kap der Guten Hoffnung entfernt. Ich fühlte mich auf dem festen Land unsicher und benommen. Das rohe rote Fleisch der geschundenen Robbenkadaver war die einzige lebhafte Farbe im ganzen Umkreis. Himmel und Meer waren grau, die Insel eine Masse aus glasiger blaugrauer Lava. Der Strand bestand aus blassem, krümeligem Bimsstein.

Hinter unserem Schiff lagen von Eisbergen abgebrochene Stücke, die in den Untiefen rund um die Bouvet-Insel gestrandet waren. Manche dieser riesigen Eisberge hatten mehr als eine Meile Umfang. Im langsam wärmer werdenden Frühling (man denke daran, daß auf der südlichen Hemisphäre sich die Jahreszeiten verkehren, so daß ihr Oktober, November, Dezember, Januar und Februar unserem April, Mai, Juni, Juli und August entspricht) brachen gelegentlich Eisstücke von den Bergen ab und versanken mit einem Krachen im Meer, das sich mit dem Kreischen der Seevögel mischte, die sich am Fleisch der toten Robben labten.

Es kam mir befremdlich und grausam vor, daß Menschen einen so weiten Weg herkamen, um hier ein Schlachtfest zu veranstalten. Selbst wenn wir die Hohlwelt erreichten – würde es richtig sein, unserer Zivilisation weitere Plünderungen zu ermöglichen? Oder, noch schrecklicher, wie würde es sein, wenn Wesen aus der Hohlwelt herauskämen und uns behandelten wie wir die Robben? Ich sprach am Abend mit Jeremiah über diese Fragen, er schien sie aber nicht ernstzunehmen.

»Das ist eine ganz schöne Art von Welt, in der wir leben, Mason, wenn man nicht allzuviel von ihr erwartet. Es gibt eine Menge toller Burschen in ihr. Kapitän Guy beispielsweise ist ein Pfundskerl. Auch dein Freund Bulkington scheint völlig in Ordnung zu sein. Hör auf mit dem Gejammer! Glaubst du nicht auch, daß diese Robbenfelle an den hübschen Knickerbocker Ladies in Manhattan besser aussehen werden? Und was die Hohlwelter betrifft, die über uns kommen könnten – da würd ich mir keine Sorgen machen. Möglicherweise ist es da drinnen stockdunkel, mit nichts als einer Menge Pilze.«

»Ich dachte, Symmes hätte gesagt, es sei eine Sonne drinnen«, protestierte ich. »Genau im Zentrum.«

»Ja, aber unser Newton des Westens hatte nicht viel Ahnung von Mathematik.« Reynolds grinste. »Ich habe es direkt von einem Professor der John Hopkins Universität, daß es im Innern einer Hohlkugel keine Schwerkraft gibt. Wenn wir es über das Eis weg schaffen und über den Rand des südlichen Loches in die Hohlwelt segeln, werden wir gleich auf die Oberfläche des Ozeans da drinnen gelangen. Wenn es in der Mitte eine Sonne gäbe, würden wir in sie hineinfallen und verbrennen, und so ginge es mit allem, was sich nicht auf der Innenseite fest anklammerte.«

Draußen wehte ein Wind, der ein halber Sturm war, und unser Bullauge war dicht verschlossen. Eine Robbenöllampe beleuchtete flackernd unsere kleine Kabine mit dem Tisch, dem Stuhl und den beiden Schlafkojen. Wuff lag dösend auf dem Boden.

Verwirrt von Jeremiahs Worten zeichnete ich ein Diagramm auf das Vorsatzblatt des Atlanten, den er mitgenommen hatte. Das Bild stellte dar, was man sieht, wenn man einen dünnen vertikalen Schnitt aus unserer Hohlwelt nehmen könnte. Man würde einen Ring aus Materie sehen, der oben und unten von zwei Löchern unterbrochen wird: den von Symmes postulierten Öffnungen am Nord- und Südpol. Meine Zeichnung zeigte zwei dicke Halbkreise, die oben und unten nicht ganz zusammentrafen.

»Symmes sagte, ein Schiff könne über die Kante und dann auf der Innenseite entlangsegeln«, sagte ich und zeichnete drei Schiffe ein, eines auf der Außenseite, eines auf der Lippe, und eines innen.

»Ja«, räumte Jeremiah ein. »Aber die Integralrechnung des *wahren* Newton beweist, daß das falsch ist.« Er wies mit seinem plumpen Finger auf das Schiff in der Hohlwelt. »Sicher, der Ozean und der Boden darunter ziehen das Schiff an.« Jetzt fuhr er mit dem Fin-

143

ger über den Rest der Hohlweltrinde. »Aber all diese Materie ist sozusagen *darüber*. Sie zieht das Schiff in die Höhe. Das alles ist weit weg, aber es ist eine Menge davon da. Mein lieber Professor Stokes sagte mir, daß Newtons Integrale das alles ausgleichen.« Er zeichnete ein viertes Schiff, das frei in der inneren Atmosphäre der Hohlwelt schwebte. »*Das* ist es, was passieren wird. Und wenn es eine kleine Sonne im Zentrum gäbe, würde sie alle losen Dinge in sich hineinziehen. Pfft! Zu schade!«

»Aber wenn eine Sonne drinnen ist und wir tatsächlich eindringen, dann …«

»Wir werden sicher sein. Das ist ein weiterer Grund, warum wir mit einem Ballon statt mit einem Schiff hineinfahren. Solange die Hohlwelt voll Luft ist, wird ein Ballon, der leichter ist als diese Luft, sich von jeder Zentralsonne wegbewegen. Wir werden Gas ablassen, um in das Loch hinabzusinken, und wir werden Ballast abwerfen, um wieder herauszukommen. Wenn es da drinnen eine innere Sonne gibt, dann werden wir, solange wir in dem Loch sind, herumschweben und die Hohlwelt wird wie eine Art Dach über uns sein. Vielleicht nisten Vögel in ihr oder Affen leben in den herabhängenden Bäumen – wer weiß?«

Ich versuchte, mir das vorzustellen, gab es aber bald auf. »Aber du hältst es für möglich, daß es keine innere Sonne gibt, Jeremiah?«

»Die Hohlwelt könnte nackt und leer sein, mit Felsen, die umhertreiben wie die kleinen Planeten, die man Asteroiden nennt. Ein bißchen Licht würde durch die Löcher hereindringen.« Jeremiah zuckte die Achseln und bedachte mich mit seinem freimütigen breiten Grinsen. »Hol's der Teufel, Mason, ich weiß nicht, was wir zu erwarten haben. Das ist ja der Grund, warum ich da hin will! Wenn ein Mann in mein Alter kommt, ist ihm eine Überraschung einen weiten Weg wert.«

Draußen ertönte ein lautes Dröhnen, und einen Moment später begann das Schiff heftig zu stampfen. Einer der großen Eisberge in der Nähe hatte seinen Schwerpunkt verlagert und war umgekippt. Ich schlief schlecht in dieser Nacht und träumte von einem Schiff, daß durch einen mit Objekten gespickten Himmel in die Sonne fiel.

Am nächsten Tag segelten wir rund um die Insel auf der Suche nach weiteren Robbenkolonien, aber die Kliffe waren so steil, daß wir keinen Ort fanden, an dem Robben an Land hätten gehen können. Wir fuhren in die offene See hinaus und segelten vor stürmischem Westwind in Richtung Südost.

Am 30. November kreuzten wir den 60. Breitengrad. Der Wind beruhigte sich, der Himmel wurde klar, und wir fanden uns in einem ausgedehnten Gebiet voll Treibeis wieder. Die meisten Trümmer waren pfannkuchenrunde Schollen, aber andere sahen aus wie Feenschlösser aus Kristall oder Berge aus Glas. Die strahlende Morgensonne wurde von Myriaden winkeliger Eisflächen reflektiert und in jede Farbe gebrochen. Wir waren ganz benommen von dieser strahlenden Schönheit, aber unsere Bewunderung schlug bald in Alarm um. Große Brocken von Eis und gefrorenem Schnee fielen unregelmäßig von den treibenden Eisbergen herab. Wenn einer dieser Brocken in unserer unmittelbaren Nähe ins Wasser fiel, würden wir sinken wie ein Schiffchen aus Papier. Zum Glück waren wir nicht in der direkten Nähe eines der Eisberge.

Das Wetter war jetzt mild und angenehm, aber wir hatten nicht genug Wind, um schnelle Fahrt zu machen. Eisstücke umgaben unseren Schiffsrumpf, was unser Fortkommen weiter verlangsamte. Wenn andererseits ein starker Sturm losgebrochen wäre, würde sicher das Schiff zu Bruch gegangen sein.

Große Schwärme von Seevögeln flogen von einem Eisberg zum anderen – Albatrosse, Sturmvögel, Eisvögel und manche seltsame Spezies, die noch niemand je gesehen hatte. Ich fragte mich, ob sie zum Schlafen in die Hohlwelt flogen und am Morgen aus dem Loch am Südpol herauskamen. Auf den Eisbergen und um sie herum gab es auch eine große Anzahl Pinguine. Um die lebenssprühende Szenerie zu vervollständigen, zeigten sich viele Wale und Tümmler in dem eisfreien Wasser südlich des Treibeisgebietes, in dem wir segelten. Die Wale sprangen zum Teil vollständig aus dem Wasser hoch in die Luft und schüttelten sich vor Lebensfreude.

Am dritten Tag stellten wir am Morgen fest, daß die Eisschollen auseinanderdrifteten, und wir fanden einen Weg hinaus in die freien Gewässer südlich des Eises. Hier wimmelte das Wasser von Kleinkrebsen und Tintenfischen. Der Wind drehte jetzt und kam aus dem Nordosten, also beschlossen wir, zurück nach Westen zu segeln und dabei so tief wie möglich in den Süden vorzustoßen. Wir durchquerten mehrere riesige Eisbänder, aber jedesmal, wenn wir einfroren, brach das Eis bald wieder auf. Kapitän Guy war ein Genie, was das Finden eisfreien Wassers betraf. Mit dem Längerwerden der Tage schien es – vielleicht ist das paradox –, daß es immer mehr eisfreie Flächen gab, je weiter südlich wir kamen. Trotz der steigenden Temperaturen blieb das Wetter recht veränderlich mit häufigen Hagelstürmen aus dem Westen. Unsere größte Angst war aber die ganze Zeit, daß unser kleines hölzernes Schiff mit einem hundertmal größeren Eisberg kollidieren könnte.

Am 1. Dezember kreuzten wir den 65. südlichen Breitengrad auf 15 Grad östlicher Länge. Hier unten gab es keine Eisfelder, aber viele Eisberge. Kapitän Guy genoß immer noch die Herausforderung, seinen Weg immer weiter nach Süden fortzusetzen, aber die Mannschaft begann allmählich unruhig zu werden. Wir hatten seit einem Monat keine Robben mehr erlegt und waren jeden Tag in Gefahr, unser Leben zu verlieren.

Frisches Wasser hatten wir genug, aber die anderen Vorräte nahmen sichtlich ab. Dies alles bedenkend, zog Jeremiah den Schluß, es wäre das beste, unseren Ballonverschlag an Deck zu bringen, so daß wir jederzeit das Schiff verlassen konnten, wenn der Kapitän beschloß, wieder nach Norden zu segeln. Von den neuen Robbeninseln, die Kapitän Guy hier zu finden gehofft hatte, war nirgendwo etwas zu ochen. Er sagte uns, wenn wir nicht bald etwas entdeckten, würde er den Kurs nordwestlich zum robbenreichen Archipel der Inseln zwischen uns und Tierra del Fuego nehmen müssen.

Der Ballonverschlag war in einen völlig unzugänglichen Abschnitt des Schiffsrumpfs gezwängt worden. Um es noch schlimmer zu machen, waren drei Bootladungen Extravorräte am Abend des letzten Tages an Bord gebracht worden, und man hatte sie alle rund um den Verschlag gepackt. Es war die Arbeit eines ganzen Tages für Otha, Jeremiah, Peters, Bulkington und mich, die Kisten und Fässer aus dem Weg zu räumen und unseren großen Korbverschlag freizulegen. Die Arbeit wurde zusätzlich erschwert durch einen widerlichen Verwesungsgeruch, von dem ich annahm, er käme von den Robbenfellen. Unser Verschlag selbst stank aber noch viel extremer, so daß wir uns fragten, ob unsere Vorräte verrottet waren. Man stelle sich mein Entsetzen vor, als ich den stinkenden Verschlag öffnen wollte und eine dünne Stimme aus dem Inneren drang.

»Laßt mich heraus«, sagte sie, »um Gottes willen!«

In einer Minute hatten wir die Tür geöffnet. Ich taumelte zurück und kotzte. Eddie und Virginia waren die ganzen Monate hindurch hier eingesperrt gewesen, und einer von ihnen war seit langer Zeit tot.

Mit einer übermenschlichen Anstrengung hievten wir den Korb aus dem Laderaum an Deck. Was für ein Kontrast zwischen dem Korb und der reinen Luft der

Antarktis! So zerflossen und ineinander verknäuelt waren die Leiber der beiden Liebenden, daß es schwer zu erkennen gewesen war, was zu wem gehörte, aber jetzt konnte ich sehen, daß Eddie überlebt hatte und Virginia sich in Knochen und eine schwarze Schmiere aufgelöst hatte. Eddies Augen waren wie die eines Verrückten; Bulkington holte Eimer um Eimer aus der See und goß das eiskalte Wasser über Eddies bleiches, zuckendes Gesicht.

Jeremiah zog die Ballonhülle heraus und ließ den Wind das Innere der Kabine säubern. Unsere Flaschen mit Säften und Alkohol waren dahin, das Trockenfleisch und der Zwieback ebenfalls. Offensichtlich hatte Eddie genug Raum gehabt, in der Kabine herumkriechen zu können. Und doch hatten wir ihn in den Armen der toten, verrotteten Virginia gefunden. Es war eine schreckliche Vorstellung, daß ein Mann sich eine so makabre Umarmung suchen sollte.

Die gesamte Mannschaft war in höchstem Grade aufgeregt und angewidert. Ich glaube, sie hätten am liebsten Eddie zusammen mit Virginias Überresten über Bord geworfen, wenn Jeremiah nicht dazwischengegangen wäre. Er führte den schluchzenden Eddie in unsere Kabine und kümmerte sich um ihn. Otha und ich machten uns an die Instandsetzung der Ballonkabine, und Bulkington half uns, sie an Deck festzuzurren. Dieser letzte Schritt war deshalb wichtig, weil sich aus dem Norden plötzlich ein Sturm erhob.

Die nächsten drei Wochen wurden wir in Richtung Süden getrieben. Kapitän Guy versuchte immer wieder, Kurs Nord zu segeln, aber eine machtvolle Strömung vereinigte ihre Kraft mit der der Winde und des Treibeises. Wir kreuzten den 70. Breitengrad, dann den 72., und schließlich, am Weihnachtstag des Jahres 1836, erreichten wir den 75. Breitengrad und waren damit näher am Pol als irgendein Mensch je zuvor. Vögel füllten den südlichen Himmel, der von der Reflexion unsichtbarer Schneefelder glänzte. Man konnte kaum daran zweifeln, daß bald Land in Sicht kommen würde.

Auf dem Höhepunkt des antarktischen Sommers hatten wir Tag und Nacht Sonne. Es war bewegend, am Christtag an der Reling zu lehnen und Sonne und Mond zugleich über dem Horizont zu sehen, wie sie beide ihr Licht spendeten. Unsere Vorräte gingen zur Neige, unser Festmahl hatte aus frisch gefangenem Fisch bestanden und aus Wasser, das eines unserer Boote von einem Teich auf einem der Eisberge geholt hatte. Jeder erwartete das neue Land im Süden; wir hatten zwei Segel so gesetzt, daß uns der sanfte Nordwind schneller hinbringen würde.

Während unserer drei Wochen südlicher Fahrt waren die Eisberge immer größer und phantastischer geworden. Manche waren riesige ungeformte Blöcke, aber andere waren auf der Seite vom Wasser ausgehöhlt worden, mit Einbuchtungen wie große gewölbte Höhlen. Diese Höhlen lagen auf Wasserniveau, sodaß die See fortwährend ein- und ausschwappte. Wenn es am gefährlichsten war, bei Nebel nämlich, konnte man die Eisberge an diesem donnernden Geräusch ihrer Höhlen erkennen.

Aber am Christtag war schönes Wetter, und das Land war nahe. Eddie war zum ersten Mal wieder auf dem Damm. Ich teilte jetzt Bulkingtons Kabine, weil ich Eddie vollständig der Fürsorge Jeremiahs überlassen hatte. Eddies ständiges Zittern hatte aufgehört, seine geisterhafte Gesichtsfarbe sich normalisiert. Als wir nebeneinander an der Reling standen und die Eisberge betrachteten, versuchte ich ihn in ein Gespräch zu ziehen.

»Schau, wie die eine Seite dieses Eisbergs von der Sonne beschienen wird und die andere vom Mond«, sagte ich in der Hoffnung, seinen Schönheitssinn wachzurufen. »Und wie dort die weißen Sturmvögel in dieser Höhle ein- und ausfliegen! Das sieht aus wie die Ruine einer Kathedrale aus Alabaster, nicht wahr?«

»Es sieht aus wie ein Zahn«, flüsterte Eddie. Er hatte seine Hand tief in der Hosentasche vergraben. Er sah mich mit einem seltsamen Blick an, zog seine Hand aus der Tasche und zeigte mir die köstlichen elfenbeinernen Objekte, die in seiner Handfläche lagen. Ein eisiger Schauer kroch mir über das Rückgrat.

»Virginias Zähne«, sagte Eddie mit einer Stimme, die dünner war als das entfernteste Geschrei der Vögel.

Ich starrte ihn an, bis er die Zähne in die Tasche zurücksteckte. »Erzähl mir, wie sie gestorben ist«, sagte ich.

Er starrte den Eisberg an, der sich langsam auf unser Heck zubewegte. Seine vorspringende weiße Stirn hatte er in traurige Falten gelegt, und sein Mund war so geschürzt, daß er kleiner war als der winzige Schnurrbart darüber. Ich fühlte Mitleid mit ihm, aber auch Wut. Ich stieß ihn an. »Ich habe Virginia auch geliebt, Eddie. Du mußt es mir erzählen.«

Er warf mir einen Blick zu und schüttelte den Kopf. Aber ich bestand darauf. »Warum hast du sie umgebracht, Eddie? Warum?«

Er schauderte und seufzte, als sei er erleichtert darüber, daß ich Bescheid wußte, und dann begann er doch zu sprechen. Seine Stimme war schwach und papieren, aber mit der Zeit kehrte doch ein wenig ihrer früheren melodischen Kraft wieder. »In der letzten Nacht dort war ich vom Teufel der Perversität besessen. Wofür waren alle unsere schlauen, sorgfältig ausgearbeiteten Pläne gut? Das Endergebnis all meiner Machinationen war, daß ich mir die Gefühle meiner geliebten Virginia entfremdet hatte wegen einer Forschungsreise, die ich nicht antreten wollte. Auf mich wartete nichts in Richmond als Mrs. Clemms Pension und mein unvermeidlicher literarischer Ruhm, der aber so langsam kam wie das Dungrollen eines Mistkäfers. Den Teufel der Perversität, kennst du ihn, Mason?«

»Nicht wirklich«, sagte ich, begierig, Eddie zum Weitersprechen zu bringen. »Erzähl!«

»An diesem letzten Abend betrog ich Leutnant Bustler beim Kartenspiel und gewann ein kleines Vermögen in Gold. Der Teufel wollte von mir, daß Bustler mit Sicherheit wissen sollte, daß ich ihn beschissen hatte, deshalb hinterließ ich absichtlich ein Extra-As in seinem Kartenspiel. Am frühen Morgen kam ich in mein Hotelzimmer zurück. Das Opium war mir ausgegangen. Ich hätte warten können, bis die Geschäfte aufmachten, aber der Teufel ließ das nicht zu. Ich nahm ein Brecheisen aus dem Geräteschuppen hinter dem Hotel und brach die Hintertür der nächsten Apotheke auf. Dort fand ich eine Kugel Opium und eine Flasche Laudanum und ging problemlos wieder hinaus. Der Teufel der Perversität nahm es übel, daß die Dinge so leicht gehen sollten. Auf seinen Befehl hin stand ich dort herum und rauchte Pfeifen, bis ein Constabler vorbeikam. Als er mich nach der offenen Tür fragte, sagte ich, er beleidige mich, und bestach ihn mit einer Note der Bank of Kentucky. ›Überprüfen Sie aber unbedingt ihre Echtheit‹, sagte ich. ›Falls sie nicht echt sein sollte, suchen Sie Colonel Embry im Hotel Norfolk auf.‹«

Von einem kirchengroßen nahen Eisberg fiel ein Brocken ab. Die Vögel kreischten, und der sich ausbreitende Wellenkreis brachte unser Schiff ins Schaukeln. »Komm schon, Eddie. Erzähl mir alles.«

»Ich ging also ins Hotel zurück und legte mich schlafen. Als ich aufwachte, war es mitten am Vormittag. Sobald mir alles wieder eingefallen war, was der Teufel der Perversität und ich zusammen angerichtet hatten, packte ich zusammen und verließ das Hotel durch die Hintertür. Ich eilte zum Bootshaus. Niemand war da außer Virginia. Sie saß allein oben. Ich sagte ihr, wir müßten sofort abreisen, und daß ich nicht nach Richmond zurückwollte. Ich sagte ihr, wir würden zusammen mit dem 11-Uhr-Boot nach Baltimore fahren, und dann nach New York. Sie sagte, ich sei haßerfüllt ihr gegenüber gewesen und daß ...«

Er hielt inne und schaute mich an. Seine Augen waren dunkler und ähnelten mehr düsteren Wasserstrudeln denn je. Ich bekam ein wenig Angst, obwohl die Bedrohung, die von ihm ausging, eher spirituell als physisch war. »Sie sagte, sie hätte lieber dich heiraten sollen, Mason. Du hast es getan. Ich erinnere mich an das, was du getan hast. Du und ich und der Teufel – wir machten die arme Virginia fertig.«

»Weiter, Eddie, weiter.«

»Virginia sagte, sie würde das Bootshaus nicht verlassen, bevor sie nicht dich gefragt hätte, was zu tun sei. Sie sagte, daß sie Angst gehabt hätte, mit dir zu spechen, jetzt aber sei die Zeit dazu gekommen. Ich beschloß, sie unter Drogen zu setzen und sie einfach mitzunehmen. Ich bereitete einen Tee für sie zu, dunkel und süß und stark, und gab 200 Tropfen Laudanum hinein, die vierfache Dosis von dem, was ich normalerweise nahm. Ich sah zu, wie sie ihn trank, und dann sah ich zu, wie ihr süßes Mondgesicht sich glättete. Es ging sehr schnell. Sie schlummerte ein. Ich eilte die Stiege hinunter mit der Absicht, draußen eine Kutsche aufzutreiben – dem Fahrer würde ich sagen, Virginia sei betrunken, dem Schiffskapitän, sie sei krank. Ich würde uns einen Weg ins neue Leben lügen. Aber als ich unten war, hörte ich einen schweren Wagen kommen. Ich konnte nicht zulassen, daß Jeremiah und du uns fandet!«

Wuff tauchte zwischen uns auf, schwanzwedelnd und gutgelaunt. Er war der Liebling der Mannschaft geworden und hatte von fast allen einen Happen zu Weihnachten bekommen. In der seltsamen halbmenschlichen Art, die er manchmal hatte, richtete er sich zwischen Eddie und mir am Geländer auf die

Hinterpfoten auf. Eddie sah ihn zerstreut an und redete weiter.

»Ich eilte wieder hinauf. Sie war so still, so sanft, so warm! Ich hatte die Kraft eines Wahnsinnigen, Mason, ich nahm sie auf und raste mit ihr zur Ballonkabine. Wir würden uns darin verstecken, Norfolk per Schiff verlassen, uns beim Kapitän melden, und in Charleston oder Savannah an Land gesetzt werden. Ich hatte genug Geld, um Gefälligkeiten vom Kapitän erbitten zu können. Ich hatte Gold!«

Wuff leckte Eddies Gesicht, und einen Moment lang schien es, als verwechsle Eddie den Hund mit Virginia.

»O mein Liebling«, stöhnte er. »Mein dunkler neuer Mond! Bist du erwacht?« Er griff nach Wuff und dann, plötzlich seinen Irrtum erkennend, packte er fest zu und versuchte, Wuff über die Reling in das tiefe ruhige Wasser zu werfen, in dem wir dahinglitten. Wuff jaulte; ich stoppte Eddie mit einem heftigen Schlag gegen seine Schulter; Wuff fiel auf das Deck zurück und verdrückte sich schnell.

»Wir waren ganz ruhig in dem Verschlag. Ich hatte es immer geliebt, wenn Virginia ganz still bei mir lag. Ich war im Paradies, so gegen sie gepreßt, so still und ruhig, mit dem seidenen Ballonstoff, der uns umgab wie ...«

»Wie in einem Sarg«, sagte ich. »Wie ein Mutterleib. Du hast sie mit dem Opium getötet?«

»Sie luden uns in den Frachtraum des Schiffes, gingen weg und kamen mit Kisten zurück und machten endlos herum, und die Zeit verging. Ich schlief ein, an Virginia geschmiegt, während ich darauf wartete, daß das Schiff lossegeln würde.« Eddies Stimme war wieder zu einem Flüstern abgesunken. Dann kam plötzlich ein Schrei vom Mastkorb.

»Land in Sicht!«

Ich riß den Kopf herum, und ja, da, links, hinter einer

langen Zeile zerklüfteter Eisberge, sah man eine weiße und, ah! eine grüne Linie!

»Als das Schiff in Bewegung geriet, war Virginia steif und kalt.« Eddies Hand stahl sich in die Tasche, um die Zähne zu liebkosen. »Ich wollte mit ihr sterben. Deshalb habe ich mich niemals gemeldet. Aber ich war zu weich. Ich kroch zu den Vorräten, aß und trank und kroch zurück zu ihr. Immer wieder. Jeremiah sagt, es seien sechs Monate vergangen, aber mir kam es vor ...«

»Schau, Eddie! Land!«

Er verlor das Bewußtsein und fiel auf das Deck. Eddie war schuld an Virginias Tod, aber er war kein Mörder. Das empfand zumindest ich so. Nur Gott konnte entscheiden, ob Eddie genug gelitten hatte für seine Sünden. Ich zerrte ihn zurück in die Koje, die er von mir übernommen hatte, und gesellte mich zur aufgeregten Mannschaft.

Wir folgten unserem Kurs zwischen den Eisbergen hindurch und kamen in eine Bucht mit ruhigem Wasser, das mit treibendem Tang und Fischen gefüllt war. Bulkington stand an der Reling und machte Tiefenmessungen. Die längste Zeit war kein Boden zu finden, aber dann, knapp fünfzig Yards vom grasbewachsenen Strand, befanden wir uns über nur drei Faden tief liegendem Fels. Hier war der Boden mit dicken Strängen und Blättern eines orangefarbenen Seegrases bedeckt, das zu stark war, als daß man es hätte herausziehen und abreißen können. Wir warfen längsschiff Anker.

Der Blick auf den Strand zeigte folgende Szenerie: zuerst gab es einen schmalen Streifen schwarzen Sandes, dann eine Wiese mit Gras und Blumen, einige kleine grüne Hügel, dahinter Felsen und noch weiter entfernt, eine aufragende Eiswand. Jenseits des Eiswalls befand sich eine unbelebte Ebene, die von einem Panorama zerklüfteter Berge abgeschlossen wurde. Der Strand beschrieb nach rechts ungefähr eine halbe Meile weit eine Kurve, die beim Eiswall abbrach. Links zog er sich hin bis zu einer Stelle, an der eine federige graue Wolke über dem Wasser lag. Hinter diesem Rauchvorhang konnte man nichts erkennen. Als wir ankerten, sahen einige von uns glatte schwarze Kugeln wie Robbenköpfe aus dem Wasser ragen – aber diese Objekte verschwanden und tauchten nicht wieder auf. Obwohl man hier Robben und Pinguine in großen Scharen hätte erwarten können, waren anscheinend überhaupt keine da.

Drei Boote wurden an den Strand geschickt; Otha, Wuff und ich schafften es in das letzte, zusammen mit Bulkington und den Matrosen Sam Stretch, Isaac Green und Jasper Cropsey. Jeremiah wollte auch mitkommen, aber im letzten Moment drängte ihn Dirk Peters mit der Schulter beiseite und sprang ins Boot.

Wir ruderten wie die Verrückten, landeten und sprangen an Land. Otha rannte auf dem Strand umher und warf sich bäuchlings ins dicke Gras. Ich lief hinter ihm her und tat dasselbe. Die Gräser waren dünn und drahtig, manche Stengel trugen kleine, süßduftende gelbe Blüten. Vor uns lag ein Hügel, links plätscherte ein Bächlein.

»Ich will nie mehr zurück auf so ein verdammtes Schiff«, seufzte Otha und grub seine Finger in die schwarze Erde. Wuff sprang heftig schnüffelnd um uns herum. Ein mausähnliches Tier huschte in sein Loch, Wuff begann gleich hinterherzugraben. »Hier könnte ich Yams pflanzen«, meinte Otha.

»Ich frage mich, wie wir es nennen sollen«, murmelte ich.

»Das braucht keinen Namen, jedenfalls keinen weißen«, sagte Otha. »Es ist sowieso da.«

Die auf dem Schiff Zurückgebliebenen riefen laut, also schickte Kapitän Guy zwei Boote zurück, um weitere Männer an Land zu bringen. Bald waren bis auf die unbedingt notwendige Restmannschaft für das Schiff alle an Land, rannten herum, sprangen in die

Luft und lachten vor Glück. Obwohl es natürlich nirgendwo Holz gab, machten ein paar Männer Feuer, indem sie mit Spaten Ziegel aus dem dicken grasigen Torf aushoben und entzündeten. Nicht, daß wir die Hitze des Feuers benötigt hätten; Kapitän Guy schätzte die Lufttemperatur auf 54 Grad Fahrenheit. Das Wasser war abnormal warm: 67 Grad! Diese ungewöhnliche Wärme bestätigte unsere Vermutung, daß die Rauch- oder Nebelbank im Osten vulkanischen Ursprungs war. Wie es aussah, waren wir über eine geothermische Oase der Antarktis gestolpert.

Am Meeresboden, der bis zum Strand mit den dicken Strängen und Blättern des orangefarbigen Seetangs bedeckt war, konnte man einige große hummerartige Krustentiere herumkriechen sehen. Sam Stretch und ein Fidschi-Insulaner namens Taggoo wateten in das warme Wasser, um einige der Hummer zu fangen. Die Tiere waren aber schnell und wachsam, und die Männer fingen statt dessen ein paar melonengroße Kreaturen, die im Wasser herumschwammen. Diese seltsamen Tiere sahen aus wie Tintenfische, die man in Schneckenschalen gesteckt hatte. Sie besaßen die überraschende Fähigkeit, entweder am Boden kriechen oder pfeilschnell durchs Wasser schießen zu können. Es waren Fleischfresser, die hinter Fischen oder den nervösen Hummern her waren. Weit entfernt davon, sich vor den Menschen zu fürchten, kamen die Muschelkraken (wie wir sie nannten) herangeschwommen, um ins Auge zu fassen, was sich sonst noch so im Wasser herumtrieb, und waren außerordentlich leicht zu fangen. Sie kamen so nahe, daß wir den Eindruck hatten, sie hielten uns für eßbaren Abfall! Ein weichtierkundiger Maat der *Wespe*, Joseph Couthouy, nannte sie Perlboote und sagte, sie seien mit dem Nautilus verwandt. Er erzählte uns von ihrer Lebensweise.

Augen, Fühler, Skuller und neunzehn Fangarme der Muschelkraken quellen als orangerotes Bündel rund um eine fleischige Tasche am offenen Ende des Tieres hervor, in der sich ein starker, rasiermesserscharfer Schnabel verbirgt (wie Isaac Green bald erkennen sollte!).

Eine kräftige röhrenförmige Düse steht unter der Schnabelklappe heraus. Couthouy sagte uns, daß dieses Organ eine bemerkenswerte Funktion hat: das Tier bewegt sich horizontal fort, indem es durch diese Düse langsam Wasser einsaugt und dann mit starkem Druck wieder ausstößt.

Für die vertikale Bewegung hat das Perlboot eine eigene Technik, die an die des Ballonfahrens erinnert: Es befindet sich gerade genügend Luft innerhalb der Schalenkammern, daß das Gewicht des Tieres im Wasser den Bruchteil einer Unze beträgt. Indem es eine innere Tasche mit Warmwasser oder Luft füllt, kann es seinen Auftrieb in jedem gewünschten Ausmaß regeln. Das bedeutet, daß es an der Oberfläche treiben, in jeder beliebigen Wassertiefe schwimmen oder sich auf den Boden sinken lassen kann. Wenn es am Boden ist, kann es im Zickzackkurs mittels seiner Düse an die Oberfläche zurückkehren.

Es waren wirklich außergewöhnliche Kreaturen – und gefährlicher, als wir geglaubt hatten. Aber das unmittelbar Bemerkenswerteste an ihnen war die unglaubliche Schönheit ihrer silbrigen Schalen mit ihrer logarithmischen Spirale. Uns allen war sofort klargeworden, daß wir alle mit diesen Schalen ein Vermögen machen konnten. Sie glänzten in allen Regenbogenfarben wie dickes Perlmutter, aber unter einem bestimmten Lichteinfall leuchteten sie zauberhaft, als seien sie nahezu durchsichtig. Jede Frau auf dieser Welt würde eine Brosche aus diesem Material haben wollen. Die Jagd begann sofort, und bald hatten die Männer beinahe hundert Tiere gefangen.

Die einfachste Fangmethode bestand darin, mit den Fingern im Wasser zu wackeln, als seien es Würmer.

Unweigerlich kam ein Perlboot mit der typischen Bewegung seiner Düsenstöße herangeschwommen und streckte seine Fangarme nach der Hand aus. Dann mußte man nichts weiter tun, als die Schale hinten zu fassen und das Tier aus dem Wasser auf den Strand zu werfen. Das war freilich etwas, das man behende ausführen mußte. Isaac Green erwies sich als zu langsam, und einer der Muschelkraken biß ihm mit seinem kräftigen Schnabel das erste Fingerglied glatt ab. Green schrie schrecklich, aber die anderen Seeleute – alles harte Burschen – lachten nur und versicherten ihm, wir könnten am besten Rache für ihn nehmen, indem wir einen ›Krakenkuchen‹ buken. Unser Weihnachtsmenu aus Wasser und Fisch hatte uns eher hungrig als satt gemacht.

Während ein Boot zum Schiff zurückruderte, um einen Kessel zu holen, wanderten Otha und ich auf die Spitze des nächsten Hügels. Kleine pelzige Nager witschten in dem Gras vor uns umher, sobald wir ihnen näher kamen. Auf der Hügelkuppe fanden Otha und ich eine Anzahl buschiger, dickblättriger Pflanzen, die, wie Otha glaubte, wie Kohl aussahen. Da wir schon ewig kein frisches Gemüse mehr gesehen hatten, rissen wir ein paar Blätter ab und probierten sie. Sie erwiesen sich als eßbar, aber stachelig. Wir sammelten zwei Büschel davon in unsere Hemden und brachten sie an den Strand, um sie zusammen mit den Kraken zu sieden. Ein Paar von den anderen Männern hatten kartoffelartige Knollen unter den sumpfigen Büschen mit rosa Blüten gefunden, die an den Ufern der Bäche wuchsen, deren Wasser von der Eismauer abschmolz. Andere Männer hatten Körbe voll Vogeleiern aus den Nestern auf einem Hügelhang gesammelt.

Jeremiah und Eddie waren jetzt auch an Land. Um unser Fest zu komplettieren, schickte Kapitän Guy noch einmal ein Boot zurück zum Schiff, um die letzten Männer und ein Fäßchen Rum zu holen. Wir aßen und

tranken stundenlang. Wenn Sonne und Mond nebeneinander am Horizont entlanglaufen, kommt einem
das Gefühl von Vergangenheit und Zukunft abhanden,
und wir spürten nur die Freude an unserem Fest am
Ende der Welt, mit keinen anderen Zeugen als den
Perlbooten und den kreisenden Vogelschwärmen.

Die Körper der Kraken waren muskulös und zäh;
obwohl sie nicht groß waren, erwies sich ein einzelnes Tier als mehr Fleisch, als ein Mann normalerweise
bei einer Mahlzeit verdrücken wollte. Das Fleisch
schmeckte aber gut und nahrhaft, und wir alle ver-
gnügten uns beim Verzehr unserer Opfer. Am besten
schmeckten uns die Stücke aus den orangefarbenen
Tentakeln. Wuff hingegen fand besonderen Gefallen
an einem übelriechenden Gelee, das in den hintersten
Kammern der großen, leuchtenden Schalen verborgen
war.

Auf Jeremiahs Vorschlag hin begannen wir, die Körper der übrig gebliebenen Tiere am Feuer zu trocknen.
Sie würden einen exzellenten Pemmikan abgeben.
Mehr noch, nach Bulkingtons Ansicht gab es eine lebhafte Nachfrage bei den Chinesen nach getrocknetem
exotischem Meeresgetier aller Art. Kapitän Guy bestätigte, daß die Mitglieder der Familie der Hohltiere –
Seegurken, Bêches-de-mer, Trepang – extrem hohe
Preise in Hongkong erzielten. Er sagte, er hoffe, daß
wir Bêches-de-mer im Wasser nahe der vulkanischen
Spalte finden würden.

Nach dem Essen und einem Schläfchen und neuer-
lichem Essen fanden die Mitglieder unserer bevorste-
henden Expedition zueinander: Eddie, Otha, Jeremiah,
Wuff und ich. In letzter Minute schloß sich Dirk Peters unserer Gruppe an. Wir spazierten langsam den
schwarzen Sandstrand in Richtung der vulkanischen
Dampfwolke entlang. Die mit dem orangenen Seetang
bedeckte Bank endete plötzlich, und das Wasser wurde
sofort sehr tief. Während ich wie immer keinen Rum

getrunken hatte, befanden sich die anderen in unterschiedlichen Zuständen der Berauschung. Hinter uns lagen die Mannschaft, die Boote und das Feuer. Es war Mitternacht. Von links nach rechts waren der Mond, die See, Jeremiah, Eddie, ich, Otha, Dirk Peters, das antarktische Land und, über den Bergen, die Sonne; und Wuff immer irgendwo dazwischen.

»Wir werden von hier aus starten«, sagte Jeremiah. »Wir richten die Kabine her und starten schon morgen. Wer weiß, wie lange das gute Wetter noch anhält!«

»Wohin sollen wir eigentlich fahren mit diesem Ballon?« fragte Otha.

»Über jene Berge«, sagte Jeremiah und wies in die entsprechende Richtung. »Oder darum herum. Hinter ihnen werden wir wohl das Große Loch sehen können.«

»Ich sehe es«, sagte Eddie langsam. »Meine Einbildungskraft rebellierte früher immer gegen das Große Loch. Ich hatte zuviel Angst davor. Aber jetzt ...« Er sah uns an mit einer Miene, die um Verzeihung und Verständnis bat. »Wieviel Angst könnte ein Mann, der lebend zusammen mit einer Leiche begraben war, noch vor einem Loch haben? Mein inneres Auge kann es nun endlich sehen. Hinter diesen Bergen werden wir einen fernen Horizont wie eine Fata Morgana hinter einem näheren Horizont sehen. Das werden die beiden Lippen des mächtigen Kreises sein, der das Südliche Loch umgibt. Wenn das Loch selbst klar ist, werden unsere Augen den Weg der Sonnenstrahlen in das Innere des riesigen hohlen Welteis verfolgen können. Aber wahrscheinlich wird das Loch mit einem großen Wirbel goldenen durchscheinenden Nebels erfüllt sein. Wir werden durch den Nebel hinuntersteigen, im Himmel schwebend wie die Engel! Engel! Und vielleicht ...«

»Ich habe mir die Mühe gemacht, den Ofen anzuheizen und alles vorzubereiten für den Abflug«, unterbrach ihn Jeremiah. »Nur für den Fall.«

»Für welchen Fall?« erkundigte sich Otha.

»Meuterei«, sagte Dirk Peters. »Seuche. Kannibalen.«

»Es sieht aber wirklich nicht so aus, als ob es hier Eingeborene gäbe«, wandte ich ein.

Plötzlich ein weißer Blitz und ein hohes, schrilles Kreischen. Wuff schoß los wie eine Kanonenkugel und schaffte es, das Tier zu überholen, das gerade eine Maus gefangen hatte. Es rannte jetzt auf uns zu. Mit einer langsamen, geschmeidigen Bewegung zog Dirk Peters sein Messer, warf es und nagelte die Kreatur an den Boden. Sie quiekte auf und starb. Das Tier war ganz weiß, mit Haaren, deren Strich verkehrt war, deren Spitzen also nach vorn zeigten, wenn sie flach anlagen. Die Klauen und Zähne waren granatrot gefärbt. Diese Farbe kam nicht vom Mausblut, Zähne und Klauen waren selbst vollständig glasig rot. Noch mehr Schmuck für die Stadtfrauen, dachte ich mit einem leisen Anflug von Ekel. Die Tiere in dieser kleinen vulkanischen Bucht waren einzigartig, und es war ein verstörender Gedanke, sich zu überlegen, daß zwei oder drei Schiffe wie die *Wespe* genügen würden, um sie vollständig auszurotten.

Peters weidete das rotkrallige Tier mit schnellen, effizienten Bewegungen aus und warf die Eingeweide ins Meer. Hier gab es weniger Perlboote als bei unserem Landeplatz, aber alle Tiere aus einem weitem Umkreis kamen sofort angeschwommen, um die frischen Eingeweide zu zerreißen. Das Wasser kochte förmlich eine Minute lang, als sich mehrere Dutzend Kraken an der Leber und den Lungen des Tieres mit den roten Krallen gütlich taten.

Peters befestigte das gesäuberte Tier an seinem Gürtel, und wir wanderten weiter den Strand entlang zu der vulkanischen Wolke. Wenn ich einen Blick auf die Zähne des Tieres warf, mußte ich an den geheimnisvollen Elijah denken. Seine Zähne waren auch rot gewesen.

Während wir vorwärtsschritten, erzählte Jeremiah Otha mehr über die Hohlwelt, wobei Eddie merkwürdige Wortspiele und hirnrissige Hinweise darauf anbrachte, daß wir möglicherweise dem Engel Virginias begegnen würden. Es schien keinen Grund geben, alsbald zur Mannschaft zurückzukehren; und es war angenehm, die Beine einmal bewegen zu können.

Das Meerwasser wurde wärmer und wärmer und immer mehr von treibenden Pflanzen angefüllt; hier gab es keine Spur von dem orangefarbigen Tang, der die Bank zwischen unserem Schiff und dem Landeplatz so vollständig bedeckte. Aber es gab mehr Hummer, die an der Wassergrenze herumkrochen und sich auf Seetangbündeln sonnten. Auch sah man jede Menge Fische. Wenn wir nicht viel zu vollgegessen gewesen wären, um uns darum zu kümmern, hätten wir sicher welche fangen können.

Bald waren wir nahe genug am Vulkan – einem niedrigen Kegel, der aus einer Landzunge hervorragte –, daß sogar die Luft unangenehm heiß wurde. Ein geisterhaft flackerndes Licht beleuchtete die Dampfwolke, die aus einer niedrig gelegenen, zischenden Spalte drang. Flockige Asche und Bimsstein bedeckten den Strand. Der Schwefeldampf machte es unmöglich, weiter als hundert Fuß in einer Richtung etwas erkennen zu können.

»Wie komme ich zurück?« fragte Peters und unterbrach damit die Fortsetzung unseres Gesprächs über die Hohlwelt.

»Dreh dich einfach um und geh den Strand entlang«, sagte Eddie. »Wir brauchen dich nicht unbedingt.«

»Nein«, sagte Peters und zog seine steife Oberlippe ein wenig von den krummen Zähnen zurück. »Wie komme ich zurück aus der Hohlwelt?«

»Ich glaube nicht, daß du überhaupt mitkommst«, sagte ich. »Die Hubkraft des Ballons reicht nicht für fünf aus, stimmt's nicht, Jeremiah?«

»Wie er aus der Hohlwelt zurückkomme, lautete die Frage dieses Gentlemans«, sagte der diplomatische Jeremiah. »Ich nehme an, daß es genug Holz auf der Innenseite der Erde gibt, um die Holzkohlenvorräte des Ballons zu ergänzen und zurückzufahren. Mit etwas Glück schaffen wir es dann bis Neeseeland, Kap Hoorn oder Tierra del Fuego. Oder vielleicht gibt es auch Menschen in der Hohlwelt, die andere Wege an die Oberfläche kennen – möglicherweise gibt es Orte, an denen der Ozean bis zur Oberfläche reicht. Oder es ist da drinnen so paradiesisch, daß wir für immer drinnen bleiben wollen. Diejenigen von uns, die mitkommen.«

»Diese Welt hängt mir seit Jahren zum Hals heraus«, sagte Dirk Peters. »Ich bin bereit für eine neue.« Seine Stimme verriet eine Sehnsucht, die sein hartes, ausdrucksloses Gesicht verleugnete. Er warf sein Messer in die Luft und fing es nahe meinem Genick am Griff wieder auf. Das tat er mehrmals.

»Vielleicht kann der Ballon fünf Leute transportieren«, sagte ich sofort.

»Ich kann mich nicht entscheiden«, warf Otha ein, »was schlimmer ist, zurück auf das Schiff, hierbleiben ohne Frauen oder mit dem gestreiften Ding in den Himmel fliegen. Hör auf, Mason auf diese Weise angst zu machen, Dirk.«

»Peters kann jederzeit meinen Platz einnehmen«, äußerte Eddie einen seiner unerwarteten Meinungsumschwünge. »Ich habe die Feuerprobe hinter mir; kein Schrecken kann länger mein Talent behindern. Meine größten Werke liegen vor mir, reife goldene Früchte, die ihren Platz im Kornspeicher, ja sogar in der Schatzkammer der amerikanischen Literatur finden werden. Wäre es nicht das beste, wenn ich nach New York zurückkehrte?«

»Warten wir erst einmal ab und schauen, ob wir den Ballon füllen können«, sagte Jeremiah. »Eines nach dem anderen.«

8

Antarktis

Unser Gespräch wurde von einer Serie seltsamer Geräusche aus der Ferne unterbrochen. Erst hörte man ein großes Planschen, als sprängen Wale mehrfach aus der Wasser, dann schrille Laute, die ich zuerst für die Schreie jener weißen Tiere hielt, von denen Dirk Peters eines getötet hatte. Der entfernte Lärm hielt an. Wir eilten durch den Vulkanrauch zurück, die schmerzenden Augen weit aufgerissen, um etwas zu erkennen.

Als wir wieder an der klaren Luft waren, sahen wir, daß die verlassene *Wespe* noch da war. Die Entfernung war aber zu groß, um erkennen zu können, was mit den Männern los war. Das Planschen und die Schreie hatten aufgehört. Ich rannte den Strand entlang. Einen Moment lang kam es mir vor, als sähe ich eine Reihe von Buckeln, als kröchen die Männer rund um unseren Kessel hin und her ... aber warum sollten sie so etwas tun? Die Wellen im Bereich unseres kleinen Strandfestes bewegten sich heftiger als anderswo. Ich rannte den ganzen Weg, Wuff und Peters knapp hinter mir.

Der umgeworfene Kessel markierte den Platz, an dem wir unsere Schiffskameraden zurückgelassen hatten. Das Feuer war mit Wasser gelöscht worden. Die Männer hatten die wundervollen Schalen, die wir gesammelt hatten, zu einer sechsstöckigen quadratischen Pyramide zusammengelegt. Die Körper halb getrockneter Perlboote lagen ebenso herum wie unsere drei Boote, das Rumfaß und ein paar verstreute Schuhe und Kleidungsstücke. Im übrigen gab es keine Spur von den über fünfzig Männern, mit denen wir noch vor einer Stunde zusammengewesen waren.

Ich rief zum Schiff hinüber, aber niemand antwortete. Im Meer stiegen an zwei Stellen heftig Blasen auf, und die dicken orangefarbigen Stengel des Seetangs schienen sich mit einer bestimmten Absicht zu bewegen ... sie wanden sich und kamen näher.

Wuffs Fellhaare richteten sich auf. Ich spürte, daß etwas Böses geschah und rannte mit aller Kraft auf denselben Hügel zu, den Otha und ich vorhin bestiegen hatten. Aber Peters, der wilde Peters, umklammerte sein Messer und trat ans Wasser, um die seltsamen Bewegungen im Wasser genauer zu betrachten. Und dann, ganz plötzlich – reckte sich ein kabeldicker orangefarbener Tentakel aus dem Wasser und wand sich um sein Genick!

Wie der Stengel eines gigantischen Seetangs war der saugnapflose Fangarm ganz glatt und biegsam. Er kam mir irgendwie bekannt vor.

Im Unterschied zu den mehr als fünfzig Opfern vor ihm war Peters ein Mann von brutaler Kraft und Schnelligkeit, so daß er den riesigen Fangarm, dessen Spitze um sein Genick lag, abstreifen, über einen zweiten, der sich nach ihm ausstreckte, wegspringen und einen dritten, der seine Hüfte umfaßte, mit einer schnellen Bewegung durchschneiden konnte. Die fühlerartigen Dinger krochen auf dreißig Yard Breite über den Strand herauf, wanden sich schlangenförmig und bildeten Achten. Wuff und ich waren schon oben auf dem Hügel, die drei anderen immer noch unten am Strand. Der kleine, starke Peters kam jetzt den Hügel zu mir heraufgerannt, jauchzend und triumphierend ein schinkengroßes Stück des Arms eines gigantischen Muschelkraken schwenkend – denn genau darum handelte es sich bei dem Angreifer.

Von dem Hügel aus konnten wir alles klar erkennen. Der sehr große Fleck aus rotem Seetang zwischen uns und dem Schiff war in Wirklichkeit die Vorderseite zweier riesiger Muschelkraken, die wohl die Elterntiere der kleineren Kraken waren, deren Schalen wir zur Pyramide geschichtet hatten! Natürlich hatte ich Tentakel wie diese zuvor gesehen; ich hatte ja zum Abendessen vielleicht achtzig Stück kleinerer Abbilder davon gegessen! Wenn jedes dieser beiden gigantischen Perlboote in seiner erwachsenen Lebensphase eine Schale hatte wie die der kleinen... ein wie unglaublich wertvolles Ding würde eine solche Schale sein! Man könnte darin wohnen! Und das viele Fleisch...

Aber was ich da dachte, war Blödsinn. Wie konnten wir jemals wieder zum Schiff zurückkehren? Der gerade Weg .führte genau zwischen den beiden Riesenkraken vor unserem Strand hindurch. Jeder unserer beiden Anker hatte sich in das Fleisch einer der beiden Kreaturen gebohrt. Sie würden die Trossen zerreißen oder das Schiff mit sich in die Tiefe ziehen, wenn sie abtauchten. Ich erinnerte mich daran, daß Bulkington bei seinen Lotungen auf keinen Grund gestoßen war. Armer Bulkington!

Otah, Eddie und Jeremiah gesellten sich zu Peters, Wuff und mir auf der Hügelkuppe. Ich zeigte ihnen, wie die orangefarbenen ›Seetang‹-Flecken zwei riesige Kraken formten. Uns allen schien klar, daß die beiden Tiere sich hier für einige Zeit festgesetzt hatten, um zu brüten, und daß die kleineren Tiere ihr Nachwuchs waren.

»Vielleicht stammen sie aus dem Erdinnern«, sagte Jeremiah staunend. »Vielleicht gibt es hier gar keinen Ozeangrund. Denkt mal, es könnte sein, daß wir an der Kante eines Loches stehen, das keinen Boden hat!«

»Seht«, sagte Eddie schaudernd. »Sie beobachten uns.«

Tatsächlich, jedes der beiden Tiere streckte zwei mächtige Stielaugen aus dem Wasser. Dick und grau sahen sie aus wie die Pfähle eines Docks, und auf jeder dieser langsam hin und her schwankenden Säulen befand sich ein glänzend schwarzer Augapfel von zwei Yards Durchmesser. Das waren jene schwarzen Knöpfe, die ich kurz gesehen hatte, als wir Anker warfen. Es war ein schreckliches Gefühl, von ihnen beobachtet zu werden.

»Sie haben alle diese Männer gefressen, und jetzt wollen sie uns«, sagte Otha zögernd. »Ich geh ihnen aus der Sicht.«

Unter unserem Hügel befand sich ein Bächlein in einem Tal, und dahinter stieg ein Hang mit losem Gestein an bis hin zu der abweisenden Wand aus purem Eis. Wir warfen uns am Bach ins Gras und versuchten, klar zu überlegen.

»Der Ballon ist der einzige Ausweg«, sagte Jeremiah.

»Oder das Schiff«, meinte Eddie. »Könnten wir nicht immer noch zurücksegeln?«

»Die *Wespe* mit fünf Männern segeln?« sagte Peters. »Davon drei *Gentlemen?* Nicht gut möglich, Mister Poe.«

»Wir haben immer noch die Boote«, sagte ich. »Wir rudern um die Monster herum und gehen von hinten an Bord der Wespe. Darum kommen wir nicht herum, schließlich ist der Ballon dort.«

»Mutig gesprochen«, sagte Jeremiah.

»Ich geh nich' auf kein Boot«, sagte Otha.

»Wir müssen mit ihnen gehen, Otha«, sagte Peters. »Wenn sie den Ballon ohne uns bereitmachen, werden sie uns möglicherweise nicht abholen. Denk daran, für die sind wir bloß Pöbel.«

»Was ist mit mir?« fragte Eddie.

»Du ruderst mit uns«, sagte Jeremiah. »Es wird höchste Zeit, daß du endlich auch einmal von Nutzen bist, Eddie. Starten wir am Mittag, wenn die Sonne im Norden steht. Das ist die Zeit, zu der das Schiff angelegt hat. Zu diesem Zeitpunkt waren die Monster ruhig.«

Wir schliefen ein bißchen und verbrachten die restliche Zeit damit, weitere vier von den weißen Tieren mit den roten Klauen zu töten. Peters duckte sich in das Tal hinter dem Hügel, und wir betätigten uns als Treiber, klopften auf jeden Busch und stocherten in jedem Loch. Wir häuteten die Tiere ab und bewahrten das Fleisch ebenso wie die Pelze mit den anhängenden Pfoten und Köpfen auf.

Schließlich stand die Sonne über dem Meer. Wir nahmen Wuff, unsere fünf Rotklauen und zehn unserer so hart erkämpften Schalen in das Boot, für das wir uns entschieden hatten, und wasserten es möglichst leise zweihundert Yards von den Monstern entfernt. Mit vielen Seitenblicken auf den orangeroten Fleck ruderten Jeremiah, Peters, Otha und ich einmütig, während Eddie im Heck den Kurs angab. Jeden Moment erwartete ich einen der riesigen Fangarme die Oberfläche der See durchbrechen zu sehen, aber es blieb alles ruhig.

Sobald wir uns hinter der *Wespe* befanden, drehten wir um und ruderten leise auf das Schiff zu, und schließlich stießen wir gegen die vertraute hölzerne Flanke. Wir hatten ein Seil und einen Enterhaken, den wir im ersten Versuch über die Reling warfen. Peters war der erste an Bord, ich der letzte. Bevor ich hinaufkletterte, befestigte ich das Seil um Wuffs Mitte und Peters zog ihn hinauf, und schließlich war ich auch sicher an Bord. Sicher? Es war mir nur allzu bewußt, daß jedes der beiden Riesentiere unser Schiff hinunterziehen oder mit dem Fangarm über Deck streichen konnte.

»Peters, du mußt die Ankerseile beinahe zur Gänze durchschneiden«, zischte Jeremiah durch die Zähne. »Mason, du und Otha geht in die Kombüse und nehmt alles Wasser und Essen, das ihr tragen könnt. Eddie, wir beide machen den Ofen des Ballons startbereit.«

Otha und ich gingen unter Deck und holten einen großen Sack Zwieback, eine Schachtel mit erst vor kurzem eingesalzenem Fisch und zwei Ballonflaschen mit

frischem Wasser. Jeremiah füllte den leichten Messing-
brenner mit Holzkohle, die sich mit Robbenöl vollgeso-
gen hatte; sie brannte sofort. Darauf schüttete Eddie
seine Spezialsalze aus dem Krug in die Flammen. Das
Feuer loderte auf und begann zu stinken. Eddie richtete die Heizröhre des Ofens auf die Öffnung unseres
großen vulkanisierten Seidenballons. Langsam, langsam, begannen seine Flanken anzuschwellen.

Peters war damit beschäftigt, fünf Musketen aus dem
Arsenal des Schiffs herbeizuschleppen und zu laden.
Als ich dies sah, fiel mir meine Pepperbox-Pistole wie-
der ein, und ich ging unter Deck, um sie heimlich ein-
zustecken. Geladen hatte ich sie lange vorher schon.
Schrecklicher Gedanke – wenn der Ballon uns fünf nicht
alle hochheben konnte, würde mir eine geheimgehaltene
Waffe von großem Nutzen sein. Wuff, der spürte, daß
eine große Veränderung bevorstand, klebte an meinen
Fersen.

Eine halbe Stunde verging, bis der große Ballon sich
langsam vom Deck erhob. Weil eine milde Brise wehte,
hing er über den Muschelkraken. Schliefen die Biester?
Eddie und Jeremiah füllten Holzkohle nach und gaben
wieder Salz zu, worauf der Ballon die Korbkabine krat-
zend über das Deck zu ziehen begann. Wir eilten auf
Zehenspitzen umher, um uns zu vergewissern, daß es
mit den Tauen keine Probleme gab. Ein einzelnes
dickes Seil befestigte die Ballonkabine an einem Metall-
knauf auf dem Deck.

Der Ballon war nun richtig aufgebläht und zog stark;
die Kabine rüttelte auf dem Deck herum, wobei die
Stahlkufen klapperten. Jeremiah kam mit den letzten
wissenschaftlichen Instrumenten, dann klemmten Wuff
und wir fünf Männer uns in die wacklige Kabine. Zehn
von ängstlicher Spannung erfüllte Minuten lang hielt
unser Gewicht den Korb an Deck. In der überfüllten
Kabine war es heiß und eng, einerseits vom glühenden
Ofen, andererseits hatten wir ja die Wände mit dau-

nengestopften Quilts verkleidet angesichts der über dem antarktischen Eis zu erwartenden strengen Kälte. Durch die offenen Fenster konnten wir das Meer sehen, den orangeroten Fleck darin, das antarktische Festland und die fernen Berge. Ich ließ meine Hand an der Pistole in der Tasche. Sie würde in diesem engen Raum nützlicher sein als die Muskete, die jeder von uns hatte, dachte ich mir gerade, als endlich unsere Korbkabine sich zu bewegen begann, erst langsam, dann mit einem kräftigen Ruck, der den Haltestrick aufs äußerste anspannte.

Der plötzliche Ruck zerriß die Ankerseile, die Peters angeschnitten hatte, und unser Ballon zog mit einem Mal die *Wespe* über den monströsen Fleck roter Fangarme. Die Giganten wachten auf und fuhren mit zwei, sechs, zwanzig dicken Tentakeln über das Deck des Schiffes. Vier schreckliche Augen erhoben sich aus dem Wasser und spähten nach uns aus.

Als sich die orangenen Fangarme nach uns ausstreckten, griff Peters zur Tür hinaus und durchschnitt das Seil, das uns mit dem Schiff verband. Unser Ballon sprang mit einem Tempo in die Höhe, das uns gegen den knarzenden Kabinenboden preßte. Wir brachen in Hurrarufe aus, bis wir nicht mehr konnten.

»Meine Salze erzeugen ein Gas, das leichter ist als Luft«, rief Eddie. »Meine Theorien sind damit bestätigt!«

Die ozeanische Brise ließ uns Kurs landeinwärts nehmen. Als wir den ersten großen Eiswall überquerten, fiel die Lufttemperatur ab und unser Ballon stieg noch höher. Ich wollte einen letzten Blick zurück auf die Riesenkraken werfen und sah etwas Grauenhaftes. Einer von ihnen war noch immer mit der *Wespe* beschäftigt, aber der andere schwebte aus dem Wasser in die Höhe! Ich schrie und zeigte dorthin, wo das Monster sich in die Luft erhob, sich ausrichtete und – mit donnerndem Geräusch Gase und Flüssigkeit ausstoßend – auf uns zugeschossen kam.

»Die Schale ist voll natürlich entstandenem Wasserstoff«, sagte Eddie mit unnatürlich ruhiger Stimme. »Luft ist eine Flüssigkeit wie Wasser, versteht ihr. Wir sehen hier die Demonstration der Lösung eines ziemlich interessanten hydrostatischen Problems.« Er sank in einer Ecke der Kabine langsam zu Boden und rollte sich neben Wuff zusammen. »Virginia«, sagte er und streichelte den Hund. »Virginia.«

»Wir knallen die verdammte Molluske einfach ab«, sagte Peters und zog mit grimmigem Gesicht die Muskete an die Schulter. »Zielt sorgfältig, Männer, und wartet, bis das Biest nahe genug ist.«

Wir waren jetzt tausend Fuß hoch in der Luft, die antarktische Eiswüste breitete sich unter uns aus. Man konnte gut durch die Spalten in unserem Boden sehen. Otha und ich steckten unsere Musketen aus dem einen Fenster, Peters und Jeremiah aus dem anderen.

»Wie funktioniert dieses Ding?« murmelte mir Otha zu. Als Sklave war ihm nie erlaubt gewesen, ein Gewehr anzugreifen.

»Schau dem Lauf entlang und drück ab, wenn ich es tue«, befahl ich ihm. »Halt die Schulter locker, um den Rückstoß aufzufangen. Benütz deine Arme wie eine Stahlfeder, um es ruhig zu halten.« Der rachsüchtige Muschelkrake kam zügig näher, seine Schale schimmerte wie eine in der Sonne glänzende Wolke. Er kam noch näher ... und dann feuerten wir alle mit großem Knall.

Die Gewehre hatten einen mächtigen Rückstoß. Die Kabine wurde so heftig erschüttert, daß Wuff und Eddie über den Boden rutschten. Wuff schlug gegen die Wand, aber Eddie glitt aus der Tür. Seine entsetzlichen Schreie wurden übertönt von dem hohen Pfeifen, mit dem das Gas aus der zerschossenen Schale des Tieres entwich; es trudelte heftig bei seinem Absturz und zerplatzte zu einem orange- und perlmutterfarbenen Fleck in der unendlichen weißen Ebene tief unten. Von Eddie war nichts zu sehen.

Otha hielt meine Beine, und ich lehnte mich aus der Tür, um unter die Ballonkabine zu sehen. Tatsächlich, Eddie war da, baumelte mit dem Kopf nach unten, weil sich sein Fuß in einer Seilschlinge verfangen hatte. Er starrte mit rotem Kopf schweigend zu mir herauf. Ich war von den schnellen Veränderungen innerhalb der letzten Minuten so geschockt, daß ich angesichts seiner mißlichen Lage in lautes Gelächter ausbrach. Ich lachte so sehr – wenn es überhaupt Lachen war –, daß ich mir die Hosen naß machte.

Peters half mit, Eddie hereinzuziehen. Wir verrammelten die Tür und waren nun endlich einigermaßen sicher. Der zweite Ammonit zeigte keine Absichten, uns zu verfolgen. Eddie war immer noch sprachlos, er zog eine Flasche heraus und trank sie bis auf einen kleinen Schluck leer, den Peters für sich rettete. Jeremiah zog währenddessen einen Sextanten heraus und führte eine Messung durch.

»Was glauben Sie, wie lange wir brauchen werden?« fragte ich.

»Wir sind auf einer Breite von 77 Grad«, erwiderte er. »Ich halte es für wahrscheinlich, daß die Lippe des Südlichen Loches sich auf dem 85. Breitengrad erstreckt. Ein Breitengrad ist sechzig Meilen, was bedeutet, daß es 400 Meilen südlich bis zum 85. Grad sind, und 780 bis zum Pol. Unsere gegenwärtige Geschwindigkeit beträgt nach meiner Messung ungefähr 20 Meilen pro Stunde; das bedeutet 480 Meilen im Tag und 780 in anderthalb Tagen. Jetzt ist es ein Uhr mittags. Wenn der Wind weiter aus dem Norden weht, sollten wir das Loch irgendwann morgen zwischen Mittag und Mitternacht sehen. Falls der Wind zunimmt, sogar früher.«

»Woher wissen Sie, daß da ein Loch ist?« fragte Otha.

»Das frage ich mich auch«, warf Peters ein.

»Jedes Tier hat ein Loch an jedem Körperende«, sagte Eddie aus der Ecke, in der Virginia gestorben war.

»Und ist die Erde nicht ein Geschöpf, das lebt und sich bewegt?«

»Mr. Symmes hat viele Argumente für eine Hohlwelt«, sagte Jeremiah. »Aber die Zeit für Argumentationen ist lang vorbei. Was wir jetzt tun müssen ist, den Ofen so mächtig zu schüren, daß wir diese Berge schaffen.«

Da sich sonst niemand dazu anbot, übernahm ich den Ofen als erster. Wir hatten zwei große Jutesäcke mit Holzkohle dabei, und ich warf alle paar Minuten ein neues Stück Kohle auf den Ofenrost. Nach einer Stunde war ich ganz erhitzt von der Wärme des Feuers, aber die anderen – die sich ausgeruht oder geschlafen hatten – fror es in der in dieser Höhe schon dünnen antarktischen Luft. Otha war nur zu froh, mich am Ofen ablösen zu können. Ich stand auf und blickte aus dem Kabinenfenster nach Süden.

Einen Moment lang bereitete es mir Schwierigkeiten, richtig zu verstehen, was ich sah. Die obere Hälfte des Fensters zeigte einen tiefblauen Himmel mit dem Vollmond darin, aber die untere Hälfte war einfach nur weiß. Eine Sekunde lang dachte ich, daß Frost das Glas überzogen hätte. Aber das Fenster war ja gar nicht verglast, sondern bloß ein Loch, und das Weiß, das ich sah, war die bizarre Landschaft da unten. Als ich meine Augen richtig scharfstellte, konnte ich Gletscherspalten und vom Wind geformte Hügel erkennen – so groß, daß ich einen Augenblick lang den Boden für nahe hielt. Hatte ich den Ofen zu wenig geschürt? Da erkannte ich weit entfernt von uns einen kleinen blauen Fleck, der über den Schnee raste – unseren Schatten, unglaublich langgezogen, unglaublich weit weg. Der Raum um mich begann sich auszudehnen und zu zittern, als mein Verstand allmählich begriff. Ich klammerte mich an die Fensterumrahmung, als hätte ich Angst, das große leere Weiß könnte mich sonst hinaussaugen. Wir waren über tausend Fuß hoch, und diese

Hügel und Spalten, die ich gesehen hatte, waren mächtige Erhebungen und Cañons!

Eine halbe Stunde lang sah ich zu, wie unser ferner Schatten dahinraste und immer höher kletterte – die Erhebungen unter uns wuchsen allmählich zu einer Bergkette mit mächtigen Türmen an. Mit etwas Glück sollten wir sie schaffen.

Jetzt kümmerte sich Dirk Peters um den Ofen, während Otha herüberkam, um mit mir aus dem Fenster zu blicken. Eddie war bewußtlos von dem Alkohol, den er in sich hineingeschüttet hatte, und Jeremiah beschäftigte sich ständig mit Messungen, Notizen und dem Ballonnetz.

»Wo ist der Dschungel?« fragte Otha.

»Was für ein Dschungel?«

»Elijah sprach von einem großen nassen Dschungel da unten in Mutter Erdes Fotze. Er sagte, er käme von da.«

»Das hat er gesagt? Warum hast du mir das nicht erzählt?«

»Vielleicht kommt Elijah aus der Hohlwelt, Mason. Vielleicht sind die schwarzen Leute da unten Könige.«

»Elijah war nicht wirklich schwarz. Er war weiß. Ein Albino.«

»Seine Farbe war vielleicht weiß, aber er war ein Sklave. Wenn er ein Sklave war, dann war er *schwarz*.«

Peters warf Jeremiah einen Blick zu. »Werden wir es schaffen?«

»Es ist schwierig, etwas klar zu sehen«, sagte Reynolds und senkte mit einem Seufzen sein Teleskop. »Da die Sonne praktisch am Horizont steht, muß unser Schatten auf einer vertikalen Wand auf derselben Höhe sein wie wir selbst. Man kann sich die Berge vor uns als zerbröckelnde Mauer vorstellen. Wenn unser Schatten es hinüberschafft, dann schaffen wir es auch. Wenn nicht, dann nicht.«

Wir starrten alle hin, während unser Schatten den

riesigen Abhang vor uns hinaufschlich. Wir waren nahe genug, um die Schattierungen des Eises sehen zu können, Höhlen und Überhänge, in denen Tiere oder Menschen hätten leben können, aber niemand war da. Unser Schatten sah wie eine Fußspur aus – die große Ellipse des Ballons über dem Trapezoid des Korbs – die erste menschliche Fußspur hier, die sich dem Himmel entgegenschlängelte.

Aber es ging nicht schnell genug. Wir waren immer noch unter der Höhe des zerrissenen obersten Grates der weißen Berge. Ich durchsuchte Eddies Kleider und fand seinen Salzbehälter. Er steckte in seiner Hosentasche, darüber war eine klappernde Ansammlung kleiner, kieselartiger Gegenstände, in denen ich erst verspätet Virginias Zähne erkannte. Ich zog den Behälter heraus, Jeremiah öffnete die obere Abdeckung des Brenners, und ich schüttete alle Kristalle hinein. Das Feuer schluckte sie in farbigen Ausbrüchen, benommen machender Rauch füllte die Kabine. Das Feuer sang, unser großer Ballon knarzte und schwoll an, und gerade als wir uns beinahe mit unserem Schatten getroffen hätten, schlüpfte er über den Grat hinweg und davon; wir folgten ihm; ich drehte mich um und schaute zurück.

Ich werde den Anblick dieser zerklüfteten, rasiermesserscharfen Kante nicht vergessen. Die anderen schauten geradeaus, deshalb sah nur ich sie – nur ich, von allen Menschen, die jemals lebten, habe diesen Grat gesehen, die nackten grauen Felsen vergoldet von der westlichen Sonne, die blauen Schatten, wie gemalt, und das millionenmal ohne menschlichen Zeugen. Dieses eine Mal in der ganzen Geschichte war ich da, um das für die ganze Menschheit zu erblicken, und ich spürte, daß der Grat mich erkannte – als menschliches Wesen erkannte, als den mutterlosen Mason aus Virginia – und da er meine Passage spürte, sandte der Grat lange vom Wind erzeugte Schneefinger aus, um mich in die Welt zurückzurufen, in der ich geboren war. Aber eine Umkehr ist unmöglich. Dieses erodierte antarktische Rückgrat war die letzte Grenze einer Welt, die ich nie mehr wiedersehen werde.

Da oben erwischte uns ein heftiger Bergwind und erzeugte in den Flanken unseres schwarzweißen Ballons ein chaotisches Dröhnen. Ein paar Minuten lang konnten wir nichts tun, als uns festhalten und zusehen, daß Instrumente und Vorräte nicht allzu wild herumflogen. Eddie wachte auf, erhob sich und fiel wieder hin.

Schließlich fuhren wir wieder ruhiger und blickten nach Süden. Da gab es nichts zu sehen als eine endlose Ausdehnung von Weiß, soweit das Auge reichte.

»Wo ist das Loch?« fragte Otha. »Und der Dschungel?«

»Ja, wo denn?« sagte Peters.

Eddie saß immer noch am Boden. Er schaute zu uns auf und setzte ein verrücktes Grinsen auf. »Laßt mich beschreiben, was ihr seht«, sagte er langsam. »Unzweifelhaft seht ihr etwas, seid aber zu engstirnig, um es zu begreifen. Der nähergelegene Rand des großen Loches sieht aus wie eine Vertiefung des Horizonts. Über diesem Einbruch liegen kreisende Nebelbänke, gekrönt von jupiterhaften Gewittern mit Blitzen von planetarischer Stärke. Den großen atmosphärischen Malstrom überspannt eine zweite Horizontlinie, die entfernte Lippe des Lochs. Sicher könnt ihr das jetzt erkennen! Mason? Jeremiah?«

»Noch nicht«, erwiderte Jeremiah sanft. »Beruhige dich. Ich sagte, es würde mindestens vierundzwanzig Stunden dauern. Warte, bis die Sonne einen vollen Kreis beschrieben hat. Wir werden das Loch bald sehen.«

Aber das war nicht der Fall. Der Wind blies konstant aus dem Norden, so daß wir mit einer Geschwindigkeit von fast dreißig Meilen pro Stunde vorwärtskamen, aber wir sahen die ganze Zeit nichts anderes als ununterbrochene Eiswüste. Wir schliefen abwechselnd und hielten den Ofen mit unseren deutlich zusammenschmelzenden Feuerungsmitteln in Gang. Die Sonne ging ihre westliche Bahn, bis sie uns um Mitternacht aus dem Süden beleuchtete; dann von Osten nach Norden, nun war es wieder Mittag, und wir sahen immer noch nichts; und sie durchlief weiter ihre Bahn, und schließlich war es drei Uhr nachmittags an unserem zweiten Tag im Ballon.

Die Lufttemperatur lag bei minus dreißig Grad. Glücklicherweise war der Himmel klar, und der Wind kam nach wie vor aus dem Norden. Wegen der Kälte saßen Wuff und wir vier Männer zusammengekauert um den Brenner. Wir hatten die Quilts von den Wänden gezogen und uns hineingehüllt, aber das genügte nicht.

»81 Grad und 40 Minuten«, sagte Jeremiah, der durch seinen Sextanten den Himmel beobachtete. »Zwanzig Meilen bis zum Pol.« Er verfiel wieder in Schweigen und begann, mit seinen beiden kostbaren Uhren herumzumachen, von denen die eine mittels Feder, die andere mittels Pendel funktionierte. Er erwartete, daß die Existenz des Loches sich als Differenz im Gang der beiden Uhren zeigen würde.

»Die Holzkohle ist aus«, verkündete Peters. Seine Stimme klang gedämpft, weil er den Mund voll getrocknetem Krakenfleisch hatte. Wir aßen beinahe ununterbrochen, um unsere Körpertemperatur trotz der alptraumhaften Kälte halten zu können.

»Wir können Teile der Kabine verfeuern«, sagte Jeremiah mit bemüht ruhiger Stimme. »Mason!«

Ich fühlte mich müde und benommen. Bald würden wir alle tot sein. Ich umarmte Wuff und drückte mich gegen Otha.

»Hörst du, Mason?« fragte Eddie. »Du und Otha, ihr beide beginnt mit den Fensterläden und schmeißt sie in den Brenner.«

177

Er starrte mich mit kaiserlichem Blick unter seiner hohen bleichen Stirn an. Eine Welle von Wut durchlief mich. Eddie Poes verrückte Ideen bedeuteten den Tod für uns alle, und er produzierte sich immer noch in seinen scharlatanischen Posen! Ich wollte ihn schlagen, aber jede Bewegung hätte noch größere Kälte bedeutet, also versuchte ich nur, ihn anzuspucken. Die Spucke gefror auf meinem Gesicht. »Fahr zur Hölle«, zischte ich. »Du blöder verrückter verlogener Mörder!«

»Komm, komm, Mason«, sagte Jeremiah und stand mühsam auf. »Vielleicht ist das Loch sehr klein! In weniger als einer Stunde werden wir am Pol sein! Und die Uhren … bei der ständigen Bewegung der Kabine ist das schwer zu sagen, aber meine Uhren zeigen eine gewisse …«

»In weniger als einer Stunde wird dieser Ballon am Boden zerschellen«, sagte Peters. »Schaut mal, wie weich und runzlig die Hülle schon ist. Und schaut, wie nahe wir dem Boden sind!«

»Mir ist kalt«, jammerte Otha. »Mason, tu was!«

Ich legte ihm Wuff in den Schoß und meine Arme um die beiden. Es war unglaublich kalt. Jeremiah und Peters zerbrachen die Fensterläden und warfen die Stücke ins Feuer. Durch die offene Tür konnte ich den Boden nur noch hundert Fuß unter uns sehen. Wenn wir landeten, war alles vorbei.

»Wo sind meine Salze?« fragte Eddie.

Ich hatte den Behälter in der Tasche, gönnte Eddie aber keine Antwort. Statt dessen kroch ich zum Brenner, holte mit dem Finger die paar verbliebenen Kristalle heraus und warf sie in die Flammen. Der Ballon blähte sich ein klein wenig auf, und wir schwebten ein bißchen höher.

Bis vier Uhr hatten wir die Decke und den größten Teil der Türwand in den Ofen gesteckt. Wir hofften, daß das Türgebälk und die anderen Wände den Boden an seinem Platz halten würden. Aber so war es nicht.

Drei Verbindungen von Wänden und Boden gaben nach, worauf sich der Boden unter uns wie eine Falltür langsam zu öffnen begann.

»Wir landen jetzt!« schrie Jeremiah und zerrte heftig an der Schnur zur oberen Ballonöffnung. Hätte ich Wuff nicht unter den Arm geklemmt, wäre er durch den gähnenden Spalt zwischen der teilweise abgebrochenen Wand und dem wegklappenden Boden gerutscht. Wir Männer hielten uns wie Affen an den Fenstern und am Türrahmen fest, starrten auf den schnell näherkommenden Boden und schnatterten durcheinander.

Wir landeten mit einem solchen Aufprall, daß die Kabine auf eine Seite fiel. Die steife Brise fuhr in den halbleeren Ballon und zerrte uns über den glatten Schnee und das Eis. Dann kam der heiße Ofen in Berührung mit einem der Quilts, worauf sich die Kabine mit Rauch füllte. Um alles noch schlimmer zu machen, war die demolierte Wand jene, die unten lag. Wir verließen die Kabine in totalem Chaos, indem wir uns aus den drei Fenstern wanden. Peters und Otha waren als erste draußen, glaube ich, dann Jeremiah, und schließlich war ich dran. Ich warf Wuff hinaus; er knallte jaulend auf den Boden; wir machten wirklich Geschwindigkeit. In dem dichten Rauch konnte ich fast nichts sehen, aber als ich mich vorwärtswarf, um aus dem Fenster zu kippen, packte jemand meinen Knöchel. Eddie.

Ich trat nach ihm, aber er hing mit der verzweifelten Kraft eines Verdammten an mir. Ich konnte nichts anderes tun, als mich nach ihm umzudrehen, ihn zu pakken, und ihn vor mir aus dem Fenster zu stoßen. Ich folgte ihm unmittelbar. Das Eis schlug mir heftig ins Gesicht. Ich rollte zwanzig Yards weit und blieb dann liegen. Sofort spürte ich, wie kalt es war.

Sonne und Mond schienen auf uns herab. Der Wind pfiff, und aus der entgegengesetzten Richtung hörte man das Klappern und Krachen unserer Kabine, die von der jetzt beinahe leeren Ballonhülle immer noch weitergezerrt wurde. Hinter mir waren Wuff und meine vier Forschungsgefährten in der Landschaft zerstreut. Ich rief Wuff, und er kam angerannt, bellend und glücklich, auf festem Boden zu sein. Als er bei mir war, schüttelte er sich heftig, seine Art, einen neuen Aktivitätsabschnitt zu akzentuieren.

Die anderen, außer Eddie, waren aufgestanden und taumelten auf mich zu, der Kabine hinterher. Ein Teil unser Besitztümer lag verstreut umher. Jeremiah und Peters sammelten Gegenstände auf, während sie näher kamen. Als ich sah, daß Jeremiah ein Seil um seine Hüfte geschlungen hatte, tat ich dasselbe mit einem starken Seidenband, das neben mir im Schnee lag. Wuff schüttelte sich nochmals und stand dann hechelnd da, völlig einverstanden mit den paar Stunden Leben, die uns noch blieben. Ich wünschte, ich hätte seinen Sinn für die ewige Gegenwart teilen können.

Die drei anderen beugten sich über Eddie. Laute Worte und Gesten, dann stand der große Mann endlich auch auf. Vielleicht hatte er gedacht, sie würden ihn tragen.

Wie seltsam war es hier war, so weit entfernt von allem, unter einem riesigen leeren Himmel. Es gab weder Vögel noch Wolken. Das kam mir sehr seltsam vor: der entfernteste Winkel der Erde sollte dunkel und eng sein, nicht hell und weit.

»...gegen Ende hin lief die Pendeluhr deutlich langsamer als die Uhr mit der Feder«, sagte Jeremiah gerade, als sie herankamen. »Das bedeutet, daß hier die Schwerkraft geringer ist, was auf eine dünne Erdkruste hinweist.«

Otha und Peters erwiderten nichts, sondern stapften nur vor sich hin. Aber während Peters zornig war, fühlte sich Otha sehr fröhlich. Ich glaube, er war einfach glücklich, lebend aus dem Ballon gekommen zu sein. Eddie schien von der phantastischen Einöde um uns zutiefst beeindruckt. Seine Lippen bewegten sich lautlos, als rezitiere er Verse. Er hatte die Hände tief in die Hosentaschen gesteckt.

»Sind wir am Pol, Jeremiah?« erkundigte ich mich.

Er zog seinen Sextanten heraus, betrachtete Sonne und Mond. »Um ein Haar.«

»Wo ist er?« fragte Otha. »Ich seh nix von einem Pol.«

»Er ist ein Ort wie jeder andere«, erwiderte Peters bitter. »Genauso ein Ort zum Sterben wie jeder andere.«

Der Wind nahm ab. In der Ferne hörten Ballon und Kabine auf, sich zu bewegen. Der Ort war durch Feuer und einen Rauchpilz markiert.

»Gehen wir hin und wärmen uns«, schlug ich vor.

Wir gingen langsam, denn wir wußten, daß nichts mehr zu tun sein würde, wenn wir erst einmal die brennende Kabine erreicht hatten. Jedesmal, wenn ich meine Augen von dem Rauchpilz abwandte, fühlte ich mich von der makellosen Weiße rundum benommen und verwirrt. Als ich etwas Rotes im Schnee sah, dachte ich, es sei der Stallbursche, den ich getötet hatte und den Gott nun sandte, um mich zu ängstigen. Aber es war nur einer von unseren Rotklauen-Kadavern. Ich hob ihn auf und steckte ihn die Tasche.

Eddie war auch ein Mörder, und Peters ganz sicher ebenfalls. Vielleicht hatte Reynolds auf seinen Reisen den einen oder anderen Eingeborenen abgemurkst, was Otha und mich als die einzigen Unschuldigen übrig ließ.

»Tut mir leid, Otha.«

Er ging neben mir, Wuff trottete hinter uns her. Im Unterschied zu mir hatte Otha noch seinen Quilt; er trug ihn eng um seinen Körper gezogen. König Otha vom Südpol. Er sah mich an. »Dir tut's nicht so leid wie mir. Du hast dieselbe Farbe wie der Schnee. Weiß ist die Farbe des Todes. Wärste gerne wieder auf der Farm?«

»Wir hatten Spaß unterwegs.«

»Kannte ein Mädel namens Juicita in Richmond. Falls sie ein Kind kriegt, habe ich dort was zurückgelassen. Ich glaube, das is' das meiste, was'n Mann hoffen kann.«

Als wir die Kabine erreichten, brannte sie lichterloh. Ich hatte eine diffuse Vorstellung gehabt, daß ich mich in Ballonseide wickeln könnte, aber als wir jetzt dort standen und die Hände an die Flammen hielten, fing auch die Seide Feuer. Der flüssige Gummi, mit dem wir sie imprägniert hatten, brannte hervorragend; Jeremiah hatte deswegen einige Funkenfänger in den Abzug des Brenners eingebaut. Aber jetzt war ein Stückchen von dem brennenden Korb auf den Ballon gefallen und das ganze Ding ging sofort in Flammen auf, was einen heftigen Hitzeschwall auslöste. Es sah einen Moment lang aus wie eine anschwellende kleine erdgebundene Sonne, dann erhob sich diese Sonne ein bißchen, zerplatzte und regnete als Asche auf den Schnee herab.

Was wir in der Kabine gehabt hatten, war dahin, einschließlich unserer Vorräte an gesalzenem Fisch, Krakenfleisch und Zwieback. Wir tranken aus den Lachen, die das Feuer erzeugt hatte, und knabberten heimlich an den Stückchen Eßbarem in unseren Hosentaschen, aber schließlich war nichts mehr übrig. Peters schien am verzweifeltsten von uns allen und begann davon zu reden, man könnte Wuff essen. Um ihn zu beruhigen, streifte ich das restliche Fleisch aus dem Rotklauen-Pelz und verteilte es an jeden in der Runde zum Braten über dem allmählich verglühenden Feuer. Das Fleisch schmeckte so scheußlich, daß ich Peters meine Portion überließ. Um sechs Uhr abends fiel das Feuer zu Glutresten zusammen. Der Wind erhob sich wieder und blies die Asche weg.

»Ich *will* diesen Hund!« schrie Peters plötzlich. Er

zog sein Messer heraus und stürzte sich auf Wuff. Wuff jaulte und floh auf die andere Seite der Glut. Peters rannte hinter ihm her und ich hinter Peters. Jetzt liefen wir also zu dritt in Kreisen um die Reste der Kabine – zuerst Wuff, mit rollenden Augen, dann Peters, der das Messer schwang, gefolgt von mir, der Peters nicht wirklich einholen wollte. Ich rief Otha, und er rannte mit mir mit. Eddie war in Gedanken versunken gewesen, aber bei unserer dritten Umrundung der heißen Asche bemerkte er Peters und den Hund, fühlte sich bedroht und begann ebenfalls loszurennen, direkt vor Wuff. Jeremiah hatte das Bedürfnis, unseren Wahnsinn einzudämmen, sprang auf und rannte hinter mir und Otha her.

Ich glaube, wir alle hatten das Gefühl, es sei gut, irgend etwas zu tun, auch wenn es etwas vollkommen Sinnloses war. Zehn, zwanzig, vielleicht sogar hundertmal umkreisten wir die Aschenreste der Kabine, beschleunigten, verlangsamten, stampften mit den Füßen und brüllten laut. Nur Peters schien alles ernst zu nehmen. Immer und immer wieder versuchte er Wuff zu erwischen, immer und immer wieder entkam ihm der Hund. Der Rhythmus unseres Rennens begann ein Knacken im Eis auszulösen; wir rannten schneller. Es knackte lauter.

»Macht weiter!« rief Jeremiah. »Es tut sich etwas!«

Dreimal rannten wir noch im Kreis, mit mehr und mehr Krachen im Untergrund, und dann gab das Eis ganz plötzlich nach, und wir fielen hindurch.

9

Symmes' Loch

Zuerst dachte ich, wir seien in eine Gletscherspalte gefallen. Das Eis zerbrach krachend, und rundum stürzten große Blöcke und Trümmer. Unsere Schreie waren
in dem Getöse kaum zu hören. Ich schrie »Mutter!«,
Otha rief nach Turl. Ich erwartete, im nächsten Augenblick bewußtlos geschlagen zu werden. Das helle Licht,
von Eis und Schnee reflektiert, tauchte alles in blenden-
des Blau – strahlende Konfusion!

Wuff und die Männer waren in meiner Nähe, aber
ich konnte nur kleinste Teile von ihnen sehen, wir
waren alle von einem frei fallenden Schauer von Eis-
stücken umgeben. Über uns krachte und donnerte es
weiter, weil mehr und mehr von dem Eis abbrach – riesige, sich überschlagende Brocken, größer als die größten Eisberge, die wir auf dem Meer gesehen hatten. Wir
hatten eine Eislawine losgetreten, die sich in eine unglaublich ausgedehnte Höhle oder Gletscherspalte
ergoß und …

Da, ein gräßlicher Schrei: »Helft mir, um Gottes willen!«

Es war Peters. Sein Körper war zwischen zwei flachen Eisblöcken eingeklemmt worden, aus denen sein
Kopf und seine Füße hervorschauten wie Kopf und
Schwanz der gedünsteten Welse aus den Brotlaiben,
die uns die Fährmannsfrau am James River gegeben
hatte. Dann prallte ein kleiner, dicht gepackter Eisbrocken von ein paar anderen ab und krachte rotierend
auf die Blöcke, die Peters zusammenquetschten. Ein
neuerlicher Schrei, noch entsetzlicher als der vorige.

Peters wurde zerdrückt wie ein Käfer in einer Mühle, wie eine Traube in der Presse. Das Blut aus seinem Körper spritzte über die Kristallmassen, dann verstummte er.

Wuff und Otha waren irgendwo über mir, Jeremiah und Eddie anderswo tiefer. Wir fielen noch immer. Das Licht blieb so hell wie zuvor. Es schienen uns überhaupt keine Wände zu umgeben. Nach und nach verteilten sich die Eisblöcke im Raum. Obwohl immer noch Eis über uns abbrach, fielen wir am untersten Rand der herabdonnernden Massen. Es schien keinen Grund zu geben, warum wir nicht auf diese Weise ungefährdet weiterfallen könnten ... bis zu dem Zeitpunkt natürlich, wo wir auf dem Boden aufschlugen – wenn überhaupt ein Boden da war. Wir fielen mit einer Geschwindigkeit, wie sie kein menschliches Wesen zuvor erfahren hatte, mit mehr als hundertzehn Meilen pro Stunde möglicherweise. Die Turbulenzen der Luft hatten mich gedreht, sodaß ich jetzt auf dem Rücken liegend fiel, das Gesicht zum Eis hinauf gewendet.

Was lag unter mir, unten im Zentrum der Erde? Ich war klug genug, nicht den Kopf zu wenden und mir dabei durch die Kraft des Fallwindes das Genick zu brechen. Statt dessen rollte ich seitlich ab, um nach unten blicken zu können. Das war eine ungünstige Position, denn jetzt kippten meine Beine und ich begann heftig seitlich wegzugleiten, wobei ich so schnell wurde, daß ich kaum noch atmen konnte.

Die Luft vor meinem Mund war wie ein steinernes Kissen, das mich zu ersticken drohte. Instinktiv spreizte ich die Beine und zog sie an, bildete also einen Fluganker. Das verlangsamte meinen Fall und drehte mich zurück, sodaß ich jetzt meine Unterarme genug bewegen konnte, um mein Gesicht mit den Händen zu bedecken. Ich schluckte Luft und starrte durch die Schlitze zwischen meinen Fingern in das dunkle Loch hinab.

Selbst wenn der Wind mich nicht behindert hätte, wären meine Augen beinahe blind gewesen von dem gnadenlosen Licht unserer dreißig Stunden über der Eisebene. Trotzdem konnte ich unten etwas erkennen, eine grüne Scheibe mit blauen Flecken und Schlieren von rosa Licht. Ein innerer Himmelskörper? Das andere Ende des Tunnels? Alles war weit, aber nicht unendlich entfernt. Den Atem anhaltend und blinzelnd, streckte ich die Arme nach der Scheibe aus. Meine Fäuste waren ungefähr acht Inches voneinander entfernt, wenn ich scheinbar die Scheibenränder berührte. Das war die Größe des runden Gesichts einer Frau. Das Ankämpfen gegen den Wind machte mich müde, also drehte ich mich herum, um wieder die sich ausbreitende Lawine hinter uns zu beobachten.

Die fallenden Eisbrocken hatten sich mittlerweile ganz schön verteilt, so daß ich einen guten, klaren Ausblick auf das Land über meinem Kopf hatte. Es war ein immenser blauweißer Block aus glänzendem Eis, die zentrale antarktische Ebene mit Sonne und Mond auf der anderen Seite. Eine zerklüftete eisige Landschaft, aus der wir in den Himmel ›hinauf‹flogen.

Eigentlich war es ja nicht ganz so wie richtiges ›Fliegen‹. Mit all dem Eis, das hinter uns hertaumelte, kam es mir mehr so vor, als ritten wir auf der äußersten Druckwelle einer Schwarzpulverexplosion. Mir fiel ein, wie ein Bruder meiner Mutter, Tuck Tingley, Schwarzpulver unter einen großen Baumstumpf an einer Ecke unseres Hofes gezündet hatte. Der Stumpf war auf einer sich ausbreitenden Wolke von Staub und Splittern in die Höhe gefahren, bis alles in sich zusammenfiel.

Aber wir würden nicht zurückfallen. Mit etwas Glück fielen wir hinunter bis zum Mittelpunkt der Hohlwelt. Die Luft war dick, aber atembar, und mit der Zeit kam es mir so vor, als ob wir langsamer fielen als zuvor. Die Temperatur der Luft wurde mit jeder Mi-

nute angenehmer. Mir kam der Gedanke, daß die Eislawine schmelzen und sich in einen freundlichen
Regen verwandeln würde, bevor sie uns jemals einholen konnte. Ich erblickte Otha, der sich in einiger Entfernung an einen großen Eisbrocken klammerte. Ich
wäre nicht gerne so nah an einer solchen Masse gewesen, aber ich nehme an, daß er das beruhigend fand,
bei seiner Vorliebe für einen festen Untergrund. Ich
winkte, und er winkte beinahe fröhlich zurück. Wuff
war ein wackelnder schwarzer Punkt vor dem leuchtend blauen Hintergrund. Das funktionierte alles wunderbar.

Je weiter wir fielen, desto mehr wurde die Unterseite
der antarktischen Eiswüste sichtbar, deren entfernte
Ausläufer sich in kaum noch erkennbare halluzinato-
risch gekurvte Hügel vorsintflutlichen Eises erstreck-
ten. Vor dieser riesigen Eiskuppel waren wir Staub-
körnchen, und die größten Eistrümmer waren nicht
mehr als Mücken.

Vielleicht war die Gebirgskette, die wir gestern überflogen hatten, die eigentliche Oberkante dieses riesigen
Schachtes. Wenn es sich so verhielt, war die ganze Zen-
tralantarktis ein Pfropfen, eine Ablagerung, deren irre-
guläres, äonenaltes Wachstum das obere Ende von
Symmes' Loch verstopft hatte!

Wie ein Hebel, dessen Umlegen die miteinander ver-
bundenen Glieder eines großen Mechanismus in Bewegung setzt, hatte das Scharren unserer Schritte zum
vollständigen Zerbrechen des großen Pfropfens geführt. Die große Eiskuppel zerbrach und fiel hinter uns
her, aber das taumelnde Eis schmolz allmählich im Fallen. Ein paar große Wasserkugeln würden nach uns
herunterregnen. Ich sammelte einen kleine Menge Wasser in meinen zu einer Schüssel zusammengelegten
Händen und schlürfte es. Das Wasser war frisch, rein –
und aus Millionen Jahre altem Eis.

Ja, Symmes hatte recht. Mutter Erde hatte eine große

südliche Öffnung, einen Schacht, der geradewegs zur Oberfläche von … wovon eigentlich führte? Ich bedeckte die Augen für zehn Minuten mit der Hand, um sie vor dem Licht zu schützen, dann nahm ich wieder eine Position bäuchlings ein, um nach unten zu sehen.

Eine Viertelmeile entfernt fielen Eddie und Jeremiah Arm in Arm. Am äußersten Horizont meiner Wahrnehmung sah ich undeutliche Hinweise auf die Wände des Schachtes, unglaublich weit weg, auf jeder Seite vielleicht hundert Meilen entfernt. Weiter oben glühten diese Wände ein klein wenig, unten wurden sie immer heller. Der entfernte Boden des Schachtes war mittlerweile auf die Größe eines Bullauges oder einer am ausgestreckten Arm getragenen Speiseplatte angewachsen. Diese Scheibe war hauptsächlich grün gefärbt, hatte aber einen großen rosa Fleck im Zentrum, von dem rosa Linien in alle Richtungen wegführten. Um den zentralen Fleck herum gab es eine Anzahl winziger blaugrüner Juwelen. Ich blickte auf das Ende des großen Tunnels, auf die Innere Erde. Es schien, als müßten wir noch viele Stunden fallen, um dorthin zu gelangen. Die Luft war so dick und schwer, daß mir schwindlig wurde. Ich starrte eine Zeitlang nachdenklich hinunter.

Etwas prallte gegen mich. Ich schrie auf, aber es war nur Wuff. Als ich ihn zum letzten Mal gesehen hatte, war er ein Fleck weit über mir gewesen. Offensichtlich hatte er die Pfoten angezogen und die Nase ausgestreckt, um seine Fallgeschwindigkeit so zu erhöhen, daß er mich einholen konnte. Ich drehte mich auf den Rücken, streckte Arme und Beine aus und konnte auf diese Art Wuff auf meine Brust setzen, ihn streicheln und mit ihm reden.

»Ja, Wuffi. Armer Wuffi! Peters wollte Wuff fressen, und Wuff lief davon! Wuff ist durchgebrochen! Guter Junge. Gutes, gescheites Wuffilein. So ein pelziger Kerl!«

Wuff schmatzte ein paarmal mit den Lefzen, wie er

es immer tat, wenn er unsicher war, dann wollte er seine einen neuen Anfang setzende Nummer mit Sich-Schütteln und Ohrflappen abziehen.

Er verlor den Halt, und der Fallwind trieb ihn von mir fort. In einer Art lächerlichem Übermut drehte ich mich wieder mit dem Gesicht nach unten und bewegte meine Arme und Beine so, daß ich ein wenig durch die Luft steuern konnte. Unsere Geschwindigkeit hatte sich weiter verlangsamt, und ich konnte ohne Schwierigkeiten atmen, obwohl jeder von diesen Atemzügen mich schwindliger machte. Wuff flog hinter mir her, mit kleinen Kopf- und Schwanzbewegungen steuernd. Wir spielten zehn Minuten miteinander fangen, bis wir so zusammenstießen, daß wir beide ganz benommen waren.

Eine Stunde oder mehr fielen wir ruhig durch die dicke, betäubende Atmosphäre. Schließlich wurde die Luft dünner, und mit dem Nachlassen des Luftdrucks kehrte meine normale Wachheit zurück. Es wurde ziemlich heiß und begann rund um uns zu regnen. Unsere Geschwindigkeit betrug jetzt weniger als die Hälfte von zuvor. Wenn ich durch den Regen hindurchspähte, konnte ich die entfernten Felswände rot glühen sehen. Unten gab es weißglühende Furchen und Flecken in den Felsen und Schatten wie riesige Steinterrassen, die aus den Wänden hervorbrachen. Otha auf seinem Eisberg lag jetzt eine halbe Meile zurück. Ich erwog, mit Wuff dorthin zu steuern, um der steigenden Hitze zu entgehen. Ich hoffte, Jeremiah und Eddie würden vernünftig genug sein, dasselbe zu tun.

Indem ich kräftig mit Armen und Beinen ruderte, gelang es mir, mich langsam auf meinen Weg zu Othas großem Eisberg zu machen. Es war eine merkwürdige Erfahrung, die riesige weiße Masse näher und näher kommen zu sehen. Ich packte Wuff an der Pfote, damit er auch sicher mitkam. Sein Pelz war von der heißen Luft ganz aufgeplustert, und man sah deutlich die spiralförmige Tätowierung, die Peters auf seinem Bauch angebracht hatte.

Otha kauerte inmitten eines matschigen Eisfeldes von der Größe unserer Farm in Hardware. Er sah kalt und mißtrauisch aus, was mich plötzlich an einen Weihnachtsabend vor drei oder vier Jahren erinnerte, als Pa sich betrunken und Turl vergewaltigt hatte. An diese Nacht hatte ich schon sehr lange nicht mehr gedacht.

Wir waren alle fünf an jenem Weihnachtstag im Haus gewesen (es dürfte 1832 gewesen sein), wir aßen und tranken, die Schwarzen genauso wie die Weißen, zumindest sah es so aus. Luke verputzte einen halben Schinken und soff einen Krug Whisky aus und fiel dann auf dem Fleckenteppich auf den glatten Brettern vor dem Herd in einen seligen Schlaf. Otha und ich spielten glücklich mit einem Kegelspiel aus poliertem Buchenholz, das Onkel Tuck für mich gemacht hatte. Auf seinem Weg zur jährlichen Weihnachtsgesellschaft bei den Perrows war er am Morgen vorbeigekommen und hatte es für mich abgegeben. Otha und ich hatten so ein Spiel noch nie zuvor gesehen und waren ganz hingerissen. Zur Vervollständigung unserer Freude hatte Onkel Tuck auch noch einen ganzen Scheffel Orangen dagelassen!

Ich sollte es vielleicht erklären: Ein solches Kegelspiel ist eine hölzerne Schachtel, sechs Inches tief, mit einem rechteckigen Boden von zwei auf vier Fuß, auf dem die schlanken Kegel stehen. Die Schachtel hat hölzerne Zwischenwände, sie sieht aus wie ein Haus ohne Dach, dessen Wände es in Räume unterteilen, und die Kegel stehen darin herum wie die Einwohner des Hauses, wobei die weiter abseits stehenden Kegel mehr zählen. Der Spieler, der an der Reihe ist, windet eine Schnur um einen großen Holzkreisel und versetzt ihn damit in Rotation, worauf er ihn in der Schachtel absetzt. Gezählt werden die Werte der Kegel, die nun vom Kreisel umgestürzt werden. Dieser Kreisel ist ein spindelförmiges Holzstück, bestehend aus einem fünf Inch langen Schaft mit einer dünnen Scheibe an einem Ende. Wenn er auf diesem langen dünnen Schaft balancieren soll, muß er sich sehr schnell drehen, um aufrecht zu bleiben. Er bewegt sich langsam, zitternd, tastend durch das Kegelhaus – bis er an eine Wand oder einen Kegel stößt und entweder umfällt oder tangential wegspringt. Seine Bewegungen sind absolut nicht vorhersehbar, worin die Faszination dieses Spieles liegt.

Die Vergewaltigung – wenn es wirklich eine war – ereignete sich geräuschlos in der Küche, wo Pa und Turl miteinander getrunken und Domino gespielt hatten, und wir schauten nicht von unseren Kegeln auf und merkten überhaupt nichts, bis Turl gegen Mitternacht mit verzerrtem Gesicht ins Wohnzimmer kam und zu Otha sagte, er solle in die Küche gehen und Pa umbringen. Dann begann sie, Luke zu schütteln und zu kreischen. Pa schob seinen Arm in die Achselhöhle Lukes, der nur vor sich hinmurmelte, und schleppte ihn hinaus zum Sklavenhaus, Turl im Schlepptau. Otha sprang auf Pa's Rücken und fing an, auf ihn einzuschlagen. Ich zerrte ihn herunter, und Pa ohrfeigte ihn. Otha rannte zurück in unser Haus und zerstörte mein Kegelspiel – zerbrach den Kreisel und sprang auf der Schachtel herum, bis sie nur noch Kleinholz war –, und dann rannte er ins offene Gelände hinaus. Es war ein warmer Weihnachtstag. Der regennasse Schnee lag ein paar Inches hoch. Pa verlor das Bewußtsein, und ich lag weinend im Bett, wegen des kaputten Spiels. Schließlich ging ich hinaus, um Otha zu suchen. Er hockte draußen auf dem Weideland, hielt die Bruchstücke des Kreisels in der Hand und sah aus, als sei er entschlossen, sich zu Tode zu frieren. Ich sagte ihm, es sei jetzt sicher, nach Hause zu gehen. Er sagte, es sei nirgendwo sicher. Ich sagte, wir würden ein neues Kegelspiel machen; er sagte, er wolle eine neue Mutter.

Es ging fast ein ganzes Jahr, bis sich die Verhältnisse wieder einspielten. Erst tat Turl so, als sei alles vergessen, und dann begann sie im Frühling damit, aufzubrausen und die ganze Zeit herumzuschreien und zu kreischen. Sie trug mehr Kleider als sonst. Ich erinnere mich daran, wie sie an einem Apriltag in Fetzen gekleidet vor dem Haus im Regen stand und schrie. Ich verstand nicht, was sie kreischte, aber Pa stimmte ihr zu, als sie ankündigte, ihre Schwester in Lynchburg so lange besuchen zu wollen, wie es ihr gefiel. Ihre Schwester gehörte den Perrows. Turl kam nicht vor der Erntezeit zurück und schnatterte von da an ständig über ihren reizenden kleinen Neffen drüben bei den Perrows und wie sehr der sie an Mason erinnere.

Jetzt tauchte ich genau vor Otha aus der Luft auf. Unter dem Arm hielt ich Wuff. Meine Füße gruben sich in den Matsch auf dem Eisberg und stabilisierten meine Lage gegen den Wind. Otha starrte mich blicklos an. Die Eiseskälte und die Stickstoff-Narkose der Hochdruckregion, die wir durchquert hatten, mußten ihn betäubt haben. Ich sprach mit ihm und schüttelte ihn, bis er aufstand. Direkt am Eis war es kalt, aber sobald man aufstand, konnte man die Hitze des sengenden Windes spüren. Otha sah sich um, als er langsam zu Sinnen kam.

»Sind wir tot und in der Hölle, Mason?«

Die Klippen waren gelb vor Hitze und näher als zuvor. Obwohl es jetzt rund um uns regnete, konnten wir ziemlich klar sehen. Große Lavakatarakte ergoßen sich aus Höhlen in den Klippen und flossen hinunter in Feuerseen. Es gab auch ein paar Wasserfälle, riesige gurgelnde Schwälle, die meiner Ansicht nach von Malströmen oder Unterseehöhlen herstammten. Wenn das Wasser auf die Lava traf, verdampfte es, wobei der größte Teil des Dampfes zurückgesaugt wurde in andere Höhlen der gigantischen Bienenkorbstruktur von Mutter Erdes dampfendem innersten Fleisch.

Ein Eisberg fiel in großer Entfernung in einen der Lavaseen und erzeugte einen gewaltigen Dampfstoß. Als immer mehr Eis und Regen auf die heißen Klippen fielen, füllte sich der Tunnel allmählich mit Wolken. Gerade bevor dieser Nebel zu dicht wurde, um noch etwas sehen zu können, zeigte Otha auf etwas, das sich aus einem der entfernten Wasserfälle herauswand: eine riesige spiralige Schale mit baumelnden Fangarmen – ein Muschelkrake!

Es dröhnte und krachte, als mehr und immer mehr Eis auf die heißen Klippen fiel und Stücke abbrachen und abprallten. Die Wolken wurden jetzt sehr schwarz, und Blitze zuckten zwischen ihnen hin und her. Die Wände glühten weiß durch das entstehende Gewitter. Die Luft war unerträglich heiß, der ganze Regen hatte sich in Dampf aufgelöst. Wir krochen auf der Oberfläche des Eisbergs dahin.

»Kannst du die anderen sehen, Otha? Siehst du Eddie und Jeremiah?«

Gerade als ich diese Frage stellte, kam Eddie auf uns zugesegelt, bäuchlings auf dem Rücken des bewußtlosen Jeremiah reitend. Ich winkte ihm zu, und er schaffte es, in unserer Nähe zu landen. Eddies Augen leuchten vor Erregung; er sagte, er habe die Bewegungen riesiger Schatten im Feuer auf den Klippen gesehen, große Dämonen des feuerflüssigen Kerns. Auch wenn es keine Anzeichen von Virginias Geist gab, hatte diesmal die Realität Eddies wildeste Träume übertroffen.

Wir drehten Jeremiah um und weckten ihn aus seiner von der Hitze bedingten Erschöpfung. Er war schwach und konfus. Wuff und wir vier Männer legten uns in eine Höhlung voll geschmolzenem Eiswasser, wie sich Schweine in eine Suhle legen. Mit derselben Geschwindigkeit, mit der der Wind das Wasser um uns verdampfte, schmolz mehr Eis ab. Eine Bö raste durch den Tunnel, und die höllischen Klippen kamen immer näher – aber bei weitem nicht so schnell, wie ich mir das gewünscht hätte. Immer wieder schlug ein Blitz in unsere schrumpfende Eisinsel, so daß mich eine Vibration durchfuhr. Jeremiah stöhnte, Eddie rezitierte Blankverse mit Beschreibungen der feurigen Wesen, die er gesehen zu haben glaubte.

Schließlich kühlte sich die Luft ab. Die Klippen veränderten ihre Farbe zu Rot und dann zu Schwarz. Wir fielen jetzt viel langsamer als vorher. Unsere ehemals so große Eisinsel war auf die Größe eines treibenden, knarrenden Schiffes geschrumpft.

»Wie weit wir gekommen sind!« rief Jeremiah aus, der sich völlig erholt hatte. Bei unserer verringerten Geschwindigkeit mußten wir nicht länger schreien, um trotz des Fallwindes gehört zu werden. »Dieser Druck, diese Hitze – hast du mich gerettet, Eddie?«

»Ich bin nicht gänzlich ein Schurke und ein Wrack«, sagte Eddie. »Und unser Symmes war kein kompletter Narr. Warum fallen wir so langsam?«

»Es ist so, wie ich es Mason gesagt habe«, erwiderte Jeremiah. »Newtons Infinitesimalrechnung zeigt, daß es in einer Hohlkugel keine gleichmäßige Schwerkraft geben kann. Obwohl uns die Materie unter uns nach wie vor nach unten drückt, zieht uns die Materie über uns hinauf. Wenn wir das Ende dieses Tunnels erreicht haben, werden die beiden Kräfte ausgeglichen sein.«

»Ah«, sagte Eddie. »Aber was ist mit den Massen im Erdzentrum selbst? Die da unten, blau und rosa? Die werden uns weiter anziehen.«

»Möglicherweise«, räumte Jeremiah ein. »Ich frage mich ...«

Mit einem großen Krach brach die Eisinsel in zwei Teile auseinander, mit Eddie und Jeremiah auf der einen und Wuff, Otha und mir auf der anderen Hälfte.

»Laß los und spring!« drängte ich Otha. »Denk an Peters!«

»Wann kommen wir endlich auf festen Boden?« jammerte Otha. »Luft und Wasser hängen mir schon zum Hals heraus.«

»Du kannst mir dabei helfen, welchen zu finden«, sagte ich. »Komm schon, wir fliegen Arm in Arm.« Eddie und Jeremiah hatten sich schon untergehakt, Otha und ich folgten ihnen nun unmittelbar. Der agile Wuff flog allein, wobei er zwischen uns herumkurvte.

Als ich einen Blick auf unseren zerbrechenden Eisberg zurückwarf, sah ich etwas Außergewöhnliches: Eine große abgeflachte Kugel – eigentlich nur eine Hemisphäre – war im Zentrum des Berges eingefroren gewesen und entfernte sich jetzt taumelnd in Richtung Wolken und Klippen. Sie bestand aus glänzendem Metall, hatte gut dreißig Fuß Durchmesser und einen schrägen Flansch oder Ring um die gesamte Basis, der ihr die Form eines Spiegeleis verlieh. Bevor ich es Otha zeigen konnte, war das Metallobjekt in dem glühenden Nebel hinter uns verschwunden. Monate später sollten wir im eigentlichen Zentrum der Hohlwelt ein anderes Artifakt seiner Art finden, aber jetzt, wo ich nicht wußte, was ich von ihm halten sollte, verdrängte ich es aus meinen Gedanken.

Bald fielen wir sehr viel langsamer als zuvor. Je weiter wir dahindrifteten, wurde die Luft ständig angenehmer. Die Scheibe am Tunnelende war leuchtend und groß – wenn ich jetzt meine Arme ausstreckte und die Hände an die beiden Scheibenränder hielt, waren sie vier Fuß auseinander. Hinter uns konnte ich nichts mehr vom anderen Ende des Tunnels erkennen, nichts als einen ununterbrochenen Sturm aus Feuer und Eis. Wir waren dem bißchen Regen, das es durch die Sturmzone geschafft hatte, voraus, und es waren auch noch ein paar Eisblöcke übriggeblieben. Unangenehmer fand ich die zahlreichen Felsbrocken, die hinter uns herkamen.

»Das ist ein wilder Ritt, Mason! Riechst du den Dschungel?« Obwohl Otha vorsichtig genug war, mich nie gänzlich loszulassen, begann er sich allmählich wohl zu fühlen. Ich spürte die sanfte Brise, die tatsächlich eine feine Andeutung von einem Geruch nach Pflanzen enthielt.

Ich gestikulierte zu der Scheibe vor uns hin. »Die Hohlwelt!«

»Können wir auf der Innenseite herumlaufen?«

»Oder genau in die Mitte hineinfallen. Kannst du dort etwas erkennen?« Ich wußte, daß seine Augen schärfer waren als meine. Otha legte die Hand an die Brauen und spähte geradeaus.

»Es ist eine Spinne«, sagte er. »Eine rosa Lichtspinne mit zitternden blaugrünen Haxen rundum. Wir sollten da nicht hin, Mason!«

»Kannst du irgend etwas am Rand erkennen? Am Tunnelrand? Die Kanten sehen irgendwie unscharf aus. Siehst du Bäume?«

Während wir hinunterstarrten, schwoll ein großes unregelmäßiges Dreieck aus dem zentralen ›Spinnenleib‹ an. Die nebulose Basis dieses Dreiecks wuchs an und der obere Winkel wurde stumpfer. Binnen einer Minute erreichte das sich ausdehnende Band aus rosa Licht die Ränder der Scheibe. Das helle Rosa ließ mehr Details erkennen.

»Da ist eine Baumreihe«, sagte Otha. »Mit Lianen.« Die Meilen entfernte Horizontlinie hatte die Rauheit einer bewaldeten Berglandschaft in den blauen Hügeln Virginias. Da und dort konnte man das rosa Licht durchblinken sehen, als sei es hinter Büschen verborgen.

Plötzlich füllte es den ganzen Tunnel vor uns aus. Geräusche ertönten, ein Dröhnen und ein Summen. Das Haar stand mir zu Berge. Wuff sah aus wie ein Löwenzahnsamen im Wind. Das rosafarbige Energiebad brachte keine zusätzliche Hitze mit sich. Es wich zurück und zischte, dann bewegte es sich wieder. Während es den Tunnel ausfüllte, erhaschte ich einen

Blick auf die Wände. Die Tunnelwände bestanden aus Stein und Erde, glitzernd von Wasserläufen und bedeckt mit Grünzeug. Ein paar Meilen weiter endeten die Wände in einem riesigen Gestrüpp gigantischer Pflanzen.

Das wir dem Ende des Tunnels sehr nahe waren, konnte man an der Tatsache erkennen, daß die Größe der Scheibe rapid anwuchs, obwohl wir jetzt nicht schneller als mit dreißig Meilen pro Stunde fielen. Wir zogen die Arme an und holten Jeremiah und Eddie ein. Ich hängte mich bei Jeremiah ein, und wir tanzten eine Zeitlang herum, als spielten wir Ringelreihen. Dann knallte Wuff in uns hinein und machte alles noch turbulenter. Schließlich stabilisierten wir uns, Otha, ich, Jeremiah und Eddie Poe fielen Arm in Arm.

»Segeln wir seitlich weg, solange wir uns dafür schnell genug bewegen«, schlug ich vor. »Sonst fahren wir ungespitzt in den Boden.«

»Wir haben Hunger«, bemerkte Otha. »Und wir wollen festen Boden unter den Füßen.«

»Hasenherz«, sagte Eddie. »Wäre es nicht weitaus nobler, immer weiter in das Licht hineinzufallen?«

»Nicht ohne Vorräte«, sagte Jeremiah. »Und wer weiß, wie lange es dauern würde? Wir sind nicht den ganzen Weg hergekommen, nur um hier zu sterben, Eddie.«

Wir drehten uns wie ein großer Flügel und flogen langsam auf die nähergelegene Seite des Tunnels zu. Die Wand war so zerklüftet und bewachsen, daß sie bald aussah wie eine bäuerliche Landschaft, so daß es schwerfiel, daran zu denken, daß sie eigentlich die Wand eines riesigen Schachtes war. Unsere seitliche Bewegung führte dazu, daß eine Menge Lavagestein an uns vorüberflog und auch andere Trümmer – Schmutzbrocken, lose Baumäste, ein paar tote Vögel, ein paar zerbrochene Stücke von Krakenschalen. Ich schaute ständig zurück, um Kollisionen zu verhindern, obwohl sie bei unserem langsamen Tempo kein großes Problem gewesen wären. Einmal kam mir ein Felsen so nahe, daß ich ihn berühren konnte. Ich legte meine Hand unter ihn und versuchte, ihn zu heben. Er war sehr viel massiver als jeder Stein, den ich je zuvor berührt hatte, und hatte mindestens die Dichte von Gold. Normalerweise hätte ich ihn einfach losgelassen, aber jetzt warf ich ihn so fest ich konnte, in der Hoffnung, das würde uns näher zu den Klippen hintreiben. Es half auch ein bißchen, aber der leichte Impuls wurde durch die natürliche Reibung der Luft bald neutralisiert. Wir waren immer noch ein paar Meilen von festem Land entfernt.

Das Erscheinungsbild des Zentrums der Sphäre war so verwirrend wie zuvor. Alle Sichtlinien in Zentrumsnähe waren verbogen und verzerrt und umgaben die blauen Flecken in der Mitte mit seltsamen Haloeffekten und Fata Morganas. Das Licht war dort hell und chaotisch und unzusammenhängend. Eine Zentralsonne? Vielleicht nicht. Ich beschloß, es die *Zentralanomalie* zu nennen. Das Innere der Erde wurde nicht so sehr von der Anomalie selbst beleuchtet als vielmehr von den rosafarbenen Lichtströmen, die sich von der Anomalie zu der inneren Oberfläche der großen Planetenrinde ergossen, durch die wir gefallen waren.

Langsamer und immer langsamer fielen wir jetzt, und dann blieben wir gänzlich stehen. Das große Loch erstreckte sich um uns nach allen Seiten, die nächstgelegene Wand mindestens zwei Meilen entfernt. Obwohl wir auf genau derselben Höhe mit dem Boden der Höhle waren, dehnten sich die gigantischen Bäume, die auf der Erdinnenseite wuchsen, drei oder vier Meilen weiter einwärts aus. War unsere lange Reise am Ende, sollten wir langsam vertrocknen in dieser balsamischen, rosa leuchtenden Luft? Wir ruderten mit Armen und Beinen, bis wir erschöpft waren, kamen aber dem festen Boden nicht näher. Einer nach dem anderen, fielen wir in Schlaf.

Ich fuhr aus dem Schlaf hoch. Hatte ich Vogelgeschrei gehört? Mir kam vor, als sei es jetzt Stunden später, aber wir waren am selben Ort, vollkommen unbeweglich. Als unser Fall zu Ende war, waren wir mitten in der Luft hängengeblieben, auf einer Ebene mit der Innenkante des Loches in der Erdkruste. Wenn man von der Trockenheit absah, war es, als treibe man in küstennahem Wasser.

Das gewundene Band des meilendicken Dschungels rahmte meinen Blick auf das weite Innenleben der Erdkugel. Es war rosa beleuchtet und wimmelte von Leben, bis es in der Entfernung im Nebel verschwand. Fliegende Tiere füllten die Luft wie Schulen von Fischen; hier und da stürzten sich größere Tiere auf kleinere. In einiger Entfernung konnte ich drei große Muschelkraken ausmachen, außerdem ein riesiges, mit den Flügeln schlagendes Wesen, das an einen Rochen oder Manta erinnerte. Trotz des Nebels konnte ich einen großen Teil der Innenwand rund um mich überblicken – vielleicht zweihundert Meilen. Wenn die Außenseite der dicken Rinde, durch die wir gefallen waren, Erde genannt wurde, könnte man die Innenseite Edre nennen, dachte ich mir.

Der Teil von Edre nahe unserem Loch war mit dichtem, mehrere Meilen dickem Dschungel bedeckt. In ihm gab es überall große zitternde Wasserkugeln wie gigantische Tautropfen. Die Tropfen auf unserer Höhe, also an der Dschungelbasis und zur Erdrinde hin, hingen mehr oder minder bewegungslos im Geäst, aber die weiter oben tendierten dazu, sich abzulösen und ins Zentrum zu fallen. Je weiter sie sich von uns entfernten, um so schneller fielen sie. Newton hin oder her, es gab da eine Kraft, die Materie von der Rinde weg zum Zentrum hin zog. Die Zentralanomalie zog die Dinge um so kraftvoller an, je näher sie ihr kamen.

Jedenfalls muß ich wiederholen, daß es keine Schwerkraft in der einen oder anderen Richtung in jener luftigen Sargassosee gab, in der wir schmachteten. Diese Region war eine Art Schwerkraftschelf zwischen der Zone, auf die die Erde Einfluß nahm und jener, die von der Zentralanomalie beherrscht wurde.

In der Entfernung erstreckte sich die Edre-Landschaft über den Bäumen höher und höher, wobei sie immer blasser wirkte, bis sie im entfernten Nebel verschwand. Sie war gefleckt. Teile davon waren filziger, tiefgrüner Dschungel, andere waren glatt und hellgrün, und da und dort sah man nackte graue Felsen. Ein kleines Gebiet war tiefschwarz verkohlt – hier hatte es ein Feuer gegeben, nahm ich an, weil ich eine glühende Linie an den Kanten dieses schwarzen Flecks sah. Unter dem nächstgelegenen Dschungel konnte ich ein hellblaues Meer ausmachen, dessen Farbe sich zu grün und blauschwarz veränderte. Vielleicht waren dort tiefe unterseeische Löcher in der Hohlwelt und die Ozeane von Edre waren mit denen der Erde an diesen Stellen verbunden.

Der nächstgelegene Landstrich am Tunnelausgang war mindestens zwei Meilen entfernt. Felsen und verschieden große kugelige Wasseransammlungen schwebten rund um uns. Während Wuff sich die Zeit über, in der ich schlief, mit den Zähnen an meinem Hosenbein festgehalten hatte, waren die anderen von leichten Brisen auseinandergetrieben worden. Wir befanden uns an den Ecken eines ungefähr gleichseitigen Dreiecks von je 50 Fuß Seitenlänge; Wuff und ich an einer Ecke, Eddie und Otha an der zweiten, Jeremiah an der dritten.

Plötzlich brach rauhes Geschrei los. Ziemlich nahe begannen zwei stummelflügelige Vögel an einem Stück Nahrung herumzuzerren. Zuerst war mir nicht klar, wie groß diese Tiere waren. Ich nahm an, sie seien sehr nahe, und ihre Beute sei so etwas wie ein Fisch oder eine Ratte. Dann wurde ein menschliches Bein abgetrennt, und ich begriff, daß ihr Futter der zerquetschte

Körper des armen Peters war. Jeder von diesen Vögeln war so groß wie zwei Pferde! Der mit Peters Bein im Schnabel flog hinüber zum Kliff, der andere schüttelte Peters Rumpf heftig, um ihn in Stücke zu reißen.

Ihre Körper hatten ungefähr den Umriß eines Pinguins, aber die Stummelflügel bewegten sich mit einem solchen Tempo, daß man sie nicht scharf sehen konnte, wie bei einem Kolibri. Der gelbe, konische Schnabel wirkte im Verhältnis zum weißen Kopf überproportioniert. Die Augen waren strahlendblaue Glaskugeln inmitten schützender Federbüschel. Die Klauen sahen eher klein aus, mehr wie die von Singvögeln als wie die Krallen von Raubvögeln. Vielleicht waren die Tiere doch nur Aasfresser, und wir somit vor ihnen sicher.

Aus der Ferne ertönte mehrstimmiges Krächzen. Noch drei von den Biestern flogen von Edre zu uns her. Wuff preßte sich vor Angst an mich. Ich zog die Pistole und überprüfte sie. Das Pulver war naß; sie würde nicht feuern. Was hatte ich sonst noch bei mir? Eine Zunderbüchse, ein Taschentuch, 50 Fuß Seidenschnur um die Hüfte gewickelt und den Pelz samt Kopf der Rotklaue. Die Vögel kamen näher. Ich beschloß, die Rotklaue zu opfern und dann Wuff, falls das nötig wurde.

Der Vogel, der an Peters zugange war, schüttelte heftig den Kopf, weil es ihm noch immer nicht gelungen war, ein Stück abzureißen. Es war schrecklich anzusehen, wie der Körper unter den schnellen Bewegungen des Kopfes herumtanzte.

Jetzt glänzte etwas auf und kam in meine Richtung geflogen – Peters Messer! Ich streckte meinen Arm so weit wie möglich aus, und der Griff des großen Messers plumpste mir in die offene Hand – ein fühlbares Glückszeichen. Ich ließ die lange starke Klinge in meinen Stiefel gleiten. Wuff hatte mir Glück gebracht, ich mußte verrückt gewesen sein, als ich dachte, mir Zeit erkaufen zu können, indem ich ihn an die Vögel verfütterte. Ein besserer Plan formte sich in meinem Gehirn. Die anderen Männer war nun auch erwacht und riefen einander zu; im Augenblick schenkte ich ihnen kein Gehör.

»Guter Junge, Wuffi!« Ich wickelte das Seil von meiner Hüfte und machte eine enge Schlinge um Wuffs Brust, genau hinter seinen Vorderpfoten. Einer dieser Steine mit hoher Dichte war in unserer Nähe, er war so groß wie eine Sklavenhütte. Ich knüpfte das andere Ende des Seils eng um meine Hüfte und legte den Rest in große, lose Schlingen. Dann warf ich Wuff in die dem Stein entgegengesetzte Richtung, und die Reaktion ließ mich zum Stein hin taumeln. Aber bevor ich ihn ergreifen konnte, hatte das Seil seine volle Länge erreicht, machte »Twäng« und zog Wuff und mich wieder aufeinander zu.

»Tut mir leid, alter Junge. Probieren wir's noch mal.« Jetzt zerrten vier von den Monstervögeln an Peters Leiche herum; auch wenn sie bloß Aasfresser waren, würde es nicht mehr lange dauern, bis sie sich für uns zu interessieren begannen. Ich warf Wuff neuerlich, diesmal in einem etwas besseren Winkel, und es gelang mir dieses Mal, eine Kante des Steins zu erwischen, bevor das Seil seine volle Länge erreicht hatte. Wuff jaulte, der Ruck schien mir den Arm aus der Schulter reißen zu wollen, aber ich hielt mich fest. Wuff taumelte zurück zu mir und dem Stein. Jetzt hatte ich einen Köder und für mich ein Versteck.

»Großartig, Wuffi, jetzt werden wir uns gleich einmal einen von diesen Vögel angeln.«

»Mase! He, Mase, hier komme ich!« Das war Otha. Während ich mit Wuff beschäftigt gewesen war, hatte Jeremiah sein eigenes Seil nach Eddie und Otha ausgeworfen. Die drei waren jetzt beieinander, und Otha stemmte sich gegen die Brustkästen der beiden Männer und sprang zu mir her, wobei sich Jeremiahs Seil hinter ihm entrollte. Ich klammerte mich an meinen Felsen und streckte eine Hand nach Otha aus. Wir erwischten einander beim ersten Versuch. Dann holten wir alle zusammen das Seil ein, bis wir zu viert an einer Seite des massiven hausgroßen Steins hingen.

»Was für ein Ausblick!« Jeremiah blies die Backen auf. »Schaut doch, wie dieses Land sich da wellenförmig erstreckt – ich komme mir vor wie im Garten Eden! Und schaut, wie überall das Wasser blitzt! Sicher werden wir auf diesen Ebenen und im Dschungel Menschen finden. Freundliche Männer und liebliche Frauen.«

»Wie kommen wir da hinüber?« fragte Otha.

»Was ist mit diesen Vögeln da los?« fragte Eddie aufgeregt, nachdem er um die Ecke des Steins geblickt hatte. »Fressen die etwa ...«

»Es ist Peters Leiche«, sagte ich und zog das Messer aus dem Stiefel. »Schau!«

»Scheußlich«, murmelte Eddie mit glitzernden Augen. »Diese kleinen Krallen – beinahe wie Hände. Ich werde sie *Harpyien* nennen.«

Wir spähten alle um die Ecke des Felsens und beobachteten die Harpyien. Jetzt flog eine, Peters Arm im Schnabel, nahe vorüber. Die kleinen, aktiven Flügel erzeugten ein tiefes summendes Geräusch. Drei andere Harpyien blieben zurück und versuchten mit ihren Schnäbeln Peters Leib zu öffnen. Drei weitere näherten sich.

»Ich habe einen Plan«, sagte ich. »Ich werfe Wuff als Köder aus. Wenn eine der Harpyien deswegen herfliegt, ziehe ich ihn zu uns her. Wir packen die Harpyie, und sie fliegt in ihrer Angst zurück zum Land, wobei sie uns mitschleppt.«

»Und was ist mit dem Schnabel?« fragte Otha. »Und mit den Klauen?« Er hatte sein Bowiemesser gezogen. »Können wir sie abschneiden?«

»Es ist besser, wenn wir sie nicht verletzen«, sagte Jeremiah. »Sonst wird sie möglicherweise von den anderen attackiert.« Seine Hände arbeiteten geschickt an seinem Seil. »Hier ist eine Schlinge für den Schnabel«, sagte er und hielt sie hoch. »Und zwei weitere für die Klauen.«

»Was, wenn jemand zurückbleibt?« fragte Eddie.

»Wir werden uns zusammenbinden wie Bergsteiger«, sagte Jeremiah und knüpfte vier feste Schlingen in den Rest seines Seils. Jeder von uns legte sich eine um die Hüfte.

Um die greulichen Überreste von Peters Leiche gab es jetzt ein großes Geflatter und Gekreische, und dann kam eine der Harpyien in unsere Richtung. Die anderen hatten sie vertrieben.

»Okay, Wuffi«, sagte ich. »Stell dich tot.« Ich gab ihm einen sanften Stoß, und er driftete bis zur vollen Länge des Seils hinaus. Die Harpyie erblickte ihn. Wuff begann, sinnlos um sich zu schlagen. Die Harpyie kam näher, wobei sie ihren Kopf ständig von einer Seite auf die andere wandte.

Ich holte Wuff langsam ein, und als ich sah, daß die Harpyie den Kopf zu einem tödlichen Schnabelhieb zurückzog, riß ich scharf an dem Seil. Der große weiße Vogel schoß hinter Wuff her um die Ecke, und da stürzten wir vier Männer uns auf ihn. Ich betäubte ihn einen Augenblick mit einem heftigen Schlag des Messergriffs auf den Kopf. Jeremiah streifte ihm die Schlinge über den Schnabel und half Otha, die beiden anderen Schlingen um die Klauen zu legen. Eddie kletterte dem Tier auf den Rücken und krallte seine Hände in die Federn. Ich steckte ihm Wuff unter den Arm. Im nächsten Moment begann das Biest zu kämpfen und nach uns zu schlagen. Ich war vor seiner Brust und legte ihm die Hände um das Genick, um es zu fixieren. Otha und Jeremiah hielten sich an seinen gefesselten Beinen fest. Mein Messer hatte ich noch in der Hand. Ich preßte die Klinge an die Kehle der Kreatur, bereit, sie zu töten. Sie spürte die Gefahr und hörte auf, nach mir zu picken.

Eines ihrer riesigen blauen Augen war nur Zentimeter von meinem Gesicht entfernt.

»Kämpf nicht mehr«, sagte ich. »Flieg einfach heim. Da hinüber.« Ich zeigte mit einer Kopfbewegung zum Dschungel.

Die Flügel der Harpyie hatten die ganze Zeit zornig geschlagen, und wir waren schon hundert Fuß vom Felsen entfernt.

»Land«, sagte ich in beruhigendem Tonfall, ohne den Druck meines Messers zu vermindern. »Flieg uns zum Land, großer Vogel!«

Langsam und zunächst ziellos tat das Tier das schließlich. Zunächst flog es vielleicht zwei Meilen in Richtung Zentrum – dann drehte es um und flog auf die ungeheure Dschungelwand zu. Zuerst kam es mir vor, als flöge der Vogel hinauf zu einer riesigen grünen Decke, dann drehte sich meine Wahrnehmung, und es schien mir, als flöge der Vogel umgekehrt zu einem gewaltigen grünen Boden. Beide Eindrücke waren natürlich falsch, da wir uns im rechten Winkel bewegten. Der Dschungel war ein Gemisch aus Zweigen und Lianen, erhellt vom Schimmern großer Wasserkugeln, die da und dort im Geäst saßen. Riesige Blumen blühten. Zwei Harpyien flogen uns entgegen, um unseren Träger zu begrüßen, aber als sie uns sahen, flogen sie mit schrillen Schreckensschreien davon.

Wir umkreisten einen mächtigen blattlosen Baumstamm, dessen Zweige von Vogelexkrementen weiß gefleckt waren. Der Schlafbaum der Harpyien. Ein Dutzend von ihnen flog weg, als wir landeten – oder zu landen versuchten. Ich hörte dumpfes Poltern und Flüche von Jeremiah und Otha, als sie in einen der Zweige donnerten, dann kam Jeremiahs Schrei »Loslassen!«

Ich öffnete meine Arme, zog die Schlinge vom Vogelschnabel und stieß mit den Füßen hart gegen die Brust des Tieres, um freizukommen. Es gab einen Ruck am

Seil um meine Hüfte, als es Eddie und Wuff vom Rücken des Vogels riß. Dann krähte unsere Harpyie auf und flog davon, während wir fünf mit unseren Seilen in die Zweige des Schlafbaums der Vögel verwickelt hingen. Allmählich entknoteten Jeremiah und ich die Seile und befestigten sie wieder an unseren Hüften.

»Steigen wir hinunter«, schlug Otha vor. »Bevor sie zurückkommen.«

»Hinauf«, sagte Eddie. »Du meinst *hinauf*. Sieh mal die losen Zweige da draußen, siehst du, wie sie in Richtung Sonne fallen? Das Zentrum ist unten, das Land ist oben.«

»Ich bin keine Fliege an der Zimmerdecke«, sagte Otha. »Wenn ich einen Baum verlasse, dann steige ich *hinunter*. Komm schon, Mason, laß uns etwas zu essen suchen.«

»Ich komme ja, Otha, aber ich denke, Eddie hat recht. *Unten* ist in Richtung Zentrum, dorthin fallen die Dinge. Und oben ist auf der anderen Seite. Wir müssen eine gemeinsame Ausdrucksweise haben.«

»Klar«, sagte Otha. »Dann sag mir doch mal, wo Norden ist.« Er gab sich einen Ruck, der ihn hinauf – oder hinunter – zum nächsten Ast brachte.

»Nennen wir es hinaus«, schlug Jeremiah vor. »*Hinein* ist zum Zentrum, *hinaus* ist dorthin, von wo wir gekommen sind. Richtung Erdkruste. Einverstanden?«

»Einverstanden.«

Ich stieß mich ab, zu Otha hin. Ich glitt sanft durch die Luft, hielt mich kurz am nächsten Ast fest, stieß wieder ab. Jeremiah war hinter mir, Eddie machte die Nachhut – der *innerste* von allen.

Unser Fortkommen war kein Problem. Statt in Richtung Tunnel, aus dem wir gekommen waren, zu gehen, entschlossen wir uns, tiefer in den Dschungel einzudringen. In der fast schwerelosen Umgebung konnten wir von Ast zu Ast hüpfen wie die Eichhörnchen – allerdings schlugen wir uns ein paarmal hart die Knochen an, bis wir gelernt hatten, nicht zu heftig zu springen. Es war ein sehr seltsames Gefühl, so ohne Schwerkraft. Wie merkwürdig und wie wunderbar war es doch, daß die Anziehungskraft der großen kuppelförmigen Erdkruste hinter uns die Anziehungskraft des nahegelegenen Landes exakt ausbalancierte!

Bald waren wir mitten im Blättergewirr. Obwohl wir keinen festen Untergrund sehen konnten, machte uns das flackernde rosarote Licht aus dem ›Himmel‹ ständig klar, wo es lang ging. Von allen Seiten hörten wir Vogelgesang und das Geraschel und die Rufe anderer Tiere.

Überall hingen große Wassertropfen – manche in der Größe von Pfirsichen, andere wie Kürbisse. In der feuchten Luft kondensierten sie wie Tauperlen. Aber unter dieser Bedingung der Beinahe-Schwerelosigkeit konnten die Wassertropfen verschmelzen und zu unglaublicher Größe anwachsen. Von den kleineren trank ich ein paar. In den etwa kopfgroßen gab es winzige Fische mit Stummelflossen, die wie Füße aussahen. Im Vorbeigehen lösten wir die Tropfen ab, und sie glitten dahin, bis sie mit solchen, die dem Dschungelinneren näher lagen, verschmolzen, die größeren stiegen in den Himmel auf und entfernten sich in Richtung Zentrum, wo sie wohl zu Dampf verkochten und so zu Edre · zurückkamen.

Alle Bäume und Schlinggewächse hatten extra Ranken in den Gabelungen, um damit die Wassertropfen festhalten zu können. Zusätzlich wuchsen noch kleine parasitische Pflanzen in den Rissen und Verzweigungen der Baumstämme; diese orchideenartigen Gewächse trugen Blüten von überwältigender Schönheit. Schmalflügelige Libellen schossen zwischen den Pflanzen umher, außerdem sahen wir Mücken, Maikäfer, überdimensionierte Blattläuse und enorme Ameisen, die bei normaler Schwerkraft bewegungsunfähig gewesen wären. Nebel und feiner Regen von unserem großen Eisfall trieb zwischen den Bäumen umher und ließ die Tropfen anschwellen.

Nachdem wir uns zehn Minuten lang durch die nassen Zweige geschwungen hatten, fanden wir unsere erste Nahrung: eine Traube von roten Beeren in der Größe von Äpfeln. Otha biß in eine und lächelte; wir taten es ihm sogleich nach. Die Beeren waren süß und saftig, und jede von ihnen enthielt einen einzelnen Kern. Ich aß drei von ihnen. Libellen umsurrten die weggeworfenen Kerne, etwas wie ein Aal steckte seinen Kopf aus einem Loch in einem Ast und schnappte sich einen Kern. Ich fragte mich, wie dieser Aal wohl schmecken würde, aber da hatte er sich schon in sein Versteck zurückgezogen.

Ein Stückchen weiter fanden wir bananenartige Früchte; die füllten den Magen, obwohl sie ein bißchen bitter schmeckten. Eine große, haarige Spinne sprang von einer der weißen Blüten der Bananenpflanze und eilte davon. Ein grünkehliger Vogel von der Größe eines Rebhuhns fing die Spinne und begann sie zu verzehren. Otha zog sein Messer und warf es petersmäßig. Er nagelte den dicken Vogel an den Ast. Das Tier schrie fürchterlich, bis Otha ihm die Kehle durchschnitt und es ausnahm. Große Insekten wimmelten bald über die Zweige, auf die Otha die Innereien geworfen hatte.

»Bewegen wir uns weiter«, sagte ich, da ich keine Lust hatte, den Räubern dieses Dschungels zu begegnen.

»Wenn wir genug Essen zusammenkriegen, können wir ein Feuer machen und kochen«, meinte Otha. »Töte auch etwas, Mason. Hast du ein Messer, Eddie?«

»Ich habe keines«, sagte Eddie. »Und ich halte es nicht für weise, unseren Aufenthalt hier mit einem wahren Schlachtfest zu beginnen.«

Als wir tiefer in den Edre-Dschungel eindrangen, wurde das Licht gedämpfter und die Geräusche des

Tierlebens schwollen an. Ich sah einige kleine pelzige Tiere mit langen Beinen, aber sie waren zu schnell, als daß ich sie hätte töten können – abgesehen davon, daß ich das eigentlich auch nicht wollte. Mir stand der Sinn mehr nach etwas wie einem Schwein, oder einem Fisch.

Meine Wünsche wurden erfüllt, als wir an den bis jetzt größten Wasserglobus gelangten – ein monströses zitterndes Ding in Scheunengröße, auf der Außenseite von Schlingpflanzen und Ästen gehalten und in der Gabelung des abgestorbenen Teiles eines riesigen Baumes liegend. Als ich in das Wasser blickte, konnte ich ein paar von den stummelflossigen Fischen ausmachen, wie ich sie schon zuvor gesehen hatte, aber diese hier waren dick und einen Fuß lang. Ich schlüpfte aus meinen Kleidern und sprang mit dem Messer in der Hand in das Wasser. Die Fische fuhren auseinander. Ich schwamm durch den Wasserball, steckte den Kopf heraus, um Luft zu holen, und schwamm wieder zurück. Einer der Fische geriet mir direkt in die Bahn. Ich schwamm auf ihn zu und versuchte, ihn an die Oberfläche zu treiben, aber als ich mit dem Messer zustechen wollte, sprang der Fisch aus dem Wasser. Ich kam hinter ihm her, nur um noch zu sehen, wie er sich durch die Luft kämpfte, indem er sich mit seinen kleinen Flossenstummeln von jedem Zweig abstieß, an dem er vorüberkam. Später würde er vielleicht in seinen großen Tropfen zurückkehren oder einen anderen finden. Meinetwegen. Ich ruhte mich aus.

Die warme, feuchte Luft fühlte sich auf der Haut angenehm an. Ich saß auf der Außenseite des toten Astes, durch die geringe Schwerkraft nur ganz leicht verankert. Wuff war bei mir, sprang hin und wieder in die Luft und hüpfte von Zweig zu Zweig, von seinem als Propeller verwendeten Schwanz angetrieben. Die anderen streiften herum und betrachteten dies und jenes. Wir waren uns alle einig, daß wir damit einen guten

Lagerplatz gefunden hatten, wenn es uns nur gelang, noch mehr Essen aufzutreiben. Die Erdkruste war mindestens eine halbe Meile entfernt, aber es schien keinen besonderen Grund zu geben, so weit vorzudringen; der Dschungel würde nur dunkler und nasser und von tödlicher Gefahr angefüllt werden.

»Versuchen wir es damit«, sagte Jeremiah und zog eine Schnur und einen Fischerhaken aus seinem Mantel. Er löste ein paar Rindenstücke von dem toten Ast ab und fand eine fette Made als Köder für seine Angel. Meine direkte Attacke hatte die Fische so verschreckt, daß sie den Köder nicht sofort annahmen, aber nach zehn Minuten fing Jeremiah den ersten und dann einen weiteren. Ich fand einen kräftigen hohlen Stock wie ein Bambusrohr und benützte ein paar Fuß Seil, um mein neues Messer daran zu befestigen. Eigentlich hatte ich einen Fisch speeren wollen, aber gerade da kam zufällig ein Vogel vorbei, und ich traf ihn mit meinem ersten Wurf. Otha und ich machten uns ans Rupfen.

»Wie wäre es mit einem Feuer, Mase?«

»Auf alle Fälle ein Feuer«, sagte Eddie. »Dieser düstere Dschungel drückt mir aufs Gemüt. Wo sind wir hier? Wie sollen wir jemals zurückkommen? Ich sollte fleißig über seltsame Welten schreiben, nicht aber sie erforschen. Das ist wirklich zu viel!«

»Wir können einen neuen Ballon bauen«, schlug Jeremiah vor. »Dank unserer Aktivitäten ist das Symmes-Loch weit offen. Wir können mit dem Ballon hinausfliegen und nach Amerika zurückkehren. Wenn du erst einmal den Bericht von dieser Expedition geschrieben hast, Eddie, kann ich eine wirklich gut ausgestattete …«

Man hörte ein heiseres Brüllen in geringer Distanz.

»Machen wir ein Feuer«, drängte Otha.

Ich zog meine Zunderbüchse heraus. Der tote Ast, auf dem wir lagerten, hatte vielleicht zehn Yards im Durchmesser, der grüne Baum, aus dem er abzweigte, mindestens 50. Obwohl der Ast außen ziemlich feucht war, erwiesen sich die Markschichten als trocken und korkartig. Ich benützte mein Messer, um eine Stange dieses zundertrockenen Material herauszuschneiden. Da es keinen besonders geeigneten Platz für ein Feuer gab, probierten wir es mitten in der Luft. Das Mark brannte sofort, aber die Flammen schienen nicht so recht zu wissen, wohin sie sollten, und bald trieben die Zweige, die ich gesammelt hatte, auseinander und verglühten. Ich versuchte es noch einmal, wobei ich diesmal das Feuer direkt in der Vertiefung anzündete, die ich in den Ast geschnitten hatte. Ohne wirkliches Oben und Unten konnten die Flammen nicht richtig aufsteigen, aber nach einer Weile hatte ich doch eine stabile Glut von annehmbarer Größe zusammengebracht.

Jeder steckte nun einen Fisch oder Vogel auf einen grünen Zweig und hielt ihn über die Glut. Der bewegungslos herumhängende Rauch schmerzte uns in den Augen, aber das Brutzeln des Fleisches klang uns wunderbar in den Ohren. Während wir kochten, schürte ich das Feuer, bis es seinen Weg durch den Ast, der hohl zu sein schien, gefunden hatte. Wir konnten Rauchschwaden aus Astlöchern in einiger Distanz herausdringen sehen, und der Stamm war mittlerweile überfüllt von kleinen Tieren, die dem Rauch zu entkommen versuchten. Eine ganze Familie von unappetitlich fleischfarbigen Salamandern wand sich aus einem nahen Astloch und entfernte sich eiligst. Einer von ihnen streifte mein Genick, und ich schauderte. Was, wenn sich wirklich große Tiere sehen ließen?

Wir beugten uns über das Feuer und drehten unsere Spieße, bis das Essen fertig war. Otha und Eddie aßen je einen Vogel, Jeremiah und ich die Fische. Wir tauschten auch Bissen aus; alles schmeckte sehr gut, obwohl das Geflügel noch etwas blutig war. Als wir fertig waren, hatte das Feuer ein drei Fuß großes Loch in den Ast gefressen. Seine Helligkeit ermutigte uns.

Viele Maden und eine Anzahl kleiner durchsichtiger

Skorpione quollen aus dem heißen Holz heraus; wir benützten sie als Köder und fingen noch mehr von den Stummelflossern. Nachdem wir auch sie gebraten und eine paar saftige purpurfarbige Früchte gegessen hatten, waren wir angefüllt und schläfrig – aber jetzt gab unser Feuer so viel Rauch ab, daß die Luft kaum noch atembar war. Indem wir ein paar Lianen an der richtigen Stelle abschnitten, brachten wir den großen Wasserglobus dazu, seine Lage ein wenig zu verändern und dadurch unser Feuer zu löschen. Als die Luft wieder klar war, banden wir uns an eine dicke Liane, die den Baumstamm etwas weiter unten umschlang. Während wir dort hingen wie seltsame Früchte, unterhielten wir uns leise vor dem Einschlafen.

»Ein Ballon ist das richtige«, sagte Eddie. »Wir können einen aus Gummi und großen Blättern machen.«

»Aber wie sollen wir die Heißluft erzeugen?« wandte ich ein. »Wir haben keinen Brenner.«

»Wie wäre es mit einer der großen Muschelkraken?« warf Otha ein. »Wir könnten einen von ihnen fangen und auf ihm reiten. Ich habe ein paar im Tunnel gesehen und weitere hier unten.«

»Ganz bestimmt gibt es hier Menschen«, sagte Jeremiah. »Wenn nicht hier im Dschungel, dann über uns in den Felsen oder dort, wo der Dschungel an die See grenzt.«

»Ich habe so etwas wie ein Schiff aus Metall im Tunnel gesehen«, sagte ich. »Es war in Othas Eisberg eingefroren, bis der zerbrach. Mir kam es wie ein Luftschiff vor.«

»Infernalische Maschinen«, sagte Eddie schläfrig. »Können wir solchen Höllenkreaturen trauen? Nein, nein, wir müssen ins Innere, hinab durch den Himmel ins Zentrum. Dort mögen Engel leben, süße weiße Engel mit Flügeln ...«

···

10

Seela

Ich brauchte eine Weile zum Einschlafen. Tief drunten im Zentrum des Planeten wanderten und zerteilten sich riesige Energiefinger, um unseren Dschungel mit zitterndem Licht zu füllen. Für meine einsiedlerische Phantasie fiel dieses Flackern mit dem Rhythmus der Geräusche zusammen: dem Summen der Insekten, dem ständigen Rascheln unsichtbarer Kriechtiere und – am unangenehmsten von allem – dem Plumpsen und Sichwälzen großer Kreaturen, die in die Teiche und wieder heraus krochen. Dann und wann stellte mir ein entferntes Heulen oder Kreischen die Haare auf. Die Luft war so feucht, daß ständig winzige Wassertropfen auf meinem Gesicht landeten und mir in die Nase drangen. Ich wälzte mich hin und her, wobei ich mich an meinem Strick scheuerte, während Wuff und die drei Männer schnarchten.

Ich dachte an Virginia. Es war unglaublich, daß Eddies Besitzgier und Narretei sie umgebracht hatten. Sis war sicher ein verrückter Vogel gewesen, aber ich spürte, daß ich sie geliebt hatte. Die Erinnerung daran, wie sich ihr kalkweißes Fleisch in jenem Dachboden von Mrs. Clemm angefühlt hatte, verfolgte mich auf vielfältige Art. Sehr viel angenehmer waren meine Erinnerungen an Sukie und die an meine zwei Besuche bei einer Frau namens Lupe in Rio. Sukie, Virginia, Lupe. Würde ich jemals ein Mädchen treffen, das ich wirklich lieben konnte? Liebe … Liebe war ein Labyrinth, eine Stadt über den Wolken …

Otha weckte mich, wer weiß wie viele Stunden später. »Psst, Mason! Ich hör etwas.« Ich rieb mir den Schlaf aus den Augen und versuchte zu lauschen. Die Schreie und das Geraschel im Dschungel waren unverändert, aber, ja, da war auch etwas Neues dabei – ein dröhnendes, fast wie eine menschliche Stimme klingendes Geräusch, seltsam verzerrt und verstärkt.

»Glaubst du, daß es hier Riesen gibt?« fragte Otha. Das ferne Getön hielt ständig an. »Klingt auch noch, als seien sie hungrig!«

Menschenfressende Riesen? Ich weckte Eddie und Jeremiah. »Da muß so etwas wie ein Monster sein!« sagte ich. »Da drüben!«

Jeremiah streckte den Kopf vor, wie es sonst nur Wuff tat. »Schauen wir uns das an!« sagte er.

»Und wenn es uns frißt?«

»Wir schleichen uns an, und vielleicht stehlen wir ihm unbemerkt seine Schätze. Beherzt voran, Mason!«

Also schlichen wir uns an. Unsere Richtung war mehr oder minder im rechten Winkel zur Einwärts-Auswärts-Achse. Die gewaltige Stimme – denn es handelte sich ganz sicher um eine menschliche Stimme – unterbrach nun hin und wieder ihr dröhnendes Geplapper, aber niemals für lange, und je näher wir kamen, desto lauter wurde sie. Nach ungefähr einer Stunde wurde das Licht heller, denn wir befanden uns am Rand des Dschungels und blickten aus dem Dickicht wie ängstliche Zaunkönige.

Die Innenseite der Erdkugel war von einem riesigen Ozean bedeckt, der auf diese Entfernung wie eine gewaltige, sich niemals brechende Woge aussah. Die Dschungelgrenze war eine ungeheure Mauer, die sich meilenweit vom Meeresstrand zum Zentrum der Hohlwelt hinzog. Mächtige Lianen streckten gewaltige Blüten in die freie, lichterfüllte Luft über dem Wasser. Statt zum Erdzentrum wiesen die Blüten zum Ozean hin, und jede von ihnen war von einem riesigen Wassertropfen bedeckt. Die Stimme war jetzt klar genug, daß wir einzelne, unsinnig klingende Wörter unterscheiden konnten – aber kein Riese war in Sicht.

Indem wir den Kopf beim Lauschen hin und her drehten, kamen wir schließlich zu dem Schluß, daß die Stimme von der nächsten Blume knapp hinter uns kam. Dieses riesige Gewächs sah aus wie eine Sonnenblume von einer halben Meile Durchmesser, mit einem großen gelben Zentrum und einem Kranz sich langsam bewegender weißer Blütenblätter. Ein dunkelgrüner Riß verlief in einer Kante der Blumenoberfläche, und daneben lag eine lange, gerade Röhre – offenbar ein Stück von einem Pflanzenstengel. Otha, der von uns allen das beste Gehör hatte, behauptete, daß die Stimme des Riesen aus dieser Röhre erschallte. Einige bleiche Gestalten – Menschen, Insekten, Würmer? – bewegten sich in dem Spalt bei der Röhre.

Jeremiah warf eine dicke Beere auf die Blume. Die Beere rollte ins Innere und schrumpfte zu einem Fleck zusammen, der in der Nähe des juwelengleichen Sees in der Mitte der Blume liegen blieb. Nach kurzer Besprechung eilten wir der Beere hinterher. Als wir den halben Weg zurückgelegt hatten, entdeckte uns der Besitzer der Riesenstimme und schrie Alarm. Die bleichen Gestalten in dem Spalt verschwanden, und alles wurde ganz still. Ich flehte zum Himmel, daß wir nicht einen groben Fehler gemacht hatten.

Das gelbe Feld der Blütenoberfläche war weich und ledrig; es war erfüllt vom Summen großer Insekten und den Rufen kleiner Tiere, die auf sie Jagd machten. Ein regelmäßiges Muster von Säumen unterteilte die Oberfläche in sechseckige Felder. Jedes von diesen Feldern hatte ungefähr die Größe eines Bauernhofes und formte eine Vertiefung mit einem Loch in der Mitte. Süßer Duft erfüllte die bodennahe Luft. Die beinahe gewichtslose ungeheure Wasserkugel des Sees war scharf geschwungen. Alles war ruhig, als wir so leise wie möglich hinunterliefen.

Ich riß ein Stückchen von dem gelben Blütenmaterial ab und kaute es. Es schmeckte gut, wie sonnengetrocknete Pfirsiche oder Äpfel. Ein juwelenhafter Käfer mit schmalen Flügeln landete sogleich, um an den Rändern des Lochs zu nagen, das ich der Blüte zugefügt hatte; ich verscheuchte ihn, und er flog, im Licht prächtig glänzend, davon. Nach dem feuchten, verfilzten Dschungel war das hier ein Paradies. Wir versammelten uns um einen der kleinen Wasserteiche im Zentrum eines Hexagons. Die zentralen Löcher der Sechsecke waren von stämmigen röhrenförmigen Blütenblättern von ganz besonderer Stärke umgeben. Von den bleichen Gestalten war immer noch nichts zu sehen, ebensowenig hörten wir die Stimme. Wir aßen, tranken und ruhten uns aus; Otha jodelte, und der arme hinfällige Eddie wedelte fröhlich mit den Armen.

Wir hatten alle vom selben Teil der Blüte gegessen, wodurch ein Loch entstanden war, groß genug, daß ich den Kopf hindurchstecken konnte, um mich umzusehen. Es war, als blicke man in einen gelben Raum von Hausgröße. In seinem Zentrum befand sich eine dicke Säule, die sich vom Boden bis zur Decke erstreckte und im Mittelpunkt des Hexagons endete. Drei embryonische Keimlinge drückten sich an diese Mittelsäule, mit ihr durch dicke Lianen verbunden. In jeder der sechs Seitenwände gab es unten eine dreieckige Lücke, eine Art Tür, durch die ich in die Nebenzellen sehen konnte, von denen jede wiederum eine Mittelsäule mit drei Keimlingen im Zentrum hatte. Einen Augenblick lang sah ich einen blassen Schatten in der Nachbarzelle – wer lebte dort?

Plötzlich wurde ich von hinten an den Armen und Beinen gepackt und aus meinem Guckloch herausgezogen. Eine Horde bleichhäutiger Männer und Frauen umgab uns. Ihre Kleidung bestand aus farbigen Blütenblättern, als Waffen trugen sie scharfe Rapiere, die aus Dornen gefertigt waren. Ihre Haare waren rot oder blond, die Augen grün und blau. Viele trugen Schmuck in Form von schweren Halsbändern. Meine drei Gefährten waren schon überwältigt worden, und einer der bleichen Angreifer hielt Wuff an sich gepreßt. Bevor ich an Gegenwehr denken konnte, wurden mir die Arme auf den Rücken und die Beine zusammengebunden. Meine Überwältiger, zwei rosa gekleidete Frauen, hoben mich auf wie ein Paket. Während sie mich trugen, schnatterten sie erregt miteinander, aber ich konnte nichts von dem verstehen, was sie sagten – es hätte ebensogut Vogelgezwitscher sein können. Dann legten sie mich neben meine Gefährten, die genauso gefesselt waren wie ich.

»Ja, wir sind eure Freunde!« rief Jeremiah in herzlichem Ton. Als dies keinerlei Wirkung zeigte, ging er zu einer der polynesischen Sprachen über, die er kannte: »Nui-nui lama-lama papatee nami-lo!«

»Es sind Engel!« kreischte Eddie. »Sie sind vom Himmel herabgeflogen!«

Die Wesen, die uns gefangengenommen hatten – es waren jetzt vielleicht dreißig – schenkten unseren Ausrufen wenig Aufmerksamkeit. Die meisten drängten sich um Otha und starrten ihn mit größter Verwunderung an oder berührten vorsichtig seine dunkle Haut. Eine legte Otha ihr Halsband um. Andere taten so, als küßten sich ihm Hände und Füße; wiederum andere begannen zu singen.

Hatten sie nie zuvor einen Neger gesehen? Noch lächerlicher war, daß jene, die nicht Otha anhimmelten, von Wuff ganz entzückt zu sein schienen. Wuff, der immer den Moment zu erfassen wußte, hatte aufgehört zu bellen und leckte das Gesicht des Jugendlichen, der ihn hielt. Der lächelte und leckte zurück. Ein paar andere drängten sich nach vorn und leckten auch Wuffs Nase ab.

Während diese verrückten Geschehnisse ihren Lauf nahmen, hatte ich genügend Gelegenheit, diese Wesen zu betrachten. Sie waren so blaßhäutig, daß ihre Venen durchschimmerten. Jedes hatte einen dicken Busch Kopfhaar so geschnitten, als sei dazu ein Topf verwendet worden. Ihre Gesichtszüge waren fein, oft sogar schön. Sie waren klein und dünn, abgesehen von ihren muskulösen und kräftigen Beinen. Ihre Halsbänder enthielten Kristalle, Muscheln und geschnitzte Holzstückchen. Manche waren in flatternde Togen aus frischen Blütenblättern gekleidet, und jeder einzelne hatte sich seltsam geformte Unterteile der Blütenblätter an die Beine gebunden. Diese ledrigen, röhrenförmigen Unterteile waren wie Gamaschen – ihr Zweck wurde mir klar, als ich ein Mädchen in die Luft springen und sich ihren Weg aus der Blüte hinauskicken sah. Jedesmal wenn sie nach hinten trat, blähten sich ihre Leggings in der Luft auf und trieben sie voran. Luftflossen! Flügel!

»Ahnaa bogbog du smeepy flan? Mii'iim doc janjee?« Eines der rosa gekleideten Mädchen stand über mir.

»Bind mich los«, bat ich und hielt meine gefesselten Handgelenke hin.

Sie lachte und machte eine abweisende Geste. »Ah'mbaa na toloo klick gorwaay«, erwiderte sie. Ihre Stimme war ruhig und musikalisch, und sie verweilte auf den langen Vokalen, indem sie jeden einen oder zwei Töne lang sang. Sie und ihre Gefährtin nahmen mich bei den Armen und sprangen mit mir plötzlich hinauf in den Himmel. Sie kickten mit ihren Beinen in stetigem Rhythmus, wodurch sie die steifen Blütenblätter gegen die Luft drückten. Die anderen folgten uns, wobei sie Otha, Eddie, Jeremiah und Wuff trugen.

Wir flogen um den großen Wassertropfen im Blütenzentrum herum und zum Rand der gelben Scheibe. Dort befand sich in der Oberfläche der Blume ein großes Loch mit zerrissenen Rändern, neben dem die große Lärm-Röhre lag, die wir aus der Ferne gesehen hatten. Die ganzen gelben Zellen mit ihren Keimlingen waren hier entfernt worden – vielleicht hatten sie als Nahrung gedient –, was zu einem offenen Sechseck von vielleicht hundert Yards Durchmesser geführt hatte. Meine Trägerinnen kickten uns hinunter zur Landung in diesem Sechseck. Der Boden bestand aus dunkelgrünem organischem Material, vielleicht demselben, aus dem die Ranken und Blätter der Blume waren. Die Wandöffnungen in den Zellen zum offenen Mittelraum hin waren erweitert worden, so daß der Eindruck eines grünen Dorfes mit einer Umgebung von Häusern und Ladengeschäften entstand. Eine Menge Leute schaute aus diesen Zellen neugierig zu uns heraus.

Als sie sahen, daß ihre Verteidiger die Eindringlinge sicher gefesselt hatten, quollen die Blumenleute heraus ins Grüne. Als sie Otha und den pelzigen Wuff erblickten, kannte ihr Erstaunen keine Grenzen. Es dauerte nur einen Moment, bis sie uns alle umgaben, wobei sie einen nasalen Gesang produzierten. Jedermann trug Blütenblattleggings, manche sonst gar nichts. Einige begannen auf großen hohlen Samenkapseln zu trommeln, einer holte einen trompetenartigen, hohlen Pflanzenstengel hervor und spielte darauf, und jetzt flog ein schlanker Junge zu der großen Röhre, die uns angezogen hatte, und begann in eines ihrer Enden hineinzurufen. Die Enden der Röhre waren mit straffgezogenen Membranen bedeckt (von denen die eine ein kleines Loch in der Mitte hatte), was die Röhre zu einem großen Verstärker machte! Riesen, meine Güte! Saftige Stücke von etwas, was Blumensamen zu sein schienen, tauchten auf, und nun begannen die Blumenleute ausgelassen zu feiern.

Wie immer war der Himmel von rosa Wetterleuchten erfüllt; es war ungefähr so hell wie in früher Dämmerung. Wir vier waren in der Mitte des Grüns sitzend gegeneinander gelehnt worden, Otha und ich nebeneinander, Eddie und Jeremiah hinter uns. Wuff, den man freigelassen hatte, lag neben mir und betrachtete interessiert die lärmende Menge.

»Vielleicht sin' das Kannibalen, Mase? Ein paar sehn ziemlich übel aus.«

»Da hast du leider recht. Siehst du den da mit den zugefeilten Zähnen? Und die Frau da drüben – wie sie ihren Körper bemalt hat! Das sind richtige Wilde, Otha. Das ist seltsam, weil sie so …«

»Die sin' so weiß. Die sehn zu gut aus, um mit jemandem wie mir zu sprechn, Mase, die sehn aus wie Mitglieder der ersten Familien in Virginia. Und dann benehmen sie sich so! Schau mal dort!«

Als die Trommelei wilder und wilder wurde, sprangen die Tänzer immer wüster herum, stießen schreckliche Schreie aus und schnitten schlimme Grimassen. Manche Paare gingen sogar vor aller Augen zu Umarmungen über, die eigentlich von äußerster Intimität hätten sein sollen. Wer sich erleichtern mußte, tat das ganz öffentlich. Es war unerfreulich und unangenehm, so vornehm aussehende Leute sich wie Tiere benehmen zu sehen.

Gerade als die Orgie ihren Höhepunkt erreicht hatte, brach das Trommeln ab und alle begannen eine einzige Silbenfolge zu murmeln: »Quaihlaihle!« Sie sprachen das barbarische Wort aus, als wollten sie ›quite likely‹ sagen.

Eine einzelne Gestalt trat aus einer der leeren Samenzellen: eine große, mit Juwelen behängte Frau, mit einer Haut so weiß wie das Innere eines Bovists. Ihr Skalp war rasiert und schwarz gefärbt. Das war Quaihlaihle, die Königin der Blumenmenschen. Sie schritt langsam auf uns zu, wobei sie den Dreck, den die Tänzer hinterlassen hatten, ignorierte. Sie war in gebleichte und lackierte Pflanzenteile gehüllt, die sie wie eine Rüstung bedeckten. Die glänzenden Platten dieser Pflanzenrüstung waren miteinander verbunden durch glitzernde Steine und Muscheln. Im Unterschied zu den anderen Blumenleuten hatte Quaihlaihle die dikken Lippen und dunklen Augen einer Schwarzen. Nur ihre Haut war, wie ich schon sagte, vollkommen weiß. Als ihr Blick auf Otha fiel, verzog sich ihr Gesicht zu einem breiten Lächeln. Ihre glänzenden Zähne waren blutrot.

»Sie sieht aus wie 'Lijah!« stöhnte Otha.

»Und wie die Rotklauen«, fügte ich hinzu. Ich hatte immer noch Kopf und Pelz von einem der rotzähnigen antarktischen Tiere – außerdem meine Pistole und Peters' Messer. Diese Wilden hatten nicht daran gedacht, uns zu durchsuchen.

»Lamalama tekelili?« sagte Quaihlaihle zu Otha. Als sie Wuff bemerkte, beugte sie sich hinunter, um ihn lange und ausführlich zu streicheln.

»Klar«, sagte Otha. »Ich bin der Boss von diesen Leuten hier, logo. Das ist auch mein Hund. Ich hoffe, du behandelst uns nett. Wie wär's, wenn du das Ganze damit anfingst, daß du uns befreist, Quaihlaihle?« Er hob seine gebundenen Arme und Beine.

»Bogbog doc janjee!« rief Quaihlaihle. »Ombon-doohoo!« Einer der Männer in der Nähe sprang vor und benützte einen Dolch aus einer geschliffenen Muschelschale, um Othas Fesseln durchzuschneiden.

»Ich auch«, bat ich mit erhobenen Händen. »Schneide meine auch durch!«

»Ja«, sagte Otha, der dastand und seine Handgelenke rieb, »laß uns alle frei, Quaihlaihle.«

Sie trat vor, nahm Othas Kopf zwischen ihre Hände und leckte ihm das Gesicht ab. Obwohl Otha so groß war, war sie keinen Zentimeter kleiner. Als sie Otha auf diese barbarische Weise begrüßte, begannen die Blumenleute wieder mit ihrem rhythmischen Gesang. Sie gab ein weiteres Kommando, und der Mann mit dem Muschelmesser ging hinter uns dreien vorbei und schnitt jedem die dicken Lianen durch, mit denen unsere Hände und Füße gefesselt waren.

»Das ist eine Erleichterung!« sagte Jeremiah. »Wir sollten ihnen dafür ein Geschenk überreichen. Was hast du in den Taschen, Eddie?«

»Eine leere Flasche«, erwiderte Eddie. »Ein Taschenmesser. Ein Stückchen Tabak. Virginias Zäh …« Er verschluckte das Wort und sprach schnell weiter. »Papier mit ein paar Versen darauf und – verdammt! Meine Feder und die Tinte sind dahin!«

»Und was hast du, Mason?«

Ich wollte nichts von meiner Pistole sagen. »Wie wär's mit dem Rotklauenpelz? Ich habe noch einen. Der Königin sollte er gefallen; er hat so rote Zähne wie sie selbst. Vielleicht kann sie ihn als Hut verwenden.«

»Sehr gut«, sagte Jeremiah. »Gib ihn mir.«

»Dir?«

»Ich bin der Führer dieser Expedition, Mason. Ich habe schon vorher mit Eingeborenen zu tun gehabt. Vertrau mir.«

Also zog ich den zusammengerollten Rotklauenpelz aus meiner Tasche und gab ihn Jeremiah. Der räudige Pelz war um den rotzähnigen Schädel gewickelt. Mit großer Geste breitete Jeremiah den Pelz samt Kopf auf seinen beiden gespreizten Händen aus, trat einen Schritt vor und verneigte sich tief vor Königin Quaihlaihle, als er sein Geschenk darbrachte. Er war das Urbild eines untertänigen Menschen.

Das sich darauf erhebende Durcheinander·ist schwer zu beschreiben. Die Königin begann entsetzlich loszubrüllen, und einen Augenblick später sprang eine Frau mit einem langen Dornenmesser vor und stieß es Jeremiah ins Herz. Er stöhnte schrecklich auf und fiel zur Seite. Der Mann mit dem Muschelmesser sprang hinzu und schnitt dem sterbenden Jeremiah die Kehle durch, mit einer Heftigkeit, als wolle er ihm den Kopf vom Rumpf trennen. Ein Schwall Blut schoß heraus, ein Teil davon trieb in großen Kugeln davon. Immer noch schreiend, packte Quaihlaihle die so beleidigende Rotklaue und stopfte sie in die klaffende Wunde, die der Mann in Jeremiahs Hals geschnitten hatte.

Ich zog das große Messer, das ich von Peters bekommen hatte, und rannte los, wobei ich zwanzig bis dreißig Fuß mit jedem Sprung schaffte. Dicht hinter mir hörte ich jemanden. Wenn ich mich zur Oberfläche der Blume und zum Himmel hinauf wandte, hatte ich keine Chance. Ich schlüpfte statt dessen durch eine der offenen Zellentüren und raste weiter durch die nächste und die nächste und die nächste. Alle diese Zellen, durch die ich lief, waren leer bis auf Samen und die Zentralsäule. Die meisten Samen waren dünne, saftlose Schoten. Immer noch war jemand dicht hinter mir. Ich rannte weiter und weiter und schließlich, als ich keinen Atem mehr hatte, verbarg ich mich hinter einer Zentralsäule. Als mein Verfolger die Zelle betrat, stürzte ich brüllend mit hocherhobenem Messer hervor.

»Nein, Mason, bring mich nicht um!« kreischte Eddie, denn er war es nur.

»Gottseidank bist es bloß du, Eddie.« Ich hätte ihn küssen mögen. »Gehen wir tiefer in das Labyrinth hinein, bis die sich beruhigt haben. Wir werden dann schon entkommen ...«

»Wenn es dunkel wird?« fragte Eddie lächelnd.

»Irgendwie, irgendwann. Was ist denn jetzt eigentlich passiert?«

»Ich nehme an, daß die Rotklauen heilige Tiere sind und Jeremiah jetzt die Strafe für Peters' Tötung dieses Wesens erlitten hat. Die Königin hat ja genau so rote Zähne. Hast du gesehen, wie schnell sie den Rotklauenkadaver in Jeremiahs Wunde gesteckt hat?«

»Ich hab's gesehen.«

»Ganz außerordentlich. Es war, als glaube sie, das Mana des geschlachteten Tiers in den Körper des armen Reynolds einpflanzen zu können. Als ob er ein Sarkophag wäre und der Pelz ein Pharao. Ich wünschte, ich hätte meine Feder noch! Ich muß schreiben! So viele erstaunliche Dinge geschehen fortwährend. Wir müssen einen Weg zurück zur Außenwelt finden, Mason. Mein Bericht über diese Reise könnte mir ein Vermögen einbringen. Wir könnten unser Vermögen machen. Versprich mir, daß unser Los ein gemeinsames sein wird, Mason. Ich...« Seine Stimme brach. »Ich weiß, daß du Böses über mich denkst. Kein Mensch ist ein Held vor seinem Diener, aber ...«

»Ich bin nicht dein Diener, Eddie.«

»Wenn Otha dein Sklave ist, dann bist du mein Diener, und Wuff ist Othas Hund. Wuff und Otha sind zurückgeblieben im Lager der Blumenleute. Wir beide müssen zusammenhalten oder sterben, junger Reynolds. Du weißt das, aber du findest, daß deine Pflicht eine schwere Bürde ist. Du verabscheust mich, nicht wahr? Du denkst, ich sei ein kaltblütiger Mörder. Du kannst mir Virginias Tod nicht vergeben.«

»Du hast sie vergiftet, und ich zweifle nicht daran, daß du ihren Leichnam geschändet hast. Es ist absolut sicher, daß du ihr die Zähne herausgebrochen hast; du trägst sie ja immer noch bei dir. Du hast Virginia getötet und ihre Leiche entehrt. Sie hatte Besseres verdient, Eddie. Sie war bloß ein Kind.«

Wir gingen nebeneinander durch die Zellen. Jede hatte ein Sechseck als Grundriß und sechs rechteckige Wände, zehn mal fünfzehn Fuß. Als wir uns vom Rand der Blüte mehr zum Inneren hin bewegten, wurden die Zellen größer. Jede Wand hatte einen kleinen zelteinganggleichen Schlitz in Bodennähe. In unserem Bedürfnis, nicht von Quaihlaihles Leuten eingeholt zu werden, bewegten wir uns schnell weiter, während wir miteinander stritten. In dem Moment, als ich Eddie meine Anklage entgegenschleuderte, befanden wir uns nahe dem Mittelpunkt einer Zelle.

Der Himmel flackerte hell. Eddies Miene war bleich und düster. »Vergib mir, Mason. Ich bin zu drei Vierteln verrückt, das ist kein Geheimnis – aber, glaube mir, ich bin nicht böse! Die Zähne ... die Zähne sind mein einziges Verbrechen. Ich hatte nie die Absicht, sie zu töten. Wirklich, Mason, du tust mir völlig Unrecht. Wären wir in der normalen Welt und ich völlig bei Verstand, ich würde dich mit der Pferdepeitsche verprügeln oder zum Duell fordern! Aber dies ist nicht die Erde, sondern Edre, oder eher noch Thur ... oder Ruht oder Spiegeledre ... Ich habe Visionen hinsichtlich des Restes unserer Fahrt, Mason. Wir müssen zunächst einmal zum Zentrum ...«

»Zur Anomalie, wie ich es nenne«, sagte ich, als wir eine weitere Zelle betraten. Die drei Schoten in dieser Zelle waren voll und angeschwollen.

»Wie klug, mein Junge, wie wissenschaftlich! Durch diese Anomalie müssen wir durch und dann – ich begreife selbst nicht ganz, was ich vorhergesehen habe – in eine Antiwelt, die ihre eigene Spiegeledre hat und ihre eigene Spiegelweltoberfläche mit einem Tunnel hinaus zu ... Glaub davon, was du willst, ich werde es nicht bestreiten. Ich bin bestimmt für Qual und Tod, aber ich bin auch auserwählt zur Größe. Ich bin nicht wie andere Menschen! Sag jetzt, daß du dein Los mit dem meinen verbindest!«

»Eddie, ich ...«

»Psst!«

Er unterbrach mich mit einem flüchtigen kleinen Stupser. In der nächsten Zelle war etwas! Wieder zog ich mein Messer und kroch hinter die Zentralsäule, Eddie dicht hinter mir her. Die Pflanzenteile raschelten, als eine Person durch die Zellwandöffnung kam. Leichte Schritte. Ein kratzendes Geräusch und dann ein leises Schmatzen. Ich steckte ganz vorsichtig den Kopf hinter der Säule vor. Ein schönes junges Mädchen preßte ihren Mund gegen eine der Schoten. Sie war nackt bis auf ihre beinflossenbesetzten Leggings und ein sorgfältig ausgeführtes Halsband.

»Schnapp sie dir«, zischte Eddie, der hinter mir hervorspähte. Als sie aufschaute, sprang ich nach vorn und legte ihr meinen linken Arm um die Hüfte. Sie schrie, kämpfte aber kaum. Ich steckte mein Messer ein und drückte meine rechte Hand vorsichtig auf ihren Mund. Der Mund war schlüpfrig von den Eiweißsäften der Schote.

»Fürchte dich nicht. Ich bin Mason, und das ist Eddie. Wir wollen deine Freunde sein. Ja, wir wollen Freunde sein!« Ihre Augen hörten auf zu rollen, sie betrachtete mein Gesicht. Was für schöne, intelligente Gesichtszüge sie hatte! Ihre Augen waren haselnußbraun, die Nase klein und elegant geschwungen. Ihre Oberlippe war voller als die Unterlippe; diese Oberlippe war ein weiches, küssenswertes Band mit einer winzigen Einkerbung in der Mitte. Ich lächelte und nickte. »Versprichst du mir, nicht zu schreien, wenn ich dich loslasse?«

Sie betrachtete mich ruhig. Ich lächelte weiter und nahm langsam die Hand von ihrem Mund. Ihr Mund bewegte sich ein wenig – ich produzierte einen kleinen Laut und erstickte ihn, indem ich mir die Hand auf den Mund legte. Der Geruch ihres Speichels war wundervoll. Mein Arm um ihre Hüfte drückte ihren Körper gegen den meinen. Sie war wunderbar weich und lebendig. Ich gab vor, gegen die Hand auf meinem Mund anzukämpfen, indem ich die Augen aufriß und meine Backen aufblies. Sie schaute groß, verstand dann, und kicherte. Ich nahm meine Hand vom Mund und legte sie um ihre Hüfte, zu meiner anderen. Alles an diesem Mädchen sah und fühlte sich richtig an. Ich wäre beinahe damit herausgeplatzt, daß ich sie liebte, aber statt dessen starrte ich ihr bloß in die haselnußfarbenen Augen.

»Emthonjeni womculo«, sagte sie. »Thul'ulale.«

»Mein liebes Mädchen«, warf Eddie ein, der nach vorn kam und sie damit erschreckte. »Sei versichert, daß Mason und ich nette und freundliche Männer sind. Ich bin Masons Herr.« Mit einem unverschämt selbstgefälligen Lächeln auf seinem Gesicht zog er ein Taschentuch heraus und knotete es zu der Form eines Häschens zusammen. Das Mädchen starrte ihn mit größter Verwunderung an, die in Furcht umschlug, als Eddie mit den Kaninchenohren wackelte und begann, den Kopf seltsam hin- und herzubewegen.

»Hör auf, Eddie«, sagte ich. »Setz dich hin und sei still, oder, noch besser, geh mal eine Stunde spazieren. Ich habe dieses Mädchen zuerst gesehen. Sie gehört mir.«

Wunderbarerweise ging er daraufhin schweigend weg.

»Sini lindile«, sagte das Mädchen. »Nansi Seela.« Sie wies mit einer eleganten Geste erst auf sich und dann auf mich. »Goobaam?«

»Mason«, sagte ich und tippte mir gegen die Brust. Ich trug Hose, Stiefel, ein kragenloses Hemd und ein Jackett. Sie trug eine Art Windel oder kurze Hose aus weißen Blütenblättern. »Ich bin Mason, und du bist Seela?«

»Seylaaah«, sagte sie, meine Stimme imitierend. »Nansi Seela. Ma'asssong?«

»Mason«, stellte ich richtig. Nach ein paar weiteren Versuchen konnte ich ihren Namen so aussprechen, wie sie es haben wollte. Sie belehrte mich, daß die Schoten Juube hießen und zeigte mir, wie man ein Stück der Juube-Rinde öffnete und den dicken klaren Saft trank. Er schmeckte ungefähr wie gesüßtes Eiweiß, hatte aber einen bitteren Nachgeschmack. Er wirkte belebend und machte ein bißchen benommen. Während wir einander unsere Wörter für dies und jenes beibrachten, wurde mir heißer und heißer. Meine Füße fühlten sich unangenehm an in den nassen Stiefeln, also legte ich erst die Stiefel ab, danach meine Jacke und auch mein Hemd.

Seela zupfte an meiner Hose. »Nicabange orlooah?« Sie stand auf und flatterte mit den Beinen. Ihre Blattleggings verdrängten Luft und trieben sie gegen die lederne Decke der Zelle. Sie schwebte wieder herunter. »Goobaam?«

Ich kickte mit den Beinen, aber natürlich nützte mir meine Hose nichts. Seela zupfte erneut an meiner Hose und gab einen Schwall fremder Worte von sich. Ich gab nach und zog die Hose aus. Ich sollte die nächsten sechs Monate keine korrekte Kleidung mehr tragen.

Da waren wir also, beinahe nackt in unserer gelben Zelle, Seela und ich. Ihr Haar war gelbblond. Ihr Gesicht war hübsch und feingeschnitten, mit einem kräftigen runden Kiefer. Die Augen grünlich-braun. Ihre Glieder waren genau richtig proportioniert und ihr Körper ein Wunderland junger weiblicher Kurven. Wollte sie, daß wir uns liebten? Plötzlich nahm sie mein großes Messer, das neben meinem Stiefel lag. Nach allem, was ich bisher gesehen hatte, kannten die Blumenleute kein Metall.

Ich nahm ihr das Messer weg und steckte es in eine der Juube-Schoten, um ihr zu zeigen, wie scharf es war. Dann hielt ich es ihr flach hin, so daß sie sich wie in einem Spiegel darin betrachten konnte. Eine Zeitlang war sie ganz fasziniert davon. Sie starrte sich eine Minute lang in die Augen, dann nahm sie das Messer und bewegte es auf und nieder, wodurch sie den Anblick meiner Augen mit dem ihrer reflektierten Augen vertauschte. Unsere Augen waren sich bemerkenswert ähnlich. Mehr und mehr hatte ich das Gefühl, diese Frau sei für mich bestimmt.

Gerade als ich sie küssen wollte, sprang sie zur Decke und machte einen großen Schnitt hinein. Das tat sie noch zweimal, bis sie ein Dreieck ausgeschnitten hatte. Sie schlüpfte durch das Loch und winkte mir, ihr zu folgen. Bevor ich das tat, rollte ich meine Kleider zu einem Bündel zusammen und stopfte sie unter eine der

Schoten. Seela rief mich von oben; ich duckte mich und sprang dann mit aller Kraft. Bei der niedrigen Schwerkraft reichte mein Sprung aus, um gerade durch das Loch hinauszukommen. Seela erwischte mich an meinem nackten Fuß, als ich an ihr vorbeischoß.

»Nicabange smeeepy doolango«, sagte sie.

Ich saß am Rand der Blüte und schaute mich um. Das sechseckige Dorf war weit entfernt, obwohl immer noch näher, als ich gehofft hatte. Ich konnte ein paar Gestalten ausmachen, die sich darüber in der Luft bewegten. Auf diese Entfernung sahen sie wie große Insekten aus. Als ich sie erblickte, preßte ich mich unwillkürlich gegen die Blumenoberfläche. Seela schaute mich neugierig an. Ich zeigte zum Hexagon hinüber und machte eine Geste, als schneide mir jemand den Hals durch. »Die mögen mich nicht«, sagte ich. »Quaihlaihle hat schon einen von uns umgebracht.«

»Quaihlaihle shange yejazi«, sagte Seela mit saurer Miene. Dann wandte sie ihre Aufmerksamkeit dem Zentrum der sechseckigen Vertiefung in der Blüte zu, in der wir waren. Die große Zentralsäule der Pflanzenzelle endete hier in der Oberfläche mit einem Loch, das von Blütenblättern umstanden war. Indem sie mein Messer mit wachsender Geschicklichkeit verwendete, schnitt Seela zwei von den Blütenblättern ab, entfernte das meiste Material von je einer Seite eines jeden und ließ zwei konkave Flossen mit einem Ring an jedem Ende übrig. Sie zog mir die Ringe über die Füße, woraufhin ich Blütenblattflossen an den Beinen hatte wie sie. Sie nannte sie Pulpul. Sie brannte darauf, mir eine Flugstunde zu geben. Ich zögerte; sie packte mich an der Hand und kickte uns beide in die Luft.

Wenn ich einen Fußstoß versuchte, flatterten die Pupuls nutzlos. Seela drehte sich herum und zeigte mir, wie ich meine Zehen und den Vorderfuß in einen Schlitz stecken konnte, den sie nahe am Ende des Blütenblattes angebracht hatte. Als die Pulpuls so von den Ringen um meinen Knöchel und durch den Schlitz am Ende fixiert waren, konnte ich die Luft genauso treten und bewegen wie es Seela tat. Aber auch da waren meine ersten Flugversuche noch alles andere als leicht. Ich trat zu weich oder zu hart zu und rotierte um die eigene Achse. Außerdem schlüpften immer wieder meine Zehen aus dem Schlitz und die Pupuls flappten nutzlos herum. Seela war immer um mich, lachte und half mir, und schließlich brachten wir es fertig, zum großen zentralen Wasserglobus und zurück zu fliegen.

Da auch andere einzelne Flieger da und dort auf der Blumenoberfläche unterwegs waren, mußte ich nicht befürchten, von den Dorfbewohnern erkannt zu werden. Als wir in die Nähe unseres Ausgangspunktes zurückkamen, schlug Seela einen Kurs blütenauswärts in Richtung Erdkruste ein. Ich flog neben ihr. Als wir jetzt von der Blume weiter weg waren, konnte ich die Zentrale Anomalie wieder sehen, mit ihrem sanften rosa Pulsieren, das zeitweilig diese ganze riesige Hohlwelt erfüllte. Wir hörten auf zu treten und drifteten zurück zu der Blume, und jetzt lagen Seelas Arme um mich, und wir küßten uns.

Das war ein Augenblick, den ich niemals vergessen werde – wir beide, dahintreibend in der milden, süß duftenden, rosa erleuchteten Luft, nur wir beide, fast nackt, dicht aneinandergedrückt, Seela und Mason, die Münder aufeinandergepreßt – ah, das Gefühl ihrer beweglichen Zunge, der Geschmack ihrer weichen Lippen – da war es, in diesem Augenblick, daß Seela für immer meine Braut wurde. Die ganzen sechzehn Jahre meines Lebens hatte ich mich unvollständig gefühlt, nicht ganz real, aber jetzt wurde durch Seela eine wesentliche Lücke in mir ausgefüllt, eine lange brennende Sehnsucht wurde endlich befriedigt.

»Seela.«

»Mason.«

Wir küßten uns auf dem ganzen Rückweg und landeten auf der Zelle, wo Seela das dreieckige Loch ausgeschnitten hatte. Mein Messer war noch da und steckte in der Pflanze. Mir kam die Frage in den Sinn, was eigentlich aus Eddie geworden war.

Es war nichts von ihm zu sehen, weder in unserer Zelle noch in einer der sechs angrenzenden. Wir erweiterten unsere Suche auf den Ring der nächsten zwölf und dann achtzehn Zellen. Im dritten Ring bemerkte ich etwas: Bei einer der Juubes war eine Saftpfütze am Boden, und in die Zellwand waren Wörter gekratzt. Ich erkannte Eddies Handschrift. Er war da gewesen, hatte Juube-Saft getrunken und die Wörter eingeritzt.

»Ichor. An ant I. Süße Verwirrung. Engel umschwärmen meinen Kopf.« Da stand noch mehr, alles unlesbar. Offensichtlich hatte er genug Juube-Saft zu sich genommen, um betrunken zu werden. Die letzten Worte hießen: »Ich fürchte nichts!« Beherzt durch den Saftgenuß, war er zurückgegangen zu den Blumenleuten.

Seela tätschelte mich beruhigend und winkte mir, ihr zu folgen. Zuerst gingen wir zu der ersten Zelle zurück und holten meine Kleider. Seela benützte mein Messer, um ein Viertel von der Juube-Schote abzuschneiden, von der sie früher getrunken hatte, und gab mir das große schlüpfrige Ding zu tragen. Dann entfernten wir uns vom Blütenzentrum, aber nicht in Richtung Dorf.

Binnen einer halben Stunde erreichten wir eine Zelle, die Seela offensichtlich als Zuhause diente. Sie befand sich ganz am Rande der Blume. In eine Wand war ein rundes Fenster geschnitten. Ich fürchtete mich, als ich jemanden in der angrenzenden Zelle hörte, aber sie zog mich hinüber und stellte mich einem alten Mann vor. Obwohl ich anfänglich annahm, daß er ihr Vater sei, erfuhr ich später, daß die Blumenleute das Konzept der

Vaterschaft nicht kannten. Der alte Mann war einfach nur jemand, der sich mit Seela zusammengetan hatte. Sie schnitt ihm eine Scheibe von der Juube-Schote ab, er mampfte sie hinunter und verfiel in eine Art Dösen. Mir wurde klar, wie müde ich selber war. Ich folgte Seela in ihren eigenen Raum, mit seinem Fenster zur Hohlwelt hinaus. Ich aß auch ein wenig Juube, und gedämpft durch die leichte Rauschwirkung schlief ich ein.

Ins Innere!

Als ich viel später allein erwachte, fühlte ich mich wunderbar erholt. Von meinem Lagerplatz aus konnte ich durch das Fenster den Ozean sehen. Seelas Zimmer war der erste sichere Hafen, den ich kennengelernt hatte, seit ich die *Wespe* am Christtag an der antarktischen Küste verlassen hatte ... vor wie vielen Tagen? Ich hatte einen Tag am Strand und einen im Ballon verbracht, beinahe zwei weitere im freien Fall durch das Loch, noch einen waren wir im Dschungel unterwegs gewesen und einen, um den Rand der Blume zu erreichen. Wenn ich so lange geschlafen hatte, wie es mir vorkam, war heute wahrscheinlich der Neujahrstag 1837.

Hier in Baltimore, wo ich diesen Bericht in einem gemieteten Zimmer niederschreibe, ist heute mein Geburtstag, der 2. Februar, im Jahre 1850. Wir haben einen bitterkalten Winter hinter uns, Seela und ich. Und wir sind sehr verliebt. Es ist Morgendämmerung; bald muß ich zu *Ben's Good Eats* gehen, um die Frühschicht zu kellnern. Ich werde an der Arbeit sein, bis es dunkel wird. Ich sehne mich nach einem besseren Leben. Meine Haut wird ständig heller, also besteht Hoffnung.

Obwohl ich 1821 geboren wurde, bin ich heute siebzehn Jahre alt geworden, nicht neunundzwanzig. Der Grund für diese Diskrepanz liegt darin, daß zwölf Jahre während der einen Stunde vergingen, die Seela und ich im Herz der Zentralen Anomalie verbrachten. Aus dieser verrückten Zone hinausblickend, sah ich das südliche Loch ein Dutzendmal heller und dunkler werden. Für mich liegt der Neujahrstag 1837 einen Monat und *ein* Jahr zurück, nicht dreizehn Jahre.

Als ich an jenem Tag erwachte, lagen ein melonengroßer Wassertropfen, ein rechteckiges Stück Blumenmasse und eine Scheibe Juube neben mir. Ich trank vom Wasser und aß das Blumenstückchen, unterließ es aber, von der geleeartigen Juube zu essen. Ihre Effekte waren einfach zu enervierend. Statt dessen zog ich Vorteil aus meinem Alleinsein, indem ich meine Pistole herauszog und ihre vier Kammern entlud, das zusammengebackene Pulver zerbröselte und es ausbreitete, damit es richtig trocknen möge. Wenn ich Otha und Eddie befreien sollte, würde ich vielleicht jemanden töten müssen. Während das Pulver trocknete, lehnte ich mich aus dem runden Fenster und sah mich ein wenig um.

Ich hatte einen klaren Blick in Richtung Erdinneres. Ich konnte die grüne Kurve der Unterseite unserer Pflanze sehen, die mit grünen Parallelogrammen mosaikartig ausgelegt war. Einige Meilen entfernt gab es ein weiteres solches Gewächs, dessen Blüte allerdings blau und orange war statt gelb und weiß wie unseres. Wie unsere Pflanze war sie der Erdrinde zugewandt und hielt einen großen Wasserball in ihrem Zentrum fest. Ich fragte mich, ob auch auf ihr Menschen lebten.

Unter der anderen Blume erstreckte sich die dichte grüne Mauer des Dschungels weiter einwärts, bis sie schließlich dem Himmel Platz machte. Die Luft war hier so trüb, daß ich kaum die Zentrale Anomalie, geschweige denn die andere Seite der Inneren Hohlwelt sehen konnte. Die konkave Form des Landes war aber auch von hier aus offensichtlich, wenn ich meinen Blick vom Dschungel abwandte und auf die See hinausblickte.

Früchte, Blätter und verschiedener Kleinabfall trieben ständig aus dem Dschungel ins Innere. Wolken drifteten auswärts und sanken in die See – Teile davon

waren mit Nebelbänken bedeckt – während verschieden große Wasserkugeln sich vom Meer oder Dschungel lösten und ins Innere fielen. Als ich meinen Blick
über den Ozean schweifen ließ, sah ich etwas, das mich
gerade wegen seiner Vertrautheit völlig verblüffte: das
Blasen eines Wales.

Wegen der großen Distanz war ich mir zuerst nicht
ganz sicher, was ich da eigentlich sah. Aber ja, es war
eine Walherde, vier riesige Exemplare wie jene, die wir
südlich von der Bouvet-Insel herumtollen gesehen hatten. Statt in den Ozean zurückzufallen, schlugen die
Wale mit ihren mächtigen Schwanzflossen die Luft und
bewegten sich langsam ins Innere vor, wobei sie ihre
gewaltigen Mäuler aufgesperrt hielten und einsammel-
ten, was hineingeriet. Sie fühlten sich in der Zone der
niedrigen Schwerkraft im Erdinneren vollkommen
wohl und hatten als Säugetiere keinen dringenden Be-
darf nach Wasser. Ich sah fasziniert zu, wie die Wale
einen Abschnitt der Luft, der vorher von Lebewesen erfüllt gewesen war, vollkommen säuberten. Sie kamen
fast so weit ins Innere, wie ich mich befand – in die
Zone, wo die leichte Anziehungskraft der Anomalie in-
sistent zu werden begann –, und dann drehten sie ihre
Schwanzflossen und nahmen den Rückweg zur See.

Als mein Pulver getrocknet war, lud ich meine Pistole neu und steckte sie in die Jacke, die ich daraufhin
anzog. Ich entschied mich, Hemd, Stiefel und Hose
wegzulassen und statt dessen meine Pulpuls anzuziehen. Ich darf hinzufügen, daß ich Unterwäsche trug,
um meine Schamteile zu bedecken. Seela hatte sich mit
meinem Messer davongemacht. Tags zuvor war sie tief
beeindruckt gewesen von der Leichtigkeit, mit der die
Stahlklinge die Juube-Schoten in eßbare Schnitze zer-
legen konnte.

Ich steckte den Kopf in die Nachbarzelle, um zu
sehen, was der Alte machte, mit dem Seela hier
wohnte, aber auch er war weg. In einer Ecke lag fein

säuberlich geschlichtet das gesamte Besitztum des Paares: ein paar Dutzend kleine Muscheln, einige knorrige Holzstücke, ein Kristall und der winzige gewölbte Panzer von einem vielleicht hummerartigen Tier. In jeden dieser Gegenstände war ein Loch gebohrt, soweit nicht von Natur aus eines vorhanden gewesen war, und sie waren auf dünne, weiche Schnüre aufgefädelt, die aus Pflanzenfasern gewebt waren. Diese Fasern waren miteinander verknüpft zu einem Netz, in dem die einzelnen Gegenstände auf diese Art befestigt waren. Der ganze Schatz sah aus wie eines der Netze, aus denen sich die Halsbänder der Blumenleute zusammensetzten. Wegen des weichen Bodens, auf dem man sitzen oder liegen konnte, brauchte man keine Möbel; von Essen umgeben, benötigte man keine Eßutensilien. Am Vortag hatte ich hier zwei Dornenrapiere gesehen, aber jetzt waren sie verschwunden. Vielleicht waren Seela und der Alte in die Stadt gegangen. Ich beschloß, ihnen zu folgen. Statt mich wieder durch die Zellen zu schleichen, würde ich fliegen. Ich versuchte, mir nicht allzu viele Gedanken zu machen, und stieß mich durch das runde Fenster in Seelas Zimmer hinaus. Die Beine taten mir noch von den Anstrengungen des Vortags weh, aber nach ein paar kickenden Bewegungen fühlte ich mich okay.

Ich flog die langgezogene Kurve der weißen Blütenblätter unserer Blume entlang, dann über die Blütenblätter und das gelbe Zentrum weg zum Dorf. Ich bemühte mich einigermaßen um Unauffälligkeit, ohne mich aktiv zu verbergen, landete einige Hundert Fuß von der Oberkante des sechseckigen Dorfes entfernt und kroch dann zum Rand, um hinunterzublicken.

Gottseidank war Jeremiahs Leiche verschwunden. Die Dorfbewohner gingen träge und ziellos umher und kauten an großen Stücken Juube, die sie – von Seela bekommen hatten! Seela und der Alte hatten in einem Winkel des Sechsecks ihr Geschäft eingerichtet; unter

Verwendung meines Messers hatten sie eine Anzahl zerteilter Juube-Schoten mitgebracht und belieferten nun die Dorfbewohner mit Juube in unbeschränkter Menge im Eintausch gegen Muscheln, Kristalle und Holzstücke, die die Blumenleute für wertvoll zu halten schienen. Während ich zuschaute, entknotete ein Mann mit ungeschickten Fingern grinsend sein Halsband und zog einen großen, leuchtendroten Samenkern heraus, den er Seela für einen frischen Schnitz Juube überließ. Die Finger des Alten waren eifrig damit beschäftigt, die Geschäftserlöse in ein kompliziertes Geldnetz einzubinden, das jenem ähnelte, das ich in seinem Schlafraum gesehen hatte.

Der mächtige Juube-Rausch hatte die Dorfbewohner beruhigt, so daß sie bei weitem nicht so fürchterlich wirkten wie am Vortag. Aber die Erinnerung an Jeremiah ließ ihre Ruhe nur noch schrecklicher scheinen. Auf der anderen Seite des Hexagons konnte ich Quaihlaihle und Otha mit einander zugewandten Gesichtern in einer geschmückten Zelle sitzen sehen. Eddie lief frei unter den Dorfbewohnern umher. Er schwankte vor Betrunkenheit. Wuff schlief in meiner Nähe auf dem Boden. Die Blumenleute waren ja schrecklich, aber konnte ich nicht trotzdem einen Platz unter ihnen finden?

»Psst, Wuffi!«

Er setzte sich auf, schnüffelte und schaute in meine Richtung. Wie freute es mich, sein breites, vielzähniges Grinsen zu sehen! Ich sprang hinunter und umarmte ihn. Wenn ich mich nahe bei Wuff hielt, würden mir die Blumenleute sicher nichts antun.

Diese Hoffnung erwies sich als nur allzu richtig. Für die nächsten vier Monate wurde ich tatsächlich zu Wuffs persönlichem Diener. Man erwartete von mir, daß ich immer um ihn herum war, und wenn man den Eindruck hatte, daß ich ihn zu wenig streichelte und liebkoste, bedrängte und stieß man mich. Ich lernte sei-

nen Körper allmählich so gut wie meinen eigenen kennen, und sein Geruch wurde so sehr ein Teil meiner
Hände, daß ich sie nicht mehr in die Nähe meines Gesichts bringen mochte. Das Geräusch, das Wuff beim
Trinken machte, war ein ganz besonderes Wunder für
die Blumenleute. Während ihrer häufig wiederkehren-
den Feste kredenzten sie Wuff Wasser auf einem straff
gespannten Blütenblatt, wobei es meine Aufgabe war,
die Spannung aufrecht zu erhalten. Die gespannte
Membran verstärkte das Geräusch seines Schlürfens.
Jedermann hörte verzückt zu. Wenn Wuff fertig getrunken hatte, trank Quaihlaihle, dann Otha, dann der Rest
von uns.

Otha fand unseren Rollentausch natürlich äußerst
amüsant. »Striegle den Hund dort, Marse Mase«, rief er
mir grinsend zu. »Und beeil dich ein bißchen. Sieht
aus, als hätte er 'nen Fleck an seiner Pfote, Junge. Putz
das ordentlich weg!« Er war der Prinzgemahl; ich war
der Leibdiener eines Hundes. Die schiere Absurdität
dieser Situation hielt mich davon ab, mir das allzusehr
zu Herzen zu nehmen. Die bestimmende Tatsache, daß
ich mit der Frau, die ich liebte, zusammen war, machte
alles leicht.

Für seine Verhältnisse ging es Eddie ziemlich gut.
Hin und wieder wollten ihn Frauen zwingen, daß er sie
bestieg, aber das mißfiel ihm aufs äußerste. Sein heftiger Widerstand stachelte diese wilden Frauen dazu an,
sich immer noch skandalösere Freiheiten herauszuneh-
men. Davon abgesehen, war Eddies Leben friedvoll.
Wie ich hatte er die ganze Kleidung außer Jacke und
kurzer Hose abgelegt. Die Taschen der Jacke brauchte
er für die paar Besitztümer, die er noch hatte – vor
allem für Virginias Zähne.

Er betrank sich regelmäßig mit Juube und verbrachte
die meiste Zeit, nüchtern oder nicht, mit Schreiben. Papier und Tinte besaß er zwar nicht, aber er schrieb,
indem er mit einem Dorn in die Wand kratzte. Die Un-

beständigkeit dieses Mediums machte ihm keine Sorgen, denn wenn er einmal ein paar Zeilen zusammengebracht hatte, die ihm akzeptabel erschienen, lernte er sie auswendig. Sein dabei entstehendes Werk war eine Beschreibung unserer Reise als episches Gedicht, durch Versmaß und Reim leicht zu merken. Er trug es mir alle paar Tage von neuem vor, und manche seiner treffenden Sätze haben ihren Weg in meine eigenen, hier vorliegenden Aufzeichnungen gefunden.

Ich ertappte mich dabei, Eddie als Freund zu akzeptieren. Eddie, Otha und ich lernten alle ein paar Wörter der Blumenmenschensprache, es war aber unmöglich, so etwas wie ein längeres Gespräch beispielsweise mit Seela zu führen. Statt eines eleganten Gesprächsflusses fiel die Kommunikation mit einem Blumenmenschen aus wie das Hin und Her kleiner, verwischter Einzelheiten. Wasser, Wuff, Tintenfisch, Ich, Blumenwand, Juube, du, Fliegen, Hunger, Königin, Liebe... immer und immer wieder dieselben einfachen Bilder. Im Gegensatz dazu war Eddies Sprache wie immer ein Quell eleganten Ausdrucks und kühner Ideen.

Er sprach oft zu mir über sein Mißvergnügen an der Tatsache, daß er nicht auf der Erdoberfläche der Konsolidierung seines literarischen Rufes nachgehen konnte. Vom Thema des Doppelgängertums war er ganz besessen, und er war der Meinung (die sich als richtiges Vorherwissen herausstellen sollte, wie die Ereignisse zeigen werden), daß es einen SpiegelEddie oder Anti-Eddie geben mußte, der nun Vorteile aus all der Vorarbeit zog, die Eddie geleistet hatte. »Jetzt gehört mein Stil ihm«, sagte Eddie. »Mehr noch, mein Mythos und meine Legende. Sind etwa nach meiner Arbeit für den *Southern Literary Messenger* mein Name und Charakter nicht jedem kultivierten Amerikaner ein Begriff? Und hier bin ich jetzt und lebe unter analphabetischen Wilden, ohne jegliche literarische Gesellschaft außer der eines Bauernjungen!«

Wegen des letzten Punktes griff ich ihn an, und er gab widerwillig zu, daß ich auf Grund meiner angeborenen literarischen Fähigkeiten und meiner Angewohnheit umfangreicher Lektüre von frühester Jugend an nicht ganz das war, was das Wort ›Bauernjunge‹ implizierte. Um seine niedergedrückten Lebensgeister zu heben, versicherte ich ihm schmeichlerisch, daß ich gerade durch seine Gesellschaft ein ausgesprochen gut ausgebildeter junger Mann geworden sei.

Vor allem interessierte sich Eddie dafür, was in der Zentralen Anomalie vor sich ging. Je mehr wir sie anstarrten, desto verwirrender wirkte sie auf uns. Die riesigen rosa Funken oder Entladungen, die die Hohlwelt erleuchteten, gingen alle von der Anomalie aus, und die Atmosphäre war von glänzenden blauen Lichtern erfüllt. Otha erzählte uns, daß Quaihlaihle gesagt hatte, sie käme aus der Anomalie. Dies war einer der Gründe, weshalb die Blumenleute sie so verehrten. Für sie war das Zentrum der Hohlwelt eine Region voll verehrungswürdigen Schreckens, ein Land der Götter und Toten. Quaihlaihle sagte, sie entstamme einem schwarzen Stamm von ›Göttern‹ nahe dem Zentrum; sie behauptete, sie sei zu uns herausgetragen worden von einer riesigen Kreatur, die sie einen Koladull nannte. Ursprünglich sei sie dunkelhäutig gewesen, aber hier draußen war sie zu Weiß verblaßt. Otha war begierig darauf, den schwarzen Stamm im Himmel der Hohlwelt zu treffen, und unterstützte deshalb Eddies Pläne, die Anomalie aufzusuchen.

Die Furcht der Blumenleute vor dem Himmel war nicht unbegründet. Ein Hauptpunkt in jedem Plan, weiter hinein vorzudringen, war die große Gefahr, während des langen Falls im Zentrum von einem Muschelkraken gefressen zu werden. Während der vier Monate, die wir auf der Blume verbrachten, wurden einige Blumenmenschen Beute der räuberischen Ammoniten, die sie Ballula nannten. In unvorhersehbaren

Zeitabständen tauchte eine der Kreaturen auf und tastete mit dem Tentakel auf der Suche nach Beute über die Blüte. Da es leicht war, die Monster kommen zu hören oder zu sehen, waren meist Kranke oder Betrunkene ihre Beute. Natürlich schlief niemals jemand im Freien. Aber was hätten wir tun können, wenn ein Muschelkrake während unseres beabsichtigten Falls in die Anomalie auftauchte? Darauf fiel uns keine Antwort ein, und wir zögerten deshalb.

Außer rhythmischem Singen und Trommeln bestand die einzige kreative Tätigkeit der Blumenleute im Weben der Netze. Manche dieser Erzeugnisse waren wirklich bemerkenswert. Aus langen Fasern aus dem Pflanzenstamm gemacht, wuchsen sie irregulär zu beachtlicher Größe an, mit individuell gestalteten Mustern da und dort, wie bei einer Takelung. Manchmal blieben sie auch ungeschmückt und wurden dann als Schleppnetze verwendet, um eine Schule von Luftshrimps einzufangen, die roh gegessen wurden. Andere riesige Netze wurden mit verschiedenen organischen Objekten verziert und trieben als luftige Ballsäle in der Atmosphäre, in denen der Stamm tanzte. Neben diesen kommunalen Netzen hatte jedes Individuum und jede zusammenlebende Kleingruppe ein eigenes Schatznetz, an dem sie die für wertvoll eingeschätzten Muscheln, Knochen, Pflanzenteile oder Mineralien anbrachte.

Wie auf der Erde war die wichtigste Gefahrenquelle der Mitmensch.

Der uns nächste Stamm lebte auf der Blume mit den blauen Blütenblättern, die ich am Neujahrstag gesehen hatte. Diese Blumenleute ähnelten uns in jeder Hinsicht, abgesehen davon, daß ihre Kleider blau und orange waren statt weiß und gelb. Hin und wieder flogen ein paar Leute von der einen Blume zur anderen, um Blumenleder oder Juube auszutauschen, auch Wertgegenstände, oder um sich nach Gefährten umzusehen. Im allgemeinen waren es nur die unglücklichsten und unattraktivsten Mitglieder unseres Stammes, die sich entschlossen, zu den Blaublumenleuten überzulaufen. Unser Stamm setzte großen Stolz in die Tatsache, daß Quaihlaihle unsere Königin war, Otha der König und Wuff das Maskottchen. Die Blaublumenleute hatten nichts vergleichbar Interessantes, so daß ich annahm, daß ein Konflikt unausweichlich sein würde.

Der Krieg begann ganz unvermutet. Wir saßen um das Hexagon herum, aßen und plauderten. Ich hatte gerade das Blütenblatt straff gehalten, damit Wuff trinken konnte, und Quaihlaihle fütterte ihn mit Luftshrimps. Dann ertönte von oben her Lärm, und plötzlich kam eine Truppe von etwa zwanzig blau gekleideten Männern und Frauen herabgeflogen, alle die langen Dornwaffen blank gezogen. Bevor ich noch irgend etwas tun konnte, trat mir jemand gegen den Kopf und schnappte sich Wuff. Zwei andere packten Otha, der von Juube ganz schlapp war. Quaihlaihle tötete sofort einen ihrer Angreifer, aber dann stach ihr jemand mit schrecklicher Heftigkeit den Dorn ins Genick.

»Lauf!« schrie Eddie und zerrte an mir. Ich zögerte, aber Seela rannte schon, also folgte ich ihnen in die Zellen. Eine Minute später war der Überfall vorbei. Wuff und Otha waren verschwunden, Quaihlaihle lag tot am Boden.

Unsere Blumenleute begannen einen fieberhaften Prozeß von Mumifizierung und Himmelsbegräbnis. Sie wickelten Quaihlaihle von Kopf bis Fuß erst in ein Geldnetz, dann in Blütenblätter, und versiegelten sie dicht mit einer stark riechenden Mixtur aus Nektar und Saft. Die zugrundeliegende Idee war offenbar die, daß sie bei genügend schneller Arbeit die Leiche in eine Art Samenschote verwandeln konnten; die Pflanzensäfte würden jeden Aasgeruch überdecken, der Harpyien oder Muschelkraken veranlassen konnte, sie zu fressen. Zwei Stunden nach ihrem Tod wurde

Quaihlaihle ausgesetzt. Vier ihrer vertrauenswürdigsten Gläubigen flogen sie so weit einwärts, daß sie zu Punkten zusammenschrumpften; dann ließen sie sie los und kamen langsam zurück, während ein Stammesmitglied die ganze Zeit durch den großen Verstärker sang.

»Ahmani tekelili embogolo«, sagte Seela. *Sie kehrt zu den schwarzen Göttern zurück.*

Als das Begräbnis vorbei war, schlug die Stunde der Rache. Wir schnitten uns frische Pulpul-Flossen zurecht und nahmen die schärfsten Dornen-Rapiere, die wir finden konnten. Ich zog meine Pistole heraus und prüfte mein Pulver, indem ich einen Probeschuß in die Luft abgab. Seela und die Blumenleute waren tief beeindruckt; ich würde ein wichtiges Mitglied unserer Kriegstruppe sein.

Der Leser mag sich über meine Bereitschaft wundern, mein Leben in einem Streit zwischen Wilden zu riskieren, aber man muß sich darüber im klaren sein, wie sehr mein Leben auf der Blüte mich zu langweilen begonnen hatte. Der Juube-Rausch war eine immer gegenwärtige Versuchung, und ich mußte hart dagegen ankämpfen, derselben Versuchung zu verfallen wie Eddie und Pa. Ich hatte die Dutzenden Lebewesen, die es hier gab, bereits untersucht und kategorisiert; ich hatte die Freuden der Liebe zur Gänze ausgeschöpft; und ich hatte mein Gehirn mit Eddies Ideen überfüllt. Jetzt war ich glücklich, etwas Aufregendes zu tun zu haben.

Als eine der Agileren unter den Blumenleuten war Seela ebenfalls in der Kriegstruppe. Ich war überrascht, als Eddie darauf bestand, mitzukommen. War es sein Erfahrungshunger, um darüber schreiben zu können? In gewisser Weise, ja: Ich sollte bald mitbekommen, daß es Eddies Absicht war, unsere Attacke auf die Blaublumenleute in eine sichere Reise zur Zentralen Anomalie umzuwandeln. Aber im Moment erzählte er uns nur, daß er eine Idee für eine ingeniöse Kriegsmaschine habe.

Auf Eddies Anweisung hin sammelten wir fünfzig der von den Blumenleuten gesammelten und geschärften Muschelschalen und knoteten sie in eines unserer wertvollen Seidenseile. Die Blumenleute waren gut im Weben und ähnlichen Arbeiten; binnen kurzer Zeit waren die Muschelmesser in einer dichten Spirale entlang der Seilachse angebracht, die Klingen nach außen. Nun enthüllte Eddie die Eleganz seines Planes, und wir jubelten ihm zu.

Zwei Mannschaften der Blumenleute, darunter Seela, Eddie und ich, starteten luftkickend in den Himmel, den verhaßten blauen Blütenblättern entgegen. Jeder schien um vieles lebhafter als zuvor. Einen Moment lang überkam mich Schwindel, als wir uns zwischen den Blumen befanden – was, wenn uns jetzt hier ein Muschelkrake überfiel? Aber ich hatte wenig Zeit, mir Sorgen zu machen, denn die Blaublumenleute sahen uns kommen und eine Truppe von ihnen stieg schnell auf, um uns entgegenzufliegen.

Ich feuerte einen Schuß ab, um sie zu erschrecken, und dann, während die Rapiere aufeinandertrafen, flogen Eddie, Seela und ich durch die blauen Blütenblätter zu dem Stengel, der die Blüte trug. Niemand stellte sich uns in den Weg. Wir fanden den dünnsten Teil des Stengels und machten uns an die Arbeit, unser klingengespicktes Seil hin- und herzuziehen, wie Holzfäller mit einer zweigriffigen Säge umgehen. Das Material des Stengels war zäh, aber langsam machten wir Fortschritte. Eine Menge Saft quoll heraus und ölte unsere ›Säge‹. In einiger Entfernung hielt die Luftschlacht mit Schreien und Kriegsgebrüll an. Als der Stengel nachzugeben anfing, kippte die große blaue Blume allmählich vom Ozean weg in Richtung auf das Gravitationszentrum. Wir sägten wie die Verrückten. Die Blume neigte sich mehr und mehr und riß dann einfach ab, indem der Rest von selbst nachgab. Langsam, langsam trieb sie von der Ranke weg und ins Innere der Hohlwelt!

Wir hielten den Atem an, rollten das Sägeseil zusammen und flogen hinaus, wo die Schlacht stattgefunden hatte. Als sie sahen, welches Desaster über ihre Heimat gekommen war, erkannten die Blaublumenkrieger ihre vollständige Niederlage. Unsere Rapiere wüteten unter ihnen, stachen zu und töteten, und wir angelten nach den Halsketten der toten Krieger. Eine Gestalt nach der anderen kam aus der blauen Blüte geschwärmt auf der Suche nach einem Fluchtplatz. Auf unserer eigenen Blume stand ein Bataillon von Verteidigern bereit, jene die Lehenstreue schwören zu lassen, die um Gnade baten.

»Schnell«, sagte Eddie zu mir. »Fliegen wir ins Innere der blauen Blume und bleiben wir dort auf dem Weg ins Zentrum der Erde!«

»Das ist der eigentliche Grund, warum du uns zum Absägen überredet hast!« Ich schnappte nach Luft.

»Natürlich! Wir können nicht ewig hier herumhängen, Mason. Wir müssen uns beeilen! Das haben mir meine Träume gezeigt. Wir kehren durch die Zentrale Anomalie auf die Erde zurück... zur SpiegelErde. Komm!«

»In Ordnung«, stimmte ich zu. Im Fieber jenes Augenblicks war ich zu jedem Abenteuer bereit. »Gehen wir an Bord!«

Der freie Himmel der Innenwelt bedeutete für die Blumenleute einen solchen Schrecken, daß keiner von ihnen auf der fallenden blauen Blume bleiben wollte. Gruppen von Blaublumenleuten flohen an uns vorbei, während wir auf dem Weg ins Innere ihrer Blüte waren. Seela schien unsicher, was wir eigentlich vorhatten, aber ich drängte sie. Wir wanden uns durch die blauen Blätter der fallenden Blüte und erreichten ihre orangefarbene Oberfläche. Ein paar letzte Versprengte verließen sie gerade. Die Blüte wäre vollkommen verlassen worden, aber auf dem Grund des leeren Dorfhexagons lagen zwei einsame Gestalten an den Boden gefesselt: Otha und Wuff.

Wir landeten neben ihnen. Angesichts des freien Falls der Blüte gab es keine Kraft, die einen auf ihr gehalten hätte; da die blaue Blume aber langsamer fiel als ein Mensch, mußte man ständig kicken, um an ihrer Oberfläche zu bleiben. Nachdem wir Wuff und Otha freigeschnitten hatten, machten wir uns auf den Weg in das Innere der Zellen. Da die Blüte ins Erdinnere zeigte, kamen wir an der weichen ledrigen Decke einer der Zellen zur Ruhe. Wuff hatte mich während der Periode meiner Dienerschaft für ihn sehr schätzen gelernt und war außerordentlich froh, mich wiederzusehen.

Otha verstand Eddies Plan sofort: Wir würden von der Blume bis ins Zentrum transportiert werden, wobei sie einen sicheren Zufluchtsort vor den Muschelkraken bedeutete. Otha brannte darauf, die sagenhaften schwarzen Leute kennenzulernen, die im Edre-Himmel lebten. Aber Seela verging fast vor Schrecken, sie wollte unbedingt weg aus der fallenden Blume und zurück in die Zone, aus der sie stammte. Das Fallen und der Himmel erfüllten sie mit einer Panik, so groß wie unsere, als die antarktische Ebene unter uns nachgegeben hatte. Ich preßte sie an mich, um sie zu beruhigen. Sie zerkratzte mir das Gesicht und befreite sich. Bevor sie außer Reichweite war, riß ich ihre Pulpuls ab, um sie am Wegfliegen zu hindern. Sie fetzte ein Stück aus der Wand, die unsere Zelle gegen das Hexagon abgrenzte, schlüpfte durch das Loch hinaus und versuchte, mit dem Wandstück, das sie in den Händen hielt, wegzufliegen, aber alles, was sie schaffte, war, in einiger Entfernung von uns weiter mitzufallen. Ich steckte den Kopf durch das Loch, das sie gemacht hatte, und schaute zu ihr hinüber. Ihr weiches Gesicht war naß von Tränen und sie schrie etwas von Ballula.

Nachdem wir eine halbe Stunde gefallen waren, akzeptierte Seela, daß es kein Entkommen gab, blieb aber zornig auf Eddie und mich. Otha kickte hinaus und brachte sie zurück an Bord. Die Blume fiel und fiel, wir spürten den Druck auf dem Gesicht. Eddie fand als einziger unsere peinliche Lage romantisch und wanderte fieberhaft in den verlassenen Zellen der blauen Blume umher. Er erzählte uns eine lange Geschichte über das legendäre verlassene Schiff mit dem Namen *Der fliegende Holländer*, wobei er ein vampirisch-nekrophiles Vergnügen daran fand, ein lebenlos dahintreibendes Objekt zu beschreiben. Jeder von uns aß ein paar große Scheiben Juube, die Seela gefunden hatte. Ich versuchte, sie für Sex zu interessieren, aber sie wies mich verächtlich ab. Deprimiert und besorgt aß ich noch mehr Juube und versank in einen leichten Dämmerzustand.

Einige Zeit später wurde ich von Seelas Warnrufen wieder zu Bewußtsein gebracht. Ein riesiger Ballula-Muschelkrake griff uns an. Es war ein wirklich großes Exemplar, gut ein Viertel der Blüte, in der wir uns verbargen. Indem er genügend Wasserstoff ausgestoßen hatte, um unser Tempo zu erreichen, senkte er schnell seine ganze Tentakelmasse auf unser Hexagon. Ich hätte mit den anderen ins Innere der Blume fliehen sollen, aber der Ballula faszinierte und erschreckte mich gleichzeitig so, daß ich wie angeleimt auf meinem Platz an der Decke liegen blieb, während die Luft hereinpfiff. Der tückische Juube-Saft ließ mir meine gefährliche Lage erträglich und interessant erscheinen, und – um ehrlich zu sein – ich hatte ein pervers-fatalistisches Vergnügen daran gehabt, mich Seelas tränenreichen Bitten, mich ebenfalls in Sicherheit zu bringen, zu verweigern.

Ich sah das Basiliskenauge des Ballulas in nicht einmal zehn Yards Entfernung, aber es schien mich nicht zu erkennen. Zwischen seinen Stielaugen befand sich ein langes, bewegliches Fleischband, wie eine Art Nase. Unter dieser Nasenflappe war der schreckliche Schnabel. Aus seinen Auszackungen rannen Ströme von Speichel. Dicht um den Schnabel stand eine Reihe von knotigen Warzen, und um diese wuchsen neunzehn oder mehr orangefarbene Tentakel aus dem Lebewesen; sie waren weich wie Tangblätter, und einige von ihnen waren zweihundert Fuß lang. Diese sensitiven Fangarme zuckten hin und her, wellten und ringelten sich und tasteten Zelle um Zelle ab auf ihrer Suche nach Menschenfleisch. Schließlich kam einer von ihnen in meinen Raum. Ich lag bewegungslos da und sah zu, wie der tastende fleischige Arm den Fußboden, die Wände und schließlich die Decke berührte. Als das Ding mir übers Gesicht fuhr, brach meine Trance. Die Furchen und Grate auf dem Fangarm verspürten augenblicklich meine Anwesenheit, und die Spitze des Armes wand sich mir ums Genick. Mir schoß Peters durchs Gehirn, ich zog sein Messer heraus und schnitt einen Yard von der Fangarmspitze ab. Der ganze Tentakel zuckte bitzschnell zurück, und es gab ein heftiges, gierig klingendes Geräusch, als der Ballula seinen Kopf gegen die Zellenwand preßte. Der Schnabel riß Fetzen aus dem dünnen Blumenleder; ein grausames graues Auge wurde sichtbar. Endlich war ich wie galvanisiert, sprang schreiend auf und tauchte zu einem der Ausgangslöcher der Zelle. Ein Fangarm erwischte meinen Knöchel, aber ich schnitt ihn ab. So schnell ich konnte, eilte ich durch die nächstbesten Zellen, worauf ich auf Eddie, Otha, Seela und Wuff stieß. Seela packte mich und drückte mir einen Kuß auf den Lippen.

»Mason hat dieses Ballula-Ding richtig scharf gemacht«, sagte Otha.

»Psst!« erwiderte Eddie, weiß vor Angst. »Äußerste Ruhe jetzt!«

Der Ballula zerrte ein paar Minuten lang an unserer Blume, wobei er die Wände vieler Zellen zerfetzte. Als er uns nicht fand, zog er sich ein wenig zurück und schoß dann auf die Blume los, um sie heftig zu rammen. Der Schock zertrümmerte die Decke unserer Zelle, und im Fallwind flogen wir hinaus wie Salz aus einem Streuer, vier Menschen und ein Hund, die neben der großen blauen Blume in den Himmel fielen. Es würde keine Zeit bleiben, sich zurückzukicken in die Sicherheit der Blüte. Der große Nautilus war zu nahe. Otha warf sein Bowiemesser nach der Kreatur – ohne Erfolg. Mir fiel meine Pistole ein, ich zog sie heraus und feuerte die beiden letzten Schüsse auf den Ballula ab, konnte aber weder die Schale durchdringen noch ein anderes lebenswichtiges Organ treffen. Die Kugeln verschwanden in dem orangefarbenen Fleisch wie Steine im Wasser. Mein Geist raste, als der große Schnabel näher kam.

Ich hatte die Pistole Lucy Perrows Vater in Lynchburg gestohlen, mit ihr den Stalljungen im Liberty Hotel erschossen, sie Abner Levy in Richmond verpfändet und wieder eingelöst, Eddie mit ihr in Norfolk bedroht, sie auf der *Wespe* wieder geladen, das Pulver in Seelas Zelle getrocknet, und jetzt hatte ich an einem einzigen Tag ihre letzten vier Schüsse verbraucht... für nichts! Verfluchtes Ding!

Ich warf sie mit aller Kraft dem Ballula ins Maul, was einen Moment Verzögerung brachte. Dann wäre mein Ende gekommen gewesen, aber plötzlich hörte man einen tosenden Lärm wie den eines riesigen Feuers. Als ich mich umdrehte, um die Quelle dieses Geräusches zu entdecken, war es schon über uns, ein riesiger dunkler Schatten, aus dem Flammen drangen. Irgendeine Bestie, das Maul weit aufgerissen. Der grausige Ballula zuckte bei seinem Anblick panisch zusammen und zog die Tentakel ein, um schnell wegzuschwimmen. Aber bevor er entkommen konnte, war sein gewaltiger Gegner über ihm. Auf einem glühenden Gasstrahl schoß die Kreatur nach vorn, packte die Weichteile des Kraken und riß ihn aus seiner Schale heraus. Einen Augenblick später war das flammenspeiende Tier verschwunden. Der kurze Blick, den ich auf die wilde Kreatur hatte werfen können, hinterließ bei mir den Eindruck eines riesigen Schweinskopfes auf einem

Körper, der gegliedert und segmentiert war wie der eines Shrimps. Um einen Namen dafür zu haben, nannte ich es ein Schwimp, selbst nachdem Seela mir gesagt hatte, daß ihr Stamm dafür den Namen Koladull verwendete. Ich hätte gerne den leeren Ballula-Panzer untersucht, aber er war schon ziemlich weit entfernt, von leckendem Gas angetrieben. Wir kehrten in den Schutz unserer zerrupften Blüte zurück und fielen mehrere Stunden ohne weiteren Zwischenfall. Hin und wieder steckten wir die Köpfe hinaus und sahen uns um.

Und was sahen wir da? Obwohl die Luft in der Innenwelt dick und wolkendurchzogen ist, konnten wir ziemlich viel erkennen. In der auswärtigen Richtung war da das Loch, durch das wir hereingekommen waren, und der Dschungel rund um dieses Loch. Unmittelbar an den Dschungel grenzte ein großer innerer Ozean, der sich nahezu über ein Drittel der Innenoberfläche erstreckte. Seine Ränder bildeten zwei riesige Kontinente, hinter denen ein weiterer Ozean lag. In Richtung Zentrum verzerrte sich die Optik, aber im großen und ganzen hatte die Verteilung von Land und Wasser eine deutliche Ähnlichkeit mit der Oberfläche der Außenwelt.

Da wir von ihm abgewandt waren, konnten wir nicht durch das Loch im Norden hindurchblicken. Mir kam die Idee, mich nach einem Loch im Süden umzusehen, aber die Konfusion, die das Zentrum des Planeten erzeugte, verhinderte, daß ich etwas erkennen konnte.

Als wir annähernd zwanzig Stunden gefallen waren, änderte sich die Erscheinung des Planetenzentrums wesentlich. Obwohl wir nun langsamer fielen, schien es schneller anzuwachsen als zuvor; es schwoll durch eine Art Fata Morgana, die durch Licht und Spiegelung zustandekommen mochte, mächtig an. Die blauen Flecken nahe dem Mittelpunkt wurden bald als mächtige, fließende, unregelmäßig zitternde Wasserglobern erkennbar. Otha nannte sie die Massenseen. Sie lagen in einer kugeligen Raumschale, in der offensichtlich ein Gravitationsgleichgewicht herrschte. Es gab ungefähr fünfzehn von ihnen. Ich schätze, der durchschnittliche Massensee hatte ungefähr das Volumen eines der Großen Seen Nordamerikas oder des Genfer Sees. Die Region innerhalb der Kugelschale, in der sich die Seen befanden, blieb visuell unentzifferbar. Sie war hellerleuchet, enthielt einige stabile dunkle Objekte und produzierte einen merkwürdigen Linseneffekt hinsichtlich des Mittelpunkts, als befände sich dort ein Rundspiegel. Das war die Region, aus der ständig die rosaroten Lichtstrahlen hervorkamen. Ein Objekt in der dichten Raumpackung ließ mich an einen spindelförmigen Kegel denken. Draußen an der Oberfläche von Edre war alles flach und begreiflich, aber hier, nahe der Anomalie, waren die Dinge enggepackt und verzerrt wie auf der Oberfläche eines sich drehenden Kreisels. Als wir den Massenseen näher kamen, begann sich die innere anormale Zone so merkwürdig zu verbiegen, daß sie den größten Teil der Oberfläche von Edre verdeckte. Wohin auch immer ich blickte – wenn es nicht ganz direkt nach außen war –, sah ich überall nur die zitternden Seenoberflächen, die gefleckte innere Kugel und den Abfall rund um uns herum.

So nahe an ihrer Quelle waren die rosa Lichtströme so beherrschend wie die Wogen im Ozean. Jeder dieser Ströme erhitzte seinen eigenen Luftfluß, was Winde erzeugte, die unsere Blume hin und her warfen. Die Luft um uns war angefüllt mit allem Möglichen, das von der Edre hierherfiel – Steine, Zweige, Erdklumpen, tote Tiere, Exkremente. Es gab Scharen von Vögeln, die sich an diesen Objekten gütlich taten. Die meisten von diesen Vögeln sahen aus wie faustgroße Kolibris, also hübsch und ganz harmlos. Es gab aber auch ein paar größere Kreaturen, die nicht unbedingt Vögel waren.

Diese Viecher, von denen Eddie mir sagte, sie erinnerten an die ausgestorbenen Pterodaktylen, also die Flugsaurier der Erde, hatten eine Schuppenhaut statt Federn und große gezackte Schnäbel, die von einem hornartigen Fortsatz am Hinterkopf ausbalanciert wurden.

Am größten von allen waren die Schwimps, von denen es viele gab, von Kuh- bis Walgröße. Kleine Schwimpsvögel hüpften auf ihnen herum und fraßen ihre Parasiten. Mit ihren Fächerschwänzen und winzigen Flügelbeinen schlagend, fraßen die Schwimps ununterbrochen, wobei sie nicht zögerten, auch Steine in sich hineinzuschlingen. Ihre Mäuler waren breite, lippenlose Schlitze, zahnlose Schnauzen, die immer zu lächeln schienen. Es fiel schwer, diese friedlichen Fresser mit dem Monster zu identifizieren, das den Ballula so wild behandelt hatte. Ihre segmentierten, hohlen Körper dehnten sich aus, wenn sie fraßen. Sie kauten nicht, sondern faßten alles ins Maul hinein und schluckten hinunter. Beim Schlucken gaben sie einen hallenden, grunzenden Klang von sich. Später erfuhr ich, daß ein vollgefressenes Schwimp den größten Teil seiner Nahrung in flammendes Methan verwandelte, das es ausspie, um kometenhaft zu einer ihrer Schlafkolonien auf Edre zu fliegen.

Eine Herde Schwimps fiel über unsere Blüte her und begann, sie zu zerreißen. Unvermeidlich erschien eine dieser Schnauzen in unserer Zelle. Seela stach mit ihrem Dorn zu, und die Schnauze verschwand. Trotzdem hatten sie nach einer halben Stunde so viel von unserer Blume gefressen, daß sie wirklich zu einem Problem wurden. Ein großes Schwimp schnappte auch tatsächlich nach Eddies Beinen, aber wir konnten ihn aus dem zahnlosen Maul ziehen, bevor die mächtige Perstaltik Eddie in das Schwimpinnere hineingezogen hatte.

Wir beschlossen, die blaue Blume zu verlassen und

uns selbst den Weg zu den Massenmeeren zu erkicken. Wir überprüften unsere Pulpuls und flogen hinaus. Solange wir uns sehr aktiv verhielten, mochten sich die glotzenden Schwimps nicht mit uns beschäftigen. Als Allesfresser zogen sie es vor, einfachheitshalber unbewegliche Objekte zu verschlucken. Das bedeutete allerdings, daß sie uns sicher fressen würden, wenn wir während des Falls durch ihr Gebiet einschliefen. Die löwengroßen Pterodaktylen machten uns ebenfalls Sorgen. Wir drehten uns nach innen und kickten los, die Schwerkraft ausnützend.

Ein besonders mächtiger Lichtstrom floß an mir vorbei und warf mich gegen die parasitenübersäte haarige Haut eines nahen Schwimps. Das Tier zuckte heftig zusammen und schlug mit dem Schwanz, um wegzukommen. Eddie und Seela waren in meiner Nähe, ebenso Otha, der Wuff in den Armen hielt. Wir bewegten uns langsam, aber ständig auf die Massenseen zu. Der Gravitationsgradient war niedrig, wie er es in der Stagnationszone nahe dem Ende des Südlichen Lochs gewesen war. Es brauchte Mühe, sich nach innen zu bewegen, aber wenigstens wurden die Schwimps allmählich weniger.

Mit unserem Fortkommen wurde die Luft immer heller und klarer, und in mir stieg eine heftige Freude auf, verbunden mit einem starken inneren Gefühl für meine Kameraden. Ganz spontan begannen wir ein Lied zu singen – ein vertrautes Lied der Blumenleute. Ich hatte die Worte nie ganz richtig mitgekriegt, aber jetzt tropften mir die Silben von meinen Lippen, als sei es Seela, die meinen Mund bewegte. Als ich ihre Worte sang, verstand ich Seela besser denn je zuvor. Sie war mehr als eine wunderschöne exotische Frau, sie war eine Person wie ich selbst. Wir sangen weiter, und nun waren unsere Worte die Othas, wir sangen ein Wiegenlied, das Turl oft gesungen hatte. Ich fühlte mich so sehr mit Otha vereint, und dann, als das Lied sich zu einem Gedicht von Eddie veränderte, fühlte ich eine Akzeptanz und sogar Liebe für Eddie, wie ich sie nie zuvor gespürt hatte. Ich hätte ihm alles sagen können, und das tat ich auch tatsächlich, ich ließ meine Gedanken in das Lied einfließen, und alle anderen konnten es sofort und mit demselben Gefühl mit mir mitsingen. Sogar Wuff hatte einen Anteil an dieser mysteriösen geistigen Vereinigung; als ich ihn ansah, konnte ich tatsächlich seine Gedanken und Gefühle wahrnehmen – die treue Freundschaft, die er mir gegenüber fühlte, sein Interesse an unserem Flug, seinen Hunger nach Schwimpsfleisch; und unter allem ein Grundlebensgefühl, das man nur als das eines Drückebergers bezeichnen konnte. Keine Alltagssorgen für Wuff, den Nichtstuer, der am meisten bei sich selbst war, wenn er auf einem sonnenbeschienenen Fleck schlief.

Die Lichtströme, die hinter den Meeren hervorkamen, waren dünn und stark und produzierten scharfe Wellen heißer Luft. Der nächste See hatte eine große Insel auf seiner Oberfläche, einen rasenbedeckten Schmutzfleck, dessen Volumen vielleicht ein Viertel von jenem des Wassers war. Kleine schwarze Menschen bewegten sich am Strand umher. Sie erblickten uns, und einer der schwarzen Götter kam herauf.

Er trug Pulpuls, aber er hatte eine schimmernde Plattform bei sich, auf der er stehen konnte. Sie sah aus wie eine abgerundete Planke oder ein Brett. Der Zweck dieses Bretts wurde klar, als er die heiße Lufthülle über dem gegabelten Blitz eines der rosaroten Lichtströme erwischte, der eben vorbeikam. Die leicht gewölbte Unterseite des Bretts fing sie ein, und er ritt auf ihr zu uns herauf wie ein Mann in einem Lift. Er lehnte sich auf seinem Brett zurück, um die Welle ein paar hundert Fuß von uns entfernt zu verlassen. Es war leicht, seine Bewegungen zu interpretieren; mir kam es vor, als würde mir sein Verhalten immer klarer, je näher er herankam. Es gab überhaupt keines von jenen Kommunikationsproblemen, die wir mit Seelas Blumenleuten gehabt hatten – denn der Brettreiter sprach uns in perfektem Englisch an.

»Seid gegrüßt«, sagt er höflich, während er zu uns herüberkickte. Seine Pulpuls waren größer als unsere und schienen aus Leder gemacht zu sein. Das Lichtreitbrett, das er nun wie einen Schild trug, bestand aus polierter Muschel. »Glückwünsche zum Abschluß eurer Reise! Wir fühlen uns geehrt, einen so brillanten Gast wie Edgar Allan Poe bei uns zu haben. Mason Reynolds, wir danken dir für deine Bemühungen, die Reisegesellschaft hierherzubringen. Seela, dmbagolo laaa nuinullee orbaahm. Und, Otha, Bro', wir hoffen, dir gefällt's hier.«

Es war bemerkenswert, wie verständlich er mit jedem von uns parlieren konnte – noch bemerkenswerter war allerdings, daß er beim Sprechen weder das Gesicht noch die Lippen bewegte.

»Ja, Mason«, sagte er, meinen Gedanken aufgreifend. »Wir schwarzen Götter sind Gedankenleser. Die Großen Alten haben uns mit dieser und manchen anderen Gaben ausgestattet. Kommt hinab in unser Land und teilt mit uns diese Gaben.« Die Worte kamen als lautloser Strom von seiner Miene.

»Hörst du das auch, Eddie?« fragte ich.

Eddie nickte. »Wie nennt ihr euch?« fragte er die schwarze Gestalt.

Die Silben der Antwort formten sich in meinem Geist. »Wir sind alle eins. Wir sind Tekelili.«

Tekelili

Wir sind Tekelili. Das war das Dauerthema der Zeit unseres Aufenthalts in der Region der Massenseen. Solange jemand dort ist, solange ist er Tekelili.

Ganz einfach: Tekelili ist die Bezeichnung, die die schwarzen Götter für sich selbst als Stamm benützen – ein Stamm, dem jeder erfolgreiche Besucher des Erdmittelpunkts sofort angehört. Aber *Tekelili* hat noch mehr Bedeutungen.

Die wahren Tekelili sind die schreckenerregenden Wesen, die im Herz der Zentralen Anomalie leben. Die schwarzen Götter nennen sich Tekelili zu Ehren dieser erstaunlichen Geschöpfe, die auch die Großen Alten genannt werden. Sie tun das auf dieselbe heraldische Art, wie sich ein Stamm von Schlangenbeschwörern *Kobra* nennen würde.

Die Großen Alten sind auf Grund ihres Wohnsitzes und ihrer Natur auf das engste verbunden mit der dritten Bedeutung von *Tekelili*, nämlich als Bezeichnung eines ›geistigen und emotionalen Zustandes äußersten Mitgefühls und Verstehens‹. Wenn man wirklich *Tekelili* ist, kann man fremde Gedanken lesen.

Während ich *Tekelili* war, konnte ich die Gedanken aller Lebewesen rund um mich klar und deutlich erkennen – die von Blattläusen, Schwimps, Menschen, schwarzen Göttern, Wuff und den Großen Alten selbst. In der unmittelbaren Praxis bedeutete das, daß ich jeder Nuance in jedermanns Gefühlen sofort inne wurde. Man beachte dabei, daß diese Tekelili-Empfindsamkeit nicht nur auf dem gefühlsmäßigen Niveau funktionierte, sondern auch auf abstrakten und rein intellektuellen Ebenen, bis zu dem Punkt, daß jemand an eine Zahl dachte, und ich diese Zahl wußte ... und derjenige wußte, daß ich es wußte, und ich wußte wiederum daß ... und so weiter bis zu dem Punkt, an dem die schwarzen Götter sagten: »Wir sind alle eins.« Wir waren alle Tekelili, wie wir dort an der Kehle des Malstroms lebten, zwischen den Zwillingswelten, umgeben vom Geist der mächtigen Tekelili-Wesen, deren kosmischer Gedankenstrom tief und unaufhaltsam wie ein Fluß dahinströmte und in dem unsere individuellen Gedanken nur kleine Kiesel waren.

Am meisten sprach unser Eddie Poe mit ihnen. Nur weil ich die Gespräche zwischen ihm und den Tekelili mitempfand, konnte ich die Geographie der Region der Massenseen und der Zentralen Anomalie gut genug begreifen, um sie hier beschreiben zu können.

Man stelle sich im Zentrum der Hohlwelt eine große, glänzende Kugel vor. Um diesen Spiegelball befinden sich die Massenseen, der Innere Himmel, Edre, die dicke planetarische Rinde, und jenseits der Rinde die Erde, von der ich gekommen war und deren Himmel mit Sonne, Mond und Sternen. Man stelle sich vor, daß alles das im zentralen Spiegelball reflektiert wurde, so daß man beim Blick in den Spiegel SpiegelMassenseen, einen inneren SpiegelHimmel, SpiegelEdre, die SpiegelRinde sehen konnte und jenseits der SpiegelRinde (wenn sie transparent gewesen wäre) eine SpiegelErde hätte sehen können, unter einem äußeren SpiegelHimmel mit SpiegelSonne, SpiegelMond und SpiegelSternen. Man stelle sich all das vor und dann, daß diese zentrale Kugel kein Spiegel ist, sondern nur ein Fenster zwischen zwei Welten – ein weit offenes Fenster. Das nämlich ist sie in Wirklichkeit.

Oder nochmals: man vergleiche die Menschenrasse mit einer Anzahl jener Wasserwanzen, die man Wasserläufer nennt und die auf der Oberflächenspannung des

Wassers dahingleiten und seine Oberfläche für die Welt halten. Man nehme an, diese Wasserläufer könnten nicht tauchen und ebensowenig die Oberfläche verlassen wie wir unseren Raum. Nun stelle man sich auf der Wasseroberfläche einen treibenden Holzring vor. Hydrologische Spannungen ermöglichen es den Wasserläufern, die Außenkante des Rings zu erklimmen. Sie finden Futter auf dem Ring; also legen sie hier auch ihre Eier ab – sie nennen dieses Gebiet ihr Heim. Wir sind wie sie, leben gemütlich auf der Erde, dem äußeren Teil der hohlen Schale, die unseren Planeten darstellt. Um das Beispiel weiter zu strapazieren, stelle man sich vor, daß eine Gruppe von Wasserläufern eine schmale Lücke in dem Ring findet; sie quetschen sich hindurch und erforschen den inneren Teil des Rings, Edre. Man wird begreifen, daß diese Wasserläufer so sind wie unsere Expedition, die durch Symmes' Loch nach Edre gelangte.

Würde unsere Hohlwelt nur Luft enthalten, wäre es so, als ob der Heim-Ring der Wasserläufer einfach nur eine glatte Wasseroberfläche umschlösse. Was aber, wenn sich im Zentrum des Rings ein Malstrom befände – ein zylindrischer Wasserwirbel, an dessen Wänden sich die Wasserwanzen entlangbewegen können? Und was, wenn dieser Weltensee wie eine Eistorte sowohl eine niedrigere als auch eine höhere Oberfläche hat? Soll heißen: Was ist, wenn unser Raum zwei Seiten hat? Was folgt, wenn man solche Hypothesen zuläßt?

Für die Wasserläufer ist die tiefere Oberfläche eine unerreichbare Spiegelwelt, parallel, aber getrennt von ihrer eigenen Welt. Sagte ich getrennt? Nicht völlig. Es ist ein Naturgesetz, daß jeder Wirbel sich weiterdreht, bis er an ein Hindernis stößt. Deshalb führt die weiche, dünne Spindel des zentralen Malstroms hinab durch die kosmischen Wasser und öffnet sich dort in der unteren Ebene, der SpiegelWelt. Um die Analogie zu vervollständigen, muß man sich nur vorstellen, daß auf der Spiegeloberfläche da unten ein Spiegelring treibt, auf dessen inneren SpiegelMieh unsere unternehmungslustigen Wasserläufer sich ein wenig ausruhen werden, bevor sie sich ihren Weg durch den Spiegelring zu einem SpiegelHeim suchen.

Ich halte dieses Bild fest und ziehe einen ersten Schluß. Die Wasserläufer leben als Wesen zweier Dimensionen; für sie ist die Welt eine Oberfläche; und die Verbindung zwischen ihrer Welt und der SpiegelWelt ist ein Kreis um den nächsten Punkt des verbindenden Wirbelkanals. Ebenso ist für uns, die wir als dreidimensionale Wesen in einer Raumwelt leben, die Verbindung zwischen Welt und SpiegelWelt eine Kugel. Und es ist die Oberfläche dieser Zentralkugel, die die Zentrale Anomalie enthält, die sich im Innern der Hohlwelt befindet.

Die Erde ist hohl. In ihr, in ihrem geographischen Mittelpunkt, befindet sich eine kleine sphärische Zone: die Anomalie. Innerhalb dieser Kugel ist ein anderes Universum, in etwa ein Spiegelbild der Erde. Obwohl es irgendwie zusammengequetscht ist, ist das Spiegeluniversum nicht deformiert. Natürlich glauben die Bewohner von SpiegelErde, daß sie sich außerhalb der Sphäre der Anomalie befinden und daß die Erde darin sei. Wer hat recht?

Beide und keiner.

Die Auflösung des Paradoxons liegt in der Tatsache, daß für eine Person direkt an der Oberfläche der kugelförmigen Anomalie diese flach aussieht, mit den vibrierenden Massenseen und SpiegelSeen rundum, und mit Edre auf der einen und SpiegelEdre auf der anderen Seite, wenn man aus dieser Fläche herausblickt. Ich weiß das alles, weil ich dort war. Lassen Sie mich mit der Theoretisiererei aufhören und erzählen, wie ich hingelangt bin.

Wie ich schon sagte, wurden wir von einem schwarzen Gott begrüßt, der auf der Energiewelle eines Lichtstroms zu uns heraufritt, und als Eddie ihn fragte, wie er heiße, antwortete er: »Wir sind alle eins. Wir sind Tekelili.«

»Klar«, sagte Otha. »Aber wie heißt *du?*«

Statt darauf ein Wort auszusprechen, gab uns der Mann ein persönliches Totembild, eine stilisierte Darstellung seiner selbst mit seinem Brett auf einem gigantischen, gegabelten Lichtstrom. Von da an mußte ich, wenn ich auf ihn Bezug nehmen wollte, nur an dieses Bild denken, und alle Tekelili-Leute würden wissen, wen ich meinte. Um hier von ihm schreiben zu können, nenne ich ihn den Lichtreiter.

Der Lichtreiter kam näher zu uns heran und strahlte Interesse und guten Willen aus. Von seinen Lederpulpuls und einem Lederlendenschurz um seine dünnen Hüften abgesehen, war er nackt. Ein Dolch aus polierter Muschel steckte in seinem Lendenschurz. Der Lichtreiter hatte lange Gliedmaßen, und er war tiefschwarz von Kopf bis Fuß. Er hatte eine gerade Nase, dünne Lippen und große leuchtende Augen. Seine Zähne waren rot wie die von Elijah und Quaihlaihle. Er streckte die Hand aus und berührte der Reihe nach jeden von uns: Eddie, Otha, Seela, Wuff und mich. Er wollte unsere Namen wissen. Als wir seine Frage spürten, nannte jeder von uns seinen Namen und dachte sich ein Bild aus, das dank Tekelili alle empfangen konnten.

Eddies Bild von sich selbst war das eines stehenden Mannes, der ein Bündel beschriebener Blätter laut vorliest. Schriftsteller.

Otha sah sich selbst gut gekleidet mit einer bewundernden Frau (Juicita?), die sich an ihn preßte. Liebhaber.

Seelas Bild zeigte ihre Heimat und wie die Blumenleute ihr Gegenleistungen für Juube gaben. Händlerin.

Wuffs Bild war nicht-visuell; es war eine einfache Destillation aus Geruch und Bellen. Wuff!

Ich zögerte, bevor ich meinen Namen nannte und ein Bild von mir selbst formte. Was war ich eigentlich? Ein Bücherwurm? Ein Bauernjunge? Ein Forscher? Seelas Mann? Als ich »Mason« sagte, erschien ganz ungebeten ein schreckliches Bild: ich in Lynchburg, Gold in der einen Hand, die Pistole in der anderen, wie ich mich umdrehe, um auf den Stallburschen zu schießen. Mörder-Dieb.

Es war sinnlos, eine Änderung zu versuchen oder sich zu entschuldigen. Die ganze Geschichte war mir ins Hirn geschrieben und für jeden lesbar. Während ich noch zögerte, zeigte uns der Lichtreiter eine Ansicht seiner Heimat, eine grüne Landmasse, die in einem der Massenseen lag. Er machte sich auf den Weg dorthin mit der Bitte, ihm zu folgen. Die anderen folgten ihm willig, wobei sie leise miteinander sprachen und sich über die Tore, die Tekelili aufgestoßen hatte, verwunderten. Seela spürte meine Unentschlossenheit und strahlte Liebe und Verzeihung zu mir herüber. Ich folgte also.

Je näher wir den Massenseen kamen, desto tiefer tauchten wir in die Spindel oder den Durchgang der Raumbrücke zwischen den Welten. Vorher hatte ich Edre in jeder Richtung sehen können, aber jetzt war das ganze Gesichtsfeld von einem See ausgefüllt, wenn ich nicht über die Schulter zurückblickte. Die Seen tanzten wie Zeitlupenversionen der kübelvoll Wasser, die Otha und ich an müßigen Kindernachmittagen hoch in den Sonnenschein geworfen hatten, um sie zu beobachten. Drinnen, hinter den Seen, lag die Zentrale Anomalie, ein Geheimnis aus dunklen Schatten und rosa Licht.

Der See, zu dem uns der Lichtreiter führte, muß fünfzehn Meilen lang gewesen sein. Er war mehr oder minder wie ein menschlicher Fuß geformt, länglich und ein wenig zusammengepreßt, mit einem runden grasigen Eiland am einen Ende, wie ein Absatz. Aber keine Konfiguration eines Massensees bestand lange. Als wir ankamen, streckte sich der Wasserfuß, entließ einen Zehentropfen so groß wie eine Stadt, und nahm eine neue Gestalt an, indem er einen riesigen Augapfel mit der Insel als Pupille formte. Wenig später vereinigte sich der Wassertropfen eines anderen Sees mit dem See des Lichtreiters und brachte ihn zur Gänze zum Erzittern. Wellen fegten über die grüne Insel.

»Wie könnt ihr dort leben, ohne zu ertrinken?« fragte Eddie den Lichtreiter.

»Wir schlafen hauptsächlich in der Luft«, sagte (oder dachte) dieser und formte ein Bild der schwarzen Götter, wie sie frei im Raum hingen, die langen Arme wie Kaninchenpfoten vor die Brust gezogen. »Das Land ist nur ein Treffpunkt.«

Je näher wir der Insel kamen, desto kräftiger mußten wir treten. Obwohl der Gravitationsgradient nach innen wies, war es ziemlich ermüdend. Offensichtlich rollten die Seen in einem schwerkraftmäßigen Wellental nur auf dieser Seite der Anomalie umher. Die Sphäre war jetzt übrigens klarer. Man sah in ihr die großen, fußsohlenartigen dunklen Formen, die mit Punkten übersät waren, aus denen die rosaroten Lichtströme entsprangen. Manche von diesen Strömen mußten auch im Innern der Sphäre verlaufen, denn die Zwischenräume zwischen den dunklen Formen waren hell erleuchtet.

Aber nochmals, wenn ich nicht direkt hinein- oder hinausblickte, sah ich nichts als die Massenseen, die realen in der Nähe und die gespiegelten in der Entfernung. Zwei schwarze Figuren flogen von der Heimatinsel des Lichtreiters herauf. Wie er waren sie nackt und Tekelili, und wie er, waren sie erfreut, uns zu sehen. Die eine war eine Frau und stellte sich als Schwimpsjägerin vor. Ihr Totem zeigte sie grinsend neben dem riesigen toten Körper eines Schwimps mit durchgeschnittener Kehle.

Sie beantwortete unsere sich daraus ergebenden Fragen. Wenn die schwarzen Götter Fleisch oder Leder brauchten, flogen oder lichtritten sie hinaus in die Zone der Schwimps und töteten eines. So weit entfernt von der Zentralsphäre gab es kein Tekelili, also erzeugte die Tötung eines Schwimps nicht die ungeheure geistige Qual, wie es in der Region der Massenseen der Fall gewesen wäre, wo sogar das Fangen und Töten eines Fisches ausgesprochen qualvoll für den Angler war. Die Tötungstechnik von Schwimpsjägerin war genial. Sie hielt ihr Messer bereit und den Atem an und legte sich bewegungslos einer der allesfressenden Kreaturen in den Weg. Das Tier verschluckte sie wie alles andere, das ihm unterkam. Wenn sie einmal drinnen war, schnitt sie sich ihren Weg heraus, wodurch sie dem Schwimps die Kehle durchtrennte. Schwimpsfleisch schmeckte sehr gut, versicherte sie uns, und auch alle Pulpuls und geflochtenen Seile der schwarzen Götter waren aus Schwimpshaut gemacht.

Der zweite schwarze Gott war ein Mann, dessen persönliches Totem schwer zu entziffern war. Es zeigte ihn von rosa Licht und irregulären grün-braunen Objekten umgeben, still und ruhig, während die Massenseen hinter ihm in einiger Entfernung mit ungeheurer Geschwindigkeit rotierten. Man konnte ihn den Seher nennen. Er war eine beeindruckende Erscheinung. Bei stärkerer Schwerkraft mochte er kurzgliedrig und übermäßig fett erscheinen, aber wie er hier so schwebte, sah er kräftig und großartig aus. Er versicherte, seit dreitausend Jahren in dieser Region zu leben.

Natürlich war ›Jahre‹ nicht genau das Konzept, das er verwendete, weil es ja zu unserem Oberflächendenken eines Planeten, der eine entfernte Sonne umkreist, gehört. Der Ausdruck, den er verwendete, meinte eher so etwas wie ›Sommer‹ oder ›Schwimpsnahrungsperiode‹. Aber indem ich tiefer in den Geist des Sehers hineinblickte, konnte ich erkennen, daß die operative Definition der schwarzen Götter für ein Jahr der unseren ziemlich genau entsprach, wie ich später noch erklären werde. Lichtreiter und Schwimpsjägerin verehrten den Seher – er war eine mythische Figur, lebte zwar mit ihnen, trat aber nur selten in direkten Kontakt und hatte Wissen aus erster Hand über die Geschichte der schwarzen Götter. Sein hohes Alter hatte er erreicht, indem er periodisch eine seltsame Zone verlangsamter Zeit nahe der Zentralen Anomalie aufsuchte. Jede Generation der schwarzen Götter hatte den Seher nur jeweils ein paar Tage lang bei sich. Irgendwie hatte er gewußt, daß wir kommen würden, und er war hervorgekommen, um unsere Ankunft zu beobachten.

Schwimpsjägerin war gut proportioniert, und als wir hinter ihr herkickten, starrte Otha ihre Hinterbacken an und formte lustvolle Gedanken, die wir natürlich alle sehen konnten. Das war ein unangenehmer Effekt des Gedankenlesens. Als ob Otha etwas Grobes gesagt hätte, begann ich entschuldigende Gedanken über Othas leidenschaftliche Bilder zu legen, obwohl ich selbst Schwimpsjägerin flüchtige Blicke derselben Art zugeworfen hatte. Eddies Reaktion auf diese Gefühle waren Neugier und eine Art Verachtung für die Vorstellung von Sex zwischen Negern. Seela fragte sich, warum ich nicht sie ansah. Die schwarzen Götter amüsierten sich.

»Vielleicht später«, sandte Schwimpsjägerin Otha einen Gedanken. »Du siehst groß und stark aus.«

»Entspanne dich«, schien Lichtreiter mir zu sagen. »Es hat keinen Sinn, irgend etwas verschleiern zu wollen.«

»Was ist schlecht an Schwarz?« fragte der Seher Eddie. »Wenn du eine Weile hier bleibst, wirst du selbst schwarz werden.«

Ihr See zog sich langsam wieder zur Form eines Fußabdrucks zusammen, wobei er den größten Teil der grasigen Kugel, die sie ihr Heim nannten, unbedeckt ließ. Wir landeten an einer Stelle, wo eine Gruppe weiterer schwarzer Götter ruhte. In der Nähe schwebten einige der schillernden Vögel dieser Region in der Luft. Das Gras auf der Insel war hüfthoch und verfilzt; es trug kleine Ähren. Es war eine Erholung, sich durch dieses Gras hindurchzuzwängen und nicht immer herumschweben zu müssen. Die Luft war hier ununterbrochen von rosa Lichtströmen erfüllt, deren Brisen das Gras sogleich trockneten, wenn der See es naß gemacht hatte. Als ich gerade landen wollte, kollidierte ich mit einem Lichtstrom. Obwohl er mich herumwarf und mir ein Gefühl von Hitze und Kitzel verschaffte, tat er mir nichts. Die schwarzen Götter strahlten willkommnende Gedanken aus und meinten, der Lichtstrom sei ein gutes Omen.

Fünf Minuten nach der Landung kannte ich die Mitglieder des Stammes der schwarzen Götter hundertmal besser, als ich die Blumenleute während Monaten kennengelernt hatte. Wie rauh und brutal kam mir mein Leben dort vor! Ich bemühte mich, diesen Gedanken vor Seela zu verbergen, aber sie bemerkte ihn natürlich. Der Versuch, einen Gedanken zu verbergen, hatte nie eine andere Wirkung als die, besonders auf ihn aufmerksam zu machen.

Sie setzte sich neben mich und erklärte mir, daß ich nie die Kultur der Blumenleute verstanden hätte. Jetzt, als ich sie durch ihre Augen sehen konnte, erkannte ich, daß ihre Sprache eine Unzahl von poetischen Nuancen hatte, für die ich taub gewesen war. Und die riesigen, nutzlos scheinenden, mit allerlei Tand bedeckten Netze, die sie immer zusammen flochten – jetzt wurde mir plötzlich klar, daß sie die Kunst und die Literatur der Blumenleute darstellten! Es schockierte mich, als nächstes zu begreifen, daß Seela mich die ganze Zeit für einen armen, heruntergekommenen Wilden von einer entfernten kleinen Blume gehalten

hatte. Wie hätte ich sonst so wenig über das Netze-
knüpfen wissen können? Alle ihre Freunde hatten sie
damit aufgezogen, daß sie einen sozial niedrigstehen-
den Gefangenen nur wegen seines Äußeren als Liebhaber genommen hatte, erzählte sie mir jetzt. Aber sie
hatte die ganze Zeit gewußt, daß ich ein guter Mensch
war. Und jetzt wußte sie, daß ich schlau war. Ihre einzige Überraschung war, daß Wuff so viel weniger intel-
ligent war als ich, sagte sie. Jetzt endlich konnte sie
verstehen, wie verrückt meine viermonatige Dienerschaft für Wuff gewesen war, die für alle Blumenleute
so eine Selbstverständlichkeit gewesen war.

»Mein lieber Mason, da warst du sehr geduldig!«

»Das war es wert, Seela, um dir nahe sein zu können.
Außerdem mag ich Wuff.«

Aus dem Gras zu unseren Füßen grinste Wuff zu mir
herauf, seine hellbraunen Augen glänzten gutgelaunt
und lebhaft. »Das macht Spaß«, dachte er. »Ich fühle
mich wohl. Gibt es etwas zu fressen?«

Die schwarzen Götter hatten interessiert zugehört,
und jetzt schickte einer von ihnen Wuff das Bild eines
Geschöpfes, das wie ein Fleischsack aussah und sich im
Gras unter seinen Pfoten befand. Jetzt, nachdem man
uns darauf hingewiesen hatte, konnten wir es alle
spüren. Seela bezeichnete es als Woomoo. Das Woomoo
spürte, daß wir es spürten. Wuff begann zu graben und
hatte es bald erwischt. Der Schrecken, den das trop-
fende Bündel abstrahlte, war nicht schlimmer als der
eines Huhnes auf dem Hackblock, nehme ich an, aber
die neue Tekelili-Intimität dieses Gefühls war enervierend. Wuff ließ das Woomoo fallen und wich zurück.

»Hier«, sagte ein schwarzer Gott, der in unserer
Nähe lagerte. Ich hatte schon sein intensives Interesse
an Seela wahrgenommen. Sein Bild zeigte ihn, auf dem
Luftschwall eines Blitzes reitend und einen Rost voll
Fleisch von toten Tieren in die Hitze haltend. Der Räu-
cherer. Er hatte einen gewobenen Korb voll getrockne-

ten Fleisches bei sich, teils Schwimp, teils Woomoo. Davon gab er Wuff ein paar Stücke, wobei er lachen mußte, als er die Freude des Hundes verspürte. Auch Seela und ich, Eddie und Otha erhielten von dem Fleisch. Das Schwimp schmeckte wie süßes Pemmikan, während das Woomoo kräftiger und weicher war. »Woomoo koladull tana'a goobaam!« jubelte Seela. Sie kannte beide Fleischsorten, allerdings nur aus der Legende, nicht vom wirklichen Vorkosten. Sie sagte, die Blumenleute betrachteten sie als die höchsten und seltensten Delikatessen: wenn man so will, das Äquivalent zum Ambrosia der Menschen. Wir aßen das Fleisch zusammen mit den reifen Ähren des Grases, und hin und wieder warfen wir den gierigen Vögeln ein paar Brocken hin.

Ich fühlte mich wie ein Held im Himmel, wie ich da so mit meiner Liebsten saß. Die Kugel der Zentralen Anomalie leuchtete in einiger Entfernung wie eine gigantische Sonne. Seltsamerweise zog sie uns nicht mehr an; wir befanden uns in einem Gravitationsgleichgewicht, in der jede Richtung oben war. An diesem Balancepunkt begann ich mich zu fühlen, als könnte ich den wahren Geist Gottes spüren: beschäftigt, ruhig und von allumfassender Liebe erfüllt.

Wie nahm Eddie das alles auf? Ihn erfüllte eine tiefe Freude, die weit entfernt war von jeder verrückten Ekstase, von der er immer geträumt hatte. Als ich ihn kontaktierte, wußte er schon so viel über alles. Er war es, der mir die schwellenden Orgelakkorde der Gedankenströme der Tekelili-Wesen zeigte, die in der Zentralen Anomalie ihr Heim hatten. Als sie seine Verehrung spürten, hatten die großen Wesen einen breiten rosa Lichtstrom direkt auf ihn gerichtet. Von uns Forschern hatte nur Eddie die Fähigkeit der schwarzen Götter, die Gedanken der Großen Alten in vorstellbare Bilder zu kanalisieren. Ohne diese Hilfe hätte die Komplexität ihrer Realität mich in einem Zustand gelassen, wo ich meine Hand betrachtet oder mich gefragt hätte, was es zu essen gibt. Mit Eddie konnte nun auch ich *sehen*, konnte ich mich mental den Wesen der Anomalie annähern, während ich die ganze Zeit Eddies Kommentar so deutlich hörte, als wispere er in mein Ohr.

Wie sind sie also, diese vergrabenen Titanen, die Götter in der Erde? Die Antwort mag zuerst überraschen oder fast zynisch lächerlich klingen, aber Eddie erklärte mir, ihre Erscheinung sei eine Bestätigung dessen, was die moderne paläontologische Forschung vorhergesehen hatte.

Kurz gesagt, die Großen Alten Götter sind riesige Woomoo, wäßrige Säcke ähnlich den Kreaturen, die die Seeleute Bêche-de-mer, Trepang oder Seegurken nennen. Ein Zoologe würde sie in die Klasse der Holothurien vom Stamm der Echinodermata stecken, was bedeutet, daß die faßförmigen Holothurien Verwandte von Seestern und Seeigel sind.

So bescheiden sehen die Herren der Schöpfung aus.

Ich erinnerte mich an Gespräche von Bulkington und Kapitän Guy über Bêche-de-mer, wie sie erzählt hatten, daß sie auf den ersten Fahrten zu den Fidschi-Inseln Hunderte von diesen Tieren gefangen hatten, die dann in der Sonne oder über offenen Feuern am Strand getrocknet wurden. Wenn man sie in Kanton verkaufte, brachte die beste Qualität der Seegurken neunzig Dollar pro Zentner. Die Käufer waren Feinschmecker, die die Seegurke als Stärkungsmittel und als exotische Delikatesse schätzten, ähnlich der Vogelnestersuppe. Bulkington hatte erzählt, daß eine getrocknete Seegurke in heißem Wasser so köstliche, schlüpfrige Säfte absonderte, daß eine Frau, die zu einem solchen privaten Dinner geladen wird, *unweigerlich ...* Aber ich verliere den roten Faden, ich entferne mich von dem bescheidenen Geheimnis unseres Universums: die Titanen am Ende der Welt sind nicht geschaffen nach dem Bilde des Menschen, nein, wirklich nicht, die Großen

Alten sind komische, glitschige Säcke. Und trotzdem – das möchte ich noch einmal herausstreichen – ihr Geist ist klar, weise und von großer Schönheit. Tatsächlich waren es ihre Gedanken, die ich für jene des Allmächtigen Gottes gehalten hatte!

Als ich mit Eddies Hilfe drei der Großen Alten genauer betrachtete, fand ich enorm dickwandige Fleischsäcke vor, von denen einer wie eine Teigrolle, der zweite wie ein türkisches Sitzkissen und der dritte wie ein Flaschenkürbis aussah. Alle drei hatten weiche Körper, die tiefe Längsfurchen aufwiesen wie die Schale eines Seeigels. Die fünf Längstreifen an ihren Körpern bestehen aus warzigen Vorsprüngen in Doppelreihen, wobei die Warzen die Größe kleiner Berge haben. Diese Warzen erinnern an die Röhrenfüße eines Seesterns, sie sind beweglich und ungefähr zylindrisch mit etwas konkaven Spitzen. Die Extremitäten der großen Seegurkenkörper sind um zwei Pole gelagert, die Kloake und den Mund. Die Kloake ist eine dicke eingerollte Falte, aber aus der Mundöffnung strecken die Seegurken zehn baumartig sich verzweigende Glieder von enormer Komplexität. Diese biegsamen Fächerarme geben ihnen das Aussehen keimender Süßkartoffeln. Die oralen Fächer werden zum Nahrungsfischen aus der Luft verwendet; jede Bêche-de-mer zieht ihre Arme periodisch in den Mund zurück und konsumiert, was sich auf und in ihnen angesammelt hat. Die zehn Fächerarme werden einer nach dem anderen in den Mund gesteckt – wie bei einem Kind, das seine Finger ableckt.

Die Warzenreihen dienen dem Fühlen und der Kommunikation. Das wesentliche Kommunikationsmittel der Großen Alten ist nicht die Tekelili-Vereinigung, sondern Elektrizität. Jeder Lichtstrom, der aus irgendeiner Richtung der Zentralen Anomalie kommt, ist eine Emanation aus den schwankenden Mesas eines ihrer Verstecke. Wenn ich genau aufpaßte, konnte ich sehen, wie die Lichtsträhnen aus dem Innern des Himmels gi-

gantischen geisterhaften Versionen der Fächer der Tekelili-Wesen glichen.

Offensichtlich macht die zweifache, gespiegelte Drehung von Erde und SpiegelErde die Zentrale Anomalie
zu einer unerschöpflichen Quelle elektrischen Fluids,
und die gigantischen Holothurien benützen ihre Röhrenfüße zur Manipulation der ununterbrochenen Span-
nungsladung. Bevor er seine Meinung über die Großen
Alten änderte, veranlaßte dies Eddie zu glauben, daß
unser Planet ein gigantischer Körper sei, in dem die
Trepangs ein galvanisch aktives Zentralgehirn darstellten, das wohlwollend für die größere Einheit des
Ganzen arbeitete.

Von der inneren Natur der Großen Alten kann ich
wenig mehr als meinen ursprünglichen Eindruck wie-
dergeben: Sie waren ruhig, geschäftig und, ich möchte
sagen, erfüllt von Liebe für die Welt und für alle lebenden Wesen in ihr. Die Tekelili-Gedankenleserei ist ein
Effekt, der seine physische Ursache in der räumlichen
Zusammenziehung der Zentralen Anomalie zu haben
scheint. Ein ebenso merkwürdiger physikalischer Effekt dieser engen Brücke zwischen den Welten ist Zeit-
losigkeit. Im Verhältnis zu einem Geist in der Zentralen
Anomalie bewegen sich Erde und Edre mit immenser
Geschwindigkeit, aber die zentrale Tekelili ist so stark,
daß nichts unbemerkt geschehen kann. Mir fielen die
Worte eines Kirchenliedes ein – »Vor dir sind tausend
Jahre wie ein Tag«. Wie sollte etwas so majestätisch
Großes in meinen kleinen Geist passen... und wie
kann ich darüber sprechen?

Auf dem Gipfel unserer ersten Vereinigung mit den
Tekelili konnten Eddie und ich durch sie hinaussehen.
Ich konnte durch die alles sehenden Augen der Tekelili
Erde, Edre, SpiegelErde und SpiegelEdre sehen. Ich
konnte jedes fühlende Wesen spüren, und als ich mich
bemühte, jemanden zu finden, der an mich dachte,
kam ich in Kontakt mit meinem lieben Pa.

Pa war betrunken. Es war abends; er stand sehr traurig auf einem Friedhof, der auf einem Hügel lag. Durch seine Augen konnte ich die Hügel von Lynchburg sehen, mit dem Haus der Perrows, der St. Pauls-Kirche und Sloats Liberty-Hotel. Das war im Hintergrund, im Vordergrund befand sich ein Grabstein mit der Inschrift:

Mason Algiers Reynolds
February 2, 1821 – May 1, 1836
Welches liebende Herz wäre umsonst gestorben?

Bevor das Bild sich völlig in Pa's hilflosen Tränen auflöste, rief ich Eddie, die Vision mit mir zu teilen und die melancholischen Zeilen zu verifizieren. Ich – gestorben am 1. Mai 1836, genau in jener Nacht, da ich Sloat beraubt und den Stalljungen erschossen hatte?

Das nächste Geheimnis folgte gleich nach, denn Eddie zeigte mir eine seiner Visionen: er selbst und Virginia in New York City, in einem kleinen Haus mit Mrs. Clemm und zwei Pensionsgästen. Wir blickten durch Eddies Augen: wir sahen seine feinen, tintenfleckigen Hände am Ende seines Seeabenteuers in Romanumfang arbeiten. Jetzt faltete er das Manuskript zusammen und wir konnten die Titelseite lesen, auf der stand: *Der Bericht von Arthur Gordon Pym auf der Nantucket.* Der Blick dieses anderen Eddie hob sich vom Papier, um auf einer glücklichen Virginia zu ruhen, die am Fenster saß und dem Kätzchen in ihrem Schoß ein Schlaflied sang. Draußen ging ein wundervoller Sonnenuntergang im Frühling vor sich.

Ich tot und Virginia am Leben? Ja, ja, aber das waren SpiegelPa und SpiegelMasons Grab und SpiegelEddie, der träumerisch seine SpiegelVirginia verehrte. Diese Bilder kamen nicht von der Erde, sondern von Spiegel-Erde. Wir arbeiteten zusammen, Eddie und ich, und konzentrierten uns auf einen Lichtstrom, der genau in Gegenrichtung desjenigen ging, der uns nach Spiegel-

Lynchburg und SpiegelGotham geführt hatte. Zurück, zurück, zurück zur Erde.

Hier lagen die Dinge anders. Pa dachte zwar auch an mich, aber mit Enttäuschung und Widerwillen. Ich war der Killer-Dieb und Taugenichts, der die Stadt für immer verlassen hatte. Nach dem Diebstahl des Goldes, der Ermordung des Stallburschen und der Verwicklung in eine Sklavenrebellion war ich zur Banknotenfälschung übergegangen und dann über alle Berge abgehauen. Pa trank auf seiner Veranda Wasser. Es war Abend, Luke und Turl waren bei ihm, und sie sprachen gedämpft über das Pfandrecht auf Pa's Eigentum und über die guten Zeiten, bevor die Jungs abgehauen waren.

Ich zeigte alles Eddie, und er zeigte mir, wie auf seiner Erde Mrs. Clemm in Baltimore lebte, allein in ihrer verständnislosen Trauer.

Während uns die Tekelili all dies zeigten, saß ich immer noch neben Seela im Gras. Indem sie meinem Aufmerksamkeitsfaden folgte, konnte sie die Großen Alten auch sehen. Sie fand sie grotesk und bedrohlich. Indem sie mich stieß und schüttelte, brachte sie meine Aufmerksamkeit zurück auf die Wiese, auf der wir lagerten. Eddie war außer Sicht hinter einem Hügel verschwunden, ein sich ständig auf ihn ergießender Lichtstrom zeigte an, wo er sich befand. Wuff lag mir zu Füßen, nach wie vor grinsend – auf seine Art ebenso weise wie jede gigantische Holothurie.

Bevor sie mich zurückgeholt hatte, war Seela mit einer schwarzen Göttin in Kontakt gewesen. Diese Frau, die wir Juwel nannten, erzeugte das mentale Bild eines glitzernden Kristalls, der in der schwarzen Nacht dahintrieb. Sie trug eine ganze Anzahl schöner Halsbänder, die mit diamantartigen Steinen besetzt waren, und hatte Interesse daran, eines von ihnen zu tauschen. Seelas Halsband war freilich nicht alles, wohinter Juwel her war, aber hier soll meine Bescheidenheit einen Schleier über die Geschehnisse legen.

»Das iss das Beste, was, Mason?«

»Es ist wirklich sehr angenehm. Vermißt du Quaihlaihle?« Wir lagen nebeneinander auf dem Rücken: Schwimpsjägerin, Otha, Juwel, Mason, Seela und der Räucherer. Seela trug nun eines von Juwels Halsbändern an Stelle des ihren. Wuff war weggegangen und Eddie immer noch in mystischer Kommunion mit den riesigen Seegurken.

»Quaihlaihle war ziemlich herrschsüchtig und außerdem zu weiß. Gib mir jeden Tag eine schwarze Frau. Apropos Schwarz – du siehst ziemlich dunkel aus, Mason. Du und Seela auch, ihr beide.«

Bis jetzt hatte meine Haut blaß ausgesehen, sogar papierweiß in dem hellen rosa Licht, aber jetzt, ganz plötzlich, schien sie … dunkel. Ich streckte den Arm aus und starrte ihn an. Konnte Juwels Farbe auf mich abgegangen sein? Natürlich nicht. Waren nur meine Augen müde geworden vom ständigen Glanz? Warum richteten die Trepangs den Lichtstrom so beharrlich auf uns?

»Die Tekelili werfen immer Licht auf uns, wenn wir ficken«, sagte mir Juwel. »Sei froh. Das Licht ist gut, es macht deine Haut dunkel und stark. Du siehst schon besser aus.«

Jetzt verstand ich, warum Elijah und Quaihlaihle weiß gewesen waren! Die schwarzen Götter waren genaugenommen eine ebenso weiße Rasse wie die Blumenleute! Nur daß sie ständig dem intensiven Licht der Zentralen Anomalie ausgesetzt waren, hielt sie schwarz! In diesem Fall …

»Eddie!« rief ich. »Bist du in der Nähe? Komm her, damit ich dich sehen kann!«

Das Gras schüttelte sich und ein kleiner Mann erschien, so dunkel wie eine Rosine. Eine ständiger Strom von rosa Licht ging in Kaskaden auf ihn hernieder und ließ sein feines Haar flattern. Eddie Poe! Mit seinen feingeschnittenen Gesichtszügen sah er für alle Welt wie der Leibdiener eines Gentleman aus.

Als er sah, wie ich ihn betrachtete, erkannte Eddie sich selbst und schrie vor Schrecken auf. »O nein!« kreischte er. »Ich will nicht in einen verdammten Nigger verwandelt werden! Wir müssen hier sofort weg, Mason! Wie müssen wieder weiß werden!« Die Tiefe seiner Qual war allen offenbar. Edgar Poe fürchtete das Lebendigbegrabenwerden und Höhen und die Geschlechtsteile der Frauen – all dem hatte er im Laufe unserer Reise gegenübertreten müssen und es ertragen. Aber seine Angst vor dem Schwarzsein und der Sklaverei war noch größer, und seine Verwandlung in einen Schwarzen versetzte ihn in eine Raserei, wie ich noch nie zuvor eine an ihm gesehen hatte. Seela und die schwarzen Götter waren völlig außerstande, Eddies leidenschaftlichen Widerwillen gegen etwas, das sie lediglich für einen Zustand guter Gesundheit hielten, zu begreifen. Ich konnte ihn verstehen, aber – um die Wahrheit zu sagen – als Bauernjunge hatte ich mich nie so völlig weiß gefühlt, wie Stadtleute wie Eddie es tun. Wenn im Himmel sein bedeutete, schwarz zu sein, na und? Schließlich waren wir ja hier. Weniger um Eddie hämisch zu frozzeln, sondern eher um sich selbst zu fassen, machte Otha ein paar faule Witze auf Eddies Kosten.

»Wenn Sie jetzt schwarz sind, sind Sie dann auch blöd, Mist' Poe? Hamse vergessen, wie man schreibt? Hoffentlich lesen Ihnen Weiße die Bibel vor?«

»Hör auf, Otha.«

Eddie verfluchte schreiend die Großen Alten, bis sie das Licht von ihm abzogen, und dann rannte er weg und warf sich in den Massensee. Er blieb lange Zeit im Wasser, schwamm herum und rieb an seiner Haut, ohne daß wir in seinem Geist etwas lesen konnten, er schien ganz leer und gefroren. Die schwarzen Götter begannen zu kichern und schwatzten miteinander.

Räucherer und Schwimpsjägerin erzählten Otha, wie sie ihren letzten Schwimps erlegt hatten, während

Seela und Juwel über ihre neuen Halsbänder sprachen. Seela erklärte, was jedes der angehefteten kleinen Dinge bedeutete – jedes stand für einen bestimmten Geisteszustand oder für einen historischen Augenblick. Juwel zeigte Seela, wie sie Pflanzenfasern zu kleinen Netzen webte, um ihre Edelsteine an dem Halsband befestigen zu können, ohne ein Loch in sie bohren zu müssen.

»Woher kommen die Kristalle?« fragte ich Juwel.

»Sie sind Scheiße der Tekelili, die Schwimpsscheiße fressen, nachdem die Schwimps unsere Scheiße gefressen haben«, erwiderte sie – eine Antwort, die mir roh und verwirrend vorkam, bis sie mir Bilder zur Erklärung zeigte.

Diese Erklärung schloß eine weitere Geographielektion ein.

Ebenso wie Edre ist die Zentrale Anomalie gravitational gesehen ›oben‹. Die Seen formen eine Art Rinnstein rund um die Zentrale Anomalie; sie liegen auf der tiefsten Ebene eines freien Falls. Deswegen müßte eigentlich nach dem Diktat der Natur der normale Zustand der Seen so sein, daß sie mit Dreck völlig überkrustet wären. Tatsächlich sind sie aber so klar wie Quellwasser. Das liegt zum Teil an der Alchemie des ausgewogenen Tier- und Pflanzenwesens der Seen, zum Teil an der sorgfältigen Zielauswahl der Lichtströme von den Tekelili, und zu keinem kleinen Anteil an den Bemühungen der schwarzen Götter, die Abfälle von ihren Seen so sorgfältig entfernen, wie irgendein Farmer Steine und Buschwerk von seinem sorgfältig bepflanzten Acker entfernt. Ohne die traditionell praktizierte Sitte des Schwimpsscheißens, wie Juwel es nannte, wären die Massenseen faulende Tümpel voll zusammenprallender schlammiger Steine gewesen.

Seit ungezählten Jahrtausenden hatten die schwarzen Götter und ihre Vorfahren den Mist aus den Massenseen entfernt. Ein paar ausgewählte Stücke werden zu den Großen Alten hineingebracht, aber der größte Teil des Abfalls wird hinaustransportiert in die Zone der Schwimps. Die allesfressenden Schwimps, die in diesem Bereich saisonal auftreten – von März bis August – fressen alles, was sie schlucken können: Tiere, Mineralien, Pflanzen, lebendig oder tot. Diese aktive Zeit ist der Sommer der Massenseen, und während des Winters – also von September bis Februar – befinden sich die Schwimps auf ihren Nistplätzen in Edre, paaren sich und ziehen ihre Jungen groß. Ihre einzigen natürlichen Feinde sind die schwarzen Götter und die Ballula.

Wenn ein Schwimp frißt, verkochen seine Eingeweide einen Teil der Nahrung zu Methangas. Wenn das Tier voll ist, entläßt es das Gas, wobei es Feuersteine aneinanderschlägt, um es zu entzünden. Die Feuersteine werden mittels Greifarmen am muskelbepackten Anus des Schwimps gepackt. Wenn das Schwimp sich mittels flammenden Methanstrahles auf seinen Heimweg zum Nest macht, entweicht ein gewisser Anteil an Materialien zusammen mit dem Gas, wenn auch der Hauptteil dessen, was das Schwimp verzehrt hat, von ihm nach Edre mitgenommen wird. Seela unterbrach an dieser Stelle die Schilderung, um anzumerken, daß die Blumenleute wußten, daß die Schwimps gemeinsam in riesigen bienenstockartigen Siedlungen am Edre-Äquator lebten. Ihre schloßgroßen Kolonien haben dicke Wände aus solidem Abfall.

»Dann fliegen also diese Juwelen mit dem flammenden Gas aus den Schwimps?« fragte ich. Es war wunderbar, mit diesen beiden schönen Frauen Gedanken auszutauschen, selbst wenn es nur Gedanken an Exkremente waren. Ein riesiger Massensee schwebte in unserer Nähe, und das Licht von der Zentralen Anomalie war stark und angenehm.

»Nein, nein«, sagte Juwel und zeigte uns mehr. Ein gewisser Prozentsatz der Partikel, die aus dem

Schwimp hinausflogen, hatte genügend Geschwindigkeit, um über das Gebiet der Massenseen hinauszuschießen und in die Zentrale Anomalie zu fliegen. Es sind vor allem diese Nuggets, derentwegen die Großen Alten die Luft mit ihren weitgespannten Fächern durchkämmen. Wenn ihre mächtigen, mit Lichtenergie arbeitenden Eingeweide die Nuggets völlig verdaut haben, sieht die Substanz, die die Tekelili nun ausscheiden, wie Juwelen aus. Der Prozeß ist vielleicht vergleichbar mit der Art, wie geologische Kräfte aus verrottendem Dschungel erst Kohle und dann Diamanten erzeugen.

»Dann fliegst du also in die Nähe der Zentralen Anomalie und siehst dich nach fallenden Steinen um?« fragte ich Juwel. »Ist das gefährlich? Fressen die Großen Alten Menschen?«

Juwel lächelte. »Wir nennen es nicht Anomalie. Wir nennen es Ein/Aus. Manche Leute, die hineingegangen sind, sind bis heute nicht wieder herausgekommen. Vielleicht sind sie jetzt auf der anderen Seite. Ich denke nicht, daß die Großen Alten einen Menschen fressen würden. Ich esse Woomoo, aber es würde einem Tekelili viel zu sehr weh tun, wenn er mich äße. Sie sind sensibler als wir, weil die Tekelili näher am Ein/Aus sind. Wir bringen ihnen tote Dinge mit. Sie mögen dieses Futter, aber sie wollen nicht, daß wir drinnen bleiben. Sie packen dich mit ihren Armen und schmeißen dich hinaus. Ein Mensch kann verwirrt werden im Ein/Aus. Ich benütze Tekelili, um Juwelen zu finden, und ich beeile mich dabei. Aber ganz gleich, wie schnell ich mache, meine Freunde hier heraußen meinen, ich sei fünf oder zehn Jahre weggewesen. Der Seher tut das gern. Er geht hinein und balanciert auf den Licht-Röhren, bis die Großen Alten ihn hinauswerfen. Er wurde vor mehr als tausend Jahren geboren.«

»Was ist ein Jahr?« fragte Seela.

»Schau«, sagte Seela und zeigte zu Edre. Durch die

unregelmäßige Drehung des Raums in der Nähe der Zentralen Anomalie war unser Blick auf die innere Oberfläche des Planeten ziemlich stark verzerrt. Es war, als blickte ich durch eine große Linse, die die ganze Planetenoberfläche zu einer großen Scheibe über meinem Kopf zusammendrückte. Die Ränder dieser Scheibe waren undeutlich, außerdem gab es sinnestäuschungsähnliche Spiegelungen an ihnen. Was wir sahen, war eine flache runde Karte des Erdinnern. Ich hatte mir all das natürlich früher genauer ansehen können und stellte fest, daß sich die Scheibe aus ihrer ursprünglichen Position gedreht hatte. Nachdem sie meinen Gedanken gelauscht hatte, erklärte Juwel, daß Edre ungefähr einmal pro voller Schlaf- und Wachperiode rotierte, also einmal pro Tag.

Seela hatte die für Blumenleute typische chaotische Zeitwahrnehmung und fand die Vorstellung eines Tages verwirrend. Juwel erklärte weiters, daß ein Jahr aus 365 Tagen bestand und daß man sagen konnte, welche Jahreszeit es war, indem man zum Nördlichen oder Südlichen Loch blickte.

Das Nördliche Loch! Obwohl ich mich oft gefragt hatte, ob so etwas existierte, hatte ich es bis jetzt nirgends entdecken können, weil die Zentrale Anomalie immer optisch im Weg war. Aber jetzt, unten in dieser Raumspindel, die das Licht wie eine Linse brach, konnte ich die ganze Oberfläche von Edre sehen, und tatsächlich, es waren zwei Löcher darin, jedes ungefähr in der Größe eines Silberdollars, am ausgestreckten Arm betrachtet.

Das Südliche Loch war ein klar umgrenzter Kreis inmitten eines großen grünen Dschungelflecks. Da die gegenwärtige Jahreszeit, wenn ich richtig rechnete, früher Mai war (Ich nehme jetzt an, daß das Datum der 1. Mai 1837 gewesen sein muß, der Jahrestag von SpiegelMasons Tod auf SpiegelErde), bedeutete dies, daß der antarktische Tag zu einigen wenigen Stunden Sonnenlicht zusammengeschrumpft war. Deshalb war es nicht überraschend, daß das Südliche Loch ganz dunkel war, abgesehen von einem feinen rötlichen Glühen aus den Lavaströmen an den Innenwänden.

Das Nördliche Loch fand ich in der Mitte eines der großen blauen Seen. Im Norden war es nun nahe Mittsommer, so daß das Loch von einem bläulichen Licht erfüllt war – anscheinend vom offenen Himmel her. Das Wasser um das Loch erstrahlte ebenfalls von blaugrünem Licht. Das Nördliche Loch war ein riesiger Malstrom! Ich strengte meine Augen an beim Versuch, wirklich klar durch das Loch hindurchzusehen. War da nicht ein Stück der Sonnenscheibe, das ich durch das Nördliche Loch sehen konnte? Wenn dieses Loch weit offen war, wäre unsere Reise leichter vonstatten gegangen, wenn wir unseren Ballon nach Norden statt nach Süden verfrachtet hätten… wenn wir den Schrecken ausgehalten hätten, in die Kehle eines solchen Wirbels hinuntergerissen zu werden.

Es war schwierig, die Details auszumachen, weil die Tekelili die ganze Zeit ein ständiges Sperrfeuer von rosa Lichtströmen aussandten, mit ganz besonderer Konzentration auf das Nördliche Loch. Ich bin mir sicher, daß ein Teil dieser Ströme durch das Loch austrat und den schimmernden Vorhang himmlischen Lichts verstärkte, den die Eskimos Oomooras Schleier nennen. Indem sie Lichtströme durch das Nördliche Loch hinaussandten (und nun, nachdem meine Reisegenossen es geöffnet hatten, auch durch das Südliche Loch), brachten sich die Tekelili-Wesen der Hohlwelt in Kontakt mit dem gesamten Sonnensystem.

Immer noch damit beschäftigt, Seelas Frage, was ein Jahr sei, zu beantworten, sprach Juwel jetzt davon, wie der Helligkeitsgrad der beiden großen Löcher rhythmisch schwankte, und wie diese Schwankungen mit den Wanderungen der Schwimps verbunden waren. Seela, die noch nie eines der beiden Löcher von ihrer

Blume aus gesehen hatte, fand das alles sehr aufregend und wunderte sich, was außerhalb der beiden Löcher zu finden sei.

»Meine Freunde und ich kommen von der Außenseite«, sagte ich. Jetzt, wo sie das Nördliche und das Südliche Loch vor sich sah, konnte Seela vielleicht verstehen, was ich ihr vorher schon einige Male ohne Erfolg zu erklären versucht hatte. Im Gras lag in unserer Nähe ein wenig Tang mit hohlen, runden Blasen. Ich nahm eine der Blasen und zeigte sie meinen Freundinnen. »Der Planet ist wie dieser hohle Ball«, sagte ich. »Ich komme von der Außenseite, und wir sind jetzt in ihm drinnen.« Mit der Spitze von Peters' Messer schnitt ich ein Nord- und ein Südloch in die Blase. »Hier sind wir hereingekommen.« Ich hielt die Blase in der einen Hand und ballte die andere zur Faust und streckte den Arm aus. »Stellt euch vor, daß von dieser Hand Licht kommt. Manchmal zeigt das Loch zum Licht hin, manchmal nicht. Hin und zurück. Das ist es, was ein Jahr ausmacht.«

Keine von beiden verstand mich wirklich, aber bevor ich weitermachen konnte, wurden wir von der Rückkehr Eddie Poes unterbrochen, der, von seiner kurzen Hose abgesehen, nackt und immer noch vollständig schwarz war.

»Es läßt sich nicht abwaschen«, beschwerte er sich. »Ich habe halb gehofft, einfach zu ertrinken, aber ich bin ein zu ausgezeichneter Schwimmer, um untergehen zu können. Ich bin ganz schwarz. Und diese bösen Riesenseegurken amüsieren sich über uns – nein, das kann nicht so weitergehen. Mason, wir müssen weiter!« Ich wußte, daß er *weiter zur Spiegelerde* meinte.

»Mir gefällt es hier«, sagte Otha. »Ich habe die Absicht zu bleiben. Werd uns vielleicht 'n Schwimp erlegen.«

»Mir gefällt es auch«, sagte ich zu Eddie. »Siehst du nicht, daß wir hier im Himmel sind? Selbst wenn ich willig wäre, mitzugehen – was nicht der Fall ist –, sehe ich nicht, wie wir jemals die Schwerkraft auf dem ganzen Weg hinaus überwinden könnten. Es sind mindestens dreitausend Meilen zurück hinaus. Und selbst wenn wir nach SpiegelErde gehen würden – was nicht der Fall sein wird –, müßten wir einen Weg finden, durch die Zentrale Anomalie hindurchzukommen.«

Armer SpiegelPa. Ich fragte mich, wie SpiegelMason gestorben sein mochte. Mit Noblesse, ohne Zweifel. Sie würden mich wie einen König begrüßen, wenn ich es schaffte! Und wie toll wäre es, Virginia wieder zu sehen und Eddie dabei zu beobachten, wie er mit seinem Doppelgänger Pläne ausbrütete!

»Aha! Ich will euch zeigen, was ich gefunden habe!« Eddie schickte mir das Bild eines metallenen Objektes, das wie ein Spiegelei geformt war und in den Wassern unseres Massensee dahintrieb. Das ganze scheibenförmige Ding hatte nicht mehr als vierzig Fuß Durchmesser. Der ›Dotter‹ in der Mitte des ›Eises‹ war eine Halbkugel von etwa fünfzehn Fuß Durchmesser, und die umgebende Scheibe von ›Eiweiß‹ fügte vielleicht zwölf Fuß an jeder Seite hinzu. Es war in jeder Hinsicht das Objekt, das ich gesehen hatte, als wir durch das heiße Zentrum von Symmes' Loch fielen – so genau, daß ich mich fragte, ob Eddie es überhaupt wirklich ein zweites Mal gesehen hatte. Jetzt, wo er und ich Tekelili teilten, waren viele meiner Erinnerungen auch seine. Ich wußte aus Erfahrung, daß Eddie keine Sekunde lang davor zurückscheuen würde, sich mein Erinnerungsbild anzueignen und es als seines auszugeben. Vielleicht war er in eine besondere Art von Verrücktheit abgeglitten durch den Schock seines radikalen Stimmungsumschwungs von der pantheistischen Ekstase der Vereinigung mit den Großen Alten zu der entsetzlichen Verzweiflung, sich als Schwarzen wiederzufinden. Aber als ich tiefer in seinen Geist eindrang, fand ich nur eine Stimme, die leise Verse aus einem Gedicht sang, das er »Die Stadt im Meer« genannt hatte:

Kein Strahl aus heiligen Höhn fällt sacht
auf jener Stätte so lange Nacht;
doch tief aus der bleichen Seen Bann
strömt Licht an den Türmen schweigend hinan ...

Entgegen meiner Zweifel kannten die schwarzen Götter Eddies Bild der metallischen Halbkugel, sie kannten sie sogar gut. Gut gelaunt und fügsam für Eddies dringenden Wunsch, das große Metallspiegelei zu bergen, begleiteten sie ihn, Seela, Otha und mich in einiger Entfernung zu ihrer Insel ins Wasser. Ich vergewisserte mich, in welcher Richtung die Oberfläche war und tauchte dann hinein in das klare Wasser, die Augen weit offen. Gebrochenes rosa Licht erfüllte das Wasser, Fische schwammen hin und her. Weiter unten konnte ich etwas Blinkendes sehen – ein Metallschiff, das wie eine verkehrt auf einen Teller gestellte Tasse aussah. Dann hatte ich keine Luft mehr und mußte auftauchen.

Wegen seines Gewichts tendierte das Objekt dazu, in das Zentrum des Sees zu driften, aber die Sache entwickelte sich so, daß die schwarzen Götter sich einen Sport daraus machten, es heraufzuholen. Es bestand aus einer Legierung, die vollkommen unempfindlich gegen Korrosion war. Die schwarzen Götter sagten, daß es jedesmal gleich glänzend aussah, wenn sie es aus dem Wasser holten. Als sie unser Interesse an dem Ding sahen, brachten sie ein paar von ihren geflochtenen Seilen an Löchern im ›Weißen‹ des Spiegeleies an und zogen es an die Wasseroberfläche.

Als das Spiegelei der Oberfläche näher kam, sagte mir Eddie, daß seiner Meinung nach die Großen Alten mit dem Ei von einem entfernten Stern hierhergekommen seien. Seit sie ihn schwarz gemacht hatten, hielt er sie für abgrundtief schlecht und böse, so daß er sie jetzt gerne als etwas völlig außerhalb der Natur Stehendes sah. Das Ei kam aus dem Wasser.

Eddie und ich planschten hin und befestigten mein Seidenseil an einem der Löcher, um den schwarzen Göttern zu helfen, es gänzlich aus der Oberflächenspannung des Wassers zu lösen. Obwohl sie metallen glänzte, fühlte sich die Oberfläche schlüpfrig wie Ölzeug an. In den Saum waren filigrane und schwer erkennbare Hieroglyphen eingeritzt. Alle zusammen zogen wir das glänzende Spiegelei durch die Luft an einen geeigneten Ort in der Nähe unseres Lagerplatzes ins Gras. Das Gefährt hatte dick verglaste Bullaugen und eine offen stehende Einstiegsluke. Diese Luke hatte über geraden Seiten einen gerundeten Abschluß, wie der Eingang zu einer Kajütentreppe. Eine Tür oder ein anderer Lukendeckel war nirgendwo zu sehen. Im Ei befand sich immer noch eine Menge Wasser. Die schwarzen Götter zeigten uns, wie wir das Wasser herausschöpfen und das Ding im Gras befestigen konnten. Sie taten alles das ein- oder zweimal pro Jahr zur Unterhaltung.

Das Schiff war innen ziemlich ausgeweidet. Es gab drei zerbrochene Halterungen, in denen sich Sitze befunden haben mußten; eine Nische konnte Stockbetten enthalten haben wie auf der *Wespe*. Hinter dieser Nische erhob sich ein Überbau, der ein Drittel der halbkugelförmigen Ausbuchtung des Fahrzeugs einnahm – ich stellte mir vor, daß sich in diesem abgeschlossenen Teil ein Brenner für die Erzeugung von Gas befunden hatte. Das Fahrzeug hatte auf jeder Seite ein Bullauge und ein dickglasiges Panoramafenster im vorderen Teil, wo sich die Sitze befunden hatten. Hinter diesem Fenster gab es ein schräges Pult mit zerbrochenen Resten von Dingen, die einst Kontroll- und Steuergeräte gewesen sein mußten. Der Seher sagte, die Vorfahren der schwarzen Götter hätten alle Stücke abgebrochen, die sie als Schmuck verwenden konnten. In der Kabine gab es eine Menge weiterer Hieroglyphen: ein kreisförmiger Fries verlief über die Wände, und Hieroglyphen in ovalen Kartuschen waren bei jedem der zerstörten Kontrollelemente eingraviert. Manche dieser Hieroglyphen schienen die fächerbewehrten Arme der Großen Alten darzustellen; andere sahen aus wie diese armselige gegabelte Wurzel, der Mensch. Hatten der Mensch und die Großen Alten das Gerät zusammen benutzt?

Eddie war entzückt. »Was für eine unglaubliche Antiquität«, sagte er und strich mit seinem schwarzen Finger über das schlüpfrige Metall – falls es Metall war. »Fühlst du, wie es einen berührt, Mason? Es ist wie die Krypta einer Kathedrale oder ein Grab im Innern der Großen Pyramide. Der profanierte Tempel eines unbekannten, hinreißenden Gottes. Platons Mythos von Atlantis – vielleicht ist er gar kein Mythos.«

Mit fieberhafter Neugier begann Eddie die Hieroglyphen zu betrachten und vor sich hin zu murmeln, seinen Geist mit Symbolen und Theorien sättigend. Nach einer halben Stunde begann das die schwarzen Götter zu langweilen, und sie verzogen sich. Ich blieb bei Eddie, weil ich neugierig war, wohin ihn seine Überlegungen führen würden. Wuff war auch da, aber Seela war mit den Göttern gegangen.

Ich döste ein, und als ich erwachte, stand Eddie auf Zehenspitzen an der Luke.

»Schau, Mason, schau nur!« Er zog seine Finger mit einer schnellen, hakenförmigen Bewegung über die Decke, und die Wände um die Luke wuchsen zusammen und verschlossen das Loch. Eine andere Handbewegung, und die Tür öffnete sich wieder.

»Ich triumphiere!« schrie Eddie. »Es kümmert mich nicht, ob das Werk des Betrügers statt des meinen gelesen wird. Ich habe das goldene Geheimnis der Ägypter gestohlen! Diese Tür wird uns nach SpiegelErde und zu dem Scharlatan SpiegelPoe führen. Ich werde meinen heiligen Zorn befriedigen können!«

Durch die Spindel

Eddie verbrachte die nächsten sechs Wochen in dem Spiegelei. Er war nicht nur von der anhaltenden Rätsel-haftigkeit der Hieroglyphen fasziniert, er liebte es auch, vom Rest von uns getrennt zu sein. Anfänglich mochte er auch geglaubt haben, der Aufenthalt im Ei würde ihn wieder weiß machen, aber tatsächlich fand das rosarote Licht immer einen Weg durch die Schiffs-fenster und füllte danach jeden noch so kleinen Winkel in der Kabine. Wuff war es müde, immer wieder in den Himmel abzutreiben und wieder zurückgebracht zu werden, und verbrachte deshalb viel Zeit in Eddies Ei oder im verworrenen Gras um das Fahrzeug. Dann und wann wusch eine unerwartete Wasserwoge über das Land, und Eddie und Wuff paddelten nach Hunde-art über ihrem Heim, bis das Wasser sich wieder ver-lief. Bis jetzt hatte die Befestigung des Eis standgehal-ten.

Ich besuchte Eddie gelegentlich, aber die meiste Zeit hatten Seela, Otha und ich eine Menge Spaß beim Spiel mit den schwarzen Göttern. Wir teilten unsere Gedan-ken, liebten uns, tauchten und schwammen in den wundervoll klaren Seen. Lichtreiter unterrichtete uns, wie man auf der erhitzten Luft rund um die Blitze ritt, und wir halfen bei der endlosen Tätigkeit, Dreck zur Fütterung der Schwimps hinauszubringen. Der nächste Abschnitt meiner Reise begann im zu Ende gehenden Juni 1837.

Seela und ich hatten gerade ein besonders romanti-sches Zwischenspiel hinter uns gebracht und waren in jenen köstlichen Schlummer verfallen, der die Folge gut ausgetauschter Leidenschaft ist. Als wir erwachten, stellte sich heraus, daß wir als Resultat eines Tekelili-Übereinkommens von unseren engsten Freunden unter den schwarzen Göttern zur Schwimpsjagd eingeladen worden waren. Da diese großen Lieferanten von Leder und Trockenfleisch niedrig flogen, beschlossen wir, zwei von ihnen zu töten, wenn wir das schafften – denn mehr als eine Jagdbeute pro Tag war schwer zu erlangen. Normalerweise brachte der erste leise Blutgeruch die ganze Herde dazu, in Panik halb um die Massenseen zu fliehen.

Wir kamen überein, zu baden und ein wenig von den süßen, angenehm zu kauenden Ähren des Grases zu essen. Schwimpsjägerin hatte Otha in die kleineren Arkana ihrer Kunst eingeführt, und er war bereit, seine neuen Kenntnisse in der Praxis auszuprobieren. Er bat mich, ihm das große Messer, das ich von Peters hatte, zu leihen, und ich gab es ihm. Dann nahmen wir uns alle an den Händen, und Seher versetzte sich in Kontakt mit dem Netzwerk der Großen Alten. Mehr noch als andere schwarze Götter besaß Seher Eddies erhöhte Fähigkeit, die Tekelili-Gedanken zu kanalisieren. Rosa Lichtflecken glänzten auf seinen patrizierhaften Zügen, und das Wissen überflutete uns. Eine Herde von zwanzig Schwimps befand sich fünfzehn Meilen von uns entfernt in Richtung Nördliches Loch.

Jeder von uns trug Schwimpslederpulpuls, ein Dornen-Rapier und ein geschärftes Stück Ballula-Schild. Während der Wintermonate sind die Schwimps in ihren Nestern, und alle mögliche Art Abfall fällt in die Seen. Ballula-Schalen gelten als das beste Material für die Anfertigung jener Geräte, die die schwarzen Götter Lichtbretter nennen, also die kleinen Plattformen, auf denen sie auf der sich ausbreitenden Hitze der Blitzröhren des rosa Lichts reiten. Die gewölbte, perlmutterne Innenoberfläche einer Ballula-Schale ist ideal zum Auffangen des Drucks der erhitzten Luft. Jedes Lichtbrett hat einen Fußriemen und ist geformt wie eine Raute, die von zwei Rundbögen abgeschlossen wird. Sogar ein kleiner Ballula-Schild kann in mindestens fünfzig Lichtbretter zerlegt werden.

Normalerweise braucht es seine Zeit, bis jedes Mitglied einer Jagdgesellschaft einen guten Lichtstrom erwischt hat, aber mit dem Seher bei uns waren die Tekelili außergewöhnlich hilfsbereit. Röhre über Röhre von heißer Luft um das sich aufteilende Licht fuhr über unsere Insel, stark und stetig wie Ozeanwellen.

Seela und ich kickten los und erwischten zusammen einen Schwall. Dank Lichtreiters und Räucherers Unterricht waren wir ziemlich gut geworden, aber ich kniete doch noch immer eher auf meinem Lichtbrett, als darauf zu stehen. Seela verankerte ihren Fuß im Riemen und glitt hin und her und beschrieb kleine Luftkurven um mich herum.

Bald sahen wir die Schwimps in einiger Entfernung wie verzerrte Larven mit gefräßigen Mäulern. Wir ritten ein wenig näher und gesellten uns zu den andern Jägern, die schon warteten. Schwimpsjägerin und Otha hatten ihre Körper in dicke Lagen von nassem Tang gehüllt. Unsere Jagdstrategie war einfach: wir schlichen uns nahe an die Schwimps heran und ließen Otha und Schwimpsjägerin wie ganz normale Abfallbündel zurück. Wenn alles gut ging, schluckten zwei Schwimps sie als Ganzes und dann würden sie sich sofort ihren Weg aus den Tieren herausschneiden.

»Ich weiß ja *wie*, aber woher weiß ich, *wann* ich dem Biest die Gurgel durchschneiden muß?« fragte Otha Schwimpsjägerin, als ich ankam. In dieser Entfernung von der Zentralen Anomalie war die Fähigkeit der Tekelili-Telepathie erschreckend eingeschränkt. Wir mußten den Kopf direkt an die der schwarzen Götter halten, um sie verstehen zu können.

»Mach es, so schnell du kannst«, sagte Schwimpsjägerin. »Wenn du wartest, bis ich geschnitten habe, wird dein Schwimp in Panik geraten und abhauen. Ein paar von uns sind auf diese Art auf Nimmerwiedersehen verschwunden. Falls du durch die Kehle hintergeglitten bist, schneid dir sofort ein Luftloch in die Körperwand des Schwimps, so schnell es nur irgendwie geht. Paß auf, daß es ein kleines Loch ist. Und dann winde dich schnell hinaus.«

Seela, Seher und ich transportierten die in Tang gewickelte Schwimpsjägerin, während Lichtreiter, Juwel und Räucherer Otha zogen. Seher war übermütig gelaunt; er verbrachte nur selten so viel Zeit außerhalb der Zentralen Anomalie.

»Es ist gut, daß du gekommen bist«, sagte er, seinen Kopf gegen meinen gepreßt. »Du brichst die Symmetrie und erzeugst Chaos.« Ich sah ein Bild der Spiegel-Welt als langweilige Wiederholung dieser Welt. Wie ein Vampir hatte ich kein Spiegelbild.

»Gibt es zwei von dir?« fragte ich Seher.

»Ja«, erwiderte er. »Und auch mein anderes Selbst ist heute auf der Jagd. Aber er hat nicht dich und Seela bei sich.« Er ließ seine dicke, kurzfingrige Hand zärtlich über Seelas Rücken streifen. »Die Tekelili stimmen mit Eddie überein. Ihr solltet weiter zur SpiegelWelt. Die SpiegelWelt braucht Fremdes. Sie hat nicht einmal ein Nördliches und ein Südliches Loch.«

Aber mittlerweile war Tekelili zu schwach geworden, als daß ich hätte weiterfragen können. So weit entfernt von den Einflüssen der Zentralen Anomalie öffnete sich der Raum wieder, und ich konnte hinaussehen auf Edre, in jede Richtung außer der nach innen weisenden. Es war etwas Wundervolles, in diesem riesigen runden Himmel zu schweben, den großen nördlichen Malstrom hoch über mir wie der entfernte Nabel der Welt, und die Massenseen zu meinen Füßen.

Drei Schwimps befanden sich in der Nähe und glotzten uns an wie Kühe, die auf Holzäpfel warten.

Aus langer Gewohnheit waren sie gierig nach dem schmackhaften dichtgepackten Müll, den ihnen die schwarzen Götter brachten. Eines von ihnen schlug mit dem Schwanz, um näher zu kommen, während es die ganze Zeit unser schweres Tangbündel interessiert beobachtete.

Seher sagte etwas zu Schwimpsjägerin in ihrer eigenen Sprache, und dann ließen wir sie los.

Zu meiner Rechten trennte sich die andere Partie von Otha. Wir kickten ein paar hundert Yards zurück; die Todeszuckungen eines Schwimps galten als gefährlich gewalttätig, ähnlich – nehme ich an – wie der Todeskampf eines harpunierten Wals. Otha verschwand im Maul eines Schwimps, und ein anderes schlang Schwimpsjägerin hinunter. Das ungefüttert gebliebene dritte Schwimp muhte tief vor Enttäuschung.

Ganz plötzlich begannen die winzigen geflügelten Beine des zweiten Schwimps in krampfhafter Agonie zu flattern. Sein Körper zuckte, und die Schwanzflosse klatschte gegen seine Unterseite mit einem Geräusch, als kalbe ein Eisberg. Die Kraft dieses Schwanzschlags trieb es von uns weg. Sein weit offenstehendes Maul stieß einen Wutschrei aus, der plötzlich verstummte. Eine Blutblase erschien an der durchgeschnittenen Kehle des Tieres, und dann konnten wir sehen, wie sich Schwimpsjägerin kraftvoll kickend aus dem Tier in Sicherheit brachte. Das sterbende Schwimp warf seinen Körper hin und her, während aus seiner geöffneten Luftröhre ein hoher pfeifender Ton brach.

Ich sah mich nach Othas Schwimp um, aber es war fort. Er war zu langsam gewesen! Die anderen Jäger deuteten in Richtung auswärts auf einen kleiner werdenden schwarzen Fleck, dessen vibrierender Schwanz plötzlich von einer hellen Flamme beleuchtet wurde. Othas in Panik geratenes Schwimp ritt auf dem Gasstrahl zurück nach Edre!

Mit schneller Bewegung schnappte sich Lichtreiter

einen Lichtstrahl und schoß hinter dem fliehenden Schwimp her. Es bewegte sich kontinuierlich vor ihm her, aber dann explodierte der schwarze Punkt mit dem Flämmchen hinten dran zu einem großen Feuerball, der sofort verging. Kurz danach erreichten uns der Donner der Explosion und die Schockwelle, mit der eine Menge Abfall herangetrieben kam.

Durch das Fehlen der Tekelili-Fähigkeit konnte mir niemand sagen, was vor sich ging – außerdem waren alle auf ihren Brettern nach außen geflohen. Zögernd richtete ich meinen Ballula-Schild aus und versuchte auch, hinauszukommen, aber dann verlor ich die Kontrolle und fiel herab. Schließlich nahm ich das Brett auf den Rücken und kickte heftigst mit meinen Pulpuls. Ich mußte Otha retten!

Gerade als ich glaubte, mein Herz würde vor Anstrengung zerplatzten, hörte ich Gelächter über mir. Als ich hinaufblickte, sah ich Seela, die schwarzen Götter und Otha – einen kahlen Otha, dem es Haare und Augenbrauen abgesengt hatte. Lichtreiter, Seher und Juwel hatten den zertrümmerten Panzer von Othas Schwimp im Schlepptau. Ungefähr ein Drittel davon war bei der Explosion verloren gegangen.

So weit entfernt von der Zentralen Anomalie konnte ich nicht länger die Gedanken der schwarzen Götter lesen. Ohne Tekelili kam mir ihre Sprache wie eine willkürliche Zusammenstellung von Grunz- und Quieklauten vor, wie jede fremde menschliche Sprache. Aber Otha und ich sprachen dieselbe Sprache.

»Ich hab ein Gespenst da drinnen gesehn!« rief Otha. »Ich hab Quaihlaihle in dem Schwimp gesehn! Hör mir zu, weil mich keiner von den andern versteht! Erst hat mich das Schwimp geschluckt, und mich hat's total rumgedreht drinnen, und bevor ich ihm seinen Hals durchschneidn konnt, hat es mich total runtergeschluckt! Da war alles voll Fürzen und Felsen und verrottetem Dreck da drinnen, Mason, und am schlimmsten war, als es mich gegen Quaihlaihle schleuderte. Frag mich nich', wie ich sie erkannt hab, aber ich hab's! Ich hab so'n Schrecken gekriegt, daß ich gleich 'n Riesenloch in den Bauch von dem Schwimps geschnitten hab. Hier, schau, Mason, ich hab immer noch das Messer! Aber die ganzen Fürz da drinnen fingn Feuer an der Flamme draußn und das Schwimp is' explodiert wie 'ne Bombe!«

»Du lieber Gott, Otha, ich dachte, du seist hinüber!«

»Ich war genau im Zentrum, glaub ich.«

Ich lachte, während die blutbeschmierte Schwimpsjägerin vor Freude zu jodeln anfing.

Es fiel leicht, die beiden toten Tiere zu den Massenseen zu ziehen, denn sie fielen ohnehin in diese Richtung. Eine Menge Pterodaktylen und Kolibris umschwärmten uns kreischend und rissen Fleischstückchen ab. Die Kolibris hatten schimmernde blaue Körper mit roten Flecken an den Kehlen. Die Pterodaktylen waren braungrün. Die Tekelili-Intensität der Gier dieser kleinen Vogelgehirne war in gewisser Weise amüsant. Bei unserem Näherkommen tauchten Scharen von schwarzen Göttern auf, um beim Abhäuten und Zerteilen der Schwimps in der Luft an einem Punkt über dem Wasserteil unseres Massensees zu helfen. Eddie kam aus seinem Spiegelei heraus, um zuzuhören und zuzusehen, während Wuff sich seinen Anteil von dem Schwimp holte. Schwimpsjägerin kriegte sich nicht mehr ein bei ihrer Erzählung darüber, wie Otha sein Schwimp zur Explosion gebracht hatte. Sie hatte nie gedacht, daß man mit dem Messer ein Loch schneiden könnte, das groß genug zum Entkommen war.

Um die Sache abzurunden, wurde Othas Erzählung seiner Begegnung mit Quaihlaihle bald bestätigt, als ein schwarzer Gott, dessen Mentalbild ›Opferer‹ lautete, uns sagte, er habe den teilweise enthüllten Körper nahe unserem See in der Luft treiben gesehen. Opferers Funktion war es, gewisse besondere Art von Abfall zu den Großen Alten hinein statt zu den Schwimps hinaus zu bringen. Er und ein paar weitere fütterten die Teke-lili mit menschlichen Leichen, auch brachten sie die Schlachtabfälle von der Schwimpsmetzgerei dorthin. Mit seiner Leichenbestatter-Affinität zu Toten, hatte Opferer Quaihlaihles Körper sehr schnell gefunden, nachdem die Explosion des Schwimps sie zu den Mas-senseen hatte treiben lassen.

Als er Othas Geschichte mitkriegte, kontaktierte Op-ferer Otha, um ihm zu sagen, daß er die tote Königin zwei Meilen von dem Ort, an den wir die Schwimps gebracht hatten, gefunden hatte. Er fragte, ob wir sie noch einmal sehen wollten, bevor wir sie an die großen Seegurken verfütterten.

»Also ich seh mir die Leiche sicher nich' noch mal an!« schwor Otha.

»Quaihlaihle eine Mumie!« rief Eddie aus. »Komm, Mason, das müssen wir untersuchen!«

Seher und Schwimpsjägerin begleiteten uns. Wir folgten Opferers geistigen Signalen durch die laby-rinthhaften Ansammlungen zitternder Wassergloben, und schließlich stießen wir auf Opferer, an dessen Seite sich ein überraschend kleines Objekt befand – die Mumie Quaihlaihles.

Ein großer Teil des klebrigen Saftes war ausgetreten, und ein Teil des Zeremonialgeldnetzes hing frei herun-ter. Man konnte Quaihlaihles Gesicht sehen. Ihr Lippen hatten sich von den roten Zähnen zurückgezogen, die von ihrer geschwollenen schwarzen Zunge auseinan-dergedrückt wurden. Die Luft um sie herum stank ste-chend nach Verwesung. Eddies graue Augen weiteten sich vor Faszination.

»Kennst du sie?« fragte ich Opferer, der damit be-schäftigt war, ein Tau um die Hüfte des sich zerset-zenden Körpers zu schlingen. »Ist sie von deinem Stamm?«

Er war sich nicht sicher, aber Schwimpsjägerin sagte,

daß vor vielen Jahren eine Frau genau wie Otha von einem fliehenden Schwimp entführt worden sei. Der Stammesname dieser Frau war Pfau gewesen. Unsere tote Quaihlaihle hatte genug Ähnlichkeiten mit einem stolzen Pfau gehabt, so daß es Schwimpsjägerin für möglich hielt, daß Pfau ein Luftloch in das Schwimp, in dem sie gefangensaß, gemacht hatte, das es ihr ermöglichte, den ganzen Weg bis Edre zurückzulegen.

Da mir plötzlich Elijah einfiel, fragte ich Schwimpsjägerin, ob jemals ein Mann ihren Stamm auf dieselbe Art verlassen habe. Ich zeigte ihr unser mentales Bild von Elijah. Ihre Reaktion kam sofort und intensiv.

»WeitMann! Habt ihr WeitMann gesehen? Dann seid ihr wirklich von der Außenwelt! Hörst du das, Seher?«

Seher vereinigte seinen Geist mit unseren und zeigte uns die Geschichte, wie derjenige, den sie WeitMann nannten, sie verlassen hatte.

Nur wenige der schwarzen Götter waren geborene Forscher. Obwohl die Massenseen groß und unterschiedlich waren und eine kleine Nation bildeten, waren einige Eingeborene nicht damit zufriedenzustellen. Einer der Wege, auszubrechen, war der Versuch, den ganzen Weg zur Zentralen Anomalie zurückzulegen. Sehers Bild davon, wie es in der Nähe der Zentralen Anomalie aussah, zeigte die Massenseen, die mit unglaublicher Geschwindigkeit rotierten. Die Zeit verzögerte sich in der Anomalie und es wurde schwierig, weiterzukommen, aber wenn man erst einmal tief genug eingedrungen war, halfen einem die Geschöpfe von Tekelili. Sie waren gegen die Anwesenheit andrer lebender Kreaturen in ihrem Reich und packten einen Eindringling mit einem ihrer gigantischen Fächer und schmissen ihn entweder in das unbegreifliche Herz des Malstroms oder dorthin zurück, woher er gekommen war.

Die Welt im Herzen der Zentralen Sphäre war ein Spiegelbild unserer Seite. Wenn ein Mensch es schaffte, durchzudringen, so wartete unweigerlich auf der anderen Seite sein Spiegel-Selbst, um den Platz zu tauschen. Das war die natürliche Ordnung der Dinge, und Seher war viele Male hin und zurück gekommen. Die Reise selbst war interessant, sagte er, aber die andere Seite war zu sehr wie hier – abgesehen davon, daß es der SpiegelErde an einem Nördlichen und Südlichen Loch fehlte, wie er mir schon früher erzählt hatte. Ohne diesen deutlichen Unterschied wäre es ihm schwergefallen zu sagen, in welcher der beiden Welten er sich aktuell aufhielt und ob er SpiegelSeher war oder der andere.

»Aber wie ist Elijah an die Oberfläche gelangt?« unterbrach Eddie.

Noch schwieriger als die Passage durch die Zentralsphäre, fuhr Seher unbeirrt fort, sei die Reise hinaus zur Edre. Offensichtlich hatte Pfau das geschafft und war die Königin Quaihlaihle der Blumenleute geworden, und auch einige wenige andere waren hin und her gereist. Aber die schwarzen Götter hatten eine niedrige Meinung von denen, die von der Decke des Planeten hingen und baumelten. Früher oder später würde sowieso alles von dort in die Seen fallen, also schien die Reise in diese Richtung kaum wünschenswert.

WeitMann hatte die größte Forschungsexpedition von allen vorgeschlagen. Nach vielen Reisen hinaus zur Futterzone der Schwimps hatte sich in WeitMann die Vorstellung herausgebildet, daß die Welt der schwarzen Götter wie eine hohle Blase geformt sei. Das war, wie Seher bemerkte, dieselbe Idee, der auch Otha, Eddie und ich anhingen. WeitMann hatte lange und geduldig nachgedacht und war zum Schluß gekommen, daß es Menschen auf der Oberfläche des ›Eis‹ rund um das Nördliche und das Südliche Loch geben mußte. Die meisten schwarzen Götter hatten das bezweifelt, denn ganz gewiß konnte es ja keine Luft da draußen geben.

WeitMann hatte darauf bestanden, daß er durchbrechen könne wie ein Küken aus der Schale.

»Aber wie?« unterbrachen Eddies Gedanken die seinen. »Wie hat er es gemacht?«

Seher sagte, daß die Großen Alten WeitMann auf einem Strom aus rosa Licht davongetragen hätten. Vorher hatte er sich eine luftdiche Reisekabine aus einer ganzen Ballula-Schale gebaut, die die schwarzen Götter dann weit hinausgezogen hatten in Richtung Edre. WeitMann hatte den richtigen Punkt auf Grund seiner Visionen ausgesucht, die ihm die Großen Alten sandten. Sobald die Schale am richtigen Ort angekommen war – mit dem entschlossenen WeitMann in ihrem Innern – war ein gewaltiger Lichtblitz losgebrochen, der die Schale den ganzen Weg bis Edre befördert hatte. Aber wie ihn eine leere Ballula-Schale durch die Erdkruste hindurchgetragen haben sollte, das wußte niemand zu sagen. Vielleicht war er durch das Nördliche Loch hindurchgeschwemmt worden.

»Es ist Zeit, Mason«, sagte Eddie plötzlich. »Alle Teile des Puzzles sind an ihrem Platz.«

»Wie meinst du das?«

»Ich weiß jetzt, wie wir nach SpiegelErde gelangen. Opferer, können wir diejenigen sein, die Quaihlaihles Leiche transportieren?«

»Ihr könnt mit mir kommen, wenn ihr das wollt.«

»Wir nehmen dieses alte Metallschiff mit«, sagte Eddie. Er formte schnell ein mentales Bild von Quaihlaihle, die auf dem Rand des Spiegeleies lag wie eine Sardine auf einem Teller. Er stellte sich selbst in der Kabine dar, zusammen mit Wuff und mir. Er hatte die Vorstellung, daß die Großen Alten uns schnappen würden, um Quaihlaihle zu fressen, und uns dann ausspucken würden, weil sie das Spiegelei nicht mochten.

»Was ist mit Seela?« protestierte ich. »Und mit Otha?«

»Sie können mitkommen, wenn sie das wollen«, sagte Eddie. »Obwohl ich bezweifle, daß Otha das will.

Wer würde freiwillig den Weg vom Gott zum Sklaven gehen wollen?« Es gab noch eine Reihe weiterer Gedanken in Eddies Kopf, aber um sie zu verbergen, rezitierte er in voller Länge sein neues Gedicht, ›Die Stadt im Meer‹:

»Sieh! einen Thron sich errichtet hat
der Tod in einer gar seltsamen Stadt,
im düsteren Westen man einsam sie find't,
wo die Guten und Bösen, Mann, Weib und Kind,
zur ewigen Ruhe gegangen sind.
Nicht ähnelt der Tempel und Türme Pracht
(die nimmer wankt, ob schon Zeit sie zerfressen)
nur irgend den Bauten, so Menschen vollbracht.
Rundum, von den jagenden Winden vergessen,
ergeben unter dem Himmel, ruht
der schwermutsvollen Wasser Flut.

Kein Strahl aus heiligen Höhn fällt sacht
auf jener Stätte so lange Nacht;
doch tief aus der bleichen Seen Bann
strömt Licht an den Türmen schweigend hinan –
schimmert auf und bricht zu den Zinnen sich Bahn –
zu Kuppeln – zu Spitzen – zu Kathedralen –
zu Tempeln – zu babylonischen Hallen –
zu schattigen langvergeßnen Lauben
gemeißeltem Efeu und steinernen Trauben –
zu manch und manch einem herrlichen Schrein,
dess' Friese verflechten zu inn'gem Verein
Violen mit Veilchen und wildem Wein.

Ergeben unter dem Himmel ruht
der schwermutsvollen Wasser Flut.
Und so verschmolzen sind Schatten und Bau,
daß alles wie schwebend erscheint im Grau
der Luft, indessen aus Höhen, umloht,
gigantisch niederblickt der Tod.

Die offenen Tempel, die klaffenden Grüfte,
sie gähnen hinaus auf die Wasserklüfte;
doch nicht die Demanten und reichen Juwelen,
die in jeglichen Götzenbilds Augenhöhlen –
die funkelnd und glitzernd die Toten zieren,
verlocken die Wasser, sich wogend zu rühren;
denn, ach! kein Plätschern kräuselt blaß
jene weite Öde aus schwärzlichem Glas –
kein Schwellen kundet, daß Winde verkehren
mit weit entfernten glücklichern Meeren –
kein Heben erinnert, daß Wind einst war
auf Seen, die weniger greulich klar.

Doch sieh! da regt es sich in der Luft!
Eine Welle – sie rinnt durch die finstere Schluft!
Als würfen die Türme auf einmal beiseit'
in sachtem Sinken die stille Gezeit –
als hätten die Spitzen ganz sanft geblaut
einen Riß in die düstere Himmelshaut.
Die Wellen durchströmt jetzt ein roteres Glühen –
matt atmend die Stunden vorüberziehen –
und wenn nun, unter unirdischem Stöhnen
die Stadt versinkt in gurgelnden Kreisen,
dann erhebt sich die Hölle in mächtigem Dröhnen,
ihr Reverenz zu erweisen.«

»Was geht das mich an, Mase?« fragte Otha, wobei er
ungeduldig auf einem Stück Schwimpsfleisch herum-
kaute. Der große brennende Furz hatte ein großes
Stück des zweiten Schwimps blitzartig gekocht. Es war
fasrig und außergewöhnlich fett, aber es schmeckte
wirklich gut.

Ich hatte Otha gerade erzählt, daß Eddie und ich planten, das Metallei ins Innere zu schleppen. Wir würden
die Mumie von Quaihlaihle mitnehmen, damit die Großen Alten nichts gegen unser Eindringen hätten. Unsere
Hoffnung war, daß sie uns durch die Zentrale Anomalie

schmeißen würden, die die Erde von der SpiegelErde trennten. Mit etwas Glück würden wir es vielleicht bis zur Oberfläche der Erde schaffen und möglicherweise sogar AntiBaltimore erreichen, wo Eddie uns zu einem guten Start ins neue Leben verhelfen konnte.

»Wozu sollt ich zurückkehrn, um wieder 'n davongelaufener Sklave zu sein? Und das Scheiß-Ei den ganzn Weg bis zu den Woomoo schleppn? Und die Mumie? Scheiß drauf, Mase. Kommt nich' in Frage.« Seine Art, mit mir zu reden, wurde immer familiärer.

Ich hatte Otha in der Nähe einer großen Kugel reinen Wassers gefunden, in dem zwei Frauen namens Tigra und Hasi herumplanschten. Sie hatten den halben Umfang der Zone der Massenseen zurückgelegt, nachdem sie die Explosion von Othas Schwimp mitgekriegt hatten.

»Das hat uns Spaß gemacht, wie das Schwimp explodiert ist«, sagte Tigra lachend. Mein Gott, war das eine schöne Frau! Mit ihr in Tekelili-Kontakt zu stehen, war eine der wundervollsten Erfahrungen, die ich je gemacht hatte. An ihren Gedanken war etwas verlockend Biegsames und Lockeres.

Hasi war runder, sinnlicher, mit einem sonnigeren, direkteren Blick auf die Dinge. Wenn ich mittels Tekelili durch ihre Augen schaute, entstanden die Wunder unserer Umgebung völlig neu vor meinem Blick.

Das zerstreute rosa Licht glitzerte auf den Wassertropfen rund um uns. Über unseren Köpfen erstreckte sich der mächtige Baldachin des Inneren Himmels samt Edre. Das Nördliche Loch stand fast genau in seiner Mitte. Jetzt im späten Juni war das Loch voll beleuchtet, sein großer Wasserwirbel von der verborgenen Sonne vergoldet. Unter unseren Füßen waren die Großen Alten näher und mächtiger, als ich sie je zuvor gesehen hatte, denn die chaotische Wanderung der Massenseen hatte uns näher an den inneren Perimeter der Wasserkugelzone gebracht.

»Virginia lebt in der SpiegelWelt noch«, sagte ich zu Otha. »Und ich bin dort tot.«

»Auch das geht mich nichts an. Ich bleib hier, Mase. Sogar jemand, der so weiß und so blöd ist wie du, sollte kapiern, warum.«

»Er ist nicht weiß«, warf Tigra ein.

»Er war's aber. Na schön, jetzt ist er schwarz. Schon mal darüber nachgedacht, Mase, daß du jetzt da als Nigger hingehst?«

»Das wird wieder verschwinden. Eddie ist jetzt schon blasser, weil er soviel Zeit im Spiegelei verbringt.«

»Klar. Wird Seela mitgehn?«

»Ich denke schon.« Unsere gegenseitige Leidenschaft hatte sich zuletzt etwas abgekühlt. Wir waren lange unter einer bestimmten Bedingung – meiner sprachlosen Sklavenschaft nämlich – zusammengewesen, und hier in den Massenseen war alles anders. Wir hatten beide verschiedene Liebschaften unter den schwarzen Göttern, und unser wechselseitiges Band war nicht mehr so absolut wie zuvor. Aber für mich war Seela noch immer die Eine. »Sie wird mit mir kommen. Ich will sie heiraten.«

»Da wär ich gern dabei und möcht's sehn, Mase.«

Die Abschiedsgefühle rund um uns schwollen an, während Tigra und Hasi taktvoll schwiegen. Wenn unsere Partnerschaft auch ungerechterweise ungleich gewesen war, so hatten doch Otah und ich viele Freuden geteilt. Dämme gebaut, Fische gefangen, im Maisbehälter gespielt. Vor meiner Pubertät hatte ich nie einen Gedanken gehabt, er sei ein unterlegener Sklave. »Tut mir leid«, sagte ich zu Otha, der meine Gedanken las. »Ich habe mich geirrt.«

Die Erinnerung an die Nacht, als Pa Turl vergewaltigt hatte, schwappte herauf. Otha teilte sie, und aus dieser Gemeinsamkeit an dem Gedanken entstand etwas Neues, etwas, das keiner von uns beiden allein jemals hatte denken können.

»Purly!« rief Otha aus. »Er ist ein Sohn von deinem Pa!«

»Ja!« sagte ich. »Und Turl ist seine Ma! Deswegen ist sie in jenem Sommer weggegangen!«

»Und deswegen hat sie dauernd von ihm gesprochen! Purly is' mein Bruder!«

»Und meiner auch!«

Brüder: Otha und ich hatten denselben Blutsbruder!

Er legte seine Arme um mich, und wir drückten uns aneinander.

Ich fand Seela bei Räucherer und eine Anzahl weiterer schwarzer Götter, die alle eifrig damit beschäftigt waren, Streifen von rohem Schwimpsfleisch zur Konservierung zu Bündeln zusammenzubinden. Sie arbeiteten hart, weil sie sich sorgten, daß das Fleisch verderben könnte, bevor sie es in den Strömen von rosa Licht trockneten.

Seelas flutendes blondes Haar stand in einem prächtigen Kontrast zu ihrer dunklen Haut. Sie lachte, und ihre volle Oberlippe kräuselte sich verlockend. Das Halsband mit Kristallen, das sie von Juwel bekommen hatte, glitzerte auf ihrer Haut wie Diamanten. Sie spürte meine Ankunft mittels Tekelili und drehte sich lächelnd um.

»Wirst du mit mir weiterreisen, Seela?« fragte ich.

»Aber hier ist es wundervoll! Schau nur, wie viel Koladull wir haben!«

»Auch die Welt, aus der ich komme, ist wundervoll«, sagte ich und imaginierte nacheinander das Bild einer Mondnacht, einen Regentag und Blumen im Frühling. Gebäude, Maschinen, Bücher. Austern, Champagner und gefüllten Truthahn. Wir beide in einem gut eingerichteten Stadtappartement und bei einem Besuch auf Pa's Farm. Hochzeit in St. John's, mit Seela ganz in Weiß. Seela schwanger, Seela, wie sie unser Kind stillte.

Die Vorstellung von der Nacht verblüffte Seela sehr,

aber die leblosen Gebäude machten ihr Angst, und die Konzepte von Hochzeit und Familie waren ihr – wie ich vorübergehend vergessen hatte – vollkommen fremd. Meine Vorstellung, daß ich der Vater ihres Kindes sein wollte, traf sie wie eine Blasphemie. Die Blumenleute glaubten, daß Frauen von den rosa Strahlen aus dem Zentrum der Erde schwanger wurden.

»Aber denk mal an die Heirat«, sagte ich. »Hochzeit bedeutet, daß wir immer zusammen sein können. Nur du und ich.«

Ihre Reaktion war alles andere als das, was ich mir gewünscht hatte. Ob ich ein Spielverderber und Tyrann sei? Ein egoistischer sich selbst betrügender Blödian? Ein Sklavenmeister, der sie zu den verrückten Ritualen meines barbarischen Stammes zwingen wolle?

Ich wechselte das schwierige Thema und erzählte ihr mehr über die Reise, die Eddie plante. »Wir reisen in dem Metallei, zusammen mit Wuff und Eddie.«

»Ich mag Eddie nicht.«

»Und die schwarzen Götter schleppen uns zur Zentralen Anomalie.«

»Zur was?«

»Zur Zentralsphäre. Zum EinAus. Wo die Großen Alten leben. Genau zur Quelle, Seela, aus der dein heiliges babyzeugendes rosa Licht kommt. Das ist die Brücke zur SpiegelErde. Die großen Woomoo werfen uns hindurch, die ganze Entfernung bis zur Spiegel-Erde. Wir werden unseren Weg durch die Spiegel-Rinde finden und auf der Oberfläche von Spiegel-Erde sein, bevor du es realisiert hast. Die Nächte sind lieblich, Seela. Stell dir vor, wie es ohne Licht sein würde. Und Schnee, laß mich dir Schnee zeigen.« Ich zeigte ihr Erinnerungsbilder an Ohta und mich, wie wir auf einem hölzernen Schlitten über einen Hügel herunterglitten, während die großen weißen Flocken aus dem endlosen Himmel herunterrieselten. Seela gefiel das.

»Aber was ist, wenn wir in den Himmel fallen?«

»Das kann man nicht. Die Dinge fallen auf der Erde und auf der SpiegelErde immer zum Boden. Wenn etwas einmal am Boden ist, bleibt es dort.«

Das war die beste Neuigkeit für Seela. Wenn es an den Massenseen etwas gab, das ihr zuwider war, dann war es der Mangel an irgendeinem stabilen Platz, an dem man sich ausruhen konnte, ohne abzudriften. Die Blumenleute hatten eine tief eingefleischte Abneigung gegen das Fallen. Ich begriff meinen Vorteil, zog sie an mich und streichelte sie. »Bitte komm mit mir, Seela.«

»Vielleicht.«

Das nächste Problem bestand darin, eine Anzahl schwarzer Götter davon zu überzeugen, daß sie unser Spiegelei ziehen sollten. Da kam mir eine Idee. Gab es einen besseren Weg, eine größere Menge Schwimpsfleisch zu trocknen, als es direkt an die Quelle des konservierenden rosa Lichts zu bringen?

Räucherer, der unsere Konversation mitangehört hatte, zeigte mir ein Bild der Fleischbündel, die zusammenklebten und deshalb nicht richtig trockneten. Ich antwortete mit einem Bild von Fleisch, das von den Löchern in der umlaufenden Scheibe des Eises herabhing wie die Troddeln vom Rand eines Gaucho-Hutes. Das Spiegelei war das perfekte Gerüst zum Fleischtrocknen! Räucherer erwiderte mit dem Bild eines Großen Alten, der einen klebrigen Fächer ausstreckte, der unsere ganze Beute absorbierte. Ich fragte mich, ob wir unser Spiegelei außerhalb der Reichweite des Großen Alten halten konnten. Da mischte sich Seher in die Diskussion. Er kannte von allen Menschen die Fähigkeiten der Woomoo und die Topographie des Sphärischen Malstroms am besten.

»Die Woomoo bewegen sich sehr langsam«, sagte er. »Nur ihr Licht – und ihr Denken – sind schnell. Aber warum wollen wir versuchen, gegen sie Pläne zu machen? Sie wissen alles. Wenn wir sie bitten, unser

Fleisch zu räuchern, werden sie es vielleicht tun. Wenn sie es stehlen wollen, stehlen sie es. Es gibt keine Geheimnisse vor dem Einen Geist. Bittet, und es wird euch gegeben werden.«

Wie immer erfüllten die mächtigen Akkorde der Gedanken der Großen Alten den Hintergrund, aber sie schienen sich nicht unmittelbar unserer Diskussion bewußt zu sein.

Ein paar Strahlen des rosa Lichts waren auf den toten Schwimps hin und her getanzt, um sie zu spüren und zu probieren. Die Lichtröhren hatten die Form knorriger Baumäste, aus denen in unregelmäßigen Abständen Zweige hervorkamen. Eddie und ich waren zum Schluß gekommen, daß diese Röhren mehr als nur gewöhnliches Licht enthielten, da sie in keiner Weise an eine geradlinige Fortpflanzung angewiesen waren wie das Licht einer Laterne. Eddie sagte, die röhrenförmigen Kanäle enthielten ein heißes wirbelndes Plasma, das aus etwas bestand, das er eine verborgene Triebkraft nannte. Wie sich dieses Plasma drehte und wendete, so bewegte sich das Licht, als wüchse es organisch wie wilder Wein, biegsam wie der Wirbel eines Tornados und fühlbar wie eine Reihe von Strudeln in einem vom Regen angeschwollenen Strom.

Als Seher vorschlug, daß wir direkt mit den Großen Alten reden sollten, kickte Lichtreiter zu der nächsten Lichtsäule hinüber und begann sein Brett über sie schlittern zu lassen, bis er die Aufmerksamkeit auf sich gezogen hatte. Das Licht stülpte sich über ihm aus und brachte eine Reihe von kleinen Strahlen hervor, die über seinem Kopf herumspielten. Die Tekelili sprachen mit Lichtreiter. Ich sah mich in der Nähe um. Einwärts von uns fanden die Dutzenden Lichtröhren, die an dem Schwimp herumgefingert hatten, ihre gemeinsame Wurzel in einer größeren Röhre, die selbst wiederum einem nahegelegenen Lichtstrom entsproß, dessen Hauptverlauf an uns vorüber hinaus nach Edre verlief.

Auf seine ätherische Art war das Plasma der Lichtröhre wie ein überfüllter Fluß, und ich mußte an den Frühling denken, wenn der James River seinen höchsten Stand erreichte, vierzig Fuß über dem normalen Wasserstand. Wir waren hingegangen, um es uns anzusehen – Pa, Luke, Otha, Turl und ich. Für einen Wagen war es zu naß gewesen, also waren wir zu Fuß gegangen. Das Wasser hatte eine üble hellbraune Färbung und war mit hungrig aussehenden, saugenden Wirbeln übersät. Wir sahen Bäume vorübertreiben, zwei tote Mulis und schließlich ein ganzes Haus. Ein Haus trieb den Fluß herab, daß sich alle seine vom Zimmermann gemachten rechten Winkel verbogen! Dieser Anblick brachte mir für lange Zeit Alpträume bezüglich der Sicherheit unseres eigenen Hauses ein.

Jetzt sandte die große Lichtsäule einen dicken Tropfen warmen Lichts aus, der uns alle einhüllte. Seher sprach leise und erzählte den Großen Alten, daß Eddie und ich von ihnen wollten, daß sie das Metallschiff durch das Zentrum der Anomalie hinaus in die SpiegelWelt werfen sollten. Er zeigte ihnen unseren Plan, das Schwimpsfleisch am Schiffsrand zum Trocknen aufzuhängen. Die Großen Alten waren nicht sonderlich interessiert. Für sie waren wir Mücken – allerdings Mücken mit einem gewissen Wert. Sie erinnerten Seher an ihre Vorliebe für Schweineinnereien, und er versprach, daß wir ihnen viel davon bringen würden und eine Mumie noch dazu.

Also gingen wir zum Metallschiff, um es zu beladen. Wir fanden es mit verschlossener Luke vor. In der Nähe spielte Opferer mit Wuff.

Er sagte uns, daß Eddie sich mit Quaihlaihles Mumie in der Kabine eingeschlossen hatte. Das war nun eine halbe Stunde her. Bald würde er die Tür öffnen müssen, um frische Luft einzulassen. Wir warteten.

Schließlich öffnete sich die Tür und ein verschmutzter und zerzauster Eddie erschien, ein geisterhaftes Grinsen auf den Lippen. Es traf mich wieder einmal, wie merkwürdig sein Schädel geformt war: oben flach und mit den hervorspringenden Brauen und Schläfen. Der schlimme Gestank nach Quaihlaihles Verwesung drang aus dem Innern des Spiegeleies. Eddie hatte seine Hände tief in den Rocktaschen vergraben und betastete dort etwas. Vorsichtig streckte ich meinen Geist nach dem seinen aus, aber er zitierte schon wieder still einen eigenen Text, seine *Berenice*, eine Schauererzählung, die im *Southern Literary Messenger* vom März 1835 gelesen zu haben ich mich erinnerte.

Und warum rezitierte Eddie? Ich nehme an, er hatte die Absicht, seine Wünsche und Pläne hinter einem hebefrenischen Strom innerer Sprache zu verbergen, aber da ich ihn kannte, war es nur allzu offensichtlich, was er getan hatte. Offensichtlich? Es war mehr als offensichtlich, denn Eddies neuester Exzeß war auf komische Art offen zugänglich durch die Auswahl der Passagen, die er zitierte.

»*Die Augen waren ohne Leben, stumpf, und scheinbar pupillenlos; ich schauderte unwillkürlich vor ihrem glasigen Stieren zurück, und wandte mich der Betrachtung der dünn gewordenen, eingeschrumpften Lippen zu. Die gingen auseinander; und, in einem Lächeln von absonderlicher Bedeutsamkeit, enthüllten sich die Zähne der veränderten Berenice langsam meinen Blicken. Wollte Gott, daß ich ihrer nie ansichtig geworden, oder aber, im selben Augenblick, tot zu Boden gesunken wäre!*«

»Was hast du da drinnen gemacht, Eddie. Aber ich weiß es ja ohnehin. Was hast du in deinen Taschen?«

»*Das Zufallen einer Tür störte mich auf; und als ich hoch schaute, gewahrte ich, daß meine Kusine den Raum verlassen hatte. Aber die regelwidrigen Räume meines Hirns hatte es, weh mir!, nicht verlassen, und wollte sich auch durch nichts austreiben lassen, daß weiß geisternde* spectrum *der Zahnreihen.*«

»Du hast auch Quaihlaihles Zähne herausgebrochen, nicht wahr, Eddie?«

»*Die Zähne! – die Zähne! – sie waren hier & da & überall, und waren schau= & tastbar vor mir: lang, und eng gestellt, und von extremer Weißheit, und blasse Lippenfäden krümmten sich um sie herum, genau wie im Moment ihrer ersten schreckhaften Bloßlegung. Schon setzte, mit voller Wucht & Wut meine* Monomanie *ein ...*«

»Hör auf zu rezitieren, Eddie. Hier kann man keine Geheimnisse verbergen. Jeder weiß, daß du die Zähne herausgebrochen hast, und jeder weiß, daß wir durch das Zentrum wollen. Die Tekelili haben schon zugesagt, uns hindurchzuwerfen. Und alles, was sie für ihre Hilfe haben wollen, ist ein Haufen Schwimpseingeweide.«

Das war nun eine wirkliche Überraschung für Eddie. Er betrachtete die Großen Alten als böse Ränkeschmiede, so sehr war er nun von ihren unschuldigen Gedanken abgetrennt. Er hörte mit seinem inneren Sprechen auf und ließ mich in seinen Geist. Er trug Quaihlaihles rubinfarbene Zähne in seiner rechten Tasche und Virginias elfenbeinweiße in der linken ... näher bei seinem Herzen.

Aber das war nichts Besonderes mehr nach all dem, was ich schon getan und gesehen hatte. »Die Zähne interessieren mich nicht«, sagte ich. »Ich kann jetzt also nach Hause. Aber sag mir: Wie kommen wir hinaus durch die SpiegelRinde?«

Seher, Seela, Lichtreiter, Juwel, Räucherer und Opferer waren alle in der Nähe, und wir standen alle in Kontakt miteinander. Sie hörten mit ruhigem Interesse zu. »Du wirst ein Halsband um diese Zähne weben wollen, Eddie«, dachte Juwel. »Seela kann dir zeigen, wie du das machen sollst.«

Als er aus dem Ei ins Freie getreten war, hatte Eddie den Geist eines Kriminellen und Kriechers gehabt. Aber jetzt akzeptierten wir ihn zu seinem grenzenlosen

Entzücken mit einem Lächeln… akzeptierten ihn gerade so, wie er eben war. Und wir waren bereit, das Spiegelei abzuschleppen.

Verwirrt und lächelnd ging Eddie vom Rand des Eies zu einem großen Wasserball, der im Gras lag, zog seinen Rock aus, knotete die Ärmel sorgfältig um eine der Halteleinen des Eies und begann sich sorgfältig zu waschen. Während er sich wusch, teilte er uns mittels Tekelili mit, welche Schlüsse er gezogen und welche Pläne er gemacht hatte.

Auf Grund seiner Studien der Hieroglyphen im Spiegelei war Eddie zum Schluß gekommen, daß der Mensch und die Großen Alten gemeinsam in solchen Schiffen zur Erde gekommen waren. Millennien früher waren die Großen Alten nicht größer als Menschen gewesen, sagte Eddie, und zwei von ihnen hatten gut Platz in einem Schiff, dessen Innenraum sie mit zwei Menschen teilten. Er richtete unsere Aufmerksamkeit auf eine der hieroglyphischen Zeichnungen, die eine horizontale Linie mit einem Halbkreis auf ihr zeigten. Das, behauptete Eddie, sei die Darstellung eines Spiegeleies. In dem Halbkreis befanden sich zwei Ellipsen und zwei sich aufspaltende Linien: nach Eddies Ansicht zwei Woomoo und zwei Menschen. Er glaubte, daß entweder Männer und Frauen das Schiff als Sklaven der Großen Alten gesteuert hatten oder die Woomoo als Sklaven der Menschen auf die Erde gekommen seien. Insgesamt hielt er die zweite Theorie für die wahrscheinlichere.

Seher widersprach und brachte schnell ein Bild ein, das Männer, Frauen und Woomoo friedlich zusammen im Ei zeigten, einander so freundlich gesinnt wie Eddie, Seela, ich und Wuff. Dann verzerrte er das Bild so, daß die Menschen zu Hunden wurden und Wuff zu einem Woomoo.

»Ja«, sagte Eddie, jetzt wieder laut sprechend. »Eine symbiotische Gleichheit. Vielleicht war das so. Ich habe auch diese Alternative erwogen. Und wenn es wirklich so gewesen sein sollte, dann wird es vielleicht wirklich geschehen, daß diese Großen Alten Hunde uns den ganzen Weg nach SpiegelEdre werfen werden für ein paar Schweineinnereien, wie Mason sagt. Auf Grund meiner Befürchtungen hatte ich eine weniger offene Verlockung vorgesehen.«

Eddie enthüllte uns nun, daß er den Plan gehabt hatte, die Reste der Mumie über die ganze Außenseite des Spiegeleies zu verteilen, so daß einer der Tekelili es als Ganzes schlucken würde. Wenn das große Woomoo dann das nach Verwesung riechende Schiff ungenießbar fand, würde er es genauer überprüfen und es als das schreckliche Gefährt der ehemaligen Meister erkennen und es, aus Angst oder Haß, möglichst weit wegwerfen.

Solche Dinge hatte sich Eddie ausgedacht, wobei er völlig vergessen hatte, daß die Tekelili ja unsere Gedanken lesen konnten – und sie tatsächlich auch in diesem Moment lasen, wie man an den haardünnen, aber kräftig leuchtenden Strähnen roten Lichts erkennen konnte, die den Raum um uns wie Wurzelhaare oder Spinnweben erfüllten. Eddie hatte sich in einigen Dingen geirrt, aber in einem Punkt lag er richtig, nämlich darin, wie wir durch die SpiegelRinde an die Oberfläche kommen konnten: nur durch die See!

Daran hatte ich nicht gedacht. Wenn Wale den ganzen Weg schaffen konnten, warum dann nicht auch wir? Wenn Eddie die Luke des Spiegeleies öffnen und schließen konnte, war es möglich, es wie eine Taucherglocke zu verwenden. Aber wie sah es mit der Luft aus?

»Seher kennt eine Pflanze, die atembare Gase abgibt«, dachte Eddie. »Er zeigte sie, als er uns von Elijah berichtete, den sie WeitMann nennen. Ich konnte in Sehers Bild von Elijah erkennen, daß er einige von diesen Pflanzen in seiner Ballula bei sich hatte. Daraus habe

ich geschlossen, daß er durch die See hinaufge-
schwemmt worden ist. Ich habe lange darüber nachgedacht, wie ich Seher um solche Pflanzen bitten
könnte.« Als er mit seinen Waschungen endlich fertig
war, drehte sich Eddie zu uns um. »Seher? Kann ich ein
paar Pfund von dem gezähnten Gemüse haben, mit
dem WeitManns Ballula-Schale vor Jahren beladen
wurde?«

Seher hatte eine adelige Hakennase, die in sich selbst
zurücklief wie eine Schneckenschale. Er war ziemlich
kahl. Sein Mund war breit und beweglich und seine
Figur sehr massig. Jetzt war er nackt, da er seine Pulpuls ausgezogen hatte, um besser in Gras und Wasser
herumplanschen zu können, und er sah wirklich genau
so aus wie ein römischer Senator im Bad. Ja, er konnte
uns mit der Pflanze helfen. Man nannte sie Luftkraut.
Sie wuchs »hinauf einwärts«. Lichtreiter konnte sie uns
leicht besorgen. Es würde keine Probleme geben. Heil
und Adieu.

Über uns hing die untertassenartige Unterseite des
Spiegeleies. Um uns lagen mannsgroße, hausgroße und
hundegroße Wassertropfen aus den klaren Massenseen.
Eine süß riechende frische Brise wehte. Über uns liefen
rosa Lichtfäden im Zickzack umher.

»Eddie.«

»Ja, Mason?« Seine dunklen Augen waren völlig klar
unter seiner vorgewölbten Stirn.

»Die Mumie. Du hast vergessen, die Mumie aus dem
Schiff mitzubringen.«

»Richtig. Opferer, kannst du mir helfen?«

Wenig später banden wir Quaihlaihle und etwas, das
eine Schwimpsleber gewesen sein mußte, an die flache
Unterseite des Spiegeleies, wozu wir langgezogene
Schweineinnereien als Stricke benützten. Gut achtzig
Bündel gereinigtes Schweinefleisch wurden an den
Löchern in der Randscheibe des Spiegeleies befestigt,
und vier lange Lederseile führten zu uns acht Leuten –

Seher, Seela, Lichtreiter, Juwel, Räucherer, Opferer, Eddie und ich – also jeweils zwei an einem Seil. Wuff saß in der Kabine des Eies, die wir zuvor mit einer Wasserkugel gereinigt hatten.

Wir kickten mit unseren Pulpuls und langsam, langsam begann das Spiegelei sich von den Massenseen weg weiter ins Innere zu bewegen. Der Zug der Schwerkraft zurück zu den Seen schien in dieser Richtung weniger zu wirken, als ich ihn gefühlt hatte, als ich zur Schwimpsjagd hinausgekickt war.

In einer halben Stunde waren wir weit genug gekommen, daß ich einen Blick zurück werfen konnte und die Massenseen wie Schmuckstücke im Schaufenster eines Juweliers ausgebreitet sah. Der Raum wies hier Verwerfungen auf und dehnte sich in einer solchen Weise, daß die Zone der Seen jetzt eher flach als kugelförmig aussah. Zur Edre konnte man nicht hinaussehen, außer in der ganz geraden Richtung direkt vom Erdzentrum weg. Die Zentrale Anomalie sah mehr und mehr wie eine Fläche und immer weniger wie eine Sphäre aus. Wir waren ihr mittlerweile nahe genug gekommen, daß ich die Umrisse der Großen Alten klar unterscheiden konnte, obwohl der Blick von ein paar durchscheinenden grünen Wolken ein wenig eingeschränkt wurde.

Diese Wolken bestanden aus dem Luftkraut, von dem Seher gesprochen hatte. Wie unser Tang hatten die Pflanzen des Luftkrauts Blasen, deren Tragkraft sie dort ›oben einwärts‹ in einiger Entfernung von Massenseen treiben ließen. Jede Pflanze bestand aus einigen hundert lederigen Blättern, die aus dem Zentrum herauswuchsen. Diese Blätter waren vier oder fünf Fuß lang und dicht mit faustgroßen Luftblasen besetzt, die eine atembare Gasmischung enthielten, von der Eddie annahm, es handele sich um ein Gemisch von Helium und Sauerstoff. Mit Lichtreiters Hilfe sammelten wir ein Dutzend Pflanzen und brachten sie in der Kabine bei Wuff unter.

Als wir das Schiff weiterzogen, wurde der Tekelili-Kontakt immer stärker. Ich zog mit Seela an einem Seil und wußte zeitweilig nicht mehr so recht, ob ich ich oder sie war. Starke, glückliche Seela! Es war ein Vergnügen, ihr so nahe zu sein. Seit wir die Zone des Luftkrauts durchquert hatten, war die Anziehung der Massenseen schwächer geworden, so daß wir uns jetzt praktisch im freien Fall befanden. Als ich zu den Seen zurückschaute, sah ich etwas Seltsames: Sie bewegten sich viel schneller als zuvor.

Ich lenkte Eddies Aufmerksamkeit auf mich und machte ihn auf das Phänomen aufmerksam. Die Seen rasten jetzt dahin wie in Panik geratene Büffel in der Prärie, wobei sie auf die Distanz zu vielfachen Bildern verschmolzen und auf wunderbare Weise aus genau der Richtung plötzlich zurückkehrten, in die sie soeben verschwunden waren. Diese Verwirrung der Richtungen war ein Effekt der spindelförmigen Drehbewegung des Raums nahe dem Erdzentrum ... aber warum bewegten sie sich so rasend schnell? »Zeit-Dilation«, sagte Eddie. »Seher hat davon gesprochen. Je näher wir dem Zentrum kommen, desto langsamer verläuft für uns die Zeit. Dies ist das Land der Lotophagen, Mason!«

Seher bestätigte die Richtigkeit von Eddies Antwort, worauf mich der heftige Wunsch erfaßte, mich sehr zu beeilen. Wir verdoppelten unsere Kickbewegungen, und zogen das Ei näher zu den Großen Alten. Auf Grund der Raumrotation sahen sie aus, als wären sie eher auf einer Ebene als auf der Oberfläche einer Kugel ausgelegt. Die nächste der Seegurken zog meine Aufmerksamkeit auf sich; sie war gut und gern so groß wie die ganze Stadt Lynchburg. Ihre vorsintflutlich wirkende Haut war mit großen Reihen platter Hügel überzogen, aus denen breite Ströme rosa Lichts flossen, deren Verzweigungen uns umspielten. Das nähergelegene Ende dieses gewaltigen Trepangs trug zehn enorm große, sich verzweigende Fächer. Als sie unsere Annäherung fühlte, schwang die Riesengurke langsam einen ihrer Fächer in unsere Richtung.

»Füttern!« dachte Opferer, und wir lösten die Mumie, die Schwimpsleber und die Eingeweidestreifen vom Schiff und stießen sie nach innen. Mit einer einzigen umfassenden Wischbewegung erfaßte der Gurkenfächer alles, was wir ihm anboten. Als Dank sandte die Gurke einen intensiven Lichtstrahl an die Ränder unseres Spiegeleies, der schnell alle unsere Fleischbündel getrocknet hatte. Räucherer schnitt diese Bündel ab und befestigte sie mit einer Reihe von Schlingen an einem langen, dafür bereitgehaltenen Tau. Dann entfernten sich er und die anderen in Richtung auswärts. Jetzt schien alles sehr schnell zu geschehen, obwohl wir uns, verglichen mit der Außenwelt, schrecklich langsam bewegten. Die Hochgeschwindigkeitsbewegung der Seen war inzwischen fast unerträglich geworden. Nur Seher war noch bei uns.

Eddie, Seela und ich quetschten uns zu Wuff und dem Luftkraut in das Spiegelei. Eddie schloß schnell die Tür, damit nicht einer von uns herausfallen konnte, wenn uns die Große Alte warf. Seher schob unser Schiff weiter hinein und nahm dann auch seinen Abschied. Als das ins Innere fallende Ei sich zu drehen begann, konnte ich die sich zurückziehenden schwarzen Götter sehen«. Je weiter sie sich von uns entfernten, desto schneller schienen sie sich zu bewegen.

Dann kam ein heftiger, saugend klingender Schlag, als die Große Alte uns mit ihrem klebrigen Fächer packte. Eine schreckenerregend heftige Bewegung zog uns hinab. Mit jedem Faden Bewegung einwärts raste das verrückte Karussell der Massenseen noch schneller. Jetzt konnte ich durch die Zone der Großen Alten hindurchsehen ins eigentliche Herzstück des Tunnels zwischen den Welten, und durch ihn hinaus in die Spiegel-Welt. Die SpiegelSeen rasten mit derselben aberwitzigen Geschwindigkeit im Kreis wie die MassenSeen, aber in umgekehrter Richtung. Hin und wieder konnte ich ein Stück von Edre aufblitzen sehen, in verrückter Drehung und mit dem Sommerlicht in den großen Löchern aufflackernd und erlöschend. Ganze Jahre vergingen dort!

Jetzt waren die berggroßen Körper der Tekelili um uns, große warzige Fässer voll Saugnäpfen, Runzeln und sich verzweigenden Fächern. Sie lagen in der Schnittfläche zwischen den beiden Welten, halb in dieser und halb in jener, von denen sich jede ständig um ihre lange Achse drehte wie ein sich sonnender Wal. So nahe an der Schnittfläche konnte man gut erkennen, daß Erde und SpiegelErde sich in entgegengesetztem Sinn drehten. Ich denke, daß diese entgegengesetzten Drehungen die Quelle der biplanetaren *vis viva* ist, die die Plasmalichtströme erzeugt, die die Woomoo mit ihren übernatürlich mobilen Anhängseln manipulieren. Ich glaube, daß das Zittern ihrer modulierenden und mikroskopisch geschichteten Warzen ständig in vollständiger Synchronisierung mit dem ganzen biplanetaren Baum aus rosa Licht stehen, der aus dem Zentrum von Edre und SpiegelEdre wächst, und daß das winzigste Würzelchen der kleinsten Verzweigung keine Feder berühren kann, ohne daß es die Großen Alten wissen.

Nun machte unsere Riesenseegurke eine mächtige, schwenkende Bewegung, und wir flogen durch das Zentrum, das Herz unserer Welt, und einen Herzschlag lang verging *keine Zeit*. Die Kabine des Spiegeleies war völlig von Licht erfüllt. Alles war Eins, und dieses Eine wußte alles. Der Name des Wesens, das uns hielt, war Uxa, und Uxa war zweihundert Millionen Jahre alt, nach menschlicher Zeitrechnung. Wuff mußte gleich kotzen. Für Uxa und die anderen Tekelili war die Erde eine Art Gefährt. Das Metallei? Mensch und Woomoo waren auf Betreiben der Woomoo auf einem anderen

Planeten zur Erde gekommen. Seela war schwanger. Ich konnte den einen Tag alten Fötus in ihrem Leib fühlen, einen Jungen, mein eigenes Kind, magisch gezeugt, als wir uns am Tag zuvor geliebt hatten. Seela wurde von dem Gedanken an dieses neue Leben in ihr erschreckt. Eddie hatte die Absicht, seinen Doppelgänger SpiegelEddie zu töten. Uxa war ebenfalls schwanger; sie trug in ihrer Hülle die Samen Tausender neuer Woomoo, die sie laichen würde, wenn die Erde ihr Ziel erreicht hatte, eine unglaublich große Raumspindel irgendwo zwischen den Sternen. Dieses Woomoo war also eine Frau. Ein lang verschüttetes Bild meiner Mutter stieg in mir auf. Obwohl sie bei meiner Geburt gestorben war, kannte ich ihr Gesicht von innen. Dort, im Zentrum der Erde, konnte ich die weichen Gesichtszüge meiner Mutter sehen, ihre vorgewölbten Lippen und ihr strohiges, hellbraunes Haar … es war, als sei Uxa der Kopf meiner Mutter, und als ich dies sah, verehrte ich sie. Uxa sagte, wir hätten auf dem Weg einwärts sechs Jahre verloren, und würden weitere sechs auf dem Weg hinaus verlieren. Sie würde uns so werfen, daß wir auf der SpiegelEdre-Seite eines großen Lochs im Ozean landen würden. Wuff atmete schwer. Eddie raste geistig auf endlosen Treppenfluchten aufeinandergehäufter Gedankensysteme umher, wackligen Gedankengebäuden auf den mächtigen Fundamenten der Lehren Uxas. Alle Himmelskörper waren hohl, und alle sind mit Nabelschnüren verbunden, von Nabel zu Nabel mit ihren SpiegelKörpern in der SpiegelWelt. Die Großen Alten bewegen sich an diesen Verbindungen entlang und bevölkern, wenn möglich, die Planeten mit Menschen – so wie ein Farmer Regenwürmer auf einen Acker bringt, um die Erde fruchtbar zu machen … oder wie ein anderer Wolfsmilch pflanzt, um die lieblichen Monarchfalter anzuziehen. Unsere kleinen Gedanken, insbesondere die von Eddie, gefielen Uxa.

All dies und mehr erfuhr ich in dem zeitlosen Augenblick, als wir die Schnittfläche zwischen Welt und SpiegelWelt durchquerten. Uxa rollte langsam herum, und eine heftige, peitschenschlagartige Bewegung ihres Fächers schleuderte unser sich drehendes Ei hinaus.

Die Zentrifugalkräfte preßten uns heftig gegen die Kabinenwand. Als ich durch das dick verglaste Fenster über dem zerstörten Schaltpult hinausblickte, sah ich in schneller Abfolge Bilder der hinter uns verschwindenden Tekelili und die näherkommenden SpiegelSeen. Wuff streckte den Kopf nach vorn und entleerte seinen Magen. Der Gestank des halbverdauten Schwimpsfleisches brachte erst Seela, dann Eddie und zuletzt auch mich ebenfalls zum Erbrechen.

Als wir den SpiegelSeen näher kamen, verlangsamte sich die Übelkeit erregende Heftigkeit ihrer Drehung; wir kehrten in den normalen Zeitfluß zurück. In seiner gottgleichen Weisheit hatte uns das große Woomoo so geworfen, daß wir mit keinem der Seen kollidierten. Wir segelten leicht durch sie hindurch und hatten kaum Zeit, einen flüchtigen Blick auf die schwarzen Götter zu werfen, die hier lebten. Wir drehten uns noch immer zu schnell, als daß wir es hätten wagen dürfen, die Luke zu öffnen. Ich preßte mein Gesicht in den Luftkrautballen und öffnete mit dem Messer eine der Blasen. Das Gas in ihr stand unter hohem Druck; eine belebende Brise von Sauerstoff und Helium füllte die Kabine, worauf unsere Stimmen seltsam hoch klangen.

Ein ständiger Fluß des rosa Lichts strömte mit uns und schob uns immer weiter hinaus. Die SpiegelSeen verschwanden jetzt hinter uns und zeigten sich als in einer großen Kugel angeordnete Wassergloben. Da sich der Raum nun wieder öffnete, wurde das Panorama von SpiegelEdre sichtbar. Wie der Seher gesagt hatte, besaß diese SpiegelWelt kein Nördliches oder Südliches Loch.

Schließlich hatte die Rotation des Spiegeleies so weit

nachgelassen, daß wir uns ein wenig aufsetzen konnten. Eddie öffnete die Tür, um das Erbrochene hinaus-
zuwischen und frische Luft hereinzulassen. Wir flogen
durch eine Herde von Schwimps und brachten eine
Schar von Pterodaktylen zum Aufflattern. Weiter draußen sahen wir einen Ballula, glücklicherweise nicht
allzu nahe. Abgesehen vom Fehlen der beiden Löcher
schien die Oberfläche von SpiegelEdre ziemlich genau
so auszusehen wie die von Edre. Eddie, der sich damit
lange beschäftigt hatte, glaubte, den genauen Ort der
Unterseite von Amerika bestimmen zu können. Er
hatte Uxa gebeten, uns zu einem Punkt im Osten von
SpiegelAmerika zu werfen, vor SpiegelNorfolk an der
Mündung der SpiegelChesapeake-Bucht, denn das ist
der Ort, an dem ein großes Loch im Ozeanboden dem
Wasser ermöglicht, vollständig hindurchzufließen.

Wenn es ein solches Loch im Meeresboden gibt,
möchte man denken, das Wasser flösse zur Gänze in
die Hohlwelt, aber diese Meinung ist ganz trügerisch,
weil auf der Innenseite der Rinde keine Schwerkraft
das Wasser weiterzieht. Eddies auf seinen Mutmaßun-
gen über Elijah und den Tekelili-Kontakten mit den
Großen Alten basierende Hoffnung war, daß wir in der
Nähe des Loches in den Ozean fallen und durch den
Auftrieb unseres luftdicht abgeschlossenen Eies in die
Höhe gespült würden.

Mit dem ständigen Druck von Uxas Licht hinter uns
schafften wir das Meer in einem Tag, wobei wir freilich
die Aufmerksamkeit von zwei frei umhertreibenden
Ballulas und einer Herde auf dem Land lebender Harpyien auf uns zogen. Aber hinter den unnachgiebigen
Wänden unseres uralten Himmelsschiffs hatten wir
nichts zu fürchten.

Seela half uns mittels Weben, die Zeit totzuschlagen.
Zuerst zogen ihre geschäftigen Finger ein paar hervor-
stehende Fäden aus meinem verkrumpelten Rock,
dann nahm sie ihr Halsband auseinander und machte

zwei daraus. Jedes von beiden hatte einen von Juwels großen Steinen im Mittelpunkt und bestand im übrigen aus einer Anzahl von Seelas gesammelten Schalen und Samenkörnern. Sie machte sie nicht besonders dekorativ, sondern wob sie so dick, daß man kaum mehr sehen konnte als die Fäden, die alles zusammenhielten. In der Sprache der Blumenleute fragte ich sie nach dem Grund. Sie sagte, diese Halsbänder seien unser ganzes Vermögen, und dann gab sie mir eines davon. Mehr als je zuvor fühlte ich mich als ihr Gatte.

Als er unsere Halsbänder sah, erinnerte sich Eddie an Juwels Vorschlag. »Sieh mal«, sagte er und streckte Seela die Hand hin. »Kannst du mir für die ein Gewebe machen?« Er hatte fünfzig oder sechzig Zähne in der Hand, die Hälfte weiß, die Hälfte rot. Die Zähne von Virginia und Quaihlaihle. Seela knotete dichtmaschige kleine Netze um jeden Zahn und arrangierte sie dann auf einem Garngeflecht. Eddie legte sich das Ergebnis glücklich um.

Seela hatte einen schlimmen Augenblick, als wir nahe an einer großen Blume vorbeikamen, die aus einer gewaltigen Pflanze am Land nahe dem Meer herausgewachsen war. Die Blumenleute auf der Blüte sahen auf die Entfernung klein wie Blattläuse aus. Seela war drauf und dran, aus dem Ei zu springen, um dorthin zu fliegen, und nur meine herzzerreißenden Bitten hielten sie schließlich doch an Bord zurück.

Eddie schloß nun zum letzten Mal die Tür, und dann klatschte unser Ei mit dem Rand voran ins Wasser. Auf Grund der einzigartigen Natur des Schwerkraftpotentials auf der Oberfläche von Edre, hatte der Auftrieb unseres luftdicht abgeschlossenen Schiffs den Effekt, uns nicht zur Oberfläche des Wassers in SpiegelErde zu treiben, sondern zur SpiegelErde-Ozeanoberfläche tausend Meilen weiter draußen. Statt zu treiben, sank das Spiegelei, und zwar höchst unangenehmerweise mit steigender Geschwindigkeit.

Von allen Stadien meiner Reise war dies das weitaus schreckenerregendste. Man stelle sich vor, daß man in einem halbkugelförmigen Raum mit einem Hund, einem Mann und einer Frau eingeschlossen ist, und erinnere sich dabei, daß dieser Raum eine luftdicht abgeschlossene Kapsel ist, die immer schneller in immer sonnenlosere Tiefen sinkt. Der Druck steigt an, bis man ihn nicht mehr ertragen zu können glaubt, und wird dann nochmals doppelt so groß. Wir litten die ganze Zeit unter Atemnot, und ich schnitt alle paar Minuten eine neue Blase auf, wobei mir völlig klar war, daß ich sie möglicherweise zu schnell verbrauchte. Der Luftdruck füllte meine Ohren mit Geräuschen und meine Augen mit Nebel. Jedes noch so winzige reale Geräusch wurde verstärkt und hallte nach wie der letzte Schrei eines sterbenden Dämons in der tiefsten, hoffnungslosesten Hölle, und kein Nachhall hörte auf, bevor er nicht vom nächsten Klang übertönt wurde. Mit dem Erlöschen aller Tekelili-Fähigkeit hatten Seela und ich nicht mehr als ein paar hundert Wörter gemeinsam; ihre Ausrufe und ihr Schluchzen waren mir vollkommen unverständlich, was mich ganz verrückt machte. Eddie war weit entfernt davon, über das bisherige Gelingen seines Plans erfreut zu sein, und brütete grimmig über den zwölf Jahren, die wir gebraucht hatten, um die Langsamzeit-Zone im Zentrum der Erde zu durchqueren. Immer wieder rief er nach Virginia. Sogar der noble Wuff begann zu wimmern. Es war ein Tollhaus.

Als der Druck sein Maximum erreichte, war ich mir sicher, daß die Bullaugen bersten würden – ja, tatsächlich betete ich beinahe darum, um unserer Agonie ein Ende zu setzen – aber das alte Metallschiff blieb dicht.

Während der ganzen Zeit wurde alles in der Kabine durcheinandergeschüttelt; während wir durch das Wasser rasten wie eine Gasblase im Sumpf, wackelte unser Spiegelei wie der Kopf eines Verrückten. War es zuerst außerhalb unserer Fenster vollkommen dunkel gewesen, so sah ich nun plötzlich sich windende leuchtende Formen: Fische bewohnten diese nachtdunklen Gewässer. Ein paar schwammen auf uns zu, aber wir wackelten unaufhaltsam aufwärts. Endlich begann der nachtmahrische Druck in den Ohren nachzulassen. Hinauf und hinauf rasten wir, das Wasser gurgelte um uns, und langsam, langsam wurde das tintenschwarze Wasser erst braun, dann blau, dann grün ...

Unser Schiff sprang hoch in die Luft, überschlug sich und fiel zurück, sprang wieder hoch und beruhigte sich dann endlich, indem es auf der Oberfläche einer unruhigen herbstlichen See hin- und herschaukelte.

SpiegelErde

Eddie öffnete weit die Luke des Spiegeleies. Genau in
diesem Augenblick brachen zwei riesige Wellen über
uns herein und versenkten unser Schiff. Wir konnten
uns kaum noch daraus befreien, bevor es versank. Wir
befanden uns in einer schlimmen Lage.

Es war spät am Nachmittag und wurde schnell dunkel. Wasser und Luft waren zwar nicht ganz eisig, aber
doch sehr kalt. Seela beherrschte schon den Trick, unter
irdischen Bedingungen zu schwimmen, aber ich fragte
mich, wie lange wir uns auf der Oberfläche würden
halten können. Unsere Kleider zogen uns nach unten;
wir entledigten uns ihrer. Wuff winselte und versuchte,
auf mich zu klettern.

Eddie richtete sich im Wasser auf und reckte den Hals,
um zu erkennen, in welcher Richtung sich das Land befand. Aber in der zunehmenden Dämmerung und bei
der bewegten Oberfäche, was sollte er da sehen können?
Da wir keinen besseren Plan hatten, paddelten wir langsam in Richtung Sonnenuntergang. Wenn nicht alles
vollkommen durcheinander war, mußte sich Spiegel-
Amerika in dieser Richtung befinden.

Die Nacht brach herein, und wir kämpften uns weiter. Ich hatte immer noch die Hoffnung, irgendwann
den Klang einer Brandung zu hören. Wuff blieb an
meiner Seite, den Kopf auf meine Schulter gelegt,
während wir langsam dahinschwammen. Seela und
Eddie waren ein Stückchen vor mir. Wir planschten er-
gebnislos dahin. Die Zeit verging ... eine Stunde vielleicht.

In den uns umgebenden Geräuschen hatte sich fast unmerklich etwas verändert und wurde nun langsam als tiefes rhythmisches Geräusch erkennbar. Eddie richtete sich wieder auf und blickte um sich.

»Hier drüben!« schrie er. »Helft uns!«

Ich stieß Wuff weg und richtete mich ebenfalls auf. Es war ein Dampfer – ein großer Schaufelraddampfer, beleuchtet wie ein Weihnachtsbaum!

»Hilfe!« schrie ich. »Hilfe! Mann über Bord! Rettet uns! Hiiiiilfe!«

Seela stimmte in unsere Rufe ein, und schließlich hörten uns einige Passagiere auf dem Schiff, die aufs Meer hinausgesehen hatten. Es gab einen Alarm, und ein paar Minuten später ließ das Schiff ein Boot mit zwei Ruderern und einem Mann mit einer Laterne zu Wasser.

»Rettet uns!« schrie Eddie. »Rettet uns, um Gottes willen!«

Endlich fiel der Laternenschein auf uns.

»Meine Güte! Drei Nigger und ein Hund! Haltet die Ruder still, Jungs, bis ich sie reingezogen habe.«

Der Sprecher stellte die Laterne hin und streckte seine Arme zu Seela herunter. »Frauen zuerst«, sagte er. »Von welcher Plantage kommt ihr?«

»Oonafoonah boolo«, sagte Seela. »Klee ba'am.« Ihr nasses Blondhaar klebte an ihrer schwarzen Haut, und wenn sie sprach, blitzten ihre roten Zähne im Laternenlicht.

»Hört euch das an!« rief der Mann erstaunt aus. »Blonde Haare und rote Zähne? Kann nicht sagen, daß ich ihr Gelaber verstünde.« Jetzt griff er nach Eddie. »Und wie steht's mit dir, mein Junge, kannst du reden wie die Weißen?«

»Ich bin kein Neger«, sagte Eddie mit Nachdruck.

»Wie heißt du?«

»Edgar Allan Poe.«

»Hast du das gehört, Henry?« Der Mann stieß ein

Juchzen aus und nahm die Laterne auf, um Eddie zu beleuchten, der erschöpft auf dem Boden des Bootes lag. »Das hier ist Edgar Allan Poe.«

»Aber Edgar Allan Poe ist doch der Name des kleinen Burschen auf unserem Schiff«, erwiderte eine Stimme aus dem Dunkeln. »Der Dichter. Kam in Richmond an Bord, pennte den ganzen Tag und ist jetzt seit dem Abendessen im Erster-Klasse-Salon.«

»Wo er Hof hält und die Damen becirct«, sagte eine zweite Stimme. »Aber ich will verdammt sein, wenn dieser Nigger hier ihm nicht wirklich ähnlich sieht. Kannst du lesen, Junge?«

»He!« schrie ich. Ich hing an der Bootswand, zu schwach, um mich selbst hineinzuziehen. »Vergeßt mich nicht. Und den Hund.«

»So weit ist es mit mir gekommen, jetzt rette ich schon einen Niggerhund«, sagte der eine Mann und stellte die Laterne wieder hin. »Das ist eine tolle Geschichte, um sie den Damen zu erzählen. Glaubst du, ich krieg 'ne Medaille, Henry?«

Ich schob Wuff über das Dollbord und wurde endlich auch ins Boot gezogen.

»Hallo«, sagte ich. »Ich bin Mason Algiers Reynolds aus Virginia. Meine Gefährten sind Edgar Allan Poe aus Richmond und Seela Flower aus Edre. Keiner von uns ist ein Neger.«

»Besonders der da nicht«, sagte der Mann und tätschelte Wuff. Der Mann hatte eine tiefe, angenehme Stimme mit einem spöttischen Unterton. Seine Augen waren stechend unter den dicken, halbgeschlossenen Lidern. Er hatte einen dichten braunen Haarbusch, eine Adlernase und dünne, bewegliche Lippen und vermittelte insgesamt den Eindruck vergnügter Lockerheit. »Ich bin Dick Carrington, Obermaat auf der *Pocahontas*, und diese beiden sind die Offiziere Henry Langhorne und Will Baldwin. Seit ihr von der Reynolds-Plantage am York River? Wißt ihr nicht, daß es hier rundum kein freies Gebiet für euch gibt? Maryland ist ebenso ein Sklavenstaat wie Virginia. Ist euer weißer Master zu hart mit euch umgesprungen? Nützt nichts, wir werden euch zu ihm zurückschicken.«

»Warte mal einen Moment, Dick«, sagte Henry, ein schlanker Mann mit einem kleinen Schnurrbart. »Wir sind auf hoher See. Praktisch ist das dasselbe, als wenn wir diese Nigger selbst in Afrika gefangen hätten. Wir können sie in Baltimore auf dem Markt verkaufen. Das Mädchen mit den blonden Haaren ... na, die könnte uns tausend Dollar bringen. Was hältst du davon, Will?«

»Zu schwierig«, sagte Will. Er hatte ein knochiges Gesicht und trug sein langes Haar als Pferdeschwanz. Wenn er sprach, sprang sein vorstehender Adamsapfel auf und ab. »Das hier ist juristisch nicht Hohe See, Henry, das ist die Cheseapeake Bay. Nach dem Gesetz über flüchtige Sklaven müssen wir sie ihrem Master zurückbringen.«

»Verflucht noch mal, wir sind keine Sklaven«, mischte ich mich ein. »Überprüft es, wie ihr wollt, ihr werdet keinen Bericht über unsere Flucht finden. Wir sind freie Leute!«

»Wenn das wirklich wahr ist«, sagte Will, »dann sind wir gesetzlich gezwungen, sie in der Stadt Baltimore abzusetzen; so schreibt es das Gesetz über persönliche Freiheit vor.«

»Wenn das Freie sind«, platzte Henry heraus, »warum, zum Teufel, paddeln sie dann hier zehn Meilen vom Land entfernt im Wasser herum?« Er hob sein Ruder und tauchte es ins Wasser. »Ich sage, bringen wir sie zurück. Könnte ein paar hundert Dollar für jeden von uns bedeuten.«

»Wamgoolo oo'ka tekelili«, sagte Seela. Sie beschwerte sich, daß es hier kein Tekelili gab.

»Du wirst Englisch lernen müssen, Seela«, sagte ich und legte meine Arme um sie. Dann flüsterte ich mit ihr in der Sprache der Blumenleute. Es tat gut, sie zu halten. Wir waren bis auf die Knochen durchgefroren.

»W-was ist heute für ein Tag?« fragte Eddie mit klappernden Zähnen. »Mr. Caaa-Carrington?«

»Donnerstag«, sagte Dick Carrington freundlich. »Geradeaus und gleichmäßig, Henry und Will. Fertigmachen zum Anlegen.«

Wir waren am Hinterdeck des Dampfers *Pocahontas*. Das war ein hübscher Schoner mit zwei schmalen Schaufelrädern mittschiffs auf jeder Seite. Er hatte auch ein paar Segel, die aber für die Rettungsaktion eingeholt worden waren. Männer winschten eine Schlinge herunter. Dick und Will befestigten sie, und dann wurden wir hinaufgezogen und gingen nackt und zitternd an Bord. Ein Haufen Passagiere umdrängte uns zur Begrüßung.

»Davongelaufene Sklaven!« schrie ein rotgesichtiger Mann. »Gebt ihnen die Peitsche!«

»Wir sind keine Sklaven«, sagte Eddie. »Wir sind als Gentlemen geboren und aufgewachsen.« Das war es, was er zu sagen versuchte, aber seine Zähne klapperten so stark, daß nur wenige Umstehende ihn verstanden.

»Legt sie in Ketten!« sagte ein anderer Passagier. »Fesselt sie!«

»Ich nehme das Mädchen mit in meine Kabine«, bot ein weiterer an.

»Ich zahle dreihundert für sie«, schrie jemand. »Fünfhundert für alle zusammen.«

»Will«, sagte Dick Carrington. »Bring sie hinunter in die Heizermesse.«

Gottseidank, dachte ich, denn ich wußte, daß die Heizer schwarz sein würden.

Will Baldwin brachte uns, die wir zitterten und stolperten, über Stiegen und durch Gangways zu einem niedrigen Raum im Bauch des Schiffes. Hier unten war es höllisch heiß, und die Schiffsmaschine dröhnte. Ein verhutzelter Schwarzer rührte in einem Topf Brei um. Die Stimmen der schwarzen Heizer drangen herein. Die Männer schaufelten Kohle und unterhielten sich dabei.

»Ayrab, wir haben diese drei hier aufgegriffen«, sagte Will. »Laß sie sich aufwärmen und gib ihnen was zu essen. Schau, ob du ein paar Kleider für sie finden kannst. Ich komme bald zurück.«

Ayrab legte seinen Rührlöffel hin und betrachtete uns lange. Er war mokkafarben, während wir drei ebenholzschwarz waren. Er hatte kleine gerötete Augen und nur noch ein paar Zähne. Unser Anblick schien ihn fröhlich zu stimmen, inbesondere der von Seela mit ihrem unpassend blonden Haar.

»Setzt euch«, gackerte Ayrab. Er trippelte zur anderen Tür der Messe und rief zu den Heizern hinaus: »Luther! Hör auf zu schaufeln und schau dir das an!«

Der blauschwarze, kahlköpfige, überaus kräftig gebaute Mann, der jetzt auftauchte, war kein anderer als SpiegelLuther, die SpiegelErde-Kopie jenes Luther, mit dem wir den Fluß von Lynchburg nach Richmond hinuntergefahren waren. Sein Alter zeigte sich an seiner etwas papieren gewordenen Haut.

»Luther«, rief ich aus. »Ich bin's, Mason!«

»Was für'n Mason?«

»Mason Reynolds. Von Hardware. Ich kannte dich, als du mit den Garlands gearbeitet hast, als ihr dieses Schiff den Fluß hinunterstaktet.«

SpiegelLuther bekam schmale Augen. »Stimmt ... ich hab das gemacht, bevor ich mich freigekauft hab. Könnt aba nich' sagn, daß ich mich an dich erinnern könnt. Mason Reynolds, sagste? Da gab's 'n weißn Jungn, den hamse erschossn in Lynchburg, kommt mir vor. Wer biste wirklich und von wo? Biste davongelaufen?«

»Wir sind keine Sklaven«, warf Eddie ein.

»Aber die glauben alle, daß wir das sind«, sagte ich.

»Es gibt aber keine Haftbefehle für uns, ich schwöre es.«

»Bis jemand welche schreibt«, sagte Ayrab. »Was ihr tun müßt, ist ganz schnell abhaun vom Schiff, sobald wir anlegn.«

»Ich laß euch über die Kohlnrutsche raus«, sagte SpiegelLuther. »Und dann geht ihr zu Jilly Tacklers Pension in der Greene Street, wo sie die National Road kreuzt, im Westn der Stadt. Jilly nimmt euch auf. Aber sagt mal, wo is' dieses Mädel mit den blondn Haarn her? Wie heissu, Süße?«

»Sie heißt Seela«, sagte ich. »Sie spricht nicht Englisch.«

»Sie kommt direkt aus Afrika? Is' das der Grund, warum du weggelaufn bis'? Sie is' neu hergekommn un' du hast dir gedacht, du behältst sie ganz für dich allein?«

»Sie gehört zu mir, ja, als meine Frau. Aber ich sag dir, Luther, sie ist eine freie Frau, und Eddie und ich sind freie Menschen.«

»Was haben wir für einen Tag?« fragte Eddie.

»Donnerstag«, erwiderte Ayrab. »Hat Carrington was gesagt, daß er euch den Kopfgeldjägern übergibt?«

Ich sagte: »Mir ist nicht ganz klar, was die Offiziere vorhaben. Einer von ihnen hat gesagt, wenn wir keine davongelaufenen Sklaven sind, sollten sie uns selbst auf dem Markt verkaufen.«

»Ihr müßt unbedingt durch die Kohlnrutsche raus«, sagte SpiegelLuther.

»Ich weiß, daß Donnerstag ist«, sagte Eddie. »Ich meine: was für einen Monat haben wir, Ayrab? Und was für ein Jahr?«

»Es ist immer noch September, glaub ich. Un' das Jahr? Will verdammt sein, wenn ich das weiß. Wie hat dieses afrikanische Mädel sein Haar so weiß hinge-kriegt?« Er schöpfte drei Schalen voll heißen Brei und stellte sie vor uns hin. »Da.«

»Wir ham 1849«, warf SpiegelLuther ein. »Wart ihr außerhalb des Lands? Drüben in Afrika?«

»Zwölf Jahre!« schrie Eddie. »Es ist, wie Uxa gesagt hat. Wir haben zwölf Jahre verloren!« Er schob seinen Teller beiseite, legte den Kopf auf die Arme und begann zu schluchzen. Bevor wir durch die Zentrale Anomalie geflogen waren, hatte Eddie eine Tekelili-Version einer lebendigen SpiegelVirginia gesehen, wie sie mit einem SpiegelPoe glücklich gewesen war. Nun hatte er Angst, daß wir zu spät gekommen waren.

»Beachtet ihn nicht«, sagte ich und begann, meinen Brei zu essen. Seela langte auch zu, nur Eddie hatte keinen Appetit. Als sein Brei ausgekühlt war, gab ich ihn Wuff.

Obwohl die Heizer alle freie Männer waren, verbrachten sie den größten Teil ihres Lebens im Schiffsbauch, so daß wir genügend Kleidungsstücke zusammenbrachten, um uns anständig anziehen zu können. Eddie und ich bekamen je ein Paar Hosen und Seela ein langes Hemd. Ayrab und die Heizer interessierten sich für unsere Halsbänder, aber Seela hatte sie so dick gewoben, daß die Zähne und die beiden Edelsteine völlig unsichtbar waren. Ich rieb und tätschelte Wuff, bis er ganz trocken war. Er rollte sich in einer Ecke zusammen und schlief ein.

Nach einer Weile kam Will Baldwin zurück. »Fühlt ihr euch besser? Kapitän Parrish würde euch drei jetzt gern sehen.« Also ging es wieder die Stiegen hinauf und die Korridore entlang bis zu einer letzten Treppe zu einer Tür aus Mahagoni. Will Baldwin klopfte laut und wies uns hinein.

In der komfortabel eingerichteten Kabine befanden sich zwei Männer: ein sich sehr gerade haltender Mann mit grauem Bart, offensichtlich der Kapitän, und ...

»Der SpiegelPoe«, keuchte Eddie.

Der SpiegelPoe hatte Eddies seltsam hohe Stirn und dieselben großen, dunkel bewimperten Augen in einem bleichen Gesicht, das Ritterlichkeit und Verfeinerung ausstrahlte. Seine gesamte Kleidung war in Schwarz gehalten, und ein schwarzer Stock lehnte an der Lehne seines Stuhls. Seine Oberlippe zuckte leicht unter dem Schnurrbart, während er uns betrachtete. Er sah erschöpft und übernächtig aus. Bevor er etwas sagte, streckte er eine zitternde Hand nach seiner Teetasse aus und nahm einen tiefen Schluck. Er schien ganz schlecht beisammen zu sein; so wie ich Eddie kannte, nahm ich an, daß SpiegelPoe sich von einem Gelage erholte.

»Lebt sie noch?« wollte Eddie wissen. »Virginia. Geht es ihr gut?«

»Es steht euch nicht zu, uns zu befragen«, sagte Kapitän Parrish. Seine Augen waren blau und klar, sein Gesicht streng und gebräunt. Er saß hinter einem Schreibtisch, auf dem Seekarten, Stechzirkel und ein schweres Metallineal lagen. »Wer von euch nennt sich Edgar Allan Poe? Du?«

»Natürlich ich«, sagte Eddie. »Sind Sie denn blind? Ich bin Edgar Allan Poe, und dieses verwüstete Wrack da ist nichts anderes als mein Doppelgänger, der lasterhafte SpiegelPoe.«

»Du hast nach Virginia gefragt«, sagte SpiegelPoe langsam. »Kommst du direkt aus der Hölle? Schwarzer Teufel. Virginia ist vor dir sicher.« Er strich sich mit der zitternden Hand über die Stirn. »Hast du überhaupt eine Vergangenheit, oder hat meine böse Phantasie dich frei erfunden?« Vielleicht hielt er uns alle drei für unerfreuliche Halluzinationen.

»Sicher? Wo?« schrie Eddie. »Ich habe ihr Wiedergutmachung zu leisten!«

»Sicher im Grab«, schnarrte SpiegelPoe. »Und bevor du auch noch das Grab schändest, ekliger Ghoul, werde ich dich zurückschicken zum Vater der Lügen!« Plötzlich angestachelt, erhob sich SpiegelPoe und griff nach seinem Stock, der aber umfiel und wegrollte. Statt sich danach zu bücken, nahm SpiegelPoe das schwere Bronzelineal vom Schreibtisch des Kapitäns. »Perverser Teufel, endlich sehe ich dich von Angesicht zu Angesicht!« Er machte einen Schritt nach vorn und schlug mit aller Kraft mit dem Lineal zu.

Eddie schrie auf und krümmte sich nur zusammen, aber ich hatte genug Geistesgegenwart, um vorzuspringen und SpiegelPoes Handgelenk zu packen. Das Lineal krachte zu Boden. Seela nahm es auf und hielt es bereit, falls wir neuerlich attackiert werden sollten.

»Bitte, Mr. Poe«, sagte ich. »Beruhigen Sie sich. Dieser Mann ist tatsächlich Ihr Doppelgänger, oder Sie sind der seine, aber daran ist nichts Satanisches. Wir kommen nicht aus der Hölle, sondern von einer anderen Erde, der realen Erde, wie wir glauben. Für uns ist Ihre Welt eine SpiegelWelt. Sie können mir glauben, wenn ich sage, daß unsere Reise im höchsten Grade phantastisch war. Beruhigen Sie sich doch, und lassen Sie sich von uns die Geschichte erzählen.«

»Virginia tot«, schluchzte Eddie, der zu Boden gestürzt war. »Was bin ich für ein elender Sünder!«

SpiegelPoe trat steif einen Schritt zurück und betrachtete uns drei: die schöne rotzähnige, blondhaarige, dunkelhäutige Seela, deren starke Hand das Lineal umklammert hielt; mich, einen feingliedrigen, eher kleingewachsenen Sechzehnjährigen, der sehr gewählt sprach; und den unglücklichen tintenschwarzen Eddie, so offensichtlich ein gequälter Künstler, so klar erkennbar als Kohlepapierkopie eines jüngeren SpiegelPoe. Langsam nahm SpiegelPoe seinen Stock auf und fingerte am Griff herum. Ich bemerkte einen Einschnitt sechs Zoll unter dem Griff. Vielleicht konnte man den Griff herausziehen und hatte dann einen Dolch in der Hand?

»Das ist ja, als erwachte eine Ihrer Geschichten zum Leben, Mr. Poe«, sagte der Kapitän in beruhigendem Tonfall. »Vielleicht sollten Sie ihre Geschichte niederschreiben? Das würde eine feine Serie für das neue Magazin, von dem Sie mir erzählt haben … *The Stylus!* Sagt mir die Wahrheit, ihr drei, wie kommt ihr hierher?«

»Wir sind keine Sklaven«, sagte ich. »Sie müssen begreifen, daß wir keine davongelaufenen Sklaven sind.«

»Und wenn ich euch das mal zubillige?« fragte der Kapitän. »Woher kommt ihr dann?«

»Wir … wir sind durch die See heraufgekommen«, sagte ich. »Aus der Hohlwelt heraus.«

Seit Eddie so verletzlich und armselig auf dem Fußboden lag, hatte SpiegelPoes Gesicht einen weicheren Ausdruck angenommen. Und nun gewann meine Erwähnung der Hohlwelt sein Interesse. Ein kaum erkennbares Lächeln spielte auf seinen blassen Gesichtszügen, und er warf sich wieder in seinen Stuhl und lehnte den Stock erneut an die Armlehne.

»Dann erzählt«, sagte er. »Ich kann heute nacht ohnehin nicht auf Schlaf hoffen. Vertreib die Stunden und erzähl mir eure Geschichte, junger …«

»Mein Name ist Mason Algiers Reynolds. Ich bin ein Weißer und ein Gentleman. Meine unvergleichbare Reise begann vor dreizehn Jahren, als ich die Farm meines Vaters in Hardware, Virginia, verließ.«

»Sag ihm nichts«, warf Eddie vom Fußboden her ein. »Er will nur den Ruhm stehlen. Wenn jemand unsere Geschichte niederschreibt, dann werde ich derjenige sein.«

Seela, die die Schwerkraft der Erde nicht gewöhnt war, hatte sich ebenfalls auf den Boden gesetzt.

»Hören wir uns die Geschichte an«, sagte Kapitän Parrish und läutete. Will Baldwin mit seinem Pferdeschwanz kam herein. »Will, kannst du uns drei Stühle bringen?«

»Und Rum und heißes Wasser«, krächzte Eddie. »Ich hab seit einem Jahr nichts mehr getrunken.«

»Das ist auch besser so«, bemerkte SpiegelPoe ernsthaft. »Alkohol ist der Tod selbst. Bringt keinen Rum, bringt uns mehr Tee.« Er sprach mit der beschwörenden Eindringlichkeit von jemandem, der gerade knapp der Grube entgangen ist.

Will und ein Schiffsjunge hatten bald Stühle und Tee gebracht. Ich begann mit meinem Bericht, als die Uhr des Kapitäns zehn Uhr abends zeigte, und war noch immer nicht ganz fertig, als die Müdigkeit mir um vier Uhr morgens einzuhalten gebot. Eddie war so mitgenommen von unserer Reise, daß er den größten Teil meiner Erzählung verschlief. Der Bericht, den ich gab, war bei weitem nicht so detailliert wie das, was Sie in den bisherigen Kapiteln hier gelesen haben – die wichtigsten Auslassungen waren alles, was die Geschehnisse um Virginia auch nur im entferntesten berührte, von den Einzelheiten der Poeschen Hochzeitsnacht bis zu dem Zustand, in dem wir den auf der *Wespe* versteckten Eddie schließlich gefunden hatten. Mit dem drohenden Stock an seiner Seite war SpiegelPoes Stimmung allzu launisch für solche Enthüllungen.

Er nahm meine Erzählung mit allen äußeren Anzeichen von Interesse und Verwunderung auf, aber ich hatte während meines Berichts oft das Gefühl, er sei nicht ganz anwesend. Er machte den Eindruck eines hohlen Baumes, der von kleinen Vögeln bewohnt wird, die nur hin und wieder durch die Astlöcher herausgucken. Man konnte nicht übersehen, daß sein Herz von vielen Sorgen bedrückt wurde – und daß er vom wahren Irrsinn zumindest gekostet hatte. Der Fluß meiner langen Erzählung war ihm als Zerstreuung willkommen, aber er nahm sie hin wie ein Mann einen Traum hinnimmt, ohne Fragen zu stellen und ohne Überzeugung. Und doch gab mir das letzte, was er zu uns sagte, bevor man uns wieder in die Heizermesse hinunterbrachte, Hoffnung auf weiteren Kontakt.

»Ich bin heute nacht nicht ganz bei mir. Eure Geschichte … wenn ich mich nur besser darauf konzentrieren könnte …« Er seufzte tief. »Vielleicht sprechen wir weiter, wenn ich meine Reise nach Philadelphia hinter mich gebracht habe. Könntest du mir nochmals deinen Namen sagen?«

»Mason Reynolds«, wiederholte ich. Dann fiel mir unser Plan ein, das Schiff unbemerkt zu verlassen, und ich trat nahe an ihn heran und flüsterte: »Sie finden uns in Jilly Tacklers Pension an der Kreuzung Greene Street – National Road.«

»Ich kenne die Gegend gut«, sagte SpiegelPoe.

»Erzähl ihm keine Geheimnisse«, murmelte der schwarze Eddie schläfrig und betastete sein Halsband. »Jetzt noch nicht.«

Wir legten uns unter Ayrabs dösendem Auge ein paar Stunden hin. Im Morgengrauen weckte uns SpiegelLuther.

»Inner Stunde legn wir an«, flüsterte er mir zu, sein schwarzes Gesicht dicht über meinem. »Wird Zeit, euch die Kohlenrutsche zu zeigen.«

Eddie erwachte langsam und mit Mühe. Er war vom Tod Virginias weit mehr erschüttert, als ich erwartet hatte, und war außerdem enerviert von der unübersehbaren Bedeutsamkeit SpiegelPoes.

Denn obwohl es ihm gesundheitlich schlecht ging, hatte SpiegelPoe die Aura eines großen Mannes, und alles, was Kapitän Parrish und die anderen Offiziere gesagt hatten, hatte diesen Eindruck eindringlich bestätigt. Im Unterschied zu Eddie war SpiegelPoe auf dem Feld der Literatur anwesend und arbeitsam gewesen und hatte sich eine internationale Reputation als Poet, Autor und Homme de lettres geschaffen. Eddie stand es immer noch frei, dasselbe zu tun, aber wie schwer würde ihm das fallen, wenn so viele Poe-Erzählungen schon Schnee von gestern waren? Und woher nahm SpiegelPoe den Willen zu seiner eisern durchgehaltenen Nüchternheit? Mein Eddie war wieder einmal bereit, sich bis zur Bewußtlosigkeit zu betrinken. Das alles jammerte er mir vor.

Mittlerweile hatte SpiegelLuther uns drei samt Wuff an die Rückseite des großen Kohlenbunkers des Schiffes gebracht, direkt unter eine aufwärts führende Röhre, die laut Luther in einer Luke in der Seite der *Pocahontas* endete. Nachdem ich Eddie endlich zum Schweigen gebracht hatte, erklärte ich Seela unsere Lage, so gut es ging. Bis jetzt fand sie SpiegelErde nicht sonderlich attraktiv.

Etwas später gab es Lärm in der Heizermesse – ein Offizier war heruntergekommen, um nach uns zu sehen, ob zur Befreiung oder um uns in Ketten zu legen, weiß ich nicht. Kapitän Parrish hatte zwar in jeder Hinsicht so gewirkt, als glaube er uns, daß wir freie Männer seien, aber vielleicht intrigierte er bloß aufs gerissenste. Auf jeden Fall hatte er lange, verstohlene Blicke auf Seela geworfen. Es schien das beste, uns an Luthers Weisheit zu halten und heimlich zu verschwinden.

Die Suche nach uns wurde von den Aktivitäten der Landung unterbrochen: die Füße der Mannschaft polterten über das Deck, die Maschine dröhnte, wenn wir durch enge Stellen fuhren, die Ziehtaue knatterten, die Segel flappten. Die Passagiere stiegen so lautstark wie eine Viehherde aus, dann machten sich die Stauer ans Werk und rollten Fässer voll Tabak aus dem Frachtraum der *Pocahontas* hinaus. Aus der Überlegung heraus, daß wir gefunden werden könnten, wenn wir zu lange warteten – oder unter Tonnen neuer Kohle begraben würden –, kroch ich die Rutsche hinauf. Eine gute Seele hatte oben schon die Luke geöffnet, und ich konnte meinen Kopf tatsächlich an der Flanke des Schiffes ins Freie stecken. Das Pflaster des Anlegedocks lag vier Fuß unter mir! Ich rief Eddie, er solle mir Wuff heraufreichen. Ich setzte den Hund ab und kletterte dann selbst hinaus auf den festen Grund von SpiegelErde. Eddie und Seela kamen nach. Ein paar Neger beobachteten unsere Ankunft, sagten aber nichts. Wir überquerten schnell das Anlegegebiet und fanden eine kleine Seitenstraße. Dort machten wir eine Pause, während Wuff sich schüttelte und schüttelte, bis er den ganzen Kohlenstaub los war. Ich wünschte, ich hätte meine richtige Hautfarbe so leicht wiedergewinnen können.

»Wohin sollen wir gehen, hat Luther gesagt?« fragte Eddie.

»Zu Jilly Tacklers Pension. In der Greene Street, an der Kreuzung zur National Road.«

»Der Slum im Westen!« rief Eddie. »Ich wohnte dort mit Virginia und Mrs. Clemm.« Seine Miene verdüsterte sich wieder. »Soll heißen, der famose SpiegelPoe wohnte dort. Wo ich lebte, Mason, wo du und ich lebten, das ist eine ganze Welt und noch eine zweite entfernt.«

Wir legten die zwei Meilen zu Jilly Tacklers Pension ohne Probleme zurück. Klar, wir waren eher unvollständig bekleidet, aber wir waren Schwarze, da kümmerte sich niemand darum. Jillys Pension war ein wackliges dreistöckiges Holzhaus mit je fünf Räumen in jedem der beiden oberen Stockwerke. Das Erdgeschoß enthielt Küche, Gemeinschaftsraum, Jillys eigene Wohnung und noch einen vermieteten Raum. Der Keller war die Domäne von Mr. Turkle, Jillys Faktotum, Handlanger und – nach Meinung der Mieter – Liebhaber.

Jilly war eine dicke Negerin, die eine Unmenge unechten Schmucks trug. Ihre Haut war eher braun als schwarz, und sie hatte leuchtend rote Lippenfarbe aufgetragen. Auf dem Kopf trug sie einen rosa Turban. Ich stellte ihr unsere Gesellschaft vor und verlangte ein großes Zimmer. Jilly war gern bereit, uns ein Zimmer zu vermieten, aber sie wollte das Geld im voraus. In der Sprache der Blumenleute fragte ich Seela, ob ich

Jilly meinen Edelstein verkaufen solle. Seela meinte, ich solle lieber ein Samenkorn oder eine Muschel opfern. Mir kam nicht vor, daß das bei Jilly das Eis brechen könnte, und nach einiger Diskussion gab mir Seela die Erlaubnis, den Stein zu verkaufen. Ich borgte mir ein Taschenmesser von Jilly aus, schnitt mein Hochzeits-halsband auf und schabte die Fasern ab, die meinen strahlenden Stein verbargen. Jilly war von seinem Feuer verzaubert. Es war ein Juwel von köstlichster Transparenz, so groß wie eine Haselnuß. Es zerlegte mit der Effektivität eines Brillanten das Licht in Regen-bögen.

»Woher haste das, Mason?« wollte Jilly wissen. Sie hielt uns ziemlich sicher für davongelaufene Sklaven. »Von dei'm Massa gestohln?«

»Es ist nicht gestohlen«, versicherte ich ihr. »Auch wenn wir keine Papiere haben, so sind wir doch keine entlaufenen Sklaven. Dieser Stein wurde in einem selt-samen und weit entfernten Land gefunden.«

»Mutter Afrika! Is' Seela von da her? Wie machtse ihr Haar so weiß?«

»Das ist eine Besonderheit ihres Stammes«, sagte ich. »Ja, ich glaube, man könnte sagen, daß Eddie und ich Seeleute sind, die Seela in Afrika getroffen haben.«

»Der schwarze Kontinent«, warf Eddie ein. »Madam Tackler, ich sehe, daß Sie dieses Juwel überaus gern be-sitzen würden, und das ist auch ganz recht so. Das ist ein Stein, wie er von afrikanischen Königinnen getra-gen wird. Wenn ich ihn Ihnen gebe, werden Sie uns hier wohnen lassen für …«

Ich dachte an Seelas Schwangerschaft und sagte des-halb: »Neun Monate?«

»Neeeun Monat'?« Sie nahm den Stein und prüfte ihn mit ihren Zähnen. »Sogar wenn der Juwelier sagt, daß der echt ist …«

»Vielleicht ist es besser, wenn wir ihn selbst zu einem Juwelier bringen«, sagte Eddie und streckte die Hand nach dem Stein aus. »Können Sie uns einen empfehlen?«

»Sechs Monate«, sagte Jilly und starrte in den funkelnden Stein. »'s gibt 'n großes schönes Zimmer im dritten Stock. Nummer elf. Ihr geht rauf, während ich den Stein Mr. Turkle zeige. Wenn er ihn auch für echt hält, geb ich euch das Zimmer für sechs Monate.«

»Mit Vollpension?« fragte Eddie, der Veteran so vieler Pensionen. »Und können wir zehn Dollar in bar haben?«

»Mittagessen gibt's, aber ich hab keine zehn Dollar. Da mußte dir schon einen Job suchn, Eddie. Was habt ihr sonst noch in den Halsbändern?«

Ich schabte noch ein paar Fäden weg. Jillys Neugierde wurde von einer unirdischen Kaurimuschel und einem strahlend roten Samen geweckt.

»Können wir fünf Dollar kriegen?« fragte ich.

»Vier hab ich.« Sie gab mir vier Dollarnoten. »Euer Zimmer is' hintn im zweiten Stock. Nummer elf, einseins. Das iss'ne Glückzahl. Anner Straßenecke gibt's 'nen Brunnen, falls ihr euch waschn wollt. Kohle fürn Ofn kriegt ihr von Mr. Turkle unten.«

»Danke.«

»Der Hund da … isser stubenrein? Beißt er?«

»Er macht keine Probleme. Er heißt Wuff.« Ich brachte meinen alten Witz an. »Er ist so klug, daß er seinen eigenen Namen kennt, und er ist so berühmt, daß alle anderen Hunde über ihn reden.«

Jilly lachte höflich und ging dann in ihre Wohnung, um ihren neuen Stein zu betrachten.

Das Zimmer hatte zwei Betten – eigentlich nur Matratzenlager auf dem Boden. Eines für Seela und mich, eines für Eddie und Wuff. Es war hier sehr schmutzig. Was war das für ein Ort, an den ich Seela brachte! Eddie war deprimiert, sich in einer Negerpension mit einem Hund als Bettkameraden wiederzufinden. Er nervte mich, bis ich ihm einen Dollar und eine Kaurimuschel gab, dann ging er weg. Ich ging mit einem Kübel zur Straßenecke und holte Wasser. Bevor ich irgend etwas anderes tat, schrubbte ich erst mal die Wände ab und putzte die getrocknete Spucke vom Ofen. Nachdem ich von Mr. Turkle – einem kahlen, braunen, fast gänzlich kinnlosen Mann – einen Besen geholt hatte, schüttete ich das restliche Wasser auf den Boden und kehrte den größten Teil des Drecks hinaus auf den Gang.

Dann zündete ich den Ofen an und stellte ein Becken zum Wärmen darauf. Dreimal zum Brunnen, und ich hatte genug Wasser, um die Wanne zu füllen. Seela und ich nahmen ein Bad. Das gefiel ihr; wie sich Wasser unter unseren Schwerkraftbedingungen verhielt, machte ihr Spaß – genauso, wie die schwerelosen Wassergloben der Hohlwelt mich begeistert hatten. Für Seela war es eine faszinierende Neuigkeit, Wasser aus dem Kübel in die Wanne pritscheln zu lassen.

Nachdem wir uns den Schmutz unserer Reise abgewaschen hatten, gingen wir, Wuff im Schlepptau, Kleider kaufen. Das Hemd und die Hosen, die wir hatten, waren nicht viel mehr als Fetzen. Nicht weit von Jillys Pension gab es eine Straße mit Geschäften für Neger. Ich kaufte mir ein Leinenhemd und einen Kammgarnanzug. Seela wollte dasselbe ... bis ihr klar wurde, daß die anderen Frauen Kleider trugen. Sie wählte ein schönes gelbes Kleid aus, das die Farbe ihrer ehemaligen Heimatblume hatte; und ich wählte eine grobe blaue Jacke zum Darübertragen für sie aus. Schuhe, Socken und Unterwäsche kauften wir auch. Dann machten wir einen kleinen Spaziergang.

In der Hohlwelt hatte Seela niemals Schuhe getragen und war eigentlich auch niemals gelaufen, so daß ihr die Füße bald sehr weh taten. Wir fanden einen kleinen Platz mit ein paar Bänken und setzten uns hin. Der Tag hatte bewölkt begonnen, aber jetzt war es sonnig, allerdings immer noch eher kühl. Blätter in strahlenden

Herbstfarben lagen im grünen Gras. Wuff legte sich ins Gras und betrachtete uns aus glänzenden Augen. Nach so viel Tekelili mit ihm kam er mir vor wie eine richtige Person.

»Oofanah goolu«, sagte ich zu Seela und zeigte auf ein rotes Ahornblatt, das vorübertaumelte. Um ihr Englisch lernen zu helfen, hatte ich die Angewohnheit angenommen, alles zweimal zu sagen, einmal in meiner gebrochenen Blumensprache und dann auf englisch. »Das Blatt ist hübsch.« Ich wollte, daß es ihr hier gefallen sollte.

»Goolu«, stimmte Seela lächelnd zu. Ihr blondes Haar und ihre roten Zähne hatten in den Läden viel Aufsehen erregt, aber ich war bei der Geschichte geblieben, daß sie eine afrikanische Prinzessin von einem unbekannten Stamm sei. Den Leuten gefiel diese Geschichte.

Aber jetzt stieß mich plötzlich jemand mit einem Stock an. Ein Polizist.

»Verschwinde hier, Nigger«, sagte er. »Und nimm deine komische Frau mit. Die Bänke sind nur für die Weißen.«

Als wir zu Jillys Pension zurückgingen, versuchte ich Seela das Geschehene zu erklären. Angesichts der Verehrung, die ihr Stamm für die schwarzen Götter empfand, konnte sie kaum begreifen, daß hier in der SpiegelWelt weiße Haut für besser als schwarze gehalten wurde. Ich für meinen Teil fragte mich, wie viele Wochen oder Monate es dauern würde, bis wir wieder zu Weiß verblaßten.

Jilly und Mr. Tackle servierten ein fettiges Mahl aus Gemüse, Bauchfleisch, Maisbrot und Bohnen. Es war sättigend, wenn auch nicht gerade besonders wohlschmeckend. Von Eddie war nichts zu sehen. Nach dem Essen gingen Seela und ich zum Bumsen aufs Zimmer. Eddie kam kurz nach Einbruch der Dunkelheit und war blendender Laune. Statt sich zu betrinken, wie ich angenommen hatte, hatte er sich Papier und Feder besorgt und den Tag schreibend verbracht! Kein weißes Wirtshaus stand ihm offen, und die Negerkneipen wollten ihn auch nicht als Gast. Er hatte den Tag in der Hinterbank einer Kirche verbracht, und zwar in keiner geringeren als in SpiegelBaltimores großer Basilika zur Heiligen Empfängnis. Ein Kirchendiener, der von der Ernsthaftigkeit, mit der der schlecht gekleidete schwarze Mann schrieb, gerührt war, hatte Eddie Kleider und Schuhe gegeben und dazu noch ein Essen. Und was hatte Eddie geschrieben? Er zündete eine Kerze an, die er von einem Seitenaltar mitgenommen hatte und gab mir zwei dicht beschriebene Blätter zu lesen.

Ich hatte den Beginn eines Berichtes über unsere Reise erwartet, fand aber statt dessen ein langes, rhythmisch kompliziertes Gedicht mit dem Titel *Der Rabe* vor. Von dem seltsamen Vogel in verrückte Phantasien getrieben, enthüllt der Poet seine Herzenswünsche und wird brutal zurückgestoßen. Dann nimmt er eine Verteidigungshaltung ein, aber sie wird schnell zur verzweifelten Bitte, daß der Vogel seinen ›Schnabel aus seinem Herzen‹ ziehen möge. Und dann kommt im letzten Vers der Zusammenbruch in eine nachtmahrische Stasis tiefster Depression:

>»Ah! dann nimm den letzten Zweifel, Höllenbrut – ob Tier, ob Teufel!
>Bei dem Himmel, der hoch über uns sich wölbt – bei Gottes Ehr' –
>künd mir: wird es denn geschehen, daß ich einst in Edens Höhen
>darf ein Mädchen wiedersehen, selig in der Engel Heer –
>darf Lenor', die ich verloren, sehen in der Engel Heer?«
>Sprach der Rabe, »Nimmermehr.«

»Sei denn dies dein Abschiedszeichen«, schrie
ich, »Unhold ohnegleichen!

Hebe dich hinweg und kehre stracks zurück in
Plutos Sphär'!

Keiner einz'gen Feder Schwärze bleibe hier,
dem finstern Scherze

Zeugnis! Laß mit meinem Schmerze mich
allein! – hinweg dich scher!

Friß nicht länger mir am Leben! Pack dich!
Fort! Hinweg dich scher!«

Sprach der Rabe. »Nimmermehr.«

Und der Rabe rührt' sich nimmer, sitzt noch
immer, sitzt noch immer

auf der bleichen Pallas-Büste über Türsims
wie vorher;

und in seinen Augenhöhlen eines Dämons
Träume schwelen,

und das Licht wirft seinen scheelen Schatten
auf den Estrich schwer;

und es hebt sich aus dem Schatten auf dem
Estrich dumpf und schwer

meine Seele – nimmermehr.

Bei aller Traurigkeit des Gedichts war Eddie selbst in
Hochstimmung, weil er diese wundervolle Schöpfung
hervorgebracht hatte. Er legte sich beinahe glücklich
schlafen.

Am Samstagmorgen wurde das Wetter bitterkalt und
es gab immer wieder Regenschauer. Eddie schlug vor,
daß Seela und ich ihn zu den Büros der SpiegelWelt-
Version des *Baltimore Saturday Visiter* begleiten sollten,
einem Magazin, das als erstes auf Erden eine von Eddies Stories abgedruckt hatte, seine *Flaschenpost*. Ich
hatte eigentlich die Absicht gehabt, den Vormittag mit
Arbeitssuche zu verbringen, aber Eddies Enthusiasmus
steckte an.

»Wer weiß, Mason«, sagte er, »wenn wir denen erst einmal von unseren Abenteuern erzählt haben, werden sie uns vielleicht engagieren, um eine Serie darüber zu schreiben. Dich juckt es doch auch, etwas zu verfassen, stimmt's nicht, mein Junge? Vielleicht können wir zusammenarbeiten – du machst den Rohentwurf, und ich poliere ihn dann! Angesichts der Tatsache, daß der SpiegelPoe meinen Namen benützt hat, veröffentlichen wir vielleicht beooer unter deinem Nachnamen, zumindest bis die Tatsachen unserer Reise allgemein bekannt geworden sind. *Der Rabe* und *Die Hohlwelt …* von Mason Reynolds! Denk daran, ich erledige das Sprechen. Ich bin seit langem mit den Gegebenheiten des Journalismus vertraut.«

Wuff und wir drei hatten erhebliche Schwierigkeiten, in das Büro des *Saturday Visiter* vorzudringen, obwohl Eddie darauf bestand, den Herausgeber John Hewitt persönlich zu kennen. Hewitt selbst blickte von seinem Schreibtisch mit einer Miene tiefsten Befremdens auf, und als Eddie sich vorstellte, wandelte sich Hewitts Verblüffung zu Grobheit.

»Klar, und ich bin Washington Irving«, sagte er. »Was habt ihr hier verloren? Wir brauchen im Moment keine Dienstboten.«

»Schauen Sie mal«, sagte Eddie und gab ihm das Manuskript des *Raben*.

Hewitt las nur kurz, dann legte er den Kopf in den Nacken und knurrte wütend. »Ihr armseligen Affen«, sagte er. »Kennt ihr überhaupt keinen Genierer? Ist ein Poem nicht mehr als ein Freßzettel, der von Hand zu Hand geht wie eine geklaute Uhr?«

»Aber das ist doch ein wundervolles Gedicht!« protestierte ich. »Warum lesen Sie es nicht zur Gänze?«

»Weil ich es schon ein Dutzend mal gelesen habe!« schrie Hewitt und warf mir das Papier vor die Füsse. »Edgar Allan Poe hat den *Raben* vor beinahe fünf Jahren veröffentlicht. Glaubt ihr miserablen Flaschen denn

341

wirklich, ihr könnt ein großes Werk der Literatur Wort für Wort abschreiben und als euer Eigentum ausgeben? Verschwindet aus meinem Büro!«

Eddie gab nur einen erstickten Seufzer von sich. Ich steckte das Manuskript ein, und wir gingen. Draußen auf der nassen, winddurchtobten Straße versuchte ich Eddie mit dem Gedanken an eine Niederschrift der *Hohlwelt* aufzumuntern, aber er wollte nichts mehr davon hören. In schnellem Schritt führte er uns zu einer Buchhandlung und eilte hinein. Da fanden wir vier Bände vom SpiegelPoe: *Umständlicher Bericht des Arthur Gordon Pym aus Nantucket*, *Erzählungen*, *Der Rabe und andere Gedichte*, und *Eureka*. Der *Pym*-Roman war die Komplettierung der See-Geschichte, an der Eddie vor unserem Aufbruch gearbeitet hatte. Die *Erzählungen* enthielten zwölf Geschichten, die alle vollkommen neu waren. Die Gedichtesammlung enthielt nicht nur eine Wort-für-Wort-genaue Wiedergabe von Eddies *Raben*, sondern auch seinen Text der *Stadt im Meer*. Als ich die Druckfassung des Raben las, erstaunte es mich zu sehen, wie schwach mir das Gedicht vorkam, wenn ich daran dachte, daß es der verbrauchte und herablassende SpiegelPoe geschrieben hatte. Von Eddie war (und ist) es pure Magie, von SpiegelPoe aber schwerfälliger Knittelvers. Soweit ich es beim flüchtigen Durchblättern sehen konnte, handelte es sich bei *Eureka* um ein ziemliches Durcheinander von Gedanken über die Natur des Universums. Wenn das SpiegelPoes jüngstes Werk war, mußte er sich wirklich in sehr schlechter Verfassung befinden. Wie konnte er über die Struktur der Welt schreiben, ohne die zentrale Tatsache zu erwähnen, daß alle Himmelskörper hohl waren? Alter Narr.

Eddie zog den Buchhändler ins Gespräch, einen gewöhnlich aussehenden Mann, der einen grünen Rock trug und eine graue Krawatte mit einer Nadel. »Sie sind ein Freund von Edgar Allan Poe, nicht wahr?« fragte Eddie.

Der Buchhändler betrachtete Eddie verblüfft. »Kannst du lesen?«

»Ja, ich lese, Mr. Coale. Ich bin sogar ein Autor. Die Dinge sind nicht immer so, wie sie aussehen. Wenn Sie mich und meine Begleiter für Neger halten, irren Sie sich gröblichst. Wir sind hierher gereist durch das Innere der Hohlwelt, und das rosa Licht im Erdzentrum hat uns schwarz gebrannt.«

»Natürlich!« Ein Lächeln spielte um Coales fleischige Lippen. »Mit wem habe ich die Ehre zu sprechen?«

»Mein Name ist Edgar Allan Poe.« Eddie hob die Hand, um Schweigen zu gebieten. »Ich komme von einer Erde, die eine Kopie Ihrer SpiegelErde ist. In den frühen 30er Jahren verbrachte ich viele Stunden in einem Laden, der eine Kopie des Ihren hier ist. Ich habe jeden Grund zur Annahme, daß meine dortigen Handlungen von jenem SpiegelPoe kopiert wurden, der hier lebt. Natürlich denken Sie, daß ich verrückt bin, Mr. Coale, aber warten Sie einen Moment.« Eddie machte eine Sprechpause und sah sich genau im ganzen Laden um. Coale wandte sein verwundertes Gesicht mir zu. »Ich hab's!« rief Eddie aus. »Mr. Coale, erinnern Sie sich an einen regnerischen Apriltag 1832, als Sie und Edgar Poe hier allein bei einem Schachspiel saßen? Poe erzielte ein Matt mit einem Turm, einem Springer und einem Läufer. Als Sie Ihren König umlegten, sagten Sie: ›Bizarr, Poe, aber gut gemacht!‹ Sie und ich lunchten Brot und Käse, und am Nachmittag kam eine Kiste mit zwanzig Kopien von Washington Irvings *Die Alhambra* an. Poe verbrachte den Rest des Nachmittags damit, Ihnen daraus vorzulesen, und dann gingen Sie beide zum Abendessen. Und *das!*« Eddie zeigte mit einem triumphierenden Finger auf Coales Brust. »Daran müssen Sie sich einfach erinnern! Beim Essen einer Auster fanden Sie eine schwarze Perle! Die tragen Sie jetzt!«

Mit einem dünnen Lächeln befingerte Coale seine

Krawattennadel mit der schwarzen Perle. »Daß ich diese Perle selbst in einer Auster gefunden habe, ist allgemein bekannt, guter Mann. Ich gebe aber zu, daß Ihr Bericht über jenen Apriltag bemerkenswert präzise zu sein scheint. Aber nach siebzehn Jahren…« Coale zuckte die Achseln und breitete die Arme aus. »Seien Sie bitte offen. Was wollen Sie eigentlich von mir?«

»Bücher!«

»Und Sie haben kein Geld?« Coale schüttelte den Kopf. »Das klingt sehr nach Edgar Poe. Ja, wirklich sehr. Was für Bücher wollen Sie denn?«

»Was glauben Sie? Ich will den *Umständlichen Bericht des Arthur Gordon Pym aus Nantucket*, die *Erzählungen*, den *Raben* und *Eureka*. Die Gesamtkosten belaufen sich auf zwei Dollar und fünfzig Cents. Ich gebe Ihnen mein Wort als Gentleman, daß ich Sie bezahlen werde.«

»Ihr Wort?«

»Moment«, sagte ich und zog das Manuskript des *Raben* heraus. »Das hier ist etwas wert, oder nicht?«

Coale betrachtete die beschriebenen Seiten lange Zeit, dann sah er mich an. »Ist das eine Fälschung?«

»Können Sie das nicht selbst erkennen?«

»Ich kenne Poes Handschrift sehr genau.« Er trat an das Fenster des Ladens und betrachtete das Manuskript bei Tageslicht. »Wenn ich zum Schluß komme, daß es echt ist«, sagte er schließlich, »könnte es einen Wert von drei Dollar haben. Natürlich handelt es sich um ein berühmtes Gedicht, aber Manuskripte von lebenden Autoren erzielen keine besonders hohen Preise.«

»Kann ich noch ein anderes Buch haben?« fragte Eddie.

»Welches?«

»Auf Grund unserer langen Reise weiß ich nichts über die letzten zwölf Jahre in der Literatur. Wer sind die besten Schriftsteller? Wer glänzt am literarischen Firmament? Wer… wen hat Ihr Poe positiv besprochen?«

»Nathanael Hawthorne«, sagte Coale, trat an die Rückwand seines Ladens und legte das Manuskript in seinen Schreibtisch. »Mr. Poe rezensierte *Twice Told Tales* so positiv in *Graham's Magazine,* daß er auf den rückwärtigen Seiten zitiert wird. Ich habe ein Exemplar davon hier.« Er deutete auf das Regal neben mir, und ich nahm das Buch heraus.

Ich öffnete es hinten und las laut. »Der Styl ist gewissermaßen die Klarhoit und Kraft-Fülle an sich, und aus jeder Seite leuchtet uns ein Höchst-Maß an Imagination entgegen. Mr. Hawthorne ist ein Mann von ächtestem Genie. – E. A. Poe, *Graham's Magazine.* Sagten Sie, wir könnten auch dieses Buch mitnehmen, Mr. Coale?«

»Sie lesen beide?« wunderte sich Coale.

»Ja, und eines Tages bin ich vielleicht ein Schriftsteller wie Mr. Poe. Mein Name ist Mason Algiers Reynolds.« Ich verneigte mich ein wenig, und Seela lachte auf, als sie mein komisches Benehmen sah. Sie hatte nicht die leiseste Vorstellung, was Bücher waren oder was wir hier eigentlich taten.

Als wir wieder in Jillys Pension waren, setzten Eddie und ich uns in die Stube, um zu lesen. Jilly war blendend gelaunt – sie hatte ihren neuen Stein zum Juwelier gebracht, um ihn fassen zu lassen, und der Juwelier wäre bereit gewesen, ihn gegen einen echten Diamanten einzutauschen!

»Aber ich behalt ihn!« rief sie. »Schaut euch nur die zwei mit ihrn Büchern an! Richtige Gemp'men!« Sie nahm Seela mit in die Küche und schnatterte mit ihr, als sie das Essen zu kochen begann.

Wir lasen den ganzen restlichen Tag und die meiste Zeit am Sonntag und Montag ebenso. Da Poe immer mein Lieblingsautor gewesen war, bedeutete das für mich ein wahres Vergnügen. Für Eddie allerdings war es niederschmetternd. In diesen vier Bänden fand er so viele ausgereifte Früchte aus jenen Samenkörnern, die er in seiner Seele hegte! Es war, als sei alles, von dem er geträumt hatte, schon veröffentlicht worden … und das Vergnügen des Schaffens, die Anerkennung durch das Publikum und das Einkommen waren an einen anderen Mann gegangen.

Dieser andere Mann, der SpiegelPoe, hatte uns nicht vergessen. Er kam am Dienstag in der Morgendämmerung zu uns und rappelte mit dem Griff seines Stocks an unserer Tür. Ich öffnete und sah ihn da stehen, Jilly ängstlich hinter ihm. Sie glaubte, er sei ein Agent des Sklavenhalters, dem wir entflohen waren.

»Die hammir gesagt, sie sin' frei«, jammerte sie.

»Laß uns in Ruhe«, sagte SpiegelPoe, »und mach dir keine Sorgen. Ich wünsche nur, mich mit ihnen zu unterhalten.« Er trat in unser Zimmer und schloß die Tür. Er war wie damals ganz in Schwarz gekleidet und trug denselben Stock. Ein dicker Mantel hing über seinen Schultern. Sein Blick war klar und nüchtern.

»Seela, Mason Reynolds und … Eddie Poe«, sagte er, während er uns mit einigem Interesse musterte. »Ich war mir nicht ganz sicher, ob es euch wirklich gibt. In jener Nacht auf der *Pocahontas* fühlte ich mich nicht ganz wohl.«

»Sie haben sich von einem Trinkgelage erholt«, sagte Eddie. »Es gibt keinen Grund, sich vor seinem eigenen Doppelgänger zu verstecken. Und Mason kennt mich ebenso gut wie sonst einer. Aus Ihrem Äußeren schließe ich, daß Sie sich die letzten drei Tage von der *mania a potu* befreien konnten. Sind Sie bereit, wieder anzufangen?«

»*Mania a potu?*« fragte ich.

»Poe-Latein für das Betrunkensein«, erklärte Eddie lachend. »Was hatten Sie in Philadelphia zu tun, Mr. Poe?«

SpiegelPoe lächelte auf eine beinahe knabenhafte Art. »Ich habe zwei reichen Dichterinnen den Hof gemacht. Ich sammle Geld für ein neues Magazin mit dem Titel *The Stylus*.«

»Genau der Name, den ich auch gewählt hätte«, sagte Eddie. »Sagen Sie mir eins. Haben Sie irgendwelche Erzählungen über Symmes' Hohlwelt geschrieben?« Er deutete auf unsere kleine Bibliothek von Poe-Büchern. »So vieles von dem, was ich schreiben wollte, ist schon von Ihnen vollendet worden. Ich kann mich nicht erinnern, ob Mason Ihnen erzählt hat, daß wir beim Durchgang durch die Hohlwelt zwölf Jahre verloren haben. Sie sind vierzig, aber ich bin immer noch achtundzwanzig. Wissen Sie, daß ich an meinem ersten Tag hier in Baltimore den *Raben* geschrieben habe? Ich brachte ihn zu Hewitt vom *Visiter*, und er warf ihn mir in mein schwarzes Gesicht. Er hielt mich für einen Plagiator!«

»Das ... das ist es, was mich hierhergebracht hat«, sagte SpiegelPoe und wurde bleich. »Sind Sie wirklich mein Doppelgänger? Diese Geschichte des jungen Reynolds – ist sie wirklich wahr? Es gibt eine Erde und eine SpiegelErde, beide hohl, und die beiden Erden sind durch einen Malstrom in ihrem Zentrum miteinander verbunden?«

»Das sind unbezweifelbare Fakten«, sagte Eddie. »Die beiden Erden formen ein Paar, das sich einer erstaunlichen, aber doch nicht vollkommenen Symmetrie erfreut. Für eine vollständige Symmetrie hätten Sie in die andere Welt, in meine Heimat, reisen müssen. Aber das haben Sie nicht getan.« Er dachte einen Moment lang nach. »Gibt es einen SpiegelMason Reynolds?« Er deutete auf mich. »Kennen Sie seinen SpiegelErde-Doppelgänger?«

»Nein ...«, sagte Poe und betrachtete mich genau. »Ich kenne einen Jeremiah Reynolds, einen Verbreiter von Symmes' Theorie. Er und ich hatten einmal Pläne für eine Expedition in die Antarktis ...«

Ich dachte an den Tag zurück, als Jeremiah in Richmond aufgetaucht war. Ich war es gewesen, der ihn auf der Veranda getroffen hatte, und ich hatte ihn dort im

Gespräch festgehalten, bis Eddie von seinem Versuch, eine Heiratslizenz zu kriegen, zurückgekommen war. »Das war am Samstag, den 14. Mai 1836«, sagte ich. Die beiden sahen überrascht aus, und ich lächelte bescheiden. »Ich hatte immer schon ein gutes Gedächtnis für Daten. Der 14. Mai 1836 war der Tag, an dem Jeremiah Reynolds die Platten von James Eights brachte, mit denen wir die Banknoten der Bank von Kentucky fälschten. Haben Sie auch Geld gedruckt, Mr. Poe?«

»Jeremiah und ich haben unser Zusammentreffen versäumt«, sagte er. »Vielleicht kam er zum Haus, während ich nicht da war. Ich erinnere mich, daß ich am Montag, dem 16. Mai 1836 eine Gehaltserhöhung von Mr. White bekam, die Kaution hinterlegte und Virginia heiratete. Am nächsten Tag fuhren wir nach St. Petersburg in unsere Flitterwochen.«

»Siehst du, Mason«, sagte Eddie. »Du bist die Ursache von alldem. Was glaubst du, was aus SpiegelMason geworden ist?«

»Ich glaube, er ist tot«, sagte ich. »Erinnerst du dich an unsere Vision? Als du auch SpiegelVirginia gesehen hast?«

»Armer Jeremiah«, sagte Eddie, schnell das Gesprächsthema wechselnd. Er hatte nicht den Mut zu Gedanken an Virginia. Er wies mit dem Daumen auf Seela. »*Unser* Jeremiah wurde geköpft und von ihrem Stamm an einen gigantischen Kraken verfüttert. Mr. Poe, Ihr *Bericht des Arthur Gordon Pym* geht bis an den Rand des Südlichen Loches und endet dann abrupt. Ich hoffe, daß Sie keine Fortsetzung vorbereitet haben. Sagen Sie mir, daß Sie unseren Bericht nicht auch schon geschrieben haben!«

»Nein«, sagte SpiegelPoe. »Habe ich nicht. Und ich überlasse Ihnen gerne dieses Feld.« Es wurde jetzt unruhig in Jillys Haus, als die Arbeiter erwachten und zu ihren Jobs losschlurften. Wuff stand auf, schüttelte sich und kratzte an der Tür, um hinausgelassen zu werden.

»Was sollen wir als nächstes tun?« fragte ich.

»Betrinken wir uns«, schlug der schwarze Eddie vor und grinste sein weißes, zwölf Jahre älteres Selbst mit fröhlicher Intimität an. »Haben Sie Geld in der Tasche, Mr. Poe? Ein bißchen Opium wäre angenehm und guter Portwein. Laudanum – können wir uns Laudanum leisten? Wie wäre es, wenn wir Ihren Mantel versetzen?«

SpiegelPoes Züge nahmen einen gehetzten und lauernden Ausdruck an – aber nur einen Moment lang. Wuff kratzte wieder an der Tür. SpiegelPoe erhob sich zu seiner vollen Größe und starrte uns neuerlich an, jeder Zoll ein Gentleman, die Hände auf dem Griff seines Ebenholzstocks gekreuzt.

»Dann kommt, ihr drei«, sagte er. »Gehen wir in den weißen Teil der Stadt. Ich warte auf euch in meiner Kutsche.« Er zog seinen Mantel um die Schultern und verließ unser Zimmer, Wuff auf den Fersen.

»Isser Eddies Bruder?« fragte Seela. »Solln wa mit ihm gehn?«

Am Sonntagnachmittag hatte sie begonnen, Schwarzen-Englisch zu sprechen. Mit magischer Plötzlichkeit hatten unser vergangenes Tekelili, meine Lehrtätigkeit und Jillys Gequassel beim Abendessen das Ihre getan. Seelas erster Satz war »Gebtsma mehr Brathuhn!« gewesen. Mr. Turkle hatte ihr die Platte mit dem Brathuhn gereicht, und Seela hatte während des ganzen Essens weitergesprochen.

»Wir gehen mit ihm«, sagte ich.

Während SpiegelPoe auf uns wartete, beeilten wir uns damit, uns einigermaßen präsentabel herzurichten. Ich ging auf die Straße hinunter, um unsere Kübel zu leeren und frisches Wasser zu holen. Ein Mietwagen wartete an der Ecke zur National Road. Ich eilte mit dem Wasser hinauf, und wir wuschen uns.

Zehn Minuten später saßen wir mit SpiegelPoe in der Mietkutsche und fuhren um große Conestoga-

Wagen herum, jeder mit vier bis sechs Pferden bespannt, die die National Road hinausfuhren in Richtung Westen. »Meine Reise nach Philadelphia war nicht umsonst«, sagte Poe. »Einzigartig genug, habe ich einmal Erfolg gehabt. Ich habe zweihundert Dollar für die Gründung des *Stylus* gesammelt. Mein lieber junger Eddie.« Er lächelte und tätschelte Eddies Knie. »Rate, wo ich abgestiegen bin, Eddie.«

»Im *Fountain Inn?*«

»Viel besser! Ich habe eine Suite in *Barnum's Hotel!*«

»Halleluja!« Eddie gackerte vor Vergnügen. »Das beste Hotel von Baltimore!« Er blickte auf seine schwarzen Hände und grobe Kleidung hinunter. »Werden sie uns hineinlassen?«

»Aber gewiß doch«, sagte SpiegelPoe. »Ihr müßt halt so tun, als ob ihr meine Sklaven seid. Ich habe mich als Colonel Embry eingetragen. Reißt euch zusammen und geht einfach hinter mir her. Mason, du trägst Wuff.«

An SpiegelBaltimores Monument Square gelegen, war das Barnum City Hotel das größte Gebäude, das ich jemals gesehen habe: volle sieben Stockwerke hoch. Unsere Droschke klapperte unter den eleganten, mit Säulen verzierten Eingang. In respektvollem Abstand folgten wir SpiegelPoe ins Innere. Der Türsteher grinste und sagte »Yas Ma'am!«, als er Seela hineinließ. Mit ihrem blonden Haar und dem gelben Kleid, ganz herausgeputzt und mit blitzenden roten Zähnen, sah sie wunderschön aus.

Der dicke Teppich in der Lobby war wie das Gras der Massenseen. Schwere rote Samtvorhänge verdeckten die Seitenwände der vielen Eingänge und große Spiegel mit vergoldeten Rahmen liefen an jeder beliebigen Wand von der Decke bis zum Fußboden.

»Da bin ich froh, wenn wir hier lebn tun«, sagte Seela, der endlich einmal etwas außerhalb der Hohlwelt gefiel. Sie zeigte auf einen der Spiegel. »Sin' da noch neue Weltn drinn'?«

»Nein, liebste Seela, das ist ein Spiegel, wie ruhiges Wasser.« Ich ging mit ihr zu einem der Spiegel hin und klopfte mit den Knöcheln dagegen. »Das ist nicht wirklich.«

»Du un' ich?« Sie zeigte auf das Spiegelbild. Da waren wir zwei, beide so schwarz wie Pik-As, Seela eher negroid mit ihren vollen Lippen und flacher Nase, mein Gesicht sehr fein geschnitten für einen hundetragenden Sklaven; und der alte braun-weiße Wuffi in meinen Armen, mit seiner besonders hübschen schwarzen Lefzenlinie. Hinter uns konnte ich SpiegelPoe und Eddie sehen, die auf uns warteten ... beim Lift! Ich war noch nie mit einem Lift gefahren.

»Komm, Seela.«

Die Liftfahrt war eine unangenehme Erinnerung an unsere Reise im Spiegelei durch den Ozean – aber natürlich war sie in ein paar Minuten vorüber. Der Sklave, der den Lift bediente, betrachtete Eddie, Seela und mich neugierig.

»Issas deine Frau?« fragte er mich.

»Ja«, sagte ich stolz.

SpiegelPoes Suite im vierten Stock bestand aus einem Ankleidezimmer und einem Schlafzimmer, die nebeneinander in der Mitte der Vorderfront des Hotels lagen. Jedes Zimmer hatte zwei Fenster auf die Straße hinaus – das machte vier Fenster in einer Reihe. Großartiges Wohnen! Wie die Lobby waren auch die Zimmer reich mit Teppichen versehen und mit roten Samtvorhängen bestückt, und es gab auch eine Menge Spiegel. Als seien die dicken Teppiche von Wand zu Wand nicht genug, waren noch einige Orientteppiche darübergelegt. Das Bett hatte eigene Vorhänge, und vom Schlafraum war ein Bad abgetrennt, komplett mit einer Badewanne, über der ein großer Warmwasserboiler hing.

SpiegelPoe drückte auf einen Klingelknopf, und im nächsten Moment stand ein Hoteldiener an der Tür, ein sympathisch, aber schwächlich aussehender Neger mit weißem Haar und roter Livree. Er hieß William.

»Bring uns Essen für vier Personen«, sagte Spiegel-Poe. »Die Ente, die gestern auf der Karte stand, gibt's die immer noch? Ja? Ganz ausgezeichnet. Viermal Ente und eine ordentliche Menge Château Margaux. Drei Flaschen, schätze ich. Und kann man einen Jungen um eine Unze Opium zum Apotheker schicken? Wunderbar.« Es war Dienstag, zehn Uhr morgens.

»Austern und Champagner brauchen wir auch«, sagte Eddie. »Vier Dutzend Austern und fünf Flaschen Champagner auf Eis. Cognac und Armagnac. Und Amontillado.«

»Es soll sein, wie du es wünschst«, sagte SpiegelPoe. »Hörst du das, Kapitän der Klingel? Und eine Pint Laudanum auch noch.«

William wiederholte die Bestellung, als handele es sich um eine von Toast und Tee. »Das wärn dann vier Dutzen' Austern, vier Entendinnah, drei Flaschn Margoh, 'ne Unze Opium, vier Flaschn Schampus auf Eis, 'ne Flasche Konjah, 'ne Flasche Ahmanah, 'ne Flasche Amontillado unne Pint Laudanum. Sonsnochwas, Col'nl Embry, Söah?«

»Nehmen wir lieber gleich eine Quart Laudanum, Mr. Poe«, schlug Eddie vor.

»Wie er will.« SpiegelPoe nickte, jetzt wieder mit gehetzter und lauernder Miene.

»Ja, Söah. Issdas alles wasse brauchen? Kommen Ihre Diena rauf in den siebtn Stock?«

»Ich ziehe es im Moment vor, daß sie bei mir bleiben. Und wir zahlen unsere Rechnungen immer sofort.« Er zog ein schlankes Bündel Banknoten aus der Tasche und gab William einen Schein. Die Noten waren Zwanziger!

»Ja Söah, Col'nl Embry. Ich bring das Wechselgeld gleich mit dem Bestellltn.«

Während wir warteten, unterhielten sich Eddie und

SpiegelPoe über ihre Kindheit. Wuff legte sich in eine Schlafzimmerecke. Seela und ich gingen in das Bad und genossen ein gemeinsames Vollbad mit ausgiebigem Unterwasserfick.

Gerade als wir fertig waren, erschien William wieder, mit einem Dienstmädchen und einem Kellner im Schlepptau. Der Kellner stand mit dem Rücken zu uns da, öffnete die Austern und legte sie auf einen Teller. Währenddessen schoben William und das Mädchen einen Tisch in die Mitte des Zimmers, deckten ihn mit weißem Leinen und legten vier Gedecke auf. William nahm ein Trinkgeld von SpiegelPoe entgegen, und dann zogen er und das Mädchen sich zurück.

Dann begann unser ausgedehntes Gelage.

Eroberer Wurm

»Jetzt wäre es Zeit für den Sherry«, sagte SpiegelPoe.
»Vor dem Champagner und den Austern. Ober, schenken Sie uns vier Gläser vom Amontillado ein?«

»Jawoll, Söah!«

Als sich der Kellner vom Buffet abwandte und mit einem kleinen Silbertablett mit vier Gläsern zu uns kam, warf ich zum ersten Mal einen genaueren Blick auf ihn. War es Otha?!? Nein, nein, es war SpiegelOtha, das vollkommene Abbild meines Otha, zwölf Jahre älter und einigermaßen dick geworden.

»Oo'm gowow Otha!« rief Seela aus. »Wieso bist du so alt geworden, Otha?«

Nachdem ihn schon der Anblick eines weißen Mannes, der mit drei Sklaven tafelte, erstaunt hatte, war SpiegelOtha nun von Seelas Ausruf wie vom Donner gerührt. Schweigend servierte er jedem von uns ein Kristallglas voll Amontillado: erst SpiegelPoe, dann Seela, Eddie und zuletzt mir. Als ich mein Glas nahm, sah er mir ins Gesicht und prallte im Schock des Erkennens zurück.

»Biste von Virginia?« fragte er.

»Ich bin Mason Reynolds«, sagte ich. »Eine Kopie des Masons, den du gekannt hast.«

SpiegelPoe und Eddie toasteten einander zu, während Seela SpiegelOtha und mich anstarrte.

»Es ist SpiegelOtha«, sagte ich zu ihr. »Nicht Otha. Wie Eddie und SpiegelPoe.«

»Haste mich vorher noch nie gesehn?« fragte Seela SpiegelOtha.

»Ich seh dich jetzt«, sagte er. »Seid ihr Sklaven oder Freie? Ich bin frei. Woher kommter?«

»Edre«, sagte Seela. Sie tippte mir auf die Schulter. »Er issn Sklave un' ich bin frei.«

»Nein, Seela, du hast alles durcheinandergebracht, wir beide sind frei und SpiegelOtha ist ein Sklave. Ich bin weiß«, sagte ich und wandte mich wieder an SpiegelOtha. »Und Seela ist meine Frau.«

»Scheißdreck«, murmelte SpiegelOtha und spitzte die Lippen.

Ich überlegte mir, wie ich ihn überzeugen könnte. »He, Wuffi«, rief ich. »Hierher, Wuff!«

Wuff stand auf und schüttelte sich so sehr, daß seine Ohren gegen den Kopf flappten. Man sah, wie sehr er die Rückkehr in die Schwerkraft genoß.

»Wuffi! Komm her und sag Hallo! Es ist Otha!« Wuff zuckte mit der Nase, um den Geruch von Otha einzusaugen, und trottete dann, als die Prüfung gut ausgefallen war, hinüber, um an SpiegelOtha hochzuspringen und eine Begrüßung zu winseln.

»Erkennst du Wuff?« fragte ich. »War er doch immer schon dein lustiger Kumpel!«

»Wuff!« rief SpiegelOtha verblüfft aus. »Wie biste hierhergekommn, mein Junge? Ich hab dich zu Haus unnerm Bett gelassn!«

»Hast du einen Hund wie ihn? Einen SpiegelWuff?«

»An dem is nix von ei'm Spiegl dran«, sagte SpiegelOtha, tätschelte Wuffs Kopf, sah ihn sich aber nicht genau an. »Außer, daß ihm das Fell ausgeht. Er kann bloß noch Brei fressn. Versteh nich', wie er mir hierher gefolgt is' ...« Er warf einen Blick auf Wuffs Kopf, der auf seinem Schenkel lag, während er ihn streichelte. Er grunzte vor Erstaunen und riß seine Hand weg. »Das is' ja gah nich' Wuff! Dieser Hund is' ja noch jung!« Er trat nahe an mich heran und betrachtete aufmerksam mein Gesicht. Er war beinahe zornig geworden. »Hör auf zu lügn un' erzähl mir endlich, woher ihr kommt.

Ich kann glaubn, daß das Wuffs Sohn is' und daß Marse Reynolds dein Pa war. Aber wer is' deine Ma? Ah – heißt deine Ma Turl? Wer hat dich aufgezogn, und wo?« Er hielt mich für Purly, den kleinen »Neffen«, dessen Mutter Turl und dessen Vater Pa waren! Die Erinnerung an das verunglückte Weihnachtsfest, an dem Pa Turl vergewaltigt hatte, überkam mich wieder. Es fiel mir ein, wie Otha mein neues Kreiselspiel zerbrochen hatte und hinausgelaufen war, um sich auf dem abgeernteten Feld zusammenzukrümmen, und ich dachte an meinen letzten Abschied von Otha bei den Massenseen. Mein Herz machte einen kleinen Sprung; es fühlte sich an wie eine Blüte, die sich entfaltet. Ich faßte SpiegelOthas Hand und drückte sie zwischen meinen Händen.

»Glaub mir, Otha, ich bin nicht Purly. Ich bin Mason Reynolds, aus einer anderen Welt. Auf meinem Weg hierher bin ich durch ein starkes Licht gegangen, das mich schwarz gebrannt hat, und jetzt beginne ich langsam zu begreifen, was es heißt, schwarz zu sein. Es tut mir leid, daß ich jemals gedacht habe, du und dein Volk seien Sklaven. Es tut mir auch leid, was Pa Turl an jenem Weihnachtsabend angetan hat.«

SpiegelOtha zog seine Hand zurück und starrte mich an. »Du bis' nich' Mason, denn Mason is' tot seit 1836. Ich hab'n sterbn sehn. Ich war's, der ihn auf mei'm Rücken heim zu Pa getragn hat. Erzähl du mir nix über Mason Reynolds. Ich bin mit'm aufgewachsn, un' ich hab gesehn, wie'sen inne Grube gelegt ham.«

»Noch einen Amontillado, Boy« rief SpiegelPoe SpiegelOtha zu. »Und dann hör mit dem Gekrächze auf und kümmere dich um die Austern.«

»Kümmer dich selber drum!« schrie ich zurück. Ich packte die Sherry-Flasche und knallte sie vor Eddie und SpiegelPoe auf den Tisch. »Vorwärts, ihr zwei! Sauft euch an und spinnt euch aus, aber sagt nicht Otha, was er zu tun hat!«

»Setz dich hin oder hau ab, Purly!« sagte Spiegel-Otha scharf zu mir. »Und sprich nicht für Ältere! Ich bin Kellner und ich hab jetzt zu serviern!«

»Das ist ja SpiegelOtha!« rief Eddie aus.

»Genau!« sagte ich. »Glaubst du nicht, er sollte mit uns essen?«

»Nein.« Eddie schenkte sich und SpiegelPoe die Gläser mit Sherry voll. »Trink deinen Sherry, Mason, und sei es nur als Tonikum gegen blaue Teufel und Manien. Denk daran – wir sind hier in der SpiegelWelt.«

Seela und ich setzten uns und probierten den Sherry. Er war süß und stark. Seela stieg der Alkohol sofort in den Kopf, und sie begann zu kichern.

Der Tisch war länger als breit; wir saßen je zu zweit an einer Seite, Eddie und Seela dem SpiegelPoe und mir gegenüber. SpiegelPoe und ich saßen mit dem Rücken zum Gang, so daß wir durch die beiden Fenster des Empfangszimmers hinaussehen konnten. Eine Brise hatte die niedrig hängenden Wolken des Morgengrauens weggeblasen und war dann abgeschwollen, einen ruhigen, sonnigen Dienstagvormittag, den 2. Oktober 1849, zurücklassend. Wenn ich durch die Fenster hinausschaute, blickte ich auf die schimmernden roten und gelben Blätter zweier Ahornbäume und einer Ulme hinab. SpiegelPoes Stock lehnte in einer Ecke. Die Fenster wurden getrennt durch einen hüfthohen, flachen Eichenholzschrank mit Greifen als Füßen. Seela und Eddie saßen mit den Gesichtern zur Innenwand des Zimmers, wo es einen an der Wand angebrachten Kandelaber, eine Tür und einen dieser riesigen, mit rotem Samt umgebenen Barnumschen Spiegel gab. SpiegelPoe saß zu meiner Linken, vor der Schlafzimmertür. Seela saß direkt mir gegenüber.

»Ich würde gerne eine weitere Fortsetzung deines Berichts hören«, sagte SpiegelPoe zu mir. Er schien von seinen zwei Gläsern Sherry sehr erfrischt worden zu sein. »Auf der *Pocahontas* hast du mir von eurer Reise in die Antarktis erzählt, vom Fall durch Symmes' Loch, der Zeit bei Seelas Stamm und vom zweiten Fall ins Zentrum der Erde. Erzähl mir mehr darüber, was du dort vorgefunden hast, erzähl mir von den Großen Alten und von dem Malstrom zwischen den beiden Welten.«

»Hat er schon von Tekelili erzählt?« fragte Eddie. »Alle Schichtungen des Geistes werden so offensichtlich wie die Gesteinsschichten in einem Steinbruch. Die Vereinigung mit dem All ist so wundervoll ...« Seine Stimme erstarb, und er setzte noch einmal an. »Wohin haben Sie das Opium gelegt, Mr. Poe? Wenn wir ein bißchen davon rauchen, werden wir uns sehr ähnlich fühlen.«

»Ich ziehe es vor, es zu essen«, sagte SpiegelPoe, griff in seine Tasche und zog einen dunklen, unregelmäßig geformten Klumpen des klebrigen Mohnprodukts heraus. Er benützte sein rasiermesserscharfes Federmesser, um ein Stück von der Größe und der Form eines kleinen Orangenschnitzes herauszuschneiden. Dieses halbierte er und gab eine Hälfte Eddie.

»Champagner, Boy!« rief SpiegelPoe und placierte sein Opiumteilchen auf der Zunge. Ich wollte wieder zugunsten SpiegelOthas protestieren, aber bevor ich noch etwas sagen konnte, drehte er sich zu mir um und starrte mich an, während er sich behende am Korken der Champagnerflasche zu schaffen machte. Er schob die Lippen vor und verengte seine Augen auf eine Weise zu Schlitzen, wie er es immer getan hatte, bevor er einem der anderen Negerjungen eine Tracht Prügel verpaßte. Ich hielt es für vernünftiger, ihn jetzt nicht weiter zu reizen und mich später insgeheim mit ihm zu unterhalten.

Der Champagner gluckerte mit einem leisen Zischen in unsere Glasflöten. Weder Eddie noch SpiegelPoe dachten an einen Toast, sondern fielen einfach über das Getränk her, während ich mein Glas auf Seela erhob.

Sie roch an ihrem Champagner, schlürfte, hustete und begann wieder zu kichern. SpiegelOtha entfernte die Sherry-Flasche und die Gläser und brachte jedem von uns acht Austern auf Eis. Sie waren knackig und frisch und schmeckten nach Meer. Wir aßen sie mit großem Vergnügen.

Nach einem weiteren Glas Champagner kamen die Ente und der Margaux an die Reihe. Auf dem Buffet lagen zwei gebratene Enten, von denen SpiegelOtha jedem von uns ein rundes Bruststück und einen mit knuspriger Haut überzogenen Schenkel abschnitt. Auf jedem Teller lagen an der Seite ein Klumpen Johannis-beergelee und ein zitternder Hügel Brotpudding mit einer Fülle aus Muskat, Gemüse und Pilzen. Spiegel-Otha ging mit einer Sauciere voll klarer Sauce umher und salbte unsere Teller damit. Dann füllte er die Champagnerflöten wieder auf und goß den herben, duftenden, tiefroten Margaux in die Weingläser. Eddie, Seela und ich fielen über das Essen her wie die Wölfe, aber auch SpiegelPoe griff zu, als sei er solchen Luxus ebensowenig gewöhnt wie wir.

SpiegelOtha brachte Nachschlag für jene, die einen wollten, füllte die Margauxgläser wieder nach, ser-vierte zum dritten Mal, füllte die Champagnerflöten nach und ging dann wieder zurück zu den Austern. Als wir endlich mit Essen fertig waren, räumte er die Teller weg und brachte uns Kognakschwenker und den Armagnac. Eddie und ich hatten mittlerweile vom Rest unserer Reise erzählt; SpiegelPoe hatte mit großer Fas-zination Seela über Flora und Fauna von Edre ausge-fragt; und ich hatte über meine Vereinigung mit Seela und über unser Kind gesprochen, das im Juni 1850 zur Welt kommen sollte, wenn ich die Zeit der SpiegelErde richtig berechnete.

Mittlerweile war es unglaublicherweise fünf Uhr nachmittags geworden. SpiegelOtha hatte den Kande-laber an der Wand angezündet und zwei Kerzen auf unsere Tafel gestellt. Wir waren alle vier ziemlich gründlich betrunken, Seela so sehr, daß sie ihre Schuhe weggekickt und sich auf den Boden gelegt hatte.

SpiegelPoe ließ sich seinen Stock reichen, stand auf und goß mit ruhiger Hand eine herzhafte Mixtur aus den beiden Getränken in drei Kristallschwenker.

»Eine Pfeife«, rief Eddie. »Klären wir uns den Kopf mittels einer Pfeife, Mr. Poe.«

»Nicht mit Laudanum?« fragte SpiegelPoe kühl.

»Noch nicht.«

»Na schön.« SpiegelPoe ging in sein Schlafzimmer und kam mit einer kleinen Messingpfeife und einer dünnen Holzschindel zurück. »Ober!« rief er.

»Jawoll, Söah?«

»Willst du dazusitzen und mitrauchen?«

»Dankeschön, Söah!«

SpiegelOtha setzte sich an das Kopfende des Tisches zwischen Eddie und SpiegelPoe, wobei er den Stuhl auf Respektsabstand zurückzog. Während er die Enten zerlegt hatten, war einiges für Wuff abgefallen. Deshalb trottete der zufriedene Wuff jetzt hinüber, um sich zu seinen Füßen hinzulegen.

SpiegelPoe schnitt ein Stückchen von seinem Opiumklumpen ab und rollte ihn zu einem kleinen Ball zusammen. Er steckte das Kügelchen in die Pfeife und gab sie Eddie. Dann brach er einen Splint von der Holzschindel ab und benützte ihn als Fidibus, indem er ihn an der Kerze entzündete und ihn über Eddies Pfeifenkopf hielt. Eddie zog Luft ein und das dicke, teerige Opiumkügelchen schmolz, blubberte und begann an seiner Basis rubinrot zu glühen. Das erinnerte mich an die Zentrale Anomalie, wie sie vom antarktischen Ende von Symmes' Loch aus ausgesehen hatte.

Ich stand auf und streckte mich. Seela schlief selig auf dem dicken Teppich. Das wäre auf ihrer Heimatblüte oder bei den Massenseen völlig in Ordnung gewesen, aber hier in dem Sklavenhalterstaat Maryland kam es einer Aufwiegelung gegen die sozialen Sitten gleich. Ich brachte sie auf die Beine. Wir gingen ins Schlafzimmer, und ich steckte sie in das saubere weiße Leinen des Betts, ein Leintuch unter ihr und eine weiche Leinensteppdecke oben.

»Oomo gooba'am, Mason«, sagte sie und lächelte mich schläfrig an. *Das ist sehr fein.* »Kommste auch rein?«

Ich betrachtete Seelas volle, vorgewölbte Lippen, ihre vollkommene Nase, das weiche blonde Haar an ihren Schläfen, die zierliche Form ihrer Ohren. Warum nicht gleich jetzt zu ihr ins Bett? Ich hatte kein besonderes Bedürfnis, mit SpiegelOtha und den Poes Opium zu rauchen.

»Ja.«

Ich schloß die Tür und zog mich aus. Seela entkleidete sich auch, und dann lagen wir zum ersten Mal in unserem Leben nackt zwischen sauberen Leintüchern zusammen.

»Das ist jetzt so, wie es sein sollte«, sagte ich zu Seela. »Wenn wir erst einmal wieder weiß sind, wird es immer so sein.«

»Gooba'am.«

Wir liebten uns beinahe eine Stunde lang und fielen dann in tiefen Schlaf.

Kurz nach Mitternacht erwachte ich durch den Klang von Gelächter aus dem Nebenraum. Meine Zunge fühlte sich pelzig an, und ich hatte hämmerndes Kopfweh. Waren die drei immer noch am Rauchen? Ich zog meine Hose an und öffnete die Schlafzimmertür, um nachzusehen.

Die Kerzenstümpfe brannten hell. Das schmutzige Geschirr und die Entenreste lagen auf dem Buffet neben leeren Wein- und Champagnerflaschen. Auf dem Tisch sah ich den Opiumklumpen, sehr zusammengeschrumpft, das braune Medizinfläschchen mit dem Laudanum, noch beinahe voll, sowie die Cognac- und Armagnacflaschen, zu drei Vierteln geleert.

Eddie, SpiegelPoe und SpiegelOtha saßen immer noch da, wo sie gesessen hatten, als wir gegangen waren, jeder hatte einen Schwenker mit Alkohol vor sich stehen und SpiegelPoe immer noch seinen Stock neben sich. Eddie war gerade dabei, die Opiumpfeife neu zu entzünden. Seine Bewegungen waren auffallend fließend.

In der monochromen Beleuchtung durch die Kerzen sah man die Hautfarbe nicht so deutlich, und als Eddie und SpiegelPoe sich einander zuneigten, sahen sie sich ähnlicher denn je zuvor mit ihren identischen hohen Stirnen, kleinen Bärten und wohlgeformten Kinnen. Opiumrauch kräuselte sich aus SpiegelPoes Pfeife empor und würzte die dicke Luft mit einem noch stärkeren Aroma.

Ich zog mein Hemd an und rückte mir einen Stuhl zurecht, um neben SpiegelOtha sitzen zu können. Ich wollte immer noch von ihm wissen, wie SpiegelMason gestorben war und wie es allen anderen in SpiegelVirginia ergangen war. Mir wurde jetzt klar, daß ich nicht die Absicht hatte, dahin zurückzukehren. In der Vergangenheit hatte ich mir vorgestellt, daß ich Seela in einer richtigen Kirche in SpiegelLynchburg heiraten würde, aber je länger ich als Schwarzer herumlief, desto weniger wollte ich mit den Sklavenhalterstaaten zu tun haben. Wenn ich Baltimore verließ, würde ich den Weg nach Norden oder Westen einschlagen.

»Hallo, Otha.« Er drehte sich langsam zu mir, um mich mit von Drogen geröteten Augen anzustarren. »Ich hab dir schon gesagt, daß ich eine Kopie von Mason bin, und du glaubst mir das nicht, aber kannst du mir nicht mal erzählen, wie Mason gestorben ist? Wer hat ihn erschossen, und warum?«

»Das war der gottverdammte Stallbursche vom Liberty Hotel, der ihn erschossn hat«, sagte SpiegelOtha langsam. »Mason hat das ganze Gold von seim Pa im Hotel verlorn, und wie wirs zurückgestohln ham, schießt dieser verdammte kleine Dreckskerl Mason in den Hinterkopf.«

Der Stallbursche! Es passierte also alles in dem Augenblick, als der Stallbursche und ich unsere Pistolen abgeschossen hatten. Das war der Augenblick, wo Erde und SpiegelErde auseinandergingen. Ich fühlte mich so gefährdet wie ein Getreidekorn in einer Mühle.

»Hast du Wawona jemals gekriegt?« fragte ich, nur um etwas zu sagen.

SpiegelOtha stierte mich an. Sein Körper schaukelte langsam vor und zurück. »Nöh. Aber ich bin trotzdem verheiratet. Habn Mädl in Bal'more getroffen, als ich herzog ... vor zehn Jahrn. Hab drei Kinner mit ihr un' zwei mit anderen Fraun.«

»Hat ... Pa dich freigelassen?«

»Er is' zwei Jahr nach Mason gestorbn, und hat in seim Testament alle freigelassn. Er hat sogar Luke und Turl Land hinterlassn. War auf seine Art ein guter Mensch. Luke un' Turl sin' dortgebliem, aber ich, ich hab das Scheißloch so schnell wie möglich hinter mir gelassn.«

Ich hatte einen dicken Kloß in der Kehle. Konnte mein wirklicher Pa noch leben, wenn SpiegelPa tot war? Wahrscheinlich nicht. Pa tot, und niemand auf der ganzen Welt, der sich um mich kümmerte! Ich versuchte, die Tränen wegzublinzeln. Eddie stieß mich sanft an und gab mir die Pfeife. Ich hatte niemals mit ihm und Otha in Norfolk Opium geraucht, und selbst jetzt, in meinem Kummer, sah ich keinen Anlaß dazu. Keiner von den dreien sah auf Grund dieses Lasters glücklicher aus. Ich gab die Pfeife an SpiegelOtha weiter, der sie zu Asche hinunterrauchte.

Die drei lagen entspannt in ihren Stühlen, starrten schweigend in die Kerzenflammen und hatten wohl Visionen dabei. Ich hatte rasenden Durst. Es gab kein Wasser, aber ich fand noch etwas Champagner in einer der Flaschen auf dem Buffet und füllte mir damit ein

Glas. Wuff wachte auf und bettelte mich um weitere Entenstücke an. Ich gab ihm welche und aß selbst noch ein bißchen. Mit dem Schmerz um meinen toten Vater in der Brust, war ich für Wuffs Gesellschaft dankbar. Als ich mit meinem Imbiß fertig war, wollte ich wieder zurück ins Bett, als plötzlich Eddie zu sprechen begann.

»Virginia«, stöhnte er. »Wo ist Virginia?«

SpiegelPoe war so still wie eine Wachsfigur dagesessen, aber die Nennung des Namens seiner verstorbenen Frau setzte ihn in Bewegung. Er schnitt ein Stückchen Opium ab, gab es in die Pfeife und entzündete sie. Indem er den blauen, gekräuselten Rauch ausstieß, nannte er die Namen der Frauen, über die er geschrieben hatte, und starrte in den Rauch, als sähe er darin ihre Gesichter.

»Annabel Lee. Ulalume. Lenore. Eulalie. Ligeia. Morella. Eleonora. Berenice. Helen.«

»Virginia«, insistierte Eddie. »Wie ist deine Virginia gestorben?«

»Unverschämter Narr«, sagte SpiegelPoe. »Hast du nicht deine eigene Virginia in der falschen Welt, die dich ausgebrütet hat?«

»Sie ist tot«, sagte Eddie und hatte Schwierigkeiten, das Wort über die Zunge zu bringen. »Ich habe sie umgebracht.«

»*Was* hast du getan?«

»Es ... es war ein Unfall. Ich gab ihr Laudanum.«

»Laudanum«, murmelte SpiegelPoe, der sichtlich den Faden verlor. »Selbstverständlich.« Er öffnete das Medizinfläschchen mit der alkoholischen Opiumtinktur und schüttete einen dicken Tropfen in seinen Schwenker, um ihn mit den bereits vorhandenen alkoholischen Getränken zu vermischen. Als er sein Glas hob, richtete sich seine Aufmerksamkeit wieder auf Eddie. »Was ist das für ein Halsband, das du da trägst?« fragte er. »Bist du ein Wilder oder was?«

»Das brauchst du nicht zu wissen«, sagte Eddie.

»Juwelen?« drängte SpiegelPoe. »Warum gibst du mir nicht einen Stein davon?« Plötzlich schien ihn ein heftiger Schüttelfrost zu überfallen. »Ich brauche Geld für *The Stylus*, vergessen wir das nicht. Vielleicht können du und dein Mason eure Abenteuer für uns aufschreiben. Gib mir einen deiner Edelsteine, verfaulter Kindermörder.« Er griff nach vorn und packte das Halsband.

Eddie prallte zurück, und die Fäden des Halsbands zerrissen. Ein weißer Zahn fiel auf den Tisch: ein Vorderzahn von Virginia.

SpiegelPoe reckte seinen Kopf hin und her, um zu begreifen, was er sah, und zupfte die ganze Zeit an den Fäden des Halsbandes, das er in der Hand hielt. Ein roter Zahn fiel heraus, dann wieder zwei weiße. Er nahm den ersten Zahn auf und betrachtete ihn eingehend, worauf seine Lippen zu zittern begannen.

»Ja«, schrie Eddie in einer Agonie der Scham. »Das sind Virginias Zähne! Ja, ja, ich habe sie herausgebrochen, als sie tot war!«

Langsam und schweigend erhob sich SpiegelPoe, ohne seinen Blick von Eddies Gesicht zu lassen. Er nahm seinen Stock in beide Hände und zog am Griff. Der Dolch, der in dem Stock verborgen war, gab ein leises saugendes Geräusch von sich, als er aus seiner Scheide fuhr. SpiegelOtha war zu betäubt, um einzugreifen, und ich zu verängstigt. Eddie schrie auf und wollte an SpiegelPoe vorbei zur Tür, rutschte aber auf einem Orientteppich aus und prallte gegen den Wandspiegel. SpiegelPoe kam mit einem Fluch über ihn.

Die Attacke dauerte nur kurz. SpiegelPoe war völlig außer sich vor Wut und schien vervielfältigte Energie und Kraft in seinem Arm zu spüren. In wenigen Sekunden hatte er Eddie auf den Fußboden niedergedrückt und ihm den Dolch mehrere Male tief in die Brust gestoßen.

Eddie schüttelte es durch; seine Beine zuckten spastisch und trommelten auf den Fußboden; dann war er tot.

SpiegelPoe wischte seinen Dolch am Tischtuch ab und steckte ihn in die Stockscheide zurück. Ohne etwas zu sagen, nahm er seinen Mantel und die Laudanumflasche und hastete aus dem Zimmer.

»Was is' passiert?« fragte SpiegelOtha schwerfällig. »Was geht hier vor?«

»Ich gehe«, sagte ich. Meine Stimme zitterte. »Seela und ich hauen ganz schnell von hier ab.«

SpiegelOtha zwang sich aufzustehen und kniete dann neben Eddie nieder. »O Gott, o Gott. Ich muß hier raus, sonst schiebn sie alles auf mich!«

»Warte«, sagte ich, weil ich einen klaren Gedanken gefaßt hatte. Wenn wir die Leiche hier ließen, würde es eine intensive Suche nach ›Colonel Embry‹ und ›seinen drei Sklaven‹ geben. Seela vor allem würde leicht zu finden sein, mit ihrem blonden Haar und den roten Zähnen. »Bleib hier, Otha, oder ich mach dich fertig!«

Ich zog das blutbefleckte Tischtuch herunter und kniete neben Eddies Leiche. Er lag in einer Blutlache auf dem kleinen Orientteppich, der ihn zu Fall gebracht hatte. Ich tunkte soviel wie möglich von dem Blut auf und band ihm dann ein Stück des Tuches um die Brust, um weitere Blutungen zu verhindern. Den verhängnisvollen Zahn legte ich dazu und wickelte das ganze Tuch um die Leiche.

»Wie weit ist es bis zum Strand?« frage ich Spiegel-Otha.

»Fünf Blocks. Glaubst du, wir könn' ihn den ganzn Weg hinschleppn?«

»Wir müssen. Wir kriegen alle eine Menge Probleme, wenn der Mord entdeckt wird.«

Ich ging und weckte Seela. Betäubt von den schockierenden Neuigkeiten zog sie sich schweigend an. Ich riß unser Leintuch in Streifen und verwendete sie, um Eddie zu einem Bündel zu verschnüren. Während ich das tat, ging SpiegelOtha mit einer Kerze in SpiegelPoes Schlafzimmer und suchte in seinem Gepäck nach Wertsachen. Falls er welche fand, sagte er es mir nicht. Jeder von uns packte dann einen der Leinenstreifen an dem Bündel, und wir trugen es in den Gang hinaus, während Wuff hinter uns hertrottete. SpiegelOtha lotste uns zur Rückseite des Hotels, und wir schafften es ungesehen in eine Gasse hinter dem Haus.

Während wir die Seitenstraßen zum Hafen hinuntergingen, drang aus dem Zug, den Eddies armer Körper in meinem Arm ausübte, etwas bis in mein Herz hinein. Sein Gewicht drückte mich nieder. Bei all seinen Fehlern war er doch ein treuer Freund, weiser Lehrer und der größte Künstler, den unsere Generation kennt, gewesen.

Wir fanden einen verlassenen Ort bei den Werften des Inneren Hafens, wo wir Eddie seiner Kleider entledigten, ihm einen schweren Stein an die Füße banden und ihn ins Wasser warfen. Wuff heulte auf. Als Eddie versank, sprach ich ein Gebet für seine gequälte Seele. Aus seinen Kleidern, dem Teppich und dem Leinen machten wir ein separates Bündel, beschwerten es ebenfalls mit einem Stein und warfen es ins Wasser. Was für ein jämmerliches Ende von Eddies langer Reise!

SpiegelOtha verabschiedete sich und eilte nach Hause. Der Tag brach an, und eine warme Brise erhob sich. Seela und ich wanderten in Gedanken versunken die Docks entlang, Wuff dicht hinter uns. Außer uns dreien war niemand in der Nähe. Seela und ich setzten uns auf eine Bank, um den Sonnenaufgang anzusehen. Ich fand eine Ausgabe der *Baltimore Sun* von der Vorwoche in einem Abfallkübel neben der Bank und versuchte Seela das Lesen der Schlagzeilen beizubringen, bis sie des Spiels müde wurde.

Eine Geschichte, die meine Aufmerksamkeit erregte, berichtete über die neuen Gebiete in Kalifornien, das die Vereinigten Staaten ein Jahr zuvor den Mexikanern abgenommen hatten. Es gab einen Goldrausch in Kalifornien, und Leute zogen mit Wagen und Schiffen hin. Der Hafen von San Francisco war binnen einem Jahr von einem Fischerdorf zu einer Stadt mit fünfundzwanzigtausend Einwohnern angewachsen. Und es gab keine Sklaverei in Kalifornien! Die Sklaverei hing mir zum Hals heraus.

Wir gingen weiter die Docks entlang und schauten nach Schiffen aus. Ich fragte einen grauhaarigen weißen Dockarbeiter, ob eines von den Schiffen nach Kalifornien führe. Er zeigte auf einen Klipper, zweimal so groß wie die *Wespe*. »Das ist die *Ann McKim*. Sie segelt morgen los. Um Kap Hoorn nach San Francisco in weniger als hundert Tagen!«

»Wissen Sie, wieviel eine Passage auf diesem Schiff kostet?«

»Spürst du das Goldfieber, Nigger, hm? Hundert Dollar pro Kopf!«

Meine Gedanken kehrten zurück zu dem kleinen Geldbündel aus Zwanzig-Dollar-Noten in SpiegelPoes Tasche. In seinem Berauschungszustand würde er nicht weit gekommen sein, vor allem, wenn er noch weiter an dem Laudanum genippt hatte. Er würde hier irgendwo zusammengebrochen sein, und man konnte ihn finden. Ich wollte mir selbst nicht ganz eingestehen, was ich plante, und redete mir ein, der Mord würde weniger schnell herausgefunden, wenn SpiegelPoe nicht länger als ›Colonel Embry‹ auftrat. Das beste für ihn wäre es folglich, wenn ich ihn fände und mit ihm die Kleider tauschte, wobei ich möglicherweise darauf vergaß, ihm den Inhalt seiner Taschen auszuhändigen – mein Gott, so ein Versehen konnte jedem passieren.

Seela, Wuff und ich verbrachten den Rest des Morgens damit, in den Straßen nahe dem Barnum Hotel herumzulaufen. Ich fragte in allen Hotels und Pensionen vergeblich nach »Colonel Embry«. Es wäre nahegelegen, den betrunkenen Poe in einer Taverne zu suchen, aber zufällig fanden gerade Wahlen statt, und man hatte alle öffentlichen Wirtshäuser geschlossen oder in Wahllokale verwandelt. Gegen Mittag waren wir todmüde und hatten keinerlei Erfolg gehabt. Wir setzten uns an den Rand eines flußbreiten Abwassergrabens namens Jones Falls, und ich dachte über die Gespräche des Vortags nach.

Bis zu dem Tag, als ich beim *Southern Literary Messenger* vorgesprochen hatte, waren Eddies und SpiegelPoes Leben genau gleich verlaufen. Tags zuvor hatten sie ein paar oder zwei angenehme Stunden mit der Erinnerung und dem Staunen über ihre identischen Vergangenheiten verbracht. Jenseits von Jones Falls konnte ich Baltimores großen Shot Tower erkennen – ein riesiges zylindrisches Ziegelbauwerk, in dem Gewehrkugeln aus Blei erzeugt wurden, indem geschmolzenes Blei durch eine Reihe von Sieben in Wasserbottiche gegossen wurde. Der Bau war gut zweihundert Fuß hoch. Eddie und SpiegelPoe hatten vom Shot Tower gesprochen, weil sie in den frühen 30er Jahren in seiner Nähe gewohnt hatten. Wilks Street, das war's! Sie hatten glücklich mit Mrs. Clemm und der kleinen Virginia in einem Block der Wilks Street gewohnt, der Mechanic's Row hieß. Mir kam plötzlich die Überzeugung, daß wir SpiegelPoe dort finden würden.

Ich fand eine Brücke über Jones Falls und brachte durch Befragung von Passanten Seela und Wuff bald zur Mechanic's Row, einer L-förmigen Siedlung mit vielleicht zwanzig kleinen ein- oder zweistöckigen Stadthäuschen, von denen sich jedes eine Wand mit dem Nebenhaus teilte. Eine Seitenstraße führte von hinten zu den Häusern. Ich ließ Seela am Beginn dieser Straße als Aufpasserin zurück, während ich mit Wuff hineinging und kühn in alle die kleinen Höfe und Außenbauten der Häuser schaute. Wir hatten kaum mehr als fünfzig Fuß zurückgelegt, als Wuff auf einen leerstehenden Kutschenschuppen zusprang. Ein tiefes Murmeln drang aus ihm. Ich trat ein und fand Spiegel-Poe auf dem Boden sitzend und in seinen Mantel gehüllt. Sein Stock und die Laudanumflasche ruhten unter seinen matten Händen im Schoß.

Er stöhnte tief, als er mich sah – er hielt mich für Eddie. »Verfluchter Teufel«, knurrte er. »Komme ich denn niemals frei?«

Eddie war mein Freund gewesen, und dieser Mann hatte ihn ermordet, aber ich fühlte keinen Zorn. Wenn es mich unglücklich machte, an den Tod von Spiegel-Mason zu denken, um wieviel unglücklicher mußte es SpiegelPoe machen, wenn er daran dachte, daß er seinen Doppelgänger eigenhändig mit einem Dolch getötet hatte? Das kam einem Selbstmord nahe.

Nein, ich war nicht hier, um SpiegelPoe zu bestrafen, aber auch nicht, um ihm zu helfen. Ich war hier, um ihn zu berauben – falls man es Raub nennen konnte. Während er mich mit halbbetäubter Verwunderung betrachtete, zog ich alle meine Sachen aus, warf Poe auf den Rücken und entkleidete ihn. Es ging gegen meine Ehre, ihm in die Taschen zu sehen. Poe war ein bißchen größer als ich, was zur Folge hatte, daß es mir leichter fiel, seine Kleider anzuziehen, als ihm die meinen, aber in ein paar Minuten war der Austausch vollzogen. Er kämpfte ein bißchen, aber nicht sehr – ich glaube, meine Aktionen lähmten ihn ein wenig dadurch, daß sie für ihn so unerwartet kamen.

»Ich mache das, damit die Behörden Sie nicht finden, Mr. Poe«, sagte ich, als ich fertig war. Ich hatte ihm seinen Mantel auch weggenommen, aber Stock und Laudanum gelassen. »Es ist eine Verkleidung.« Ich hielt mich immer noch zurück, in seine Taschen zu greifen. Wenn sich zweihundert Dollar darin befanden, würden wir morgen auf dem Weg nach San Francisco sein!

»Reynolds«, nuschelte er, als er mich endlich erkannte. »Junger Mason Reynolds. Was ist aus Eddie geworden?«

»Ich habe einen Stein an ihn gebunden und ihn ins Meer geworfen.«

SpiegelPoe schauderte und hob das Laudanum an die Lippen. Er nahm einen Schluck, dann begann er klare Flüssigkeit zu erbrechen. »Wirst du mich hier in Frieden lassen?« fragte er, als er wieder sprechen konnte.

»Gewiß.«

»Danke.« Er nahm wieder vom Laudanum und konnte es diesmal gut genug hinunterbringen, um seine euphorische Wirkung zu verspüren. »So glücklich«, sagte er mit einer vagen Bewegung zu den Häusern hin, »vor so langer Zeit.«

Ich ließ ihn zurück und trat auf die Straße hinaus. Gerade als ich ihr Ende erreichte, hörte ich ihn meinen Namen rufen: »Reynolds! Reynolds! Reynolds!« Aber ich drehte mich nicht um.

Das Ende von Poes Geschichte ist allgemein bekannt. Joseph Walker, ein Setzer der *Baltimore Sun*, fand Poe auf einem Gehsteig vor der *Gunner's Hall* liegend, einem Wirtshaus, das drei oder vier Blocks von der Stelle entfernt war, wo ich ihn verlassen hatte. Da Wahltag war, hatte man *Gunner's Hall* als Wahllokal verwendet. Poe wurde in einem Zustand gewalttätigen Deliriums in das Washington College Hospital eingeliefert, der vom Mittwoch bis Samstag, den 6. Oktober anhielt. Samstagnachts rief er erneut nach ›Reynolds‹, und am Sonntagmorgen starb er, wobei seine letzten Worte »Gott helfe meiner armen Seele!« lauteten.

Sein Begräbnis war am Nachmittag des Dienstags, dem 9. Oktober 1849, am Presbyterianischen Friedhof bei der Fayette und Green Street, nur vier Blocks von Jilly Tacklers Pension entfernt. Ich ging zum Begräbnis oder versuchte es wenigstens, aber einer der Totengräber nannte mich einen verdammten Nigger und verjagte mich – vielleicht weil ich in Poes feinem Mantel wie ein Angeber aussah.

Und wieviel Geld hatte ich in Poes Taschen gefunden? Gar keins. Als ich ihn fand, hatte er schon alles verloren.

»Das Thema: viel Sünde, und mehr von Wahn, doch hauptsächlich Schrecken & Pein.« So lautet eine Zeile in einem der letzten Gedichte von Poe, dem *Eroberer Wurm*. Das Gedicht erzählt von einer Galanacht in den einsamen letzten Jahren, bei der eine Anzahl von Engeln einem Schauspiel zusieht. Eine kriechende gezähnte Bestie erscheint auf der Bühne und tötet alle Schauspieler. Noch Wochen nach dem Begräbnis konnte ich die letzten Zeilen des Gedichts nicht aus meinem Gedächtnis verdrängen:

> Aus – aus gehn die Lichter – allaus. –
> Genug ward gebebt; und alsbald
> kommt stürmisch (ein Bahrtuch, o Graus!)
> der Vorhang herniedergewallt.
> Und die Engel stehn auf; bleich, gedrückt,
> bestätigen sie den Verhalt:
> ›MENSCH‹ hieß das gesehene Stück,
> und ›DER WURM‹ war die Siegergestalt.

Heute, da ich diese Worte niederschreibe, ist es Abend am Samstag, dem 2. März 1850. Den ganzen Winter über habe ich an diesem Bericht gearbeitet und bei *Ben's Good Eats* gekellnert, wobei ich gerade genug Geld für unsere Kleider und unseren Unterhalt verdient habe. Seela und ich sind jetzt fast hellhäutig genug, um als Weiße durchzugehen, abgesehen davon, daß uns alle Leute, die uns kennen, für Neger halten.

Am Dienstagmorgen werden wir auf der *Purpurwal* nach San Francisco aufbrechen, einem Klipper, der sogar noch schneller ist als die *Ann McKim*. Wir haben eine Kabine für zwei Personen, und Wuff wird mit uns kommen. Schließlich haben wir Seelas Halsbandjuwel für das Fahrkartengeld verkauft; der Stein hat dreihundert Dollar gebracht! Wir werden da drüben ein neues Leben als Weiße beginnen; wir werden rechtzeitig zur Geburt unseres Sohns in San Francisco sein, der es dort leichter haben wird. Vielleicht finde ich auch Arbeit bei einer Zeitung.

Zuerst bringe ich noch Mr. Coale dieses Manuskript in die Buchhandlung. Er sagt, er will versuchen, es zu veröffentlichen, und falls das nicht klappt, wird er es mir zusenden, sobald ich in Kalifornien einen Wohnsitz habe.

Ich bin sehr aufgeregt bei dem Gedanken, um Kap Hoorn zu segeln und dem Südpol wieder so nahe zu sein. Zu schade, daß diese SpiegelWelt kein Loch da unten hat, denn wenn das der Fall wäre, würde ich wohl wieder zurückkehren in diese wundervolle Welt im Innern der Erde.

Da ich mich schuldig bekennen muß, selbst gelegentlich Science Fiction-Romane verfaßt zu haben, stelle ich besser von vornherein klar, daß *Hohlwelt: Der Bericht des Mason Algiers Reynolds aus Virginia* ein authentisches Manuskript aus dem 19. Jahrhundert ist, und *nicht* von mir verfaßt wurde. Das Original kann unter der Katalognummer *PS2964.S88S8 in der Edgar Allan Poe Collection der Universität von Virginia in Charlottesville, Virginia, eingesehen werden. Ich sah es dort zum ersten Mal am 7. März 1985. Es besteht aus 378 Seiten Pergament, die von Hand mit schwarzer Tinte beschrieben sind. Ich habe *Hohlwelt* mittels einer notariell beglaubigten Xerokopie des Manuskripts herausgegeben.

Ich bin mir sicher, daß es meiner planlosen Halbkarriere als Autor dienlich wäre, *Hohlwelt* als meine eigene Schöpfung zu präsentieren, aber ich würde damit jedermann einen sehr schlechten Dienst erweisen. Die einfache Tatsache ist nämlich: Jedes Wort in *Hohlwelt* ist wahr, und wir alle müssen unseren Glauben an den Planeten, auf dem wir leben, in Frage stellen.

Mein Vertrauen in die Richtigkeit des Berichts von Mason Reynolds erwächst aus den Forschungen, die ich während der letzten fünf Jahre betrieben habe. Ich bin nach Hardware, Lynchburg, Richmond, Norfolk und Baltimore gefahren. Jedes einzelne Detail, das ich überprüft habe, paßt perfekt zusammen, bis hin zu den Gerichtsprotokollen.

Am einfachsten waren natürlich die Behauptungen über E. A. Poe zu bestätigen. Von 1831 bis 1833 wohnte Poe in Mechanics Row an der Wilks Street in Baltimore mit Mrs. Clemm und Virginia zusammen, um dann in ein Haus in der Amity Street im Westen von Baltimore zu ziehen. Von 1835 bis 1836 war er Herausgeber des Journals *The Southern Literary Messenger* in Richmond. Bei der Besichtigung der dortigen Poe-Gedächtnisstätte konnte ich die eheliche Verbindung von Edgar Poe und Virginia Clemm überprüfen, die tatsächlich am Montag, dem 16. Mai 1836, stattfand. Zu dieser Zeit lebten Eddie, Virginia und Mrs. Clemm in einer Pension in der Bank Street beim Capitol Square. Die Leserin oder der Leser kann viele dieser Fakten für sich selbst mittels einer zuverlässigen Poe-Biographie überprüfen. Ich selbst kenne am besten Arthur Hobson Quinns schönes und sorgfältig zusammengestelltes Buch *Edgar Allan Poe: A Critical Biography* (New York, Appleton-Century, 1941).

Nach der Hochzeit stimmen Masons Berichte über *seinen* Poe natürlich nicht mehr mit dem überein, was wir von *unserem* Poe wissen, jenem, den Mason *Spiegel-Poe* nennt. Aber die Informationen Masons über unseren Poe vom 27. September 1849 bis zu seinem Begräbnis am 9. Oktober 1849 passen wieder perfekt mit dem Bekannten zusammen. Poe nahm tatsächlich am 27. September das Dampfboot von Richmond nach Baltimore und wurde ebenso tatsächlich sterbend nahe einem Anlegeplatz gefunden, in billige Kleidung gehüllt.

In Hinsicht auf die letzten Tage von Poes Leben löst *Hohlwelt* eines der Probleme der Poe-Wissenschaft: Warum rief der sterbende Poe ständig nach einem ›Reynolds‹? Bis jetzt haben viele geglaubt, daß Poe an Jeremiah Reynolds gedacht haben muß, der ebenfalls in *Hohlwelt* eine Rolle spielt. Aber wenn wir jetzt *Hohlwelt* lesen können, erfahren wir, daß Poes letzte Tage in Baltimore weitaus merkwürdiger verliefen, als sich jemals jemand vorgestellt hat, und daß der Reynolds, nach dem er rief, derjenige war, der ihm seinen tödlichen Doppelgänger aus der anderen Welt herüber mitgebracht hatte.

Wer war Jeremiah Reynolds? In unserer eigenen ›SpiegelErde‹, war Jeremiah Reynolds ein Anhänger von John Cleves Symmes jr. aus St. Louis (Missouri Territory), der am 10. April 1818 damit begann, seine Hohlwelttheorie zu verbreiten. Die besten noch vorhandenen Zeugen von Symmes Ideen findet man in James McBride, *Symmes's Theory* (Morgan Lodge & Fisher, 1826) und in Adam Seaborns Roman *Symzonia, A Voyage of Discovery* (Cincinnati 1820). Diese beiden Bücher häufen so viel Lob auf Symmes Haupt, daß ich mit Masons Verdacht übereinstimme, daß Symmes sie selbst geschrieben und unter Pseudonym publiziert hat.

Jeremiah Reynolds war ein sehr erfolgreicher Reisender. Auf einer seiner Fahrten kam er bis an die chilenische Küste, wo die meuternde Mannschaft ihn und die Offiziere aussetzte. Er scheint den ganzen Weg zurück in die USA *zu Fuß* zurückgelegt zu haben. Ein Auszug aus seinen Tagebüchern erschien unter dem Titel *Mocha Dick, or: The White Whale of the Pazific*, in *The Knickerbocker* vom Mai 1839. Man hält dieses Exzerpt allgemein für eine der Inspirationsquellen für Herman Melvilles *Moby Dick* von 1851.

Für uns ist natürlich das Wichtigste, was Jeremiah Reynolds in seinem ganzen Leben getan hat, daß er den Kongreß dazu brachte, im Jahre 1838 Geld für die erste wissenschaftliche Expedition der Amerikaner bereitzustellen: die *United States Exploring Expedition*. Die Robbenjäger jener Zeit waren schon sehr weit nach Süden vorgedrungen, aber immer von einem ›Wall aus Eis‹ gestoppt worden. Als Anhänger von Symmes glaubte Reynolds, daß hinter diesem Eiswall ein großes Loch liege, das ins Innere der hohlen Erde führte. Er konnte eine hinreichende Anzahl von Kongreßabgeordneten für diese Idee interessieren, um Gelder für die

Expedition aufzutreiben, was sehr schön beschrieben ist in William Stantons Monographie *The Great United States Exploring Expedition of 1838–1842* (Berkeley, Calif: University of California Press 1975) und in Charles Wilkes' *Narrative of the United States Exploring Expedition* (Philadelphia: Lea & Blanchard 1845).

Obwohl wir auf Grund des *Bericht von Mason Reynolds* jetzt wissen, daß Symmes und Reynolds im wesentlichen recht hatten, scheint unserem Planeten bedauerlicherweise das südliche Loch zu fehlen. Aber was ist mit dem Untersee-Loch, durch welches die Untertasse unserer Helden heraufgespült wurde? Ich finde es eine überzeugende Vorstellung, daß dieses Loch im großen und ganzen mit dem Bereich des Bermudadreiecks übereinstimmt. Es ist meine dringende Hoffnung, daß die Publikation von *Hohlwelt* einen modernen Jeremiah Reynolds dazu inspirieren könnte, einen Schritt nach vorne zu tun und den Kongreß zu überzeugen, daß die Konstruktion eines Tiefseetauchbootes finanziert werden muß, der das Loch finden und die Spuren von Mason verfolgen kann.

Während seiner letzten Tage in Richmond beendete unser Poe die Arbeit an seinem einzigen Roman *The Narrative of Arthur Gordon Pym of Nantucket* (New York, J. & J. Harper 1838). Zur Information über die südlichen Meere zog Poe vor allem Benjamin Morrell, *A Narrative of Four Voyages* (New York: J. & J. Harper 1832) heran. *The Narrative of Arthur Gordon Pym* erzählt von einer Reise in die tiefsten südlichen Gefilde und endet mit einer Beschreibung von etwas, das Poes Vision eines riesigen Südlichen Loches im Meer sein könnte: »Ich kann sie mit nichts vergleichen, als mit einem grenzenlosen Katarakt, der lautlos von einer riesigen & weitentfernten Rampe im Himmel, in die See herabrollt. Der gigantische Vorhang reichte über die gesamte Ausdehnung des südlichen Horizontes. Ihm entstrahlte kein Laut ... Die Oberkante des Katarakts ver-

lor sich gänzlich in Fahlheit & Ferne. Doch offensichtlich ging's auf ihn zu, mit grauser Behendigkeit. So
manche gigantisch= & fahlweiße Vögel kamen fortwährend von jenseits des Schleiers hervorgeflogen;
und ihr Kreisch war das ewige Tekeli-li!«

Ich habe eine Weile daran herumgerätselt, wie es
möglich war, daß Edgar Poe und Mason Reynolds un-
abhängig voneinander auf dasselbe Wort gekommen
sind, das sie allerdings unterschiedlich *Tekeli-li* und
tekelili schreiben. Hatte Poe auf irgendeine Art eine Vision von der Sprache der schwarzen Götter im Zentrum der hohlen Erde? Ich glaube, daß es eine einfa-
chere Erklärung gibt. Bevor Mason tatsächlich für seinen eigenen *Bericht* die Feder zum ersten Mal auf das
Papier setzte, hatte er bereits Poes *Narrative of Arthur
Gordon Pym* gelesen. Es ist naheliegend anzunehmen,
daß das Buch ihn in subtiler Weise beeinflußt hat.
Nachdem er niemals das Wort *tekelili* niedergeschrie-
ben gesehen hat – schließlich war es nur ein Klang, den
er gehört hatte –, ist es nur natürlich, daß er es ähnlich
buchstabierte, wie es Poe getan hatte.

Ich möchte erwähnen, daß die Gedichte und Passagen, die Mason Reynolds aus den Werken von Poe zitiert, gewissenhaft transkribiert sind. Er zitiert die Gedichte *An Helen, Die Stadt im Meer, Der Rabe* und *Der
Sieger Wurm*; und er zitiert kurze Passagen aus den
Kurzgeschichten *Berenice* und *William Wilson*. Sie alle
sind in den Text eingefügt außer dem Zitat aus *William
Wilson*, das aus dem klimaktischen Absatz besteht, als
SpiegelEddie auf Eddie einsticht. Ich finde keine anderen Stellen, an denen Reynolds Poe mehr als zwei oder
drei Wörter lang direkt plagiiert hätte.

Vorausgesetzt, daß alle historischen Fakten passen –
und es hat auch einen Cornelius Rucker gegeben, ja –,
muß sich der moderne Leser zweifellos fragen, ob die
Physik einer Hohlwelt plausibel ist. Anscheinend
schon. Die Spindel – oder Zentrale Anomalie oder Zen-

tralsphäre –, die Mason im Zentrum der Hohlwelt findet, ist nichts anderes als das, was zeitgenössische Kosmologen jetzt eine Einstein-Rosen-Brücke nennen (kurz: ER-Brücke). Ich darf sagen, daß eine der besseren populären Darstellungen einer solchen Raumstruktur in meinem eigenen Buch *The Fourth Dimension* (Boston: Houghton Mifflin 1984) gefunden werden kann. Eine solche Einstein-Rosen-Brücke kann nicht nur als eine Art Wurmloch zwischen der Innenseite zweier Welten funktionieren, sondern auch jene unterschiedlichen Gravitationsfelder hervorbringen, denen Mason und seine Freunde auf ihrer Reise von Edre zu den Großen Alten begegnet sind.

Es ist gut bekannt, daß viele ER-Brücken instabil sind und in sich selbst zusammenbrechen müssen, wobei sie die fragliche Wirbelverbindung ›abkneifen‹. Eine einfache, nichtrotierende, nichtgeladene ER-Brücke kollabiert in enttäuschend wenig Komputationszyklen. Aber wenn eine ER-Brücke eine größere statische oder dynamische elektrische Ladung trägt, ist sie tatsächlich stabil auf Grund der wechselseitigen elektrischen Abstoßung der geladenen Hyperwände.

Woher kommt die Ladung, die die Spindel füllt und sie in die Lage versetzt, rosarote Lichtströme aussenden zu können? Wenn wir die Kerr-Lösungen für die ER-Brücken-Konfiguration ansehen, finden wir, daß die Brücke zu einer Quelle elektrischer Energie wird, wenn die beiden Enden der Brücke sich im Gegensinn drehen; sie wirkt dann wie ein Dynamo oder – eine noch bessere Annäherung – wie eine Wimshurst-Maschine. Ich verstand diese Verfeinerung der Theorie erst, als ich in einem Geschenkeladen in San Francisco eine ›Plasmakugel‹ gesehen hatte.

In diesen Plasmakugeln, wie sie wahrscheinlich eine große Anzahl meiner Leser auch schon kennt, verbinden die fraktalen Arme einer elektrischen Entladung eine äußere Sphäre aus lacküberzogenem Glas mit einer kleinen Metallkugel in der Mitte. Um sich das Modell zu visualisieren, das Mason beschreibt, müssen wir uns vorstellen, daß sich in der vierten Dimension ein wenig verschoben eine weitere Plasmakugel befindet, deren einzige Überlappung mit unserer Kugel die kleine Metallkugel in der Mitte ist. Man setze die beiden Glaskugeln in einander entgegengesetzte Rotationen und stelle sich statt der Metallkugel die sich krümmenden Großen Alten vor, und schon hat man Masons Modell.

Was erfährt man in der Nähe der Zentralen Anomalie von der Zeit-Dilation? Auch dieses Phänomen paßt genau ins Puzzle, seit Kruskal gezeigt hat, daß eine geladene, rotierende ER-Brücke genau jenen Zeit-Dilations-Effekt hervorrufen muß, den Mason beschreibt. Ich habe umfangreiche Berechnungen angestellt, die diese Übereinstimmungen zu einem hohen Grad bestätigen.

Obwohl das Konzept der Einstein-Rosen-Brücke im 19. Jahrhundert vollkommen unbekannt war, lassen Mason Reynolds Beschreibungen keine Zweifel daran zu, daß das, was er gemeint hat, eine ER-Brücke war. Für mich beweist das sehr klar, daß Hohlwelt in keiner Weise ein Scherz oder ein Machwerk von Mason Reynolds ist, sondern ein wahrheitsgemäßer Bericht über Dinge, die er wirklich erlebt und gesehen hat.

Was wurde schließlich aus Mason Algiers Reynolds? Die Ausgabe der *Baltimore Sun* vom 6. März 1850 berichtet, daß die *Purple Whale* tatsächlich am 5. März mit dem Ziel San Francisco ausgelaufen ist, aber die Ausgabe derselben Zeitung vom 10. Juni enthüllt, daß tragischerweise die *Purple Whale* es nicht um das Horn von Südamerika geschafft hat und man annimmt, daß sie mit Mann und Maus in einem Sturm vor Feuerland gesunken ist.

Schlechte Nachrichten – aber ich finde es irgendwie schwer zu glauben, daß Mason, Seela und Wuff so einfach gestorben sein sollen. Sicher muß im universalen Plan der Dinge Masons Bruch der großen Symmetrie der Welten ein höheres Ziel gehabt haben. Würden nicht auch in einem tobenden Sturm und bei einem Schiffbruch Masons unheimliches Glück und sein Erfindungsreichtum einen Weg gefunden haben, ihn, Scela und Wuff zu retten? Würden nicht die Großen Alten, die alles wissen, ihn beschützt haben?

Ich setze meine Untersuchungen weiter fort und würde mich über jede Information über jedes Manuskript nach 1850 freuen, das ihn entweder erwähnt oder ihm selbst zugeschrieben werden kann, diesem Mason Algiers Reynolds aus Hardware, Virginia, geboren am 2. Februar 1821.

Rudy Rucker

ANMERKUNG DES ÜBERSETZERS

Die Gedichte von Edgar Allan Poe und die Stelle aus dem *Arthur Gordon Pym* werden nach der von Kuno Schumann und Hans Dieter Müller herausgegebenen und von Arno Schmidt und Hans Wollschläger übersetzten Ausgabe *Edgar Allan Poe: Das gesamte Werk in zehn Bänden*, Herrsching 1980, zitiert.

An Helen: Band IX, S. 83
Die Stadt im Meer: Band IX, S. 89 f.
Der Rabe: Band IX, S. 145
Der Sieger Wurm: Band IX, S. 129
Umständlicher Bericht des Arthur Gordon Pym von
    Nantucket: Band III, S. 395 f.

Auch die Schreibung des Wortes *Malstrom* hält sich an diese Vorgabe.

Auf eine Übertragung der amerikanischen Maße und Gewichte ins metrische System wurde verzichtet, weil sie mit dem Stil des fiktiven Textes aus dem 19. Jahrhundert unvereinbar erschien.

Kurt Bracharz

HEYNE BÜCHER

Shadowrun

06/5483

Heyne-Taschenbücher